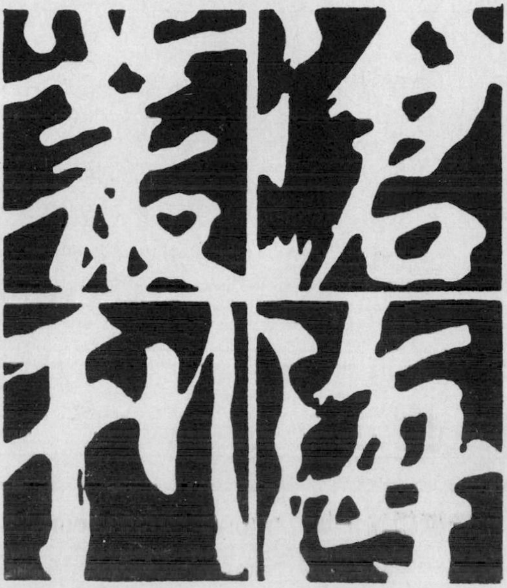

月華清

樸 月著 東大圖書公司印行

國家圖書館出版品預行編目資料

月華清／樸月著. --初版. --臺北市：
東大發行：三民總經銷，民85
面；　公分. --(滄海叢刊)
ISBN 957-19-1977-2（精裝）
ISBN 957-19-1971-3（平裝）

833　　85010759

國際網路位址　http://sanmin.com.tw

著作人　樸　月
發行人　劉仲文
著作財產權人　東大圖書股份有限公司
臺北市復興北路三八六號
發行所　東大圖書股份有限公司
地　址／臺北市復興北路三八六號
郵　撥／〇一〇七一七五──〇號
印刷所　東大圖書股份有限公司
總經銷　三民書局股份有限公司
門市部　復北店／臺北市復興北路三八六號
重南店／臺北市重慶南路一段六十一號
初　版　中華民國八十五年十月
編　號　E 82078①
基本定價　柒元捌角
行政院新聞局登記證局版臺業字第〇一九七號

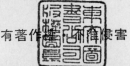

ISBN 957-19-1977-2（精裝）

音，
洞明作者心。
熱忱傳國粹，
突破尋常例。
格調最清新，
偏宜年少人。

菩薩蠻

(題劉明儀女士梅花引續編)

韋瀚章作詞　　　　黃友棣作曲

Moderato (♩=88)

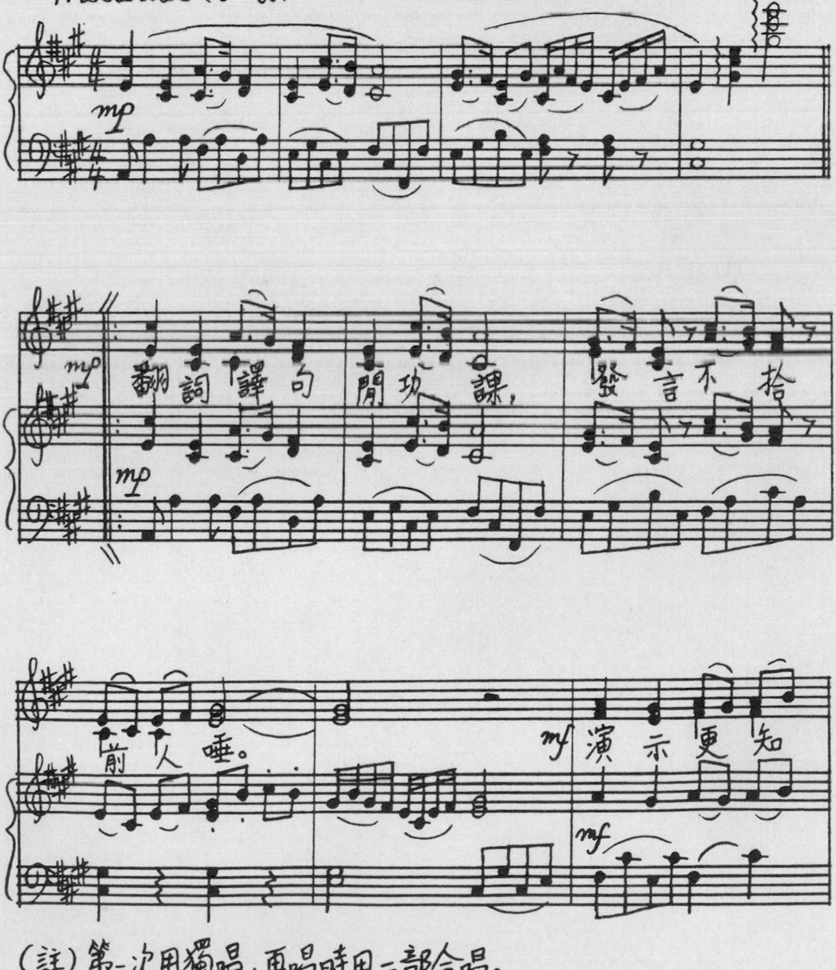

(註)第一次用獨唱，再唱時用二部合唱。

月華清 目次

賀新郎

張元幹

夢繞神州路。悵秋風，連營畫角，故宮離黍。底事崑崙傾砥柱，九地黃流亂注。聚萬落千村狐兔。天意從來高難問，況人情易老悲如許，更南浦、送君去。　涼生岸柳消殘暑。耿斜河，疏星淡月，斷雲微度。萬里江山知何處？回首對床夜語。雁不到，書成誰與？目盡青天懷今古，肯兒曹恩怨相爾汝。舉大白，唱金縷。

「胡邦衡貶新州了！」

這道詔令一出，士林間立時有了兩種反應，一是欽佩、惋惜、痛心；自此朝中又少了一位剛正之士，秦檜丞相一黨，更氣燄薰天；怕這偏安江左的局面，更加險惡。而由於當政者的葸弱，金人更猖狂了。對胡邦衡的嶙峋風骨，欽慕之餘，不顧自身利害，也要支持到底。另一種人，則是無恥無行，見風駛舵，唯恐沾上了胡邦衡，妨礙青雲之路；不僅不敢對他寄以同情，更為了討好秦檜，不惜羅織罪狀，落井下石。

張元幹，是屬於前者，他在聽說胡邦衡上書：「請斬秦丞相，以謝天下」時，就預料了胡邦衡貶謫已是必然之勢。但，他為這位朋友感到驕傲；胡邦衡冒死忤犯天顏，終於為天下蒼生，吐了口積鬱已久的怨氣。

「這才是一柱擎天的中流砥柱呢！」

然而，中流砥柱，卻在奸相權臣摧殘下傾頹了。當年，擎天的砥柱摧折，造成了洪水吞沒九州的大禍。如今呢？胡邦衡遠謫新州，只怕，這天下，只有任田園房舍荒蕪，狐兔鳥獸橫行了。

大宋子民的苦難，還不夠嗎？那魂牽夢縈的故國，已淪入金人之手；便夢中重訪，怕也再認不出昔日繁華。在肅殺西風中，看到的，再也不是歲稔年豐的昇平，而只有連營列幕，畫角悲鳴。當年的都城，恐怕也在浩劫中殘毀，夷為平地，但見禾黍離離了吧？

到底上天打的什麼主意呢？百姓的苦難，還沒受夠嗎？奸佞的惡貫，還未滿盈嗎？到底到什麼時候，才能重見清平呢？怕只怕，這一代看不到那一天了；時光催人老，國事多艱，人情澆薄，也如雪上加霜，加速了人心境的蒼老。如今，朝中正人，又復遠謫……不顧一切，也須相送！

「你不該來送的，你會受我牽累！」

對趕來相送的張元幹，胡邦衡抑下心中的激動，緊握著他的手。

「你值得受牽累！邦衡！江淹『送君南浦，傷如之何』，我，因『傷如之何』而『送君南浦』；非此，何以達意呢？你的新州之謫，是一帖清涼劑，你知道嗎？天下震動呵！甚至有人說，秦丞相此舉，唯一作用，只成就胡邦衡忠耿之名！你的奏書，天下傳抄；想必不久就會傳到金酋案上，好讓他知道，南朝並非無人！」

張元幹感傷中，帶著豁達。胡邦衡笑了：

「若能如此，使金酋之勢少遏；別說貶謫，就斧鉞加身，我也九泉含笑！」

斜陽，沈落了；水風，拂過岸邊的殘柳，很快的清減了秋日的殘暑。在習習涼風中，銀漢耿耿橫空，淡薄的雲，時隱時現的掩映著明月，點點星光，也在雲隙中遊移。

「往後，大概只有『但願人長久，千里共嬋娟』了，邦衡，新州……雁也不到呵！」

相傳，雁字不過湖南的衡陽，而新州，卻在廣東。

「雁不到，也好；怕他們搜檢書信，朋友們因之坐罪。我只怕，此去江山萬里，連夢中，也不辨歸時路……」

簡陋的房舍，他們隔床對坐，以竟夕長談，來消磨這一夜；怎捨得睡呢？只此一夕，明日，便是天涯呵！

談古，論今，張元幹心中盈溢著不平：

「蒼天無眼哪！為什麼，總是奸佞當道，正人遠謫？天理何在？」

胡邦衡笑了：

「在蒼天眼裡，這些人間是非恩怨，怕只如垂髫小兒爭炊餅吧？不值得一顧呀；那管得這許多閒事！否則，豈不忙壞了他？」

天亮了，負責押解的公差，帶著枷具來了。張元幹一見慘然。胡邦衡掀髯而笑：「何須如此？且浮一大白，唱陽關三疊，好送我上路！」

一語，激起了張元幹的豪氣：

「你說的，反正來送行，也逃不了受你牽累了，索性成全了他們搜羅罪證的麻煩，送上一篇『訕謗』文字，或者，也借你的光，流傳千古呢！」

當即濡墨鋪紙，寫下了〈賀新郎〉……。

❀

這一闋〈賀新郎〉是張元幹的作品。題為：「送胡邦衡謫新州」。胡邦衡，名銓，號澹庵。紹興八年，因反對和議，上書請斬丞相秦檜，以謝天下，而被貶謫新州，一時天下為之騷動；自此主和之策已決，臣民失望可知。但秦檜拜相，勢力薰天，真所謂使天下之人，不敢言而敢怒。張元幹以〈賀新郎〉贈別，也因之坐罪除名。在他，或許倒是「求仁得仁」呢！

張元幹小傳　張元幹，字仲宗，南宋長樂（今福建長樂）人。

他功名不顯，只知是向子諲的外甥。曾為名將李綱行營屬官；官至將作少監。長於詞，而最有名的事蹟，是紹興八年，樞密院編修胡銓上封事，反對議和，並請斬力主議和的權臣秦檜、王倫、孫近以謝天下。此封事一出，天下震動，金人也在一讀之後，為之失色，稱：「南朝有人！」但在當時，胡銓因以觸怒秦檜獲罪，坐謫新州。張元幹則以作詞送胡銓，坐罪除名。卻也因此，使他聲名大噪，乃至無人不知〈賀新郎〉！此詞慷慨悲涼，為他詞作中的壓卷之作。

生於一個無力回天的時代，他的詞中也充滿了無奈與忠憤之情。有詞集名《蘆川詞》行世。

滿江紅

岳飛

怒髮衝冠，憑欄處，瀟瀟雨歇。抬望眼，仰天長嘯，壯懷激烈。
三十功名塵與土，八千里路雲和月。莫等閒白了少年頭，空悲切。
靖康恥，猶未雪，臣子恨，何時滅？駕長車，踏破賀蘭山缺。
壯志飢餐胡虜肉，笑談渴飲匈奴血。待從頭收拾舊山河，朝天闕！

樓外，雨瀟瀟地下著。

倚立著欄干，望著被細密如愁網的雨絲封鎖的故國河山，岳飛心中積累的滿腔憂憤，都化作了無名的怒火。一如當年荊軻渡易水時，慷慨悲歌之餘，只覺頭上的鐵盔，都壓不住因著怒火而直向上衝的頭髮。

雨停了，雲散了，他仰起了頭，望著穹蒼：雨有停歇時，雲有消散日，但，大宋的國運呢？何時也能雨過，能天青？何時呵！天下能再回復太平，百姓能再安居樂業？想到金兵殺伐擄掠，想到二帝蒙塵受辱，想到宋室南渡偏安，想到百姓顛沛流離……他忍不住緊握著雙拳，把心中滴血的痛，化作貫日長虹般的長嘯，向蒼天發出了抗議和質疑。

他，三十歲了！自出道以來，轉戰沙場，披星戴月的奔波，行軍的里程，不下八千里路。如今，他以戰功，做了招討使。然而，在國難當頭之際，他追求的是功名嗎？是利祿嗎？不！對他來說，功名利祿，就像塵土一樣，微不足道！他馬不停蹄，四方轉戰，怕的是，歲月不待人；如今，他還年輕力壯，還在有為之年，他怕，若不趁著年輕，奉獻自己，去報效國家，去收復國土，一旦在歲月流轉中，兩鬢成霜，老去無成，再如何的追悔悲傷，也來不及了！

靖康！多麼恥辱的年號！靖康元年，大宋京師汴京淪陷於金兵之手。靖康二年，大宋的皇族，包括了太上皇、太后、皇帝、皇后、皇子、公主，都在金人鞭扑凌辱下，如牛羊般的被驅逐北上，成了金人的俘虜……

而如今，雖然宋室南渡，康王即皇帝位，總算國家又有了主宰。可是呵，二帝蒙塵的恥辱至今還未洗雪，身為人臣，身為武將，雖不知何時才能報仇雪恨，又豈能不念念於心，把這樣的國破君辱的深仇大恨刻在心頭上？他今生今世，只有一個願望，就是駕著兵車，長驅直向賀蘭山，把敵人的根據地踏破，以報君父之仇。那時，他才能盡掃眉上愁，心頭恨，餓的時候，豪氣干雲的用敵人的肉充飢，渴的時候，談笑風生的用敵人的血解渴。

那時，大宋的殘破江山，得以重整，錦繡山河，得以回復，而他，完成了一個臣子復國的任務，也可以心安理得的朝拜天子於帝闕之上了。

岳飛，可以說是中國家喻戶曉的民族英雄，即使今日，歷史學家重新檢討當日局勢，認為「直搗黃龍」是否能行，尚待商榷，亦無損於他的忠愛之忱，和冤死之屈。他的〈滿江紅〉更是只要略識之無的中國人，無不朗朗上口，流傳之久、之廣，幾無人可及。而當時在「為君諱」的傳統下，所掩蔽的事實真象，也在後人的追究之下，漸次浮現；明代大畫家文徵明，就在和岳武穆的〈滿江紅〉中，對宋高宗在這一冤案中扮演的角色提出了質疑，其原詞如下：

❀

拂拭殘碑，敕飛字依稀堪讀；慨當初倚飛何重，後來何酷！果是功成身合死，可憐事去言難贖；最無辜，堪恨更堪悲，風波獄。　豈不念，中原蹙；豈不恤，徽欽辱！但徽欽既返，此身何屬？千古休談南渡錯，當時自怕中原復，笑區區一檜亦何能？逢其欲！

天下沒有永遠的隱密，當權者一手遮天能有多久？可不慎不懼乎？

岳飛小傳　岳飛，字鵬舉，宋相州湯陰（今河南湯陰）人。

他起於行伍，後從開封府尹兼東京留守宗澤，與金人戰，以戰功為留守司統制。歷少保、河南北諸路招討使，大敗金兵，進軍朱仙鎮，力圖恢復，迎二帝回鑾。高宗不怡，時秦檜為相，力主議和，欲盡棄淮北之地，以求偏安江左。恐諸將不服，乃設計盡收兵權。諸將中，唯岳飛主戰最力，屢上表請收復兩河及燕雲之地。秦檜知其志不可回，乃一日降十二道金牌，召之回京，並誣以謀反，下大理寺獄，以「莫須有」罪名，殞風波亭中，年三十九歲。消息傳出，天下冤之。孝宗初，復官平反；淳熙六年，賜諡武穆。寧宗嘉泰四年，追封鄂王。

岳飛出身行伍，詞作不多，《全宋詞》收錄亦僅兩首。慷慨悲壯，天下傳誦，至今，粗識字者，亦無人不知〈滿江紅〉；非徒以文詞傳世，實忠愛之情，千古猶烈。

小重山

岳飛

昨夜寒蛩不住鳴，驚回千里夢，已三更。起來獨自繞階行；人悄悄，簾外月朧明。白首為功名，舊山松竹老，阻歸程。欲將心事付瑤琴；知音少，絃斷有誰聽。

軍容壯盛，旌旗飛揚，雄糾糾、氣昂昂的士卒，正向北方挺進；雪國恥，滅胡虜，直搗黃龍的時日終於來臨。潰亂了陣腳的金兵，奔竄逃逸，在沙場上掀起了滾滾黃塵；積壓已久的家恨國仇，都化成了同袍口中的殺聲盈耳：

「殺，殺呀……殺呀！」

岳飛迷矇地自殺伐聲中逐漸清醒，環目看看四周，廢然一嘆；鐵馬金戈，揮師逐北的景象，竟只是南柯夢中的幻影，殺伐之聲，也只是階角牆陰促織聲聲相遞的悲鳴。

志在千里，夢在千里，為什麼千里之志，總受到阻擾掣肘，一如千里之夢，總被淒厲長鳴的寒蛩打斷驚回？

譙樓傳來沈沈的更鼓聲，他靜靜諦聽著；三更天了，夜未央。而夢境與現實間，太大的差距，使他心緒紛亂。他試圖掙扎出糾結如亂絲的心緒；神智便在他的努力掙扎中清醒。他不再勉強自己去追尋那遠颺的夢境，推枕披衣，跨出了房門。

人們，各自沈浸在自己的夢境中神遊，暗壁蛩吟，更襯托出了夜的寂靜。悄無人聲的庭院，扶疏花木，在簾外明月朦朧的光影中，幻成幢幢黑影；像一群忠心的士兵，在明月號令下，守衛著這一庭幽寂。

繞著石階徘徊，他的步履緩慢而沈重；在夢中，那麼容易達成的匡復大業，在現實中，竟然處處受到牽掣，而阻滯難行。那些朝中庸懦的君臣們，總一味低聲下氣的主張議和。議和？他真的不明白，在國力薄弱時，議和，原是不得已而為之的下策；如今，局勢已不同了；吳玠、吳璘、韓世忠，加上他自己——岳飛，連戰連捷，大破金兵，使士氣民心大受鼓舞；只待一聲令下，便可犁庭掃穴，直搗黃龍的今日，還要議和？甚至不惜忍辱稱臣以求和！

議和，這兩個字帶給他椎心之痛；若非一心忍辱議和，那有汴京失陷，二帝蒙塵的靖康之恥。而更令人痛心的是：一次又一次的議和，何嘗得到真正的和平？狼子野心的欲壑，是永難填滿的；這一次又一次寫在史冊上的教訓，竟喚不醒沈浸在議和幻影中那些懦弱君臣的迷夢，仍期待著一紙盟約帶來的高枕無憂。卻不知，他們一廂情願，認為堅如金石的盟約，對那些不知信義為何物的胡虜來說，恰是引狼入室的請帖呀！

仰望明月，他不由想起了故園；想起故園中倚閭望兒歸的母親。母親，在他心目中一直是偉大的、堅強的；他是母親的獨子，母親卻沒有溺愛他，也沒有如一般的母親，希望兒子不離膝下的朝夕侍奉。相反的，母親鼓勵他以身許國，教導他：沙場，才是男子漢求取功名的所在；馬革裹屍，才是大丈夫的終極歸宿。

他輕撫著自己的背；背上，刻畫著母親的期許：「精忠報國」；母親含淚以針刺，以墨涅，使這四個字，與他的血肉合為一體，把他整個獻給了國家。

母親仍等待著他的；不是等待他回家菽水承歡，而是等待他掃盡狼煙之後，奏凱而歸。然而，他抬腕搔著蕭騷短髮；那少年時代烏黑的髮絲，已在南北轉戰中，已在運籌謀略中，化為灰白。胡塵未掃，功名未就，人已白頭……。

沒有人知道，馳騁沙場，英雄蓋世的他，也和所有平凡的人一樣，多麼懷念著家鄉，懷念著故園。他的家，並不富麗，也不堂皇；他的家不是廣廈華屋，而只是座落在一個小山坡邊的尋常住宅，陳設樸實雅潔；自幼，他的母親躬親操持著一切家務。屋後，滿栽著蒼松翠柏的山坡，就是他操練武藝的場所。那些蔭庇著他長大的松柏，應該更蒼勁，更青翠了吧！松柏，原是歲寒後凋，老而彌堅的。那些護守著他的家園的松柏，也盼望著他早日奏凱而歸吧？怎知他正蹉跎在議和的聲浪中，滯阻了歸程。

西風瑟瑟，在樹梢吟唱著秋之歌；他心裡也有一首曲調慷慨激昂，雄渾悲壯；是金戈、鐵馬、戰鼓、號角組成的歌。想取出瑤琴，把這寄託了他滿腔熱血的心曲彈出來，可是……

他深深地嘆了一口氣：伯牙，有子期識高山流水；蔡邕，有文姬猜琴上斷絃；而他，在這議和聲浪中，誰聽得到琴聲？誰了解曲中幽憤？縱然彈斷了琴上絃呵，又何處去尋覓瞭解他寄託了滿腔忠忱心聲的知音？

❀

岳飛，字鵬舉，他的事蹟，為世人所共知，不贅。在戰功方面，他固然是使金人望風披靡的赫赫名將，在文事方面，亦頗有可觀；一闋〈滿江紅〉震古爍今，千載以下，猶生氣凜凜。這一闋〈小重山〉，較少為人知，在風格上較〈滿江紅〉少一分激昂，多一分悲鬱，正表達了他處處受主和派牽掣的悲憤和無奈。其後不久，乃有「風波亭」令人髮指的千古冤案。

菩薩蠻

朱淑真

濕雲不渡溪橋冷，嫩寒初破雙鉤影。溪下水聲長，一枝和月香。人憐花似舊，花不知人瘦。獨自倚闌干，夜深花正寒。

一鈎如蛾眉的新月，自初暝的昏黑中突破，像畫家用最細致的雙鈎筆法，依照最美麗的眉形，鈎勒而成。

淺淺的乳白，淡淡的暈黃，柔和而清純得一塵不染。以致使醞霜釀雪的濕雲，也不忍相犯，躑躅在天的另一方，不敢越界。

天氣，仍是酷寒的，只少了那凜冽傷人的雨雪紛紛，就感覺冷得清澈，寒得透明了。

蜿蜒的小溪，潺潺湲湲地流過屋邊。溪上，架著一座小小的木橋；在酷寒中，絕了人跡，就那樣冷冷清清地在月下凝佇著。橋畔，一樹鐵骨崢嶸的梅樹，卻在清寂無人的寒冬，融化了似鐵的俠腸，流露出深蘊的溫柔；這常年隱藏在堅毅表相下的溫柔，化作了點點瑩如玉、紅似血的梅花，綴上了枝頭。

即使是溫柔呵，也不肯沾染塵囂俗翳的，也不肯違心媚世的。於是，它選擇了嚴冬、選擇了深夜、選擇了岑寂的溪橋畔……

不求聞達，更不羨金屋玉堂，新月，是她唯一的知己；她就為這知己，把一己的美，揮發到極致；緩緩綻開淺笑，默默吐放清香。在溪水潺潺湲湲的清吟中，如藐姑射仙子翩然臨降……

溪畔人家的小樓上，出現朱淑真單薄瘦弱的身影；遇人不淑的她，寂寞的幽居在這兒。春花爛縵，秋月玲瓏，總按著時序進行著，只是，她的生活中，已不再有歡愉，良辰美景，也驅不了那封凍住心扉的寒冬。

一枝月下橫斜，吐著寒香的梅花，努力的把枝柯伸向小樓；那綴在鐵骨嶙峋上的柔瓣，彷彿有意在蛾月之外，再找一個能欣賞那礪節冰操，能領會那柔情深致的人間知己。

她是梅花知己，她也願意做一枝雪中梅花，只是……

她憐惜地凝視著花：

「你一年年，一歲歲，總是傲骨依然，冰姿似舊，而我……」

畢竟是血肉之軀呀！生活中的風露霜雪，已侵蝕了她的健康，吞沒了她的笑容；再也綻不出生命之花，只在歲月煎熬中，剩下不盈握的孤獨瘦影。戰勝了風雪酷寒的梅花，又可知道，人因何而憔悴消瘦？自然的嚴酷，比起人世的嚴酷，原是仁慈多了呵！

夜更深了，新月，似不勝寒怯，早已沒入了西山。花，在寒冷中無語凝立，向著這世界中，唯一的昏黃燈影，向著世界上唯一不寐的知己；她正寂寞地倚闌獨立，對著這一枝寒夜中綻放的梅花，凝眸、無語……

這一闋〈菩薩蠻〉的作者，是宋代的女詞人朱淑真。朱淑真的身世，眾說紛紜，可以確知的是，終其一生，都在坎坷不幸之中，所以，自號「幽棲居士」，詩詞也叫《斷腸集》，讀來令人一掬同情之淚。

〈菩薩蠻〉中，並沒有用強烈的怨世憤俗字眼，但仍能感受到作者心靈中的孤峭寒寂之情，恰似一幅她生命的剪影呢！

朱淑真小傳　朱淑真，號幽棲居士，南宋錢塘（今浙江杭州）人。

她身世不詳。據說，幼年早慧，善讀書，詩詞俱工，風流蘊藉。而父母無知，匹配非偶，嫁市井民家，抑鬱不得志，抱恨而終。

她的詩詞，俱以「斷腸」為名，亦可知其詞風的悲哽幽咽；自古才女，多數薄命，難以容人，人亦難容，良可慨嘆。

卜算子

陸游

驛外斷橋邊，寂寞開無主。已是黃昏獨自愁，更著風和雨。

無意苦爭春，一任群芳妒。零落成泥碾作塵，只有香如故。

這是一座只有幾間房舍的小小驛站，座落在人跡稀少的道旁，它主要是提供文書傳遞時休息換馬用的，偶然也有來往的官員經過暫住。只是在這嚴寒的季節，誰也不願在這荒村小驛停留，就越發冷冷清清的了。

陸游偶然來到這荒村小驛；他只是隨興所至出來舒散一下久蟄的鬱悶，沒有目的地信馬而行。他閒眺著四周的景色，冬季，已到了盡頭；雖仍未收餘寒，冰雪已消融了。經過一季冬風的肆虐，大地一片蕭條；連天空也陰霾密佈，令人感覺如鉛塊般地沈重。在這一片灰沈沈的色調中，忽然一抹嫣紅吸引了他的視線；那是一株梅樹；樹上綴著朵朵梅花，娉娉婷婷地獨立在寒風中；那鮮明的色澤，綽約的風姿，配上崢嶸的枝幹，是那麼脫俗、挺秀。他驚喜地走近，他沒想到在這偏僻、灰黯的地方，會有這麼一株美麗的梅花，這使他有了如遇知己的快慰。

梅樹，佇立在一座年久失修的小橋邊；似乎沒有人栽種，也沒有人灌溉、照顧。她就「天生地養」地在大自然的懷抱中長大。

「在這麼荒僻的地方，只怕連賞花的人都沒有！」

陸游想著，有著一分同病相憐的憫然：

「我和她不是一樣嗎？她的絕代風華，我的滿腹經綸，都被忽略、埋沒了。」

他深深感覺著知音難遇的寂寞；感覺自己正像這一株沒人賞、沒人惜的梅花一樣，幽怨而委屈地獨自佇立在漸濃的暮色裡。這灰沈如鉛塊的陰雲，正不懷好意地蓄勢待發……。

聽著連夜的風聲雨聲，陸游心中一直懸念著那株梅花；臘盡春回，已是梅花季節的末程。在這時，她是否還承受得了這風吹雨打？這如妒婦般的風雨，竟容不下那樣一棵與世無爭的梅花。

風止雨歇，陸游按捺不住那分關切，懷著尋訪故人的心情，又走近小橋邊。大地經過這陣雨的浸潤而復蘇了，不再灰撲撲的；小草抽出了嫩芽，生意盎然。梅花，卻凋盡了。她原是春的使者，當春神來臨，萬花爭豔的時候，她卻悄然從大自然的舞臺中引退。她曾得天獨厚，佔了春先；雖然她與世無爭，恐怕那些萬紫千紅的花兒都對她既羨且妒吧！羨、妒又怎樣呢？她仍是一株孤標傲世，風華絕代，令群芳自慚形穢的梅花！

梅花，凋殘了，空氣中仍洋溢著她特有的清香，久久不散。陸游俯身自泥濘中拾起一片花瓣，清香就從這滿地零落的花瓣殘蕊中透出。他忽然領悟：那怕她與泥同化了，那怕被車輪馬蹄碾碎了，她仍是高潔脫俗的梅花。因為她的志節至死不改，她的精神是不朽而長存的，這洋溢的清香就是明證。

❀

梅花，是中國的國花，象徵著中國人的氣節和風骨。

牡丹穠豔，有人嫌她庸俗；桃花燦爛，有人嫌她輕佻；唯有梅花，鐵骨冰姿，當大地為霜雪所封埋而顯得奄奄一息的時候，她開放了，帶給人們鼓舞和希望；春的腳步近了，使大地又充滿了生機。她淡泊高潔，孤芳自賞，不慕繁華，不趨富貴，常獨自開放在山坳荒村，默默吐著清香。隱逸的高人，傾慕它的淡泊；亂世的忠良，嚮往她的堅貞；狷介的寒士，心折她的傲骨，以她自期自勵，不隨俗浮沈。她凌霜傲雪，霜雪不但不能摧折她的美麗，反而更增添了她的風姿。

陸游，是南宋的愛國詩人，畢生以恢復中原為念，卻受嫉於當權派，宦途坎坷，始終沒有一展抱負的機會，這是他一生的憾事；也因此只能寄情山水，淡泊頹放，自號「放翁」。這種遺憾和愛國的節操，常自然流露在詩詞文章之間。這一闋題為「咏梅」的詞，就是藉著梅花來傾吐自己的心聲。

陸游小傳　陸游，字務觀，號放翁，南宋山陰（今浙江紹興）人。

他系出名門，年十二能文。於高宗二十四年，參加進士考試。秦檜秉政，望其孫秦塤狀元及第，而盡黜名列前茅的當世名士，因而不第。至孝宗時，方賜進士出身。累官樞密院編修，建康、鎮江、夔州通判。范成大出鎮四川，辟為參議官，與范成大是脫略形跡的文字交，人譏以頹放，乃自號放翁。奉祠多年後，詔出修國史。書成，以寶章閣待制致仕，封渭南縣開國伯。卒年八十五歲。

他一生忠愛，出於天性，畢生以中原未復為念；臨終絕筆示子詩，猶有「王師北定中原日，家祭無忘告乃翁」之句，為後世傳誦。其一生情恨，即世傳「釵頭鳳」故事，感人至深。詩文俱工，尤長於詩，為南渡後大家之一，與尤袤、楊萬里、范成大齊名，並稱「尤楊范陸」。有《渭南文集》、《劍南詩稿》行世，後人楊慎稱許其詞：「纖麗處似淮海，雄快處似東坡」，集名《放翁詞》，又名《渭南詞》。

鵲橋仙

陸　游

一竿風月，一蓑煙雨，家在釣臺西住。賣魚不肯近城門，況肯到紅塵深處？　潮生理棹，潮平繫纜，潮落浩歌歸去。時人錯把比嚴光，我自是無名漁父。

一根竹製細長的釣竿，繫上絲綸輕鉤，握在漁父手中悠然地垂釣著。輕風，拂著水面，泛起細細波紋；明月映在水中，隨著水波浮浮沈沈。輕鉤，鉤住了風、鈎住了月，月光下，是漁父怡然滿足的笑容。

一件披針的蓑衣，擋住了寒風，擋住了烈日；在浮泛於煙水蒼茫中的小舟上，日復一日，蓑衣和漁父渾然結成一體，共渡著逍遙自在、遊戲煙雨、笑傲江湖的歲月。

漁父的家，住在富春江上，嚴子陵釣臺的西邊；光景奇絕，卻人跡罕至的地方。一葉舟順風順水，任他徜徉於山水林澤間。小舟，是他另一個住所；脫離了塵俗擾攘，遠絕了名利，飄然世外，悠遊五湖四海的家。

釣魚、賣魚，是漁父的生計；若想找他，可別往人煙稠密的市集中去找，那些市井之徒，孳孳為利的地方，不屬於他。即使賣魚，他也不肯走近城門邊；嫌來往的車塵馬跡，擾亂了他的清靜；更別說，到那商販雲集，人群熙攘，競逐奔忙的紅塵中了。

潮水上漲的時候，他輕巧熟練的穩駕小舟，駛向江心，垂下輕鉤，釣著隨潮而湧至的魚兒。小舟，在潮水有節奏的韻律中悠然起伏；這大自然生命的律動，調節著他的心脈律動，終而翕合一體。

潮水平息的時候，他載著他的收穫；多也罷，少也罷；他已習於接受自然隨意的賜與，不為豐儉縈心，一例心存感謝。把小舟泊向岸邊，繫好纜繩，結束了一天的工作，載返一日的酬勞。

潮水低落的時候，他賣掉了魚，沽滿了酒，在星輝月耀中，自得其樂地唱著不知名的歌調；讓迴盪夜空中的歌聲，伴著他，走向他那隱在山隈水涯的家。

沒有棲棲遑遑的患得患失；沒有汲汲營營的爭名逐利，他把自己融入了山水畫幅中；大自然也欣然接受他成為山水畫幅的一部分。他淡泊而快樂，只因，他對世界沒有非分的希望和要求；他不涉足人與人的爭逐傾軋；他以欣愛之心，有情之眼看天地萬物，天地萬物對他也有相同的回報。

他的怡然、祥和、淡泊、快樂和不受拘羈，飄然塵外的胸襟和修為，引起了別人的好奇和注意，而竊竊私語：

「他一定是一位隱逸的高士。」

「他住嚴子陵釣臺附近，必也是嚴子陵一類人物！」

「說不定，他就是嚴子陵的化身；嚴子陵不是得道成仙了嗎？」

嚴子陵，那輔佐漢光武中興，卻不願接受封賞，飄然引去的前賢，一直是披著神話色彩的人物，崇敬他的百姓們，寧信其有的認定他羽化成仙了。

對這一切臆測，漁父只付之淡然一笑：

「你們錯了，我不是嚴子陵，也不是什麼高人隱士，只是一個最尋常、籍籍無名的漁父而已呀！」

這一闋〈鵲橋仙〉是陸游一系列「漁父詞」中的一闋。自古，中國的讀書人在詩書薰陶中，常存著對水澤山林大自然的嚮往；邦有道則仕，邦無道則隱，而最令他們歆慕的隱，就是隱逸於浩渺蒼茫的煙波江上；舉例言之，像范蠡、嚴子陵（即詞中的嚴光）、張志和……都是把「漁父」形象更加聖化、美化的高士。因此詩人、詞人，縱不能真去做「漁父」，也喜愛以「漁父」託志寄意。陸游的「漁父詞」便是此類；當然，也有藉「漁父」的淡泊高潔自喻的成份。「時人錯把比嚴光」，雖云「錯把」，又何嘗不隱隱以嚴光自比呢！

醉落魄

范成大

棲烏飛絕，絳河綠霧星明滅。燒香曳簟眠清樾；花影吹笙，滿地淡黃月。好風碎竹聲如雪，昭華三弄臨風咽。鬢絲撩亂綸巾折；涼滿北窗，休共軟紅說。

黃昏，晚霞染紅了天邊，繽紛而絢麗。一陣陣的歸鳥，逐隊成行地掠過天空，投向遠處的幽林；投向牠們溫暖的窩巢。

殘霞逐漸褪去了紅豔的外衣，天色趨於靛藍，終歸於澄黑。遠處的青山、幽林，也化為幢幢黑影。天空中代替成群歸鳥的是閃閃星辰，看！一條銀白色的天河，橫亙在群星間，如紗如霧般的輕雲，在天地間追逐嬉戲；群星捉迷藏似的，時隱時現，閃閃爍爍。

在兩棵糾合大樹的濃陰下鋪著竹蓆，焚上一爐香，閑適地享受著仲夏戶外乘涼的樂趣。涼沁沁的竹蓆，幽淡淡的爐香，袪暑宜人。遠處坐在花下的家人，嗚嗚地吹奏起笙管來。月光像被音樂吸引似的，從樹隙間漏下，在地面上畫上無數淡黃的小光圈，點綴在黑色樹影間，像撒了一地的小月亮。

他怡然自得地仰臥著。一陣陣涼風吹來，吹散了他的頭巾，吹亂了他的鬢髮，吹得他滿懷舒暢。笙管早已停止了吹奏，竹梢卻傳來陣陣細碎的風聲，有如玉管發出的天籟一般。他靜靜諦聽著這大自然的音樂；時急、時徐、時作、時止，是那樣自然合度，又是那麼寧靜詳和，使人的心靈也隨之澄明、熨貼，一切憂慮煩躁都隨風消逝了；他感覺到前所未有的平和、安詳，彷彿超拔於擾擾俗塵之上，在這無爭的境界中，他領略到無比的滿足；這滿足本蘊藏在身邊常被忽略的小小事物中；來自大自然無私的給予，來自心靈的恬淡，來自微風、竹韻！⋯⋯

他不禁悲憫起來；對那些終日奔波、勞碌，營求功名利祿及沈湎於聲色逸樂的人們；他們也追求著各人的快樂，他們永遠得不到。因為他們慾望無窮，永沒有滿足的時候。於是，像一場沒有目標的盲目賽跑似的，他們停不下腳步來看看自己已擁有的；他們不珍惜自己得到的，而永遠追求著得不到的。在追逐中，他們忘記了如流的歲月也同樣在追逐著他們，一直追到他們生命的盡頭。而沈湎於聲色逸樂的人，又何嘗得到了真正的快樂？或許他們得到一時耳目感官上的滿足，卻又是那樣虛幻、浮泛而易逝；他們打著及時行樂的旗號，醉生夢死地生活著。他們的生命，就如水面上的泡沫一般，在陽光照映下，也許璀璨奪目，一旦破碎，卻什麼也留不下來。他們的歡樂，也如泡沫一般，只有表面薄薄的一層，中間是更多的空虛。而他們仍迷戀著，沈淪於那一觸即破的虛幻，仍以縱情狂歡來揮霍有限的生命⋯⋯

涼風習習，竹韻隱隱，在溽暑夏夜的北窗下，他有著安謐、寧靜、無爭而充盈的快樂與滿足。他真願與別人分享；可是，在軟紅中醉生夢死的人群中，找誰說呢？又有誰能領略呢？

在歷史上，有許多文人，有滿腹才華，滿腔熱血，卻在仕途上不得意，而抑鬱一生。比起他們來，范成大要幸運得多；他一直擔任著相當重要的官職，很受朝廷器重。但高官厚祿是否就使他心滿意足，使他歡愉無憂呢？並不，原因有二：

㈠他是南宋的重臣，但南宋並不是一個有為的政府，北方有胡人虎視眈眈，朝政又受權臣把持，內憂外患。他的官位雖高，卻沒有挽狂瀾的力量，曾出使金國，又無功而返，難免憂心忡忡。

㈡他生性淡泊寧靜，嚮往林泉田園，對爭名逐利，沒有什麼興趣和野心，對世俗的榮華富貴有著身不由己的倦怠，在對國家忠愛的入世、與對自然嚮往的出世間，他更有著無以自解的矛盾。

他把自己這種嚮往，寄託在詩詞中。由於他對仕宦的態度，並不是汲汲營求的，所以常流露出一種超脫與豁達；予人的感受，也是一泓靜靜的湖水，而不是奔騰的急湍了。這一闋〈醉落魄〉就予人一種寧靜、恬適之感。

❀

范成大小傳　范成大，字致能，號石湖居士，南宋吳郡（今江蘇蘇州）人。

他於南宋紹興二十四年進士及第，孝宗時，累官至參知政事，曾出鎮四川、廣西、金陵，進資政殿學士；在南宋詞人中，算是仕途平順的一個。卒年六十八歲，諡文穆。

他工詩，為南宋大家之一，與尤袤、楊萬里、陸游齊名。慕賢愛士，當代詩人陸游、詞人姜夔，都與他交遊唱和。有《石湖詩集》與《石湖詞》行世。

醉落魄

范成大

雪晴風作，松梢片片輕鷗落。玉樓天半褰珠箔，一笛梅花，吹裂凍雲幕。

去年小獵漓山腳，弓刀濕遍猶橫槊。今年翻怕貂裘薄，寒似去年，人比去年覺。

連下了幾天的雪，把大地雕成了一個銀白的世界。如今，雪晴了，風神卻如嫉妒這鬼斧神工工程的完美，著意破壞；刮起了凜冽寒風，搖撼著松枝，把松梢上的積雪，抖得四處飛散；像一隻隻沙鷗，輕盈地落到地上。

數九寒天，對貧苦人是嚴苛的考驗，對豪門鉅室，卻只是另一種生活情調吧？在高聳的玉樓中，正笙歌如沸，正笑語喧天；低垂的珠簾，被高捲起來，只為，樓中的名士佳人，要欣賞樓外玉樹銀花的美景。

雪天，最宜品笛，一縷笛音，清越的奏起〈落梅花〉的曲子；笛聲穿雲，似乎把密佈的雲幕都撕裂了。

坐在酒暖香融的宴席中，范成大的心神，卻隨著笛聲，飛到了去年，飛到了廣西。

去年，他在廣西軍中。在冬天，軍中無事的時候，他常率領一隊人馬，到山下打獵。大雪滿天飄落，他們的弓箭佩刀都為雪所濕，他仍逸興遄飛，執著長槊，威風凜凜，效當年魏武，橫槊賦詩，彷彿文才武略，都有了施展的機會。

今年，他不復任武職，彷彿一下就衰退老化了，身上穿著最輕暖的貂裘，仍覺得寒意逼人。是今年比去年冷嗎？不！他知道，去年的冬天，和今天差不多冷。只是，是心境不同了，還是他真老了呢？今天的他，比去年對寒冷的感覺，似乎強烈敏銳多了。

❀

這一闋〈醉落魄〉的作者，是范成大。他出生，正是金人攻陷汴京的那一年。南宋南渡之初，兵荒馬亂，民生塗炭，他於孤貧中力學，高宗紹興二十四年中進士，孝宗時累官吏部尚書，拜參知政事，又曾以文官領武職，先後帥蜀、帥廣西，為人禮賢下士，仁民愛物，頗有政聲。與陸游、楊萬里、姜夔等詩詞名家俱友善。工詩，與陸游齊名，因晚年居石湖，自號石湖居士，詞集亦以石湖為名。詞風則近蘇辛。

六州歌頭

張孝祥

長淮望斷，關塞莽然平。征塵暗，霜風勁，悄邊聲。黯消凝；追想當年事，殆天數，非人力。洙泗上，絃歌地，亦羶腥。隔水氈鄉落日，牛羊下、區脫縱橫。有名王宵獵，騎火一川明；笳鼓悲鳴，遣人驚。

念腰間箭，匣中劍，空埃蠹，竟何成？時易失，心徒壯，歲將零。渺神京，干羽方懷遠，靜烽燧，且休兵。冠蓋使，紛馳鶩，若為情？聞道中原遺老，常南望、翠葆霓旌。使行人到此，忠憤氣填膺，有淚如傾。

隔著滔滔江水，極目向北方望去，只見江淮一帶，蒼蒼茫茫。素昔禾稼千頃的豐稔平原，如今竟成了榛莽荒寒的邊塞之地。奔馳的戰馬，掀起的塵土飛揚，遮蔽了落日。淒緊的霜風，為這闃寂的邊地，更增添了幾分森寒肅殺之氣。

黯然而沉默的凝望向江北，張孝祥心中壓抑著沉重得他負荷不起的悲憤；真是天意如此，既非戰之罪，也非人力能挽回嗎？連當年至聖先師孔子講學，絃歌不輟的洙泗之地，如今，也淪入異族之手，而滿地腥羶了。

一水盈盈之隔，那一方，陳列著穹廬氈帳；落日，斜照著牛羊歸牧，胡兒的軍壘土堡，星羅棋佈。暮色四合，對岸卻沒有被黑暗吞噬，是金酋以宵獵示威吧？騎兵手中擎的照明火炬，有如一道流動的長河；照亮了夜空，也照亮了江水。一陣陣胡笳嗚咽，一陣陣角鼓雷鳴，隔江傳來盡是殺伐之聲；那騰騰殺氣中的血腥味，直令人在驚心動魄之餘，激昂慷慨之情油生。

箭囊，仍懸掛腰間；寶劍，仍存放匣內，可嘆的是，朝廷之上，主和的聲浪，彌天蓋地，請纓無門！空有尖鏃，空有利刃，箭與劍，兩皆不遇；只有讓塵埃侵蝕，只有由蠹蟲作伴，而無用武之地！

不是沒有收復故土的良機；只是良機一縱即逝，總被掣肘的權臣耽誤而錯失！令有志之士，徒有雄心，徒有壯志，徒有滿腔熱血，滿懷忠忱，也只有眼睜睜的看著歲月飛逝而一事無成！

又是一年將暮！遙望著神京，遙想著那執干羽而舞於廟廊，以慶昇平的日子，已迢遙得像一場遠颺的夢！什麼時候能烽燧平熄，什麼時候能停戰休兵？什麼時候能回復昔日那國泰民安的承平歲月？

一隊又一隊的高軒駿馬，載著兩國的使節，南來北往的奔馳著；他們在傳遞什麼消息？張孝祥不知道，他知道的是，淪落在金兵鐵蹄之下的老百姓們，一直在引領南望；盼望著王師收復中原；盼望著君王的旗幟和車駕，重返汴京。

可是……他們不知道，朝廷上庸弱的君臣，只求偏安江左……遙望著江北，使避禍江左的人，怎忍得住滿懷因忠愛而生的悲憤之氣，又怎忍得住熱淚如雨的落下、落下……

❀

〈六州歌頭〉，是南宋張孝祥的作品，他把滿腔憂國之情，忠憤之氣，化作詞章，在建康留守張浚的酒宴上，慷慨悲歌，張浚也是有恢復之志的名臣，聽〈六州歌頭〉，感觸傷懷之餘，為之罷宴，可知其動人的力量。

張孝祥小傳　張孝祥，字安國，號于湖居士，南宋烏江（今安徽和縣）人。

他自幼讀書過目不忘，漸長為文下筆千言。紹興二十四年，秦檜為讓其孫秦塤狀元及第，盡黜名士；張孝祥名次較後，幸未在其列。在殿試中，高宗讀其策論，親擢第一，人心大快。累官中書舍人、直學院士、領建康留守，並曾為廣南西路經略安撫使、荊湖北路安撫使。歷官所至，皆有政聲，惜天不假年，卒年僅三十八歲。孝宗惜之，有用才不盡之嘆。

他詩文俱佳，每作詩文，輒問門人：「比之東坡如何？」可知其自負。有《于湖集》行世，詞集名《于湖長短句》，又名《于湖詞》。

念奴嬌

張孝祥

洞庭青草近中秋，更無一點風色。玉界瓊田三萬頃，著我扁舟一葉。素月分輝，銀河共影，表裡俱澄澈。悠然心會，妙處難與君說。

應念嶺表經年，孤光自照，肝肺皆冰雪。短髮蕭騷襟袖冷，穩泛滄浪空闊。盡吸西江，細斟北斗，萬象為賓客。扣舷一笑，不知今夕何夕。

在一望無際的碧波中，小船緩緩地滑動著。湖水映著天上皓月，泛著粼粼波光。微波盪碎了水面的月亮，幻成千萬點閃爍星光；就像天河中的無數星辰，向四方推展，使這一片湖水晶瑩透澈；置身其中，有如置身在水晶宮中一般。

南宋詞人，廣西安撫使張孝祥，奉詔北歸了。他從廣西任所，翻越山嶺，經過寬廣遼闊的洞庭湖。倚立在船舷邊，他仰視天上的明月；那輪明月已快形成一個飽滿的圓。數數日子，再過幾天就是中秋了。月到中秋分外明，天空到中秋也分外清爽；看！澄藍的晴空，連一絲雲翳都沒有。銀河像一條銀白色的帶子，橫跨在空中。天上的月光、星光，皎皎，閃閃，和洞庭湖面的水光輝映著。整個世界寂靜無聲，空氣也凝結不動了，像是怕破壞了這份靜、這份美似地。張孝祥凝視著這一片的晶瑩，久久，深深地吁了一口氣；他說不出所以然，卻倏地領悟了天人合一的道理：他曾是這一片晶瑩中的一部份。這使他感動萬分；又使他內省無愧，覺得自己也算得光明磊落，一片澄澈，並沒有玷辱這一片晶瑩。

總有一年多了吧！他奉使到了嶺南。嶺南，總使人連想到充軍發配的邊疆，想到孤臣、孽子。是的，他就是抱著一片孤孽的忠忱接受著歷練。即使是再深的痛苦，也不能改變他的志節了！他就一直以「一片冰心在玉壺」自期自勵著，直到今日，天日可鑑，他是無愧的。

夜更深了，水面上寒氣侵襲著，他恍如未覺；小舟平穩地在無邊無際的湖面上滑行，他蕭蕭的髮絲和衣袂微微飄拂。天地之間，萬物俱寂，這一瞬間他成了天地的主人。滾滾江流，似一道清泉，可一飲而盡；燦燦北斗，似專為他陳設的杯爵，待他淺斟低酌；這明月，這星辰，也不過只是為了陪襯他，為他助興而已。天地以他為主人，萬物為他作賓客。他悠然自得，豪情萬丈，輕敲著船舷，怡然微笑；在自得中，他忘去了一切，空間和時間，都變得微不足道了。

他從沉湎中驚覺，記下了那一瞬間的領悟，寫下這一闋〈念奴嬌〉。或許他真有過那一種超越於形體之外，與天地相契合的體會，於是這闋詞也堪稱絕唱了。

西江月

張孝祥

問訊湖邊春色，重來又是三年。東風吹我過湖船，楊柳絲絲拂面。世路如今已慣，此心到處悠然。寒光亭下水如天，飛起沙鷗一片。

許久都沒到溧陽來了！屈指數數，三年哪！三塔寺、寒光亭，時在念中，尤其，春天……因此，當張孝祥能夠自那冗冗碌碌的宦海生涯中，偷得浮生半日閒的時候，他又來到了溧陽。寒光亭，座落在溧陽湖對岸的三塔寺中。湖邊，栽植著垂柳，扁舟如葉，停泊柳岸。春日，楊柳生發，望去，一片綠楊煙，掩映著湖光山色，宛然如畫。

船上的舟子，遠遠看見他走近，用手遮護著眉眼望著。待看清了面貌，眉開眼笑地，老遠便招呼：

「是張官人！可好幾年沒見您來啦！」

張官人！這稱謂對他有著太多的親切；自他二十二歲舉進士第一以來，便很少再有人喚他張官人。稱謂，總是不斷隨著他的官職在改變，只有這純樸湖山間的舟子，仍沿用了最平常，也最親切的稱呼。

「遊湖嚒？」

他欣然跨上扁舟，舟子一邊解纜，一邊問。

「嗯，往三塔寺去。」

扁舟，自柳岸邊盪開。一絲絲、一縷縷細軟如絲的金色柳條，隨著東風擺盪，拂著他的面頰，彷佛也依依地向他訴著離情。

逐水順風，扁舟滑向了湖心；柳岸遠了，他少年英發的歲月，也如東風催送扁舟一般，遠遠地被拋落在人生旅途的那一端了吧？

曾經如何以文采經綸自許，曾經如何以激越情懷自負！他仍記得，他以二十二歲的少年科第，參加殿試，一舉奪魁，欽點狀元，曾使心心念念，希望孫子秦塤拔頭籌的宰相秦檜，如何咬牙切齒。他也記得，他任建康留守時，在魏國公張浚的宴會上，賦〈六州歌頭〉，慷慨悲壯的愛國情操，使有恢復之志的重臣，感動得無以自已，終於罷宴。然而，在走上宦途之後，才知道，縱然自己有「以天下蒼生為己任」的抱負，其奈力不從心何？

他掙扎、他激憤；他抗爭、他顛躓，然後，他覺醒了，他無力挽狂瀾於既倒，他所能作為的，不是扭轉乾坤，而是在自己力所能及的範圍中，做一個造福百姓的好長官，如此而已。

曾崎嶇艱危，跌得他頭破血流的仕途，在他的一念之悟中平緩了；或者說，是他看淡了，也看慣了，因此，在盡心而已的釋然中解脫出來；竟也能悠然自得之餘，頓覺天地空闊。

晴空，澹澹蕩蕩的向四方鋪展，寒光亭近了，亭下水清波澄，湛藍得與晴空渾然一色。

忽然，如鏡的水波，掀起了漣漪；一群悠遊棲息寒光亭下的沙鷗，因著扁舟臨近而驚飛，掠波而上，直向長空振翼飛去……

❀

這一闋〈西江月〉是南宋張孝祥的作品。他的詞風，與蘇辛相類，風骨高標亦不愧豪傑；尤其在秦檜專權主政之際，「風波亭」一案，岳飛冤死，時人皆懾於秦檜，敢怒而不敢言。唯張孝祥不惜忤權臣而上疏為岳飛辨冤，這等襟懷膽識，非常人能及。而歷官所至，亦皆有政聲，可惜天不假年，未盡其才。

水龍吟

辛棄疾

楚天千里清秋，水隨天去秋無際。遙岑遠目，獻愁供恨，玉簪螺髻。落日樓頭，斷鴻聲裡，江南遊子。把吴鉤看了，欄干拍遍，無人會，登臨意。

休說鱸魚堪膾，儘西風、季鷹歸未？求田問舍，怕應羞見，劉郎才氣。可惜流年，憂愁風雨，樹猶如此。倩何人喚取，紅巾翠袖，搵英雄淚？

紅日，向西天落下。紺碧的長空，如經水洗般的清新明淨。這秋日特有的明淨青空之下，淮河靜靜地流著，流向那遼闊無際的天邊。

辛棄疾默然地站在賞心亭上，向著鋪陳在眼前的秋天眺望著。遙遠的視野中，有幾座小山，細細高高的，像一支支矗立的碧玉簪；圓圓低低的，又像一個個螺形髻。而這點綴在無際的平原上的小山丘，卻無端惹起他心中的傷痛；異鄉信美呵！奈何，這不是他的故鄉，他的故鄉在有崇山，有峻嶺的北方……在金人的鐵蹄下……

一隻失群的孤鴻，在暮色中盤旋、悲鳴，悸動著他的心房；他，也是一隻孤鴻呵！來自北方，流落江南。

流落！當初，他何嘗想過是「流落」？他，曾那樣的抱著一腔沸騰熱血，率著義軍，自淪陷的山東，一路歷經險阻，渡江投效！投效他出生時，就已南渡，卻為淪陷於江北的父老，一心嚮往效忠的宋室。

他以為，廟廊中的君臣，會張開雙臂，擁抱這千里來歸的孤臣孽子；他以為，他們會感激他帶來的北方鐵蹄下人民血淚的呼聲；他以為，他們會重視他一路上偵查所得的軍事情報，進而賞識他的韜略，揮師北伐，恢復中原！

他失望了，他是封了官，受了賞，卻一直被疑忌、排斥；只因，他來自淪陷的北方；只因，他們只想安於現狀，只想倚仗長江天險，維持苟安，粉飾昇平！

就這樣，他流落了，在他千辛萬苦投奔的祖國懷抱中流落了……

拔出了身邊佩戴的寶刀，他惆然凝視；寶刀，該是上陣殺敵用的利器神兵呵，怎能甘於鎖閉在刀鞘中，成為一種裝飾？可是……

寶刀，依然閃著森森寒光，依然削金切玉如泥，卻埋沒在刀鞘中，無處施展神威。

寶刀，空負了吹毛斷髮的鋒刃，他，空負了運籌帷幄的才略。

廢然而嘆，他不忍地還刀入鞘，移開目光。一掌掌擊在欄干上，悲憤的心，只能藉著手心中傳來的撞擊和痛楚來渲瀉。只因，他的悲憤，無處可傾訴，也無人能領略；登高臨遠，不為秋景清奇佳麗，只為悲愴之情難宣。

他能做什麼？當年，張季鷹在洛陽為官，見秋風吹起，念及故鄉吳中的菰菜蓴羹鱸魚膾，慨嘆人生須得適意，何必萬里求爵，便命駕南歸。他羨慕那一種曠達任真，可是，他不是張季鷹，現今，也不是承平之世，更難堪的是，他有鄉歸不得。

或許，就隨波逐流吧，像大多數文臣武將一樣，落地生根，購田置產，以貽子孫。卻又不期然想起三國時，劉備對許汜的責備：

「君有國士之名，而求田問舍，言無可采……」

他若也求田問舍，又何以面對以天下蒼生為己任的豪傑之士？難道，真腆顏臥於地，看天下英豪，臥百尺樓上，對他嗤笑？

屈指數數，自二十三歲率眾來歸，至今，已十七年了！桓溫北征時，見昔日所種楊柳，皆已十圍，曾慨嘆：

「樹猶如此，人何以堪？」

他一下明白了其中的悲楚，十年，木便足成材，那，十七年呢？那，「日月逝於上，體貌衰於下」的人呢？

一念及此，他不由悲從中來；男兒有淚不輕彈，更何況，他素以英雄自許。但，他仍遏不住珠淚奔流。

當世，他已難求知己於廟廊；廟廊上，無人能解，他實在已到了為天下、為蒼生、為自己，都不能不落淚的傷心處了。

那，只有求知己於紅顏了，一任溫柔鄉，埋葬英雄骨；又有誰能為他去喚來隱於風塵的紅顏知己，用紅絲巾、綠羅袖，來為他拭去湧不盡的英雄悲淚？

❀

這一闋〈水龍吟〉有小題：「登建康賞心亭」。賞心亭，下臨秦淮，是建康（今南京）勝地。辛棄疾登臨其上，感傷南宋偏安而作此詞時，年四十歲。一腔「不遇」，及感傷時事的悲憤無奈，發為辭章，自然沉鬱蒼涼，而又壓抑不住慷慨悲歌的激烈壯懷，是辛詞中極有名，也非常重要的作品。與另一闋「京口北固亭懷古」的〈永遇樂〉，堪稱「豪放詞」中雙璧。

辛棄疾小傳　辛棄疾，字幼安，號稼軒居士，南宋濟南（今山東濟南）人。

他出生時，山東已經淪陷。少年時代，他曾師事蔡松年，及長，參加義軍，二十三歲，率義軍數千渡江歸宋。

「起義來歸」的他，並沒有如他所期的受到重用。兼以北方人的率直操切，處處與江南偏安的氣氛不合，頗為當路者所疑忌。累官江西、福建提點刑獄、湖南、湖北轉運副使、各路安撫使、大理少卿、兵部侍郎。以其文武兼資之才，歷任各地，都有一番奮發蹈厲的作為，卻因此每為言路所劾，屢黜屢起，不得不晦跡林泉，陶情歌酒，終不能忘恢復之志，卻因「不合時宜」，未盡展其才。後進樞密院承旨，未到任而卒，年六十八歲。至恭帝時，才因謝枋得之請，贈少師，諡「忠敏」。

他生平以氣節自負，功業自許，所交都為當世名士，亦隱然負天下重望。詩文俱工，而致力於詞；一腔鬱勃之氣，盡抒發於詞中。於翦紅刻翠之外，別樹一幟，為有宋一代詞家中，唯一能與蘇軾抗衡者，亦為「豪放詞」的代表人物，與蘇軾並稱「蘇辛」，並受尊崇。詞集名《稼軒長短句》，又名《稼軒詞》。

摸魚兒

辛棄疾

更能消、幾番風雨？匆匆春又歸去！惜春長怕花開早，何況落紅無數。春且住；見說道、天涯芳草無歸路。怨春不語，算只有殷勤，畫簷蛛網，盡日惹飛絮。

長門事，準擬佳期又誤。娥眉曾有人妒，千金縱買相如賦，脈脈此情誰訴？君莫舞，君不見、玉環飛燕皆塵土。閒愁最苦，休去倚危欄，斜陽正在，煙柳斷腸處！

「我奉命來接湖北漕，只道先生高升了，不料，只是湖北調任湖南。當路者，不知人，令人扼腕！且置水酒一席，權為送行吧！」

接到轉任湖南轉運副使的任命，辛棄疾心中的失望，無以言喻；自二十三歲，率山東義軍投效南宋以來，他一直期盼著一伸淩雲壯志，北伐收復失土，還我河山。然而，他的一腔熱血忠忱，在南宋朝廷君臣主和的苟安心態下，被潑了冷水。尤其使他痛心的，他一直被疑忌、被排斥，因為，他不是正統的南宋子民，他從北方來，在臣僚眼中「非我族類」。更大的原因是：他太優秀、太出色、太鋒芒……

又一次，他失望了，轉運副使，官位不低，然而，與運籌帷幄、決勝千里的壯志來比，這一天到晚在錢糧中斤斤計較的官位，卻是銷磨英雄志的錯刀呵！

接任的王正之，是了解他的心情的，但，也只能為他設席相送，而無言相慰。

席設小山亭，亭在漕司衙邊，遠望青山，下臨清池。辛棄疾端著一杯酒，凝望著雨後的園林，無限感慨：

「暮春了！那禁得三番兩次風風雨雨？這場雨一下，春天也就盡了。」

王正之點點頭，有些了解他的心情：

「春是留不住的！」

「我卻一直奢望把春留住！你知道嗎？人，都怨花開得太遲，我卻總擔心花開得太早；開得早，凋落，也必然早。所以，一見花開，我就不知何以安置這份惜春的情緒；花開尚且如此，對此滿地落紅，真是情何以堪！」

但，任他如何牽戀，欲留春住，春也未曾為他稍駐那匆驟而去的腳步！

春歸了，人呢？人卻是有家歸不得呵！如今，只有綠遍天涯的青葱芳草，可以不受人間戰火的阻擋，綠遍江南、江北。他卻怕，當春神棄人間於不顧時，連芳草的草腳，也迷失了方向，回不去了！

「春呵！你在那裡？」

他想喊叫著問，卻只敢在心底吶喊；而春，是沒聽到，還是無情？竟無一語作答。倒是畫簷上結網的蜘蛛，彷彿是體會了他心裡的惜春愁緒，殷勤地張著網，成天忙著捕捉簷前飛過的柳絮，希望為他把春留住。

「移漕湖南！」

他對自己的新任命有欲哭無淚之感；不由想起漢武帝時，最初「以金屋貯之」，後來卻被冷落在長門宮的陳阿嬌來。陳皇后有什麼罪？若說有罪，只該怪她長得太美了，以致招人嫉妒陷害！

在長門宮中，阿嬌也如他一般企盼吧！企盼著君王回心轉意；阿嬌，企盼寵幸，他企盼重用。多少次，有了一些美好的預兆，帶給他如待嫁少女，佳期在望的喜悅心境，豈料，事到臨頭，又是一場空！陳阿嬌的幽怨，尚可以千金厚禮，請司馬相如作成〈長門賦〉，呈獻到武帝面前，終於挽回了失落的恩寵，而他……

他苦笑了，他到那兒去找今世的司馬相如來為他作賦？即便是司馬相如生於今世，又怎能了解他滿腔忠憤和憂國之思，替他做最完美的傳達？

不在於是否獻賦，而在於小人當道，根本君王沒有讀到他的〈長門賦〉的機會呵！他也獻過策的！〈美芹十論〉，在口頭上，他也得到嘉勉；他不要嘉勉，他要的是採用，然而，他等了十幾年了，依然消息沉沉……

當道的奸佞們，一手遮天，埋沒了天下真正才能之士。一如漢宮中的趙飛燕，唐宮中的楊玉環，得意揚揚的歌著、舞著，獨佔著君王的寵愛，埋葬了無數後宮絕色。然而，如今呢？飛燕何在？玉環何在？到頭來，誰能逃過那一坏將人身軀化為泥塵的黃土？

也只有聊以此解慰了！然而，又怎解得心頭那苦澀的鬱結？

亭外，紅日已向西斜，掛在籠著淡煙的柳樹梢頭。

「你看，這景色多美！」

王正之靠在亭邊的欄干上，指著亭外的黃昏美景說。

他沒有站起來去欄干邊，與王正之共賞美景；在這春暮的黃昏，他不敢，也不忍憑欄眺望；眺望那令他斷腸的煙柳斜陽……

❀

這一闋〈摸魚兒〉附有小序：「淳熙己亥，自湖北漕移湖南，同官王正之置酒小山亭，為賦。」在表面上，寫的是惜春情懷，實際上，卻是辛棄疾自傷空負經世之才，而不被重用的感傷。所用的幾個古代美女的典故，都有所指，並非泛泛傷春之詞而已。讀者或可細細體會，必有所得。

祝英臺近

辛棄疾

寶釵分，桃葉渡，煙柳暗南浦。怕上層樓，十日九風雨。斷腸片片飛紅，都無人管。更誰勸，啼鶯聲住？　鬢邊覷，試把花卜歸期，才簪又重數。羅帳燈昏，哽咽夢中語。是他春帶愁來，春歸何處？卻不解，帶將愁去。

無端端地，擘分了寶釵，硬生生的，拆散了情侶。

桃葉渡，在辛棄疾心中，一直只是個帶著美麗而浪漫色彩的地名，一個遙遠故事中的地名；晉代名士王獻之，在這兒送別他那名叫「桃葉」的愛妾。後人多事，便把這送別桃葉的渡口，地以人名，喚作桃葉渡。他不曾對桃葉渡有過什麼深刻的感受，那故事是杳遠的；這地名是附會的，他雖曾以少年心性中的那一點唯美情懷，隨意吟唱過那首〈桃葉歌〉，但他完全不能體會當年王獻之的心情；對他而言，那不過只是一個古代名士風流的韻事而已。

然而，今天，送別「桃葉」的是他了，那不再是事不干己的杳遠故事，而是刻骨銘心的別恨離愁。

人們，習於把楊柳當作一種多情的植物；它那麼牽引著長長的金縷柔條，依依裊裊，像牽縈著行人的衣袂，不忍驟別。可是，它真的多情嗎？它為什麼對人們的別恨離愁，那麼無動於衷呢？如果它多情，怎能這樣蓬勃繁茂的茁長？那濃密如煙的柳葉，重重疊疊地，瀰漫著，覆蓋了整個南浦。那千絲萬縷，只撩亂了離人心頭愁緒，又幾曾綰得行舟片時留駐？

也欲窮千里目呵！又怎忍登上層樓高處？在這陰雨連綿，經旬不斷的暮春時節，怕那無盡頭的雲天漠漠，怕那無邊際的煙雨濛濛，組成自四方合圍的冰繭，逃不開、避不去的，縈纏、繚繞……

雨中的花朵，無奈地掙扎著開放，又無奈地化作片片飛墜的殘紅。開放於春的末程，已然不幸，更不幸的，該是在無情風雨摧殘中，她的掙扎、努力，都只是白費心血的空擲；開，無人見，落，無人惜吧！那敲打在枝罅葉隙的淅瀝，都是她們斷腸的哀歌。

何處傳來了嚦嚦鶯啼？那麼輕揚婉轉而愉悅，又那麼不合時宜；在這春將暮、花將老、人將別的時節，在這雲天低亞、煙水蒼茫、柳絲撩亂的渡口！

「鶯兒！別唱了吧……」

誰知道柔腸百轉的離人，被鶯聲勾起多少淒楚悲愴？又有誰代為傳語，勸阻鶯兒輕唱？

最難忘的是，臨別的前夕——

對鏡整粧的伊人，強斂愁眉，暗拭淚痕，默默無語。久久，把鬢邊插的一枝荼蘼，拈在手中，細數著花瓣，那麼猶豫，又那麼專注。細細數罷，幽幽一嘆，重新簪上，凝思片時，又不放心似的，躊躇著，再伸出纖纖素手，取下，又重數……

他握住她的手，她驚悸地抬頭，淚眼朦朧。他知道，她在用花占卜著歸期，他知道，她不論卜的是吉是凶，她都不放心，也不相信；吉，她不敢相信，凶，她不願相信；這朵小小的荼蘼，怎負荷得了如許深情的託付？

羅帳低垂，將燼的殘燈，昏昏暗暗。他在反側中，被低微的語聲驚起；驚起他的，卻是伊人夢中的哽咽；那強自壓抑在強顏歡笑之下，卻流瀉夢中的哽咽，在冷雨飄瓦的餘寒中，淒淒楚楚地，刺穿了夜幕深深……

春！是你滋長了綠柳，催放了春花，喚醒了啼鶯，種下了情苗，才牽惹如此愁緒。為什麼，你就這樣悄悄去了，不知去向何方，卻把這當初你牽惹的愁絲，漠然地留了下來，不肯將它帶走呢……

❀

辛棄疾，與蘇東坡，都被視為「豪放派」的代表詞人。殊不知，二人婉約之作，較之周、秦，並不多讓；且更真摯深刻，不僅於翦翠裁紅。如蘇之「花褪殘紅青杏小」，辛之「寶釵分、桃葉渡」均為婉約詞中的佳作。自古，大英雄、大豪傑，無非「情之至者」，由蘇、辛二氏的詞作中，當可看出端倪。在這一闋〈祝英臺近〉中，「試把花卜歸期，才簪又重數。」把女子那種痴情的疑懼，寫得淒楚細膩，直令人讀之鼻酸呢！名家才調之不為一隅所限，由此可見。

水調歌頭

辛棄疾

帶湖吾甚愛，千丈翠奩開。先生杖屨無事，一日走千回。凡我同盟鷗鷺，今日既盟之後，來往莫相猜。白鶴在何處？嘗試與偕來。

破青萍，排翠藻，立蒼苔。窺魚笑汝癡計，不解舉吾杯。廢沼荒丘疇昔，明月清風此夜，人世幾歡哀。東岸綠陰少，楊柳更須栽。

只為了龍騰虎擲的雄才大略，不能見容於當道；只為了民胞物與的丹心赤忱，無心觸犯了佞臣，於是，辛棄疾早先購置的田莊，真成了他安身立命的樂園。

幾乎在他第一次來到上饒，經過帶湖的時候，他就愛上了這塊土地；土地荒廢著，但蘊蓄著他的心中丘壑。

「也許，有朝一日，退休了，在此終老……」

為了想在垂老之年，可以歸隱於此，於是，他買下了瀕臨帶湖的一片土地，著意經營。怎料到，未到垂老之年，他已被摒於仕宦途外？

「幸好，有帶湖可歸農，有稼軒可安身！」

在他把那一座書齋，命名為「稼軒」時，不過是承傳自古士人的耕讀之志。又何曾想到有朝一日，當真歸於莊稼，把淩雲壯志，埋進了滋生化育萬有的土地。

帶湖無恙！依舊是那樣的令人愛賞，看！在日麗風和的日子裡，帶湖，就像一面揭開鏡袱的翠鏡，映著天光雲影，映著青山翠谷，迤邐地伸展向千丈之外；那樣晶瑩、清澈，光潔鑑人。柔雲，在天上弄影；鷗鷺，在水面戲波，更引得主人辛棄疾，一有空閒，就拄著手杖，穿著輕便的草鞋，來到帶湖邊，流連，閒步。永遠不厭、不倦，也永遠不嫌次數多。

早先，一見人影就驚避飛去的鷗鷺，是否也熟悉他的身影了？已漸漸不再驚避，而悠然自得如故。鷗鷺忘機，比之人世的紛爭、傾軋，牠們那一份悠然自得，真令曾經過風浪波濤的辛棄疾忻羨、嚮慕極了。他多麼希望，自己也如鷗鷺一般，有著淡泊而澄明的心志，有著恬然而安寧的生活，無所縈滯，歸屬自然。他漫聲吟著前賢蘇東坡〈前赤壁賦〉中的警句：

「……漁樵於江渚之上，侶魚蝦而友麋鹿……」

入山林，與麋鹿為友，傍湖澤，而鷗鷺不驚。麋鹿，與鷗鷺，也深通人性善惡的，也唯有以悠遊自然，欣愛而不存殘害之心的山澤漁樵，和林泉隱者，才能到達這種回歸，且與自然融和為一，與萬物和睦共存，不相驚猜的境界。

面對著幽棲林間澤畔的鷗鷺，似乎人世的順逆、得失，都逐漸淡去，遠去；名韁利鎖，人不知不覺的溷落其中，被囿禁、桎梏。如今，回歸了田園，回歸了自然，才有了時間，有了閒情……這該是可珍、可喜的吧？尤其在往來帶湖之濱，而不再使鷗鷺驚避，使他更有已為大自然容納的喜悅。不覺招手呼喚：

「沙鷗、白鷺，我辛棄疾，今日與你們訂盟，相約為知己，共享林泉之樂！」

鷗鷺似乎聽懂了他的話，有的在水邊停佇，從容安詳；有的展翅，在空中翱翔，劃出一道優美的圓弧，輕落在他身畔；也有的三三兩兩，群聚喁喁，似乎商量著，如何接待他這異類盟友。共同的，是一派善意接納的親和。

他欣然而鄭重：

「你們同意了，是不是？那，凡是今日與我締盟的，便是盟友了，日後在山隈水涯，林間澤畔相遇，莫相嫌猜走避啊！長來長往，亦當親如友人才是！」

一隻白鷺，圍繞著他上下旋舞，他憬然領悟：

「哦！你說，你還有朋友，也要參加？是白鶴！當然也歡迎牠呀，牠在那兒？你試試看，把牠也一起約了來吧！」

一葉小舟，劃破了一池萍綠，水中的青荇碧藻，悠然分向兩旁，搖漾著天心雲影。鷗鷺追隨著他的身影，時而振翅踏萍飛向青空，時而伸喙戲藻潛入水中。辛棄疾離舟登岸，負手小立布滿蒼苔的湖畔，舉杯閒眺，以青山為餚，碧水為饌，欣然自飲時，只見水中游魚，悄悄地浮出水面，泛動著漣漪，似乎向他偷看，他不禁笑了：

「你看什麼呢？癡傻的魚兒呀！看我飲酒嗎？可惜，這飲酒的樂趣，是你永遠也領略不到的！」

紅日西斜，片片絢爛的雲霞，為青山碧水勻染上綺麗如醉的馥馥輕紅。長庚星，出現在西方的山巔，隨著漸深的暮色，益發熠熠耀目。似乎宣告著，將是一個靜謐、伴著明月清風的良夜。

回想當初的帶湖，為蔓草荒煙所掩沒，如一個披頭散髮的絕代佳麗，不是不美，總有著可惜麗質不得合宜展現的遺憾。如今，花木扶疏，屋宇儼然，青山鑑影，鷗鷺徘徊，保持了自然風貌，而少蕪亂；增添了刻意經營，而無鑿痕，只使得山益秀，水益清，更加風姿綽約，清雅宜人。尤其在月夜，月影在水波上浮漾，清風徐來，泛起金波粼粼……

帶湖的面貌改了，從無人問津的廢沼荒丘，到今日引人相看不厭的勝境，經過了多少歲月？花費了多少心思？其間，又有著多少人世滄桑，得意、失意；歡欣、哀愁；順利、坎坷？

凝視著波平如鏡的帶湖，辛棄疾默然撫平心湖中的思潮起伏；讓不平、憤懣，都隨歲月流去吧！他已被摒於經綸國家大事的大門之外了，所能經營的，不過是眼前的山水阡陌。

負著手，他細心審視，加意品評，拈鬚微笑自語：

「唔，東岸邊的綠陰，太單薄了些，也許，明天該叫人多栽上幾棵楊柳……」

❀

辛棄疾是一位豪傑之士，南宋不是一個可以重用，乃至容納豪傑之士的朝廷；於是，有了不得已而歸隱帶湖之舉，且被閒置達十年之久。一個智者，一個中國的讀書人，往往有善處逆境，寄情於山水的通達，而不願以怨抑委頓的面目示人；對仕途的得失，總有點「得之我幸，不得我命」，但求盡心而已的心態；保持著一分尊嚴，一分傲骨，不肯也不屑於汲汲營求，寧把內心波濤萬丈，在自然中涵容成雲淡風輕。這是有大襟抱、大志節的人，應有的修養。辛棄疾這一闋題為「盟鷗」的〈水調歌頭〉，就是化憤怨為沖淡的作品，一派悠然閒適的天機，除了「人世幾歡哀」，淡淡流露出幾分感慨，幾乎看不出他遭際的困阨與失意來。其間千迴百轉的無可奈何，面對並接受，進而轉化為平和、恬淡，甚至欣然的心境，才使人意會豪傑與草莽，君子與佞人的分野何在！

鷓鴣天

辛棄疾

枕簟溪堂冷欲秋，斷雲依水晚來收。紅蓮相倚渾如醉，白鳥無言定自愁。　書咄咄，且休休，一邱一壑也風流。不知筋力衰多少？但覺新來懶上樓。

是什麼時候開始的？酷熱溽暑已悄悄消滅了威力。在這座臨清溪而築的草堂中，斜靠在竹枕涼簟上小憩的辛棄疾，感覺這夏日用以取涼的枕簟，已涼得有些沁人了。

流浪飄浮在水面上弄影的雲，在日近黃昏時，如倦遊的旅人，不知飛向何方。天空明淨如洗，與習習涼風，織成一片秋意；秋，真的來了，一年匆匆，又已過了一大半，而他，自遊鵝湖歸來，一個夏天，就在病榻上消磨了。

閒憑著軒窗，向外望去；帶湖上，在夏日繁盛一時的荷花，雖未凋零，卻已失去了昔日亭亭的俊朗風姿；楚楚可憐，依偎在西風裡，宛如不勝酒力的紅衣美人，搖搖欲墜。

幾隻羽白如雪的鳥兒，棲立水中，低啄毛羽，一改昔日爭食的喧嘩，似乎負載著沉重的愁緒，默默無語。

「鳥兒！你們也有難以言宣的苦楚和心事嗎？」

白鳥依然無言。

他不能了解鳥的心事；鳥，又何嘗能了解他的愁懷？

放眼望去，滿眼山色湖光，悅目怡人，對許多人而言，擁有這樣一片屬於自己的房舍田莊，也該滿足了吧？

在病中，他以讀史，消磨岑寂，看到《晉史・殷浩傳》記載：「都督揚、豫、徐、兗、青五州軍事的殷浩，時時以恢復中原為志，但事與願違，征姚襄失敗，被權臣桓溫中傷，廢為庶人。他是一個修養很高，崇尚黃老的人，雖受罷黜，口無怨言，神色平靜，連家裡人，也看不到他因遭流放而表現悲戚之情，只常凌空書字，寫『咄咄怪事』而已……」

讀到這一段，他不由掩卷嘆息；他的遭遇，和殷浩何其相類！他也有北伐恢復中原之志呵！他也無端被罷黜閒置呵！他比別人更了解殷浩書空咄咄的無奈心情，只因，他也只能凌空書寫：咄咄怪事……

他不知道，自己是不是該遵奉聖賢邦有道則仕，邦無道則隱的明訓，不再聞問不可聞問的世事。如唐代司空圖，回歸故居，到中條山王官谷，守著祖先留下的薄田，不復出求仕。守住了山水丘壑，也守住了勵節冰操。

司空圖的隱逸，也是出於心灰意冷吧？否則，他何以築休休亭？何以說：「量才一宜休，揣分二宜休，耄而聵，三宜休。」雖然如此，他真忘卻捨棄天下蒼生了嗎？若然如此，他又何必畫唐代節士文人圖像於亭中？

咄咄如何？休休如何？這其中盡是有志難伸的忠愛和無奈呵！

他老了！因著憂國憂世，也因著病魔糾纏，使他不僅心境蒼老，體力也覺衰退。他無法具體的說出自己衰弱了多少，只是，近來呵，望著樓階，也有力不從心之感，連夙昔最愛登樓遠眺的樂趣，都吸引不了他登樓了。

❀

這一闋〈鷓鴣天〉作者是南宋名家辛棄疾。前有題：「鵝湖歸，病起作」。鵝湖，在江西。那時，辛棄疾因解官，而歸帶湖隱居，壯志未死，一心等待起復。心中充滿了不敢希望、不甘絕望的矛盾，適逢病後，感慨更多，咄咄、休休之嘆，正可見其心境一斑。

賀新郎

辛棄疾

雲臥衣裳冷。看蕭然、風前月下，水邊幽影。羅襪生塵凌波去，湯沐煙波萬頃。愛一點、嬌黃成暈，不記相逢曾解佩，甚多情為我香成陣。待和淚，收殘粉。　靈均千古懷沙恨。記當時、匆匆忘把，此仙題品。煙雨淒迷僝僽損，翠袂搖搖誰整？謾寫入、瑤琴幽憤，絃斷招魂無人賦，但金杯的皪銀臺潤。愁殢酒，又獨醒。

悠悠的白雲，飄浮在藍天上，也投影在煙波萬頃的湖面柔波上，像那靜臥在母親臂彎中的嬰孩，在起伏的輕緩韻律中，沈沈睡去。

湖面上滑來陣陣水風，吹得人衣袂飄飄，貼體生寒。而她，那水中的仙子，就那麼寥寥落落的，在水湄湖畔，留連，徘徊；把那幽逸的瘦影，寫在冷風中，寫在月光下。而當人們著意去尋找她的芳蹤時，她又飄然淩波而去，只在水邊沙灘上，留下那纖小的足跡；告訴人們，她那穿著羅襪的纖足，曾在此地徘徊，曾沾上此地的塵埃……

仙子淩波而去，去向何方呢？那浩瀚的水面，煙遮雲掩，也只使人徒自浩嘆，而無處尋覓她的歸處了。

就在人惆悵難以自解的時候，一陣陣的幽香，細細拂來；那纖纖足跡，都化成朵朵仙葩；那翠綠的長葉，像迎風的翠帶；那柔白的花瓣，像飄動的雲裳；那嬌嫩的黃色花心，可是淺蹙輕顰的嬌美臉龐上，點綴的淺暈額黃？

凝視著這風致清絕，又淒怨孤伶的仙葩，辛棄疾一時竟禁不住盈眶熱淚：

「水仙！我不曾如鄭交甫一般，有幸與你邂逅相逢，並承你解佩相贈。因何故，卻承你青睞，為我吹拂這陣陣清香，又貽贈這樣清絕、幽絕、又孤絕的仙葩為伴呢？」

這樣的感激之情，卻是無以報答的，也許，只有等到花凋粉殘的時候，再來為她收拾殘香，聊表寸心吧！

這洞庭湖畔，湘江水域，是當年屈靈均流放漂泊，而終於懷沙自沈的地方。他留下了那麼多香草美人的詩篇，卻因何，獨遺漏了水仙花呢？也許，他在匆忙間忘了，而為水仙留下了終身難彌的遺憾。而靈均，又何嘗不遺憾呢？死而有知，記起當年時，恐怕也不免為自己的疏失，跌足長嘆吧！

於是，水仙一縷遺世、也為世所遺的芳魂，只能飄泊無依的在水邊湖畔徘徊，任憑冷煙寒雲、淒風苦雨侵陵，沒有人憐惜那憔悴的風鬟霧鬢；沒有人整理那飄搖在風雨中的翠袖羅裾……一腔幽怨，縱使那古代的音樂家伯牙，為她譜成了〈水仙操〉的琴曲，又怎奈世人知音者少，便彈斷了琴絃，也沒有人解得曲中幽憤，為孤零無依的水仙，賦一章「招魂」……

一年年、一歲歲，就在花謝花開中流逝。每當辛棄疾見到那被稱為金琖銀臺的水仙，見到她那金得燦亮，銀得光潤的花朵，水仙那千古的幽怨，就又兜上心頭，再也拂拭不去。

只能藉著一杯杯酒，逃入醉鄉，來逃避的縈心難遣的愁緒了。怕只怕呵，更深夜闌，獨自醒來，又觸及那含愁凝睇的秋水盈盈……

❀

這一闋〈賀新郎〉是辛棄疾詠「水仙」的作品，那樣傳神的寫出了水仙的風姿、神韻，更寫出了水仙的寂寞、幽怨；使人不禁想：在寫這闋詞的時候，恐怕，辛棄疾也化成了一枝水仙了吧？或許，他寫的，正是他自己懷才不遇的心情呢！

青玉案

辛棄疾

東風夜放花千樹，更吹落星如雨。寶馬雕車香滿路，鳳簫聲動，

玉壺光轉，一夜魚龍舞。　蛾兒雪柳黃金縷，笑語盈盈暗香去。

眾裡尋他千百度；驀然回首，那人卻在燈火闌珊處。

在新年第一響的炮竹聲中，春悄悄地來到人間。它柔和的觸角，輕拂著人們的臉頰，那些團圓中的人們，臉上便綻開了喜悅的微笑；它輕撫著孩子們的小頭，那些穿著新衣的孩子，雙腳便忍不住地蹦蹦跳跳。它從梅萼中透出消息；它從桃符中溢出喜氣；它仍等待著、蘊蓄著、準備著，像是準備帶給觀眾驚喜的魔術師，帶著幾分神秘的笑，忽然喊：「變」！

在一霎那間，這個世界似乎全然改觀了。儘管天氣還沒有回暖，卻沒人感覺冷。原本枯寂的枝頭，忽然綴滿了各式各樣的花朵，色澤是那樣的豔麗，花式是那樣精美，這些巧奪天工的花朵中，還綴著燭火，閃爍著忽明忽暗的光輝。像是春神特意為千萬的樹木裁製了新裝，在夜色中，這千萬棵燦爛輝煌的樹木，爭相炫耀著，交織成一片燈與花的海洋。連續不斷，曳著光尾的焰火，衝向夜空；在夜空

中爆裂、擴散，幻化成無數的小火花；宛如流星雨一般，自空中冉冉降下，照亮了半邊天。

天上的流星雨和地上的燈花，已經使人目不暇接；更有那騎著駿馬，風采翩翩的少年，和乘著香車，花枝招展的少女們，在家人的護衛陪伴下，也來遊賞這一年一度的盛會。更有樂隊吹著鳳簫，奏著笙簧，為遊人助興；使得處處散著香風，飄著仙樂。他們也觀賞著天上如星雨的焰火，地上如花海的燈火，卻不知不覺中，也成了盛會中勝景的一部分，成了滿路遊人欣賞讚歎的對象。

街頭上，百技紛陳，魚龍變化的幻術，倏魚倏龍，飛舞在煙霧中，使人為之目眩神迷。歡樂中的人們，忘記了時間，時間卻沒有停留，悄悄地把一輪明月，推向西天。

人人似乎都沉浸在歡樂之中，忘卻了一切，迷失了自我。「這世界上，能有多少人能在眾人皆醉之中獨醒呢？」辛棄疾想著。他夾在人群中，也仰看星雨，俯視燈花，心中卻有著難以言喻的孤獨和寂寞——那種在人群中獨醒的寂寞；他無法像別人那樣忘我，無法像別人那樣沈迷。他在人群中穿梭著、迴繞著，不為看少年們頭上插的鬧蛾兒，不為看少女們手中拿的柳枝兒，更不為看他們身上穿的精工裁製的新裝。他只是尋找著，尋找在茫茫人海中的知音，尋找在滔滔濁世中的醒者。他尋找著，自華燈初上，尋找到夜色將闌。管絃漸歇，遊人漸散……

餘興未已的遊人，三五成群，說說笑笑地自他身邊走過，留下陣陣脂膩衣香。他們沒有看他，他也沒有看他們。他與他們本不相屬；如今，也只是擦身而過而已。他要找的，不是這些不相屬的人，他要找的是……

心中忽然掀起一陣微妙的悸動，感覺到不必言傳的心犀相通，他停下腳步，回過頭去，那燈火闌珊的角落裡，一個亭亭身影，正默然凝立著……

瑞鶴仙

辛棄疾

雁霜寒透幙，正護月雲輕，嫩冰猶薄。溪奩照梳掠，想含香弄粉，靚妝難學。玉肌瘦弱，更重重、龍綃襯著。倚東風，一笑嫣然，轉盼萬花羞落。

寂寞。家山何在？雪後園林，水邊樓閣。瑤池舊約，鱗鴻更仗誰托？粉蝶兒只解，尋桃覓柳，開遍南枝未覺。但傷心，冷落黃昏，數聲畫角。

雁陣，帶來了秋的消息。白露、秋分、寒露、霜降……在不知不覺中，雁聲斷，菊花殘。濃霜蘊著惻惻清寒，向著簾中侵襲，沁透了重重簾幕；冬，翩然蒞止。

夜深，寒重，萬物靜默，大地沈寂。水面，結著薄薄的冰，晶瑩如鏡；有如輕紗般的雲影，像忠實的守衛，護衛著廣寒宮中的霓裳仙子，不容人恣意窺視。明月，透過這幅輕紗，溫柔又歉疚地投下淡淡的清輝，撫慰著仰望者的渴慕。

輕輕地，默默地，梅花臨著溪上如妝鏡的薄冰，低頭攬照。那清麗的倩影，使得臨鏡梳妝的美人，面對著各式的香膏脂粉嘆息，不知怎樣才能學得這高妙絕倫的妝扮和風姿。

佇立在冰雪中，含苞未放的梅花，原本是那麼瘦伶伶、怯生生地。那瑩潔如玉的肌膚，重重密裹在冰穀龍綃中。那亭亭瘦影，纖纖弱質，顯得那麼孤伶無助，彷彿是參加群芳宴而不受注意的女孩，被冷落、遺忘在角落裡……

第一片東風吹向大地，在沈睡的萬物還沒有感應時，她清醒了；倚立著和煦的東風，欣然展放了。當她轉盼著清澈的目光，向著紫姹紅嫣的花兒們，嫣然微笑招呼時，那風華絕代的一笑，使得世界上的萬卉千花，全自慚形穢，羞得凋零萎落，不敢相比。

自古高到頂峰、美到極致的人、物，總是孤獨的吧？沒有人可相比，也無人願相伴。這一樹默默咀嚼著寂寞，遺世，也為世所遺的絕代佳人，何處是你的家鄉呢？你該點綴在雪後幽寂的園林裡，還是水邊清雅的樓閣中呢？或者，你本不是屬於人間的，你的家，該是天上，你本是瑤池中的仙葩，偶然小謫，淪落凡塵，那兒，有著你的故交舊友。然則，青鱗、鴻雁，兩無憑準，又能托付誰，為你捎書帶信，把你一腔的寂寞和幽怨，寄與故知呢？

這本是個不宜清高、不容絕俗的塵世，不願隨波逐流，就得忍受孤寂；不願沾染俗塵，就要遭到嫉妒。凡夫俗子不願接受超越他們狹窄範圍之外的壯闊，不能忍受超越他們低鄙標準之外的高潔，俗麗目光之外的美好……他們只是一群空有翩翩彩衣，卻生命短暫、靈性空無的蝴蝶，只認得輕薄的柳條，俗豔的桃花，也只知道和桃柳糾纏廝混，一心一意等待桃紅柳綠的時節，卻不知道，世界上還有風華絕代，早佔先春的梅花；卻未發覺，那令群芳失色，冰姿玉骨的梅花，早已開放，綴滿了枝頭。

嗚——嗚——，畫角聲又在夕陽影裡淒清地迴盪，彷彿向白日揮手告別，向黑夜致詞歡迎。在日夜銜接，無以歸屬的寂寞黃昏，一樹梅花落寞地佇立在為人遺忘的角落裡，吐著嫩蕊，吐著幽香，吐著寧折不屈的孤傲，和懷才不遇的悲傷……

「蘇辛詞」一向被視為豪放詞的代表作品，似乎想起蘇東坡，就想起「大江東去」，想起辛稼軒就想起「千古江山」。其實蘇、辛二人，才氣縱橫，又都至情至性，不是一隅可限的。慷慨悲歌，固為二人所長，纏綿婉約之作，佳處也不讓周、秦之輩，而渾厚沈鬱，則非周秦可比。

〈瑞鶴仙〉題為「賦梅」。梅花，堅毅高潔，國色天香，向為中國歷代詩人喜愛的吟詠對象。辛棄疾此詞，寫得清寒孤絕之至，而「倚東風，一笑嫣然，轉盼萬花羞落」，更允為賦梅絕唱！其感慨沈鬱，當是託梅自喻，否則是無法痛切如此的。

最高樓

辛棄疾

花知否？花一似何郎，又似沈東陽；瘦稜稜地天然白，冷清清地許多香。笑東君，還又向，北枝忙。　著一陣、霎時間底雪，更一個、缺些兒底月。山下路，水邊牆。風流怕有人知處，影兒守定竹旁廂；且饒他，桃李趁，少年場。

「承讓！承讓！」

贏了棋的朋友，得意揚揚拱拱手，拂衣站起。輸了的一位，苦笑說：

「好吧，我認罰就是，你要什麼？」

「咱們到底是士林中人，總要又雅又有趣才好。這麼吧，正值歲暮，梅花盛開，就罰你以梅花為題，不拘是詩是詞，作一首，以助清興吧！」

在座的人都鼓掌稱善，輸了棋的卻不依：

「你是存心氣我，我素乏捷才，一輸棋，更無半點詩興。若胡謅，勉強塞責，豈不褻瀆了梅花？恕難從命！」

眾人不依，討價還價了半天，贏者讓了一步：

「好，你說你乏捷才，在座可不乏有捷才的，你只要請得到人捉刀，便饒你這回！」

輸棋的朋友大喜，走到主人辛棄疾面前一揖：

「稼軒，有道是『一客不煩二主』，就請偏勞吧！」

辛棄疾不禁笑了，拂不過他苦求，便應允了，一邊磨墨，一邊構思。

梅花！梅花！梅花是否知道，自己有多麼潔白，又是多麼清瘦？潔白得就像古代的何晏；他肌膚白到令魏明帝以為他搽了粉。經過夏日令他吃熱湯餅，出了一身汗，擦了汗，仍潔白如故，才相信。而瘦呢？該瘦得像晉代出任東陽太守的沈約了吧？就這樣瘦伶伶，又瑩白如玉，卻仍有何晏、沈約不及之處；當梅花開放，便幽幽吐著清香，一任風狂，一任雪暴，也阻止不了。

在記憶中，梅花總是向南的枝幹上先開花，總是陽和之氣由南而來的緣故。久蟄在霜嚴雪厲冬神肆虐下的東君，到梅花開了，彷彿才從睡夢中醒來，開始抖擻精神，忙著把北枝上含苞未放的梅花催放。

梅花最美的時候，是在雪中，在月下。當一陣不大不小的雪飄落，以晶瑩、以皎白，把世界粉妝玉琢的包裹起來，梅花清豔絕俗的標格，就更因冰雪的襯托，而無可比擬了。若再加上雲破月來，一鉤缺月，月光，映著梅花的絕世姿容和傲骨，在雪地上勾勒描繪著她的清癯瘦影，那一份清麗，那一份高華，那一份幽雅……竟是把天上瑤池閬苑的仙境，搬到了人間……

可是，她並不想自炫，她總隱藏著她的美，不許凡夫俗子輕瀆，因此，她總躲在人跡罕至的山隈、水湄、幽徑、牆角，與和她有著同樣高格風標的竹為鄰為伴，讓竹掩蔽著她，如同隱居避世的高士，不肯輕易容人窺視。

自開，自謝；開，既不為邀人欣賞；謝，也一樣心安理得。至於熱鬧繁華，爭奇鬥妍，年輕人一窩蜂遊春賞花，附庸風雅的場合，就讓桃花、李花去逞嬌恣、競妍態吧，她們喜歡！

❀

這一闋小題為：「客有敗棋者，代賦梅。」在辛詞中，並不太有名，卻別具風味；也許是即席口占一類，不尚修辭，卻另有一種天然的嫵媚和生動，極白描的寫出梅花的容態、神韻、風骨，自然而流麗，別有一番趣味。

喜遷鶯

辛棄疾

暑風涼月，愛亭亭無數，綠衣持節。掩冉如羞，參差似妒，擁出芙蓉花發。步襯潘娘堪恨，貌比六郎誰潔？添白鷺，晚晴時，公子佳人並列。

休說，搴木末，當日靈均，恨與君王別。心阻媒勞，交疏怨極，恩不甚兮輕絕。千古離騷文字芳，至今猶未歇。都休問，但千杯快飲，露翻荷葉。

在盛夏，偶然吹拂的微風中；在靜夜，天際高懸的涼月下，擎著一杯香醇的美酒，迎著好風，伴著月色，面對一片田田亭亭的風荷，辛棄疾陷入了沈思……

時序入夏，沈寂了半年的池塘中，就升騰出一支支的旌節；有的緊緊包卷，像支錐筆；有的冉冉舒展，像幅卷軸，也有的團團貼水，像面綠鏡……

風，踏波而至，荷葉展現了更動人的丰姿，是羞澀不勝嗎？那一垂首間的溫柔，令人縈腸；是嬌妒含嗔嗎?那一揚袂中的風情，使人動心。不論是羞，是妒，她們終不忘自己在舞臺上的角色，是主角出場前的儀仗，一襲綠色的宮裝，只為陪襯那風華絕代的淩波仙子。

一朵朵嫣紅的、粉白的芙蓉，在綠衣使者的簇擁下，緩步登場。欲開，還歛，她迎風梳櫛，臨水整飾;欲待向世人展現絕世的姿容，絕代的風標，卻又為世人的目光短淺，心懷永世難平的幽怨。

為什麼，鑿金為蓮，平貼地上，為博那傾國不祥的潘妃一笑，自我陶醉，步步生蓮?為什麼，斯文掃地，巧諛無恥，竟以那姿容見倖的六郎相比，強自引喻，貌似蓮花?從此，蓮花無辜蒙上了羞辱，儘管，仍出汙泥而不染，濯清漣而不妖;縱然，仍亭亭淨植，仍孤標傲世，但，那心中的陰影，卻永難消除。

日向黃昏，湛藍的天空，抹上了薄薄金紫的霞光。一隻白鷺，展著雪白的翅羽，掠空而來，翩然落在荷塘中，像一位穿著雪白衣裳的王孫公子。

那，並列在晚風中，曳著羽衣霓裳的荷花，就是玉潔冰清的紅粉佳人了吧?也唯有同屬仙品的白鷺，才堪匹配這絕豔無雙的亭亭芙蓉!

折下一朵生長在水邊的荷花，中空的莖，應聲而折，那縷縷冰絲，卻牽牽繞繞，難割難分……這份難絕的牽縈，恰似當年被逐的屈原，對他的君王的那份至誠、真摯、不絕如縷的忠愛吧?他不能怨，不能恨;又怎能不怨、不恨?恨自己一片赤忱忠愛，竟不見容於君父;就有如一個貞靜幽嫻的美女，深情默注於已訂終身的夫君，夫君卻聽信他人讒言，致使媒妁徒勞，婚姻阻絕……

就這樣無端的被疏遠、被離棄；就這樣，往日恩情，如折斷的荷莖，枉自癡情縈繫，卻再也無法接續。

這一份幽怨和悲戚，凝成了字字血淚化成的珠璣——離騷；離騷，這薰染著香草芬馨的文字，歷經了千百年，那淡淡清馨，仍自紙面幽幽溢出……

這千古不滅的馨香，這萬縷難斷的情絲，何須問它何時滅，何時絕呢？又何需問，是靈均一線精誠不泯，化成了荷？還是荷花倩靈均代抒了她一腔衷素？且拋開吧！拋開人世的恩怨、情恨糾結，且舉杯；傾盡那千花萬葉中的美酒……和……淚。

❀

這一闋〈喜遷鶯〉是辛棄疾詠荷花的作品，孕育著一股「不平之氣」；為荷花、為屈原，當然，也為他自己！他為世俗的榮辱，另作了一番詮釋；潘妃蓮步，六郎似蓮，世以為佳話，實則，對蓮花是一種侮辱。屈原流放，人以為恥辱，實則更見堅貞。末句「千杯快飲，露荷翻葉」，人、物俱化，稼軒、荷花，更渾然一體了，其中隱然自許之意，當也堪稱荷花知己。

按：若加細分，荷為葉，蓮為房，藕為根（地下莖），茄為莖，菂為實，芙蓉、芙蕖為花。但，一般人所謂蓮花、荷花、藕花，都與芙蓉同物異名，全指「花」而言。

木蘭花慢

辛棄疾

可憐今夕月，向何處，去悠悠？是別有人間，那邊纔見，光景東頭；是天外，空汗漫，但長風浩浩送中秋。飛鏡無根誰繫？姮娥不嫁誰留？

謂經海底問無由，恍惚使人愁；怕萬里長鯨，從橫觸破，玉殿瓊樓。蝦蟆故堪浴水，問云何玉兔解沈浮？若道都齊無恙，云何漸漸如鉤？

在每年的中秋夜，都有不少文人雅士賞月吟詩，期待月亮快些上升，歌頌月亮的晶瑩、團圓，把自己的感情寄託於團圞明月。在月光下，人們飲酒、作樂，幾乎忘了時間。

南宋時代的辛棄疾也不例外。他在中秋佳節和朋友們飲酒賞月，不知不覺中，月已西斜，天快亮了，在座的客人，忽然提出了一個問題：

「月亮從地面上落下之後，到哪兒去了呢？為何自古詩人吟詠月亮，都是期待它上升，而從沒人送它西落的？」

辛棄疾凝視著明月，沈思著這個問題：

今夜的月亮是最圓、最明亮的了，可是在這一會兒看起來，它又是這樣的孤零無依，無奈地墜向地平線。當我們不再看得見它的時候，它到底是到哪兒去了？那兒，路途是多遙遠啊！是否是另一個世界，當我們看見月西落的時候，那兒剛好是月亮東升呢？或者天空太遼闊了，一陣大風呼呼地，就把月亮給吹跑了？

真令人想不透啊！這像一面大鏡子的月亮，每天漂浮在夜空裡，就像是一隻巨大的風箏一樣。風箏有根線牽著，使它飛不走，也掉不下來；可是繫住月亮的線在哪兒呢？又是誰繫住它、控制它的？人們都說月中有美麗的仙子——姮娥，住在廣寒宮裡，她今年總有幾千歲了吧？她孤零零住在那麼冷清的地方，多寂寞啊！她為什麼不出嫁呢？難道是誰硬留著她，不許她出嫁嗎？

又有人告訴我：月亮向西落下，就掉到大海裡去了。這是真的嗎？雖然我也不能肯定，但是一想起來，就使我擔心。聽說大海裡有長得沒法子量的大鯨魚，這大鯨魚橫衝直撞地豈不要把廣寒宮給撞碎了？而且，月亮裡的蟾蜍（癩蝦蟆）倒沒什麼關係，反正牠本來就會游泳的；可是那隻搗藥的小白兔呢，牠怎麼辦？誰聽說過白兔會游泳呢？那豈不要淹死了？

想到這裡，辛棄疾著急起來，忙把這種憂慮告訴他的朋友。他的朋友笑了，安慰他：

「別這樣擔心吧！月亮還是會好好地升起來的！」

辛棄疾反駁說：

「好好地？那為什麼中秋以後的月亮會一天比一天小了呢？」

於是他寫下一闋詞，把他的問題提出來。

漢宮春

辛棄疾

春已歸來，看美人頭上，裊裊春旛。無端風雨，未肯收盡餘寒。年時燕子，料今宵、夢到西園。渾未辦，黃柑薦酒，更傳青韭堆盤。

卻笑東風從此，便薰梅染柳，更沒些閒；閒時又來鏡裡，轉變朱顏。清愁不斷，問何人會解連環？生怕見，花開花落，朝來塞雁先還。

春天來了！不信，你看，那剪綵製成的迎春旛子，不已經裊裊娜娜的點綴在美人的雲鬢上了？是冬神仍不甘心拱手讓位吧？總在人歡天喜地迎春的時候，冷不防，就送來了一陣斜風細雨，一下，氣溫又為之下降，雖然是強弩之末，仍教人感覺著幾分寒意。

但，這並不能阻止人們對「春天來了」所產生的歡欣與盼望。想必，去年在西園築巢的燕子，到了立春，晚上也會在夢中重返那記憶中花團錦簇的故園了吧？園中的主人，不也著急慌忙的張羅著接待賓客嗎？只是，他忘了早早準備用黃柑來釀臘酒，就只能草草率率的安排初生的青韭，來堆五辛盤，聊以湊數應景了。

這時，最忙碌的，該是東風了吧！他一下在這邊為梅花添香敷粉，一下又到那邊為楊柳染黛畫眉，忙得不可開交。剛忙完了，得了一些空，又匆匆忙忙到鏡子裡，把鏡中的容顏，加上歲月的痕跡，使人不由迷惘惆悵，到底「春天來了」是好事，還是壞事？天暖了，花開了，是美好的；但，同時，人也在春光中老去……

春天來了！到底該迎，還是該拒？該喜，還是該憂？該愛，還是該恨？這彼此矛盾的情結，宛似連環一般，難分難解。引椎而破嗎？如今，又有誰具有那樣的智慧與勇氣？

然而，該來的，總是會來，任人如何恐懼、逃避，又如何免除得了？

春天來了？他忽然害怕起來，怕見花開；怕花開的喜悅那麼短暫無常，轉瞬間，又萎謝凋落。更怕呵！明朝，對地氣感應最敏銳的鴻雁，絲毫不管人流落江南的哀傷，率先向北國歸去……

❀

這一闋〈漢宮春〉，題為「立春」，後人均認為其中託喻頗深，感慨蒼涼，為韓侂胄的「恢復之志」，憂喜參半。喜，在多年「主和」勢力高張之後，終於有當政者以恢復為號召了。憂的是，時機已失，韓本身又非才智賢能之輩，恐成事不足，在此情況下，雖有「春至」之喜，又懷「花落」之悲，如連環難解，難怪他有「清愁不斷」之語了。

漢宮春

辛棄疾

亭上秋風，記去年嫋嫋，曾到吾廬。山河舉目雖異，風景非殊。功成者去，覺團扇，便與人疏。吹不斷，斜陽依舊，茫茫禹跡都無。

千古茂陵詞在，甚風流章句，擬解相如。只今木落江冷，眇眇愁余。故人書報：莫因循忘卻蓴鱸。誰念我，新涼燈火，一編太史公書。

酷暑不再，如今，吹進秋風亭的風，已夾帶著些許初秋的涼意。記得，去年的這個時節，自己還閒居在鉛山的家裡，在家裡，迎接乍起秋風，如今，一年了……

辛棄疾有些感慨，有些感傷；怎料到，在六十四歲的垂老之年，又重作馮婦，被朝廷徵召起用，而在這會稽的秋風亭上，迎接新秋？恍惚間，他一下了解了《世說新語》中，那些南渡君臣，新亭對泣的感傷，所謂：「風景不殊，正自有山河之異」；所異的，豈僅是不同於故國的山河？也是人的心境，和歲月催人的恐懼吧？不是嗎？曾幾何時，把山河染成一片濃綠的夏季，已然從大自然的布景中功成身退，帶走了酷暑。那在盛夏時，隨身攜帶的團扇，便也就與人日益疏隔了。

一年年，一代代，就是這樣輪迴的吧？日升月落，春去秋來。傳說中，畫大地為九州的大禹，最後的足跡，便停留在會稽。如今，他來到這會稽山上，那數千年前，所畫下的州界，已杳不可尋；大禹的足跡，也成了茫然無考的神話。不變的，該只是年年報到的西風，總依時吹起；日日西下的斜陽，總依舊西落吧？捨此自然現象，天下，有什麼人事，是不興替，不改換的呢？

天下，也只有秋風換世，歲月催人，是最公平的吧？帝王也好，卿士也好，販夫走卒也好，來到了歲月面前，就一例平等了。昔日，漢武帝也是在秋風起時，領悟了這一點，才悲慨蒼涼的寫下：「秋風起兮雲飛揚」的〈秋風辭〉吧？他一生賞愛司馬相如的文采風流，總算自己也留下了千古不朽的篇章。但，他也好，司馬相如也好，又有誰逃過了黃葉殞落於秋風的命運？

如今，又是秋風起兮的季節了；草萎木落，江冷波寒，對著這樣的蒼涼景象凝眺，又怎不令垂暮之年，還宦遊在外的人眉上生愁？

「還是回來吧！莫忘了菰菜蓴羹鱸魚膾，在這新秋時節，滋味最美！」來自故人的書信，如此聲聲召喚。

他豈不願學那張季鷹，為了適意怡情，命駕而歸？然則，他卻因循著，半生不遇呵！他怎能不珍惜這伏櫪老驥，晚來的馳騁機會？

真能把未遂的千里之志，在有生之年實現嗎？他對自己苦笑了。

剔亮了燈燭，在新秋的微寒中，他翻開了司馬遷的《史記》，伴著依依隨身的孤影，默默地閱讀著……

❀

這一闋〈漢宮春〉是辛棄疾晚年的作品。那時，他以六十四歲的高齡復出，以知紹興府兼浙東安撫使。他在少壯之時，有恢復之志，而朝中一片主和的聲浪，使他有志難伸。而到了暮年，時機已失，好大喜功的韓侂胄主政，卻以恢復為號召，多方延攬主戰之士。辛棄疾明知其不可，又不免心為之動。但畢竟自己已入暮年，見秋風吹起，回首身世，憂心國事，悵觸萬端，而作此詞。全篇繞著「秋風」的主題，亦見其心境的蕭颯。

水龍吟

陳亮

鬧花深處層樓，畫簾半捲東風軟。春歸翠陌，平莎茸嫩，垂楊金淺。遲日催花，淡雲閣雨，輕寒輕暖。恨芳菲世界，遊人未賞；都付與、鶯和燕。

寂寞憑高念遠，向南樓，一聲歸雁。金釵鬥草，青絲勒馬，風流雲散。羅綬分香，翠綃封淚，幾多幽怨。正消魂，又是疏簾淡月，子規聲斷。

春來了，花開了；砌成了花山，堆成了花海，粉白鵝黃，深紅淡紫，熱熱鬧鬧的爭奇鬥豔，把這一座小樓，重重包圍在群花深處。

柔軟的薰風，輕吹細拂，樓上的她，也半捲起簾幕，倚樓凝望。

春，是來了，原野頓然染成了深深淺淺的綠色世界。沙岸邊的細草，柔嫩如茸；楊柳，也生發著細細長長，裊裊娜娜，淡金色的柳線，在春風中搖曳。

春雨，總是飄忽不定，忽如其來，一會兒，又停了。放眼望去，只見藍色的天空上，飄著薄薄絲絮般的柔雲，太陽，慢吞吞，和煦煦的撫慰著大地，催放著花朵。隨雨而來的微微寒意，又隨著日出，轉化成淡淡的溫暖了。

多麼美的春日！可是，為什麼，竟沒有人駐足遊賞？彷彿，人們都還沉湎在冬的夢魘中，全然不知道，春，已然來了；花芳菲，柳依柔，世界如花團錦簇，美不勝收。

這花團錦簇的世界，竟這樣被辜負了；被人辜負了。只有黃鶯，聲聲嬌囀；只有燕子，雙雙交飛，擁抱著這無限春光。

無限春光？不！春光是有限的！不多幾天，春就隨著飛過南樓，歸向北方的鴻雁去了；只留下一聲嘆息似的低鳴，向凝眸遠眺的寂寞心靈告別。

總記得，以往的春天，不是這樣的。那時，熙來攘往，都是遊春賞花的人們，插著金釵，嚴妝靚服的女孩們，踏青鬥草為戲；五陵少年豪俠，用青絲絡著馬頭，奔馳競逐，豪氣萬千。

曾幾何時，往事，已如雲煙般散去，再也無處尋覓；連往日的情懷，也隨著歲月的流轉，人事的代謝，消磨殆盡。

真的嗎？過去的一切，就這樣成了遠颺的夢？那當初做為信物的羅帶，已失去了當日的光澤；其中包裹的半塊香餅，也早失去了原有的芬芳。

不！她不願相信，這近於殘酷的人世無常！身外之物，本不足憑恃，她要重申的信誓，不再是易碎、易失的香餅，而是她的心，她的情，她的淚。

捧著沾著她相思相憶淚水的綠色鮫帕，她卻惘然了；當北歸的鴻雁，已然歸去，更有誰，為她傳遞她的相思、她的幽怨？而那滴滴珠淚沾濡的鮫帕，淚痕亦乾……

天色，暗了，她驚覺地抬起頭來；發現，暮色已吞噬了平野山巒，錦繡大地。花兒，在暮色中睡去；月影，悄悄地透過疏疏簾幕，瀉下滿地的淡淡清輝。

遠處，傳來幾聲淒厲的悲啼；悲啼著：「不如歸去！不如歸去……」那是啼血的子規。子規，啼喚什麼呢？是催春歸，還是催人歸呢？她不知道答案。只知道，一種啼血的悲情，正自心間無端昇起……

❀

這一闋〈水龍吟〉是南宋時陳亮的作品，陳亮是一位豪氣超邁的湖海之士，喜談兵，好議論，下筆數千言立就，每詣闕上書，卻不為博取官職，而放言「為社稷開數百年之基」。肆力經濟之外，力學著書，為學者推重。

陳亮小傳　陳亮，字同甫，南宋婺州永康（今浙江永康）人。

他才氣超卓，喜好談兵事，議論縱橫，下筆千言。高宗與金人議和，許多人都鬆了一口氣，認為這是與天下蘇息；只有他持論，力言不可。上〈中興五論〉，沒有回音，憤而退修於家，授徒著書，達十年之久。孝宗淳熙五年，他再度上書，言天下大勢，孝宗為之震動，欲授官爵，他笑辭：「我只想為社稷開數百年基業，難道是為了以此博官嗎？」渡江而歸。每日與狂士飲，又以豪俠自命，屢遭大獄，幸得皇帝愛才，諸賢營救，才得免禍。光宗時策進士，考官奏名第三，皇帝親擢第一，方授官，一夕卒，年五十二歲。至理宗端平，始賜謚文毅。

他的文章以議論為多，間亦作詞，詞風纖麗，不類其人。詞集名《龍川詞》。

思佳客

陳亮

花拂闌干柳拂空，花枝綽約柳鬟鬆。蝶翻淡碧低邊影，鶯轉濃香杪處風。深院落，小簾櫳，尋芳猶憶舊相逢。橋邊攜手歸來路，踏皺殘花幾片紅？

春風駘蕩。吹開了姹紫，吹放了嫣紅，嬌黃、粉白……更為那嫩於金色軟於絲的柳線，綴上片片嫩葉。在春風吹拂中，茁長，生發，隨風在碧空中搖曳。

花枝，輕拂著闌干，像嬌慵不勝的美人，輕揚著羅袂，迴風障袖，綽約如仙。而轉為濃綠的垂柳，卻不耐春風細細梳櫛，披著雙鬟，就加入了春日美麗的隊伍。

蝴蝶兒，披著彩衣翩翩，在花間翻飛低舞；忽東，倏西灑下一片淡碧身影。高枝上，黃鶯兒薰染了一身的馥郁花香，清脆宛轉的唱著春日的頌歌……

陳亮，默然佇立著，看著花開蝶舞，聽著春鶯啼囀。一樣的深深庭院；一樣的低低簾櫳；一樣的爛縵春光，宛轉鶯啼，可是……他沒有了昔日的心境。

他一直以為，是大好春光，給予了他那一番歡愉心境；是花枝，是垂柳，是粉蝶，是黃鶯，點染出他心中的春光。然則，這一切景物不殊呵！他心境卻蕭颯如秋，枯槁似冬，只因，只因，「人面不知何處去」……

去年，也是這花開蝶舞的時節，他與她邂逅相逢在這深深庭院中。

春，變得無比的美麗，花枝間，有她的燦爛笑靨；垂柳下，有她的纖秀身影；她共蝶翩躚起舞；她與鶯清脆唱答，她伴他低斟淺酌，高吟低哦，在春光中沈醉……

他們攜手尋春，卻不知，春光就在自己身邊；依偎著，自橋邊小徑歸來，小徑上，繽紛的落英殘紅，在他們不經意的步履下殘皺、破碎。

不經意，他踏碎了落花，離情，踏碎了他。如今，春光，只屬於自然景觀的一部分，不再鮮活、靈動；只因，他知道，他心中，不復有春……

❀

這一闋〈思佳客〉，與〈鷓鴣天〉同調異名，題為「春感」，是寫春日繾綣春思的一闋佳作。前片寫景，起首以「花」、「柳」聯珠的筆法渲染春景，新穎別致。後面轉為寫情，字面不見愁恨，卻令人感受到「物是人非」的淡淡惆悵，令人隨之低迴。

清平樂

連久道

陣鴻驚處，一網沉江渚。落葉亂風和細雨，撥棹不如歸去。
蘆花輕泛微瀾，蓬窗獨自清閒。一覺遊仙好夢，任它竹冷松寒。

輕舟小槳，劃破了一江的平靜。漁父風蓑雨笠的，把小船搖向江中浮凸的小洲。船首，將江水齊平的分作兩股，滑過左右船身，向船尾推去；兩股柔波，在船後，終又合而為一。小船就在這分與合間，悠然前移。

小洲邊，原本青嫩的蒹葭，都長得又高又大，抽出了花軸，開出如穗的蘆花。當小舟觸動了水道邊的蘆草，忽然，一陣沙沙嘩嘩，自蘆草中驚起了一群鴻雁，來不及整理隊形的，群飛上青空。它們那樣倉惶失措，倒教漁父抱歉起來；他原無心傷害或驚擾它們，他根本不知道它們棲息其中。

「否則，我會換個地方的。」

望著驚飛的鴻雁逐漸整好隊形，消失在雲天深處，他才收回目光，整理了一下網罟，拋入江水中。沉入江水中的網罟，守待著游魚。他怡然解開緊繫腰間的酒葫蘆，飲了一口，曲肱倚在船板上，沉思默想，在不知不覺間沉沉睡去……

臉上忽來的一陣清涼，驚醒了他；夢中，他正神遊太虛，與一群峨冠羽衣的仙人，共話長生之道。睜開眼，神仙洞府都在眼前消失，他獨臥在船板上；身邊是他的酒葫蘆，那微涼的清潤，是天空中飄下的細雨。

秋風，像一個任性恣意的孩子，不定向的亂吹著。洲渚上雜生的樹木，落葉飄零，在秋風中胡旋飛舞。

抬頭看看天色，雲層益發低了，他提起網罟，可喜，魚兒不少，在收緊的網中潑剌掙扎。將魚兒裝進了魚簍，他悠然倒轉船頭；在大雨來臨前，一定可以到家了。

一天天的日子，就是這樣悠然逝去。抽穗的蘆花已老，化作蘆絮，飛舞，飄墜，輕盈得只在水面泛起一絲絲微瀾，又復於凝止。收槳歸來的漁父，獨坐在茅屋中，在蓬窗下，享受著俗塵不到的清靜閒暇。

西風，更緊了，屋外的茂竹喬松，發著不勝寒瑟的龍吟松濤。困倦，又向他緩緩襲來；或許，那些洞府中的神仙，仍在等待著他去重遊呢？

❀

這一闋〈清平樂〉的作者，是連可久，他是個道士。據說，他十二歲就能詩，有一次，他父親帶他去見一位高士熊曲肱，熊曲肱命他即景吟詩。正巧，江上有一位漁父駕舟經過，他立時把自己假想為漁父，作了這一闋〈清平樂〉，熊曲肱歎賞之餘，向他的父親說：

「你這個兒子，不是塵凡中人，恐怕人間的功名利祿、榮華富貴，留不住他。」後來他果然做了雲遊四方的道士，如他少時所嚮往的：「一覺遊仙好夢，任他竹冷松寒。」

連久道小傳　連久道，字可久，居里不詳。他十二歲能詩，一日隨父拜訪高士熊曲肱，熊曲肱命他即景賦詩。適江上有漁舟經過，他即景作〈清平樂〉漁父詞。熊曲肱歎賞之餘，告其父：此兒夙慧，恐非紅塵中人；後果入道為道士。所傳詞僅一首，即所賦的漁父詞。

漁家傲

張鎡

拂拂春風生草際，新晴萬景供遊戲。鷗鷺飛來斜照裡，金和翠，分明畫出真山水。

遮個漁翁無慍喜，乾坤頓在孤篷底，一曲高歌千古意；閒來睡，從教月到花汀外。

雨勢，由大漸小，俄頃間，雨，停了。

一天灰雲，撕開了幾條大裂縫，露出湛藍的襯裡。愈撕愈大，灰雲推推捲捲地，遁向天邊；太陽，又若無其事地掛著一臉笑，彷彿全忘了先前那一場雷霆之怒。

雨後新晴的藍天，一瀉萬里。重疊山巒，潺湲流水，綠野平疇，百草千花，全洗滌得煥然一新。微風，用輕盈的舞步，滑過草葉的尖梢；這一片無際的平野，難描難繪的晴光，都成了任微風駐足或徜徉的樂園了。

日已西傾，白亮的陽光，轉成金黃，勻澤地塗染著山峰，塗染著田野，任性地把泛著薄薄光影的山峰和田野，渲染出一片金碧輝煌；不似人間有，卻又真真實實，是天地間，造化之手畫出的一幅山水畫圖！

就在這山水畫幅間，一葉小舟，悠然泊在煙波上，舟上，一個老漁翁一邊垂釣，一邊隨意高歌。鷗鷺，在斜陽中撲著翅翼，不驚不猜地落向船頭。老漁翁神色怡然，似乎人世滄桑、七情六慾，全已不在眼下，也不在心上。

不是嗎？冷眼看了幾十年悲歡離合、冷暖炎涼之後，對身外的一切，他早看淡了，看破了，得如何？失又如何？而得與失，又何嘗能就眼前所見，就定了案？也許，正因得而失，因失而得呢？

看淡了這一切後，於世情、世事，他已無喜亦無悲，生年不滿百，能放歌，且放歌；人生如露珠，瞬息泯滅，又何必執於小小的得失榮辱呢？

乾坤，是如許之大；天覆地載，日月星辰，山丘陵陸，五湖四海……乾坤，是如許之小；對他而言，乾坤，就在他這一葉小舟的船篷下。

醒了，釣一會兒魚，唱一首歌，飲一壺酒，任小舟帶著他西北東南，隨處飄流，隨處停泊。睏了，納頭便睡，一夢沈酣……

管他太陽是何時落的，天是何時黑的，待他一夢覺來，只見……明月，已高高升起，照著長滿不知名花草的汀洲。花兒，草兒，正沐著月光，散著馥馥郁郁的香氣……

❀

這一闋〈漁家傲〉，作者是張鎡，字功甫，號約齋居士，西秦人，生於南宋紹興年間。和辛稼軒時相往來，詞風是婉約清麗一路，楊萬里對他的詞，甚是激賞。這一闋「漁父詞」，寫出了文人心目中漁父的淡泊和一派天機，詞近白描，更覺淳樸可喜。

張鎡小傳　張鎡，字功甫，號約齋，南宋西秦（今陝西一帶）人。

他是高宗朝重臣張俊之孫，張俊以善於經營理財著稱，家中富厚，可說是豪門公子；家中園林聲妓甲冠天下，能詩、好結交名士。以祖蔭，官大理司直、直秘閣通判婺州等。韓侂胄北伐失利，南宋求和，金人以送韓侂胄人頭入金為談和條件；而當時韓侂胄勢力龐大，處置不當，即可能發生變亂。寧宗楊皇后與禮部侍郎史彌遠定計擒殺，張鎡居中有策畫之功。後坐事貶謫，卒。

他以豪門公子，而崇尚風雅，擅長填詞，詞集名《南湖詩餘》。

滿庭芳

張鎡

月洗高梧，露溥幽草，寶釵樓外秋深。土花沿翠，螢火墜牆陰。靜聽寒聲斷續，微韻轉、淒咽悲沈。爭求侶，殷勤勸織，促破曉機心。兒時曾記得，呼燈灌穴，斂步隨音。任滿身花影，獨自追尋。攜向華堂戲鬥，亭臺小、籠巧妝金。今休說，從渠床下，涼夜伴孤吟。

秋深了。

高大的梧桐，曾覆蓋一夏的綠蔭，在秋風中，轉黃、凋落。枝椏間，月明如水，彷彿在為梧桐做最後的洗禮，那迎向月光的一面，水生生，亮瑩瑩，篩落了一地的梧桐影。

白露未為霜；如撒珠般地，在階砌上、草葉上，凝聚成一粒粒、一顆顆的珍珠；當珍珠重得草尖葉緣不堪負載時，就滑動，滴落，留下土壤上一點微痕，消失不見。

寒意襲人。這蕭瑟的深秋寒意侵襲的，也只是在那寶釵樓外吧？朱門紅樓中，也許是脂香醉暖，舞正濃，歌正酣，竟是一派融融春意。幾曾知道秋深？幾曾感到寒意？那一珩珠簾，就把樓內樓外，隔成了兩個世界。

在萬木凋零中，只有生命力最旺盛的野花，仍欣欣開放；野草，仍綠意盈眸吧？它們沿著砌角牆根滋長，有如一道點綴秋光的花邊，吸引著閃爍爍的螢火蟲，紛紛向牆陰下投去。

默然凝望著牆角下螢光忽明忽暗，一聲聲蟋蟀的長鳴，那樣淒淒厲厲，斷斷續續的直入耳鼓；一聲遞一聲，在這漫漫寒夜中吟著，唱著。

是不耐秋寒？是不勝淒楚？那淒厲的長鳴，轉成了悲楚低沈的調子，聲聲入耳，攪得人心欲碎。那如泣如訴的悲咽淒哽，在蟋蟀，只是求偶的訊號；可奈，此起彼落，無休無盡的聲聲促織，在樓頭思婦耳中，更增添了多少眉上顰蹙，腮邊淚痕。這漫漫長夜，除了遵從促織之聲，伴昏燈、弄機杼，無眠的工作到天色破曉，又何以挨過寒夜長宵？

是蟲聲令人腸斷？還是人自腸斷，無干蟲鳴呢？總記得兒時，捉蟋蟀是孩子們最大的樂趣了……

倚窗而立的張鎡，陷入了冥想。

掌著一盞燈，提著一桶水，在牆籬邊、樹根旁，他屏住聲息，側耳傾聽，小心翼翼地尋找蟋蟀可能藏匿的小圓洞；這營築在地底的土室，是蟋蟀的家。如果運氣好，找到了，把水灌入，洞中水滿，蟋蟀就自然向外跳，那時，早有一雙迫不及待的小手，摀在洞口……

那時，他真是樂此不疲呀！夜幕低垂，明月高照，他還留在室外，追著聲音，在花影中穿梭、尋覓。

每捕捉到一隻，足令他興高采烈半天，裝在精緻的金絲小籠裡，帶到廳堂上，和其他兄弟們的捕獲物大鬥一場。看著蟋蟀在人工佈置著小巧假山亭臺的場子中相撲、相鬥，他和兄弟們圍在一旁吆喝助陣。連大人，也不禁加入圍觀，一家老小，和樂融融。

那時，蟋蟀叫聲，對他只是一種線索；牽引他的，只是灌穴，捉蟋蟀、鬥蟋蟀的樂趣。他甚至不了解，為什麼姑姑、姊姊們，會向他要了裝著蟋蟀的小金籠去，放在枕畔，在長夜中，聽牠長鳴……

如今；他搖搖早生華髮的頭，回想幼時種種，早如消逝在曙光中的夢境，再也無法追尋。蟋蟀，仍是蟋蟀，他卻早已失落了舊日追捕的心情，隨牠去吧，一任牠在牆蔭、在床下，徹夜長鳴。牠不必再擔心被捕捉，伴著牠長吟的，只是一聲聲迴盪在夜空涼風中的幽幽嘆息……

❀

這一闋《滿庭芳》題目是「促織兒」，促織，與蟋蟀同物異名，早在《詩經．七月》中，有「十月蟋蟀，入我床下」之句。蟋蟀給人類的印象，一是喜樂的，用以賭鬥為樂，多屬青少年人的一種遊戲。一是悲慨的，牠在秋夜長鳴時，對樓頭思婦，逆旅遊子，在心境上，總會造成若干淒切之情；對老年人，就更增添了幾分「去日苦多」，傷逝的悲感了。作者張鎡，就掌握著這種各異的心境，發揮了「詠物」的特長，故能得其神，格外動人心魄。

唐多令

劉過

蘆葉滿汀洲，寒沙帶淺流。二十年、重過南樓，柳下繫船猶未穩，能幾日、又中秋。　黃鶴斷磯頭，故人曾到不？舊江山、渾是新愁；欲買桂花同載酒，終不似、少年遊。

一樣的江水，一樣的秋風。

浮凸江中的沙渚汀洲，長滿了蘆葦。一陣風吹來，茂密的長葉就沙沙地推擠著、磨擦著，爭先恐後地把綴滿蘆花的細莖，伸向晴空；去撲捉那不再炙人的秋陽，攫取那片片亮麗的金光，為短暫的生命，留下最後一抹蒼涼悲壯的妍麗。

枯淺的江水，失去了春夏水盛時的澎湃豪壯，嗚咽地流著。江底的寒沙，彷彿是眷戀母親的孩子，依依地緊握著母親的衣帶，追著、趕著，要隨母親同去；終又在母親輕柔地撫慰下，沉沉睡去……

劉過，負著手，卓立在船頭。眼前滑過的景物，對他有些疏隔，卻絕不陌生；那黃鶴磯，那鸚鵡洲……那一處不是他少年時常去的地方？那一處不是他睡裡夢裡也忘不了的去處？然則，又怎能不疏隔呢？這一晃眼，他已有二十年沒有到這兒來了。這一次，若不是老友們聯名邀約，在安遠樓上雅集，盛情難卻，他還是不會來的。不是不想，是有著情何以堪的不忍：江山如故，人事全非……二十年，二十年哪！他一直飄泊在江湖間；他不是沒有報效國家的雄心壯志，他也曾伏闕上書，陳奏富國強兵、收復疆土的方略，卻完全得不到回響。他失望了，灰心了。眼見朝廷君臣苟安於目前偏安一隅的局面，不圖振作，他想奮發，力有不逮；想隨俗，心有未甘，不能自暴自棄，唯有自適自放。

望著這一派秋光江景，一時千頭萬緒的思維，如亂絲糾纏。歲月，早磨平了他的激情，但是，心裡的孤憤、沉痛，卻在江山依舊的感慨中，重新縈上心頭。

黃鶴山上的南樓在望，這是故老相傳東晉庾亮鎮守武昌時，和僚屬秋夜賞月的地方。這古蹟，他也曾遊賞過。那時，他還年輕，並沒有體會出這故事背後的蒼涼；只嚮慕著古人的超逸風雅，尤其欣賞庾亮闖進了眾僚屬飲酒作樂的南樓，僚屬們一時倉惶失措，急欲退避時，庾亮說的話：

「諸君少住，老子於此處興復不淺！」

旁若無人地往胡床上一據，就高談闊論，長吟低咏起來。歡聚竟夕，賓主盡興而散。

「這才是時隔千古，還生氣凜凜的風流人物！」

當時他這麼想著。在二十年後，輕舟再經過南樓的時候，卻忽然領略了這個故事深沉的一面。當時的局面，和今日，竟有著這樣的巧合：偏安江左。庾亮身膺重寄，有恢復之心，無回天之力，在他的疏放不羈之中，有多少憂國憂民的沈重，又有多少壯志難酬的無奈！

舟子熟練地把船泊向岸邊，在一陣搖晃中，舟子已矯捷地跳到岸上，收纜繫船了。一邊把纜繩拉緊，繫在柳樹蔭下，一邊向還在隨波晃動的船上，扶著船蓬的劉過搭訕：

「您是到那兒去呀？」

「安遠樓！」

「唔！好地方，那兒到了中秋，賞月的人才多哪！您來的不是時候，要賞月，還早了些！」

劉過心中一動：

「都快中秋了？」

舟子已繫好了船，為他搭上了扶手，笑著說：

「可不是，今兒初五，再過上幾天，不就中秋了！」

他茫茫然自輕搖的小舟上，跨上了岸，不覺抬頭望望湛藍無翳的長空，心中只縈繞著一句話：

「再過上幾天，不就中秋了！」

又是中秋了；只怕在他的生命季節來說，也就將是中秋了。

才登上安遠樓，就被喜出望外的朋友們簇擁著，坐到臨窗雅座宴席的上座，應接不暇地回答絡繹的問話。他環視著眼前一張張熱誠的臉，這些曾少年英發的朋友們，鬢邊也都染上了秋霜；他自己又何嘗不是呢？

展眼望向窗外，一個朋友指點著遠處：

「喏！那就是黃鶴樓！」

他何需別人指點？位在黃鶴磯上的黃鶴樓，對他是太熟悉了，那些旁若無人，逸興遄飛的日子，那些少年不識愁滋味，卻為賦新詞強說愁的歲月！天高氣爽的秋日，在臨著黃鶴磯的黃鶴樓頭，傳觴行令，擊節賞桂，分韻賦詩……一個個意氣風發。談到激昂處，國仇家恨兜上心頭，更是摩拳擦掌，豪氣干雲；恨不能飛渡關山，躍馬中原，一掃胡氛！

黃鶴磯頭黃鶴樓依然矗立，黃鶴磯下長江水依舊東流，江山未改，雙鬢已斑。中興大業猶遙遙無期。從前的少年朋友，卻離散的離散，凋零的凋零，就眼前的這幾位，也如自己，早銷磨了當年的豪情壯志，已非昔日故人了。想再重溫當年黃鶴樓頭舊夢，奈何舊時人物，舊日心情，都已如乘鶴而去的古人，一去不返！

不知何時，一個挽著花籃，眉清目秀的小姑娘，來到他們座前，兜售籃中的桂花。他猛地一怔，剎那間，有著歲月倒流回到昔日的錯覺；他們爭買著桂花，聽著賣花女口中一串串的好口彩，什麼「蘭桂競芳」呀，「蟾宮折桂」呀……買了桂花，他們就在桂花撲鼻的馨香中，猜枚行令，不覺沈入醉鄉……

「年年歲歲花相似，歲歲年年人不同！」

他低吟著，感慨無限。這兩句詩，觸動了在座者的愁懷，一時，都陷入了沈默。良久，一位他們請來侑酒陪席，清歌助興的歌姬，盈盈站起身，向劉過斂衽為禮：

「一向久仰您詞名，今日有幸拜識，可否請您即席揮毫，一展高才？小女子簡陋，略識音律，若能首唱您的新詞，也就此生無憾了。」

劉過注視了她一會兒，依稀記得朋友曾介紹過，她姓黃，歌喉極佳，稱得上是武昌城數一數二的名歌姬。聽她談吐嫻雅有禮，而且，自己正滿懷感慨，正好借詞抒發，於是點點頭，僕役捧上筆硯，他握筆凝思片刻，口中吟出了幾句：

「蘆葉滿汀洲，寒沙帶淺流，二十年，重過南樓……」

黃姬滿臉喜色，讚美：

「好！這是〈唐多令〉，起首短短十字，眼前景物盡在其中了！」

他欣然一笑：

「幸遇解人，上片未完，已知詞調，想必高明！」

運筆如飛，即席揮就，遞給黃姬，說：

「有勞珠喉。」

黃姬接過來，看了一遍，取過一付紅牙，含笑說了一聲：

「獻醜了！」

旁邊的樂伎，早調絃執管，準備好了，屏息以待。黃姬亭亭立在席前，手執紅牙，發出一聲脆響，歌聲隨之而起，唱出了劉過的這一新作……

❀

劉過少懷壯志，曾伏闕上書，力陳恢復之道，卻未為在朝當權者採納，遂挾詞名放浪江湖間。為人疏豪狂放，不隨流俗。與辛棄疾交遊，頗得辛棄疾青眼相待，有意召為幕僚，劉過卻謝絕不去，且表示，只友詩朋酒侶，不拜富貴中人，由此也可想知他的風骨。

劉過的詞，一如其人，狂逸疏放，與辛棄疾同調，若論才氣及沉鬱宛轉，實略遜於辛棄疾，有時不免失之粗俗，但〈唐多令〉一闋，卻足以傲視一時，傳唱千古，是他作品中的壓卷之作。

劉過小傳　劉過，字改之，號龍洲道人，南宋吉州太和（今江西太和）人。

他是湖海之士，沒有功名，曾伏闕上書，請光宗過宮。又上書宰相，陳恢復方略，都沒有下文，乃放浪江湖間。曾受知於辛棄疾，為座上客。他性格粗豪，志在功名，卻不能言規步矩的受拘束；詩文也麤豪抗厲，不受雅言規範，跌宕縱橫。才氣橫溢，雖不得志，也絕不卑屈折節。終落拓一生，死於崑山，年五十三歲。

他工詞，與辛疾棄同調，均出於「豪蘇」，而成就不及。有《龍洲詩集》行世，詞集名《龍洲詞》。

沁園春

劉過

斗酒彘肩，風雨渡江，豈不快哉？被香山居士，與林和靖，約坡仙等，勒駕予回。坡謂西湖，正如西子，淡粧濃抹臨照臺。二公者，皆掉頭不顧，只恁傳杯。　白云天竺去來，看金壁、崔嵬樓觀開。況一澗縈迂，東西水遶；兩山南北，高下雲堆。逋曰：不然，暗香浮動，何似孤山先放梅？須晴去，訪稼軒未晚，且此徘徊。

「改之怎麼還不來？」

辛稼軒望著窗外紛飛的雪花，喃喃自語。字改之的劉過，曾在他幕中為西賓，性情相投而結為好友。約好了今天來，小作盤桓，一起賞雪、飲酒、賦詩的，看看，彤雲密佈，雪意垂垂，而還不見人影，真叫人著急呀！

時間在等待中漫長難耐，他已向特意準備燙酒的紅泥小火爐中，又添過幾次炭了，室內，也點上燈了；

「怎麼還不來？」

忍不住跨出房外張望，卻見一個僕人，快步行來，躬身呈上一封信。他一看字跡，「啊」了一聲，揮手讓僕人退下，回房就著銀燈，展讀著來函，笑意，在他臉上逐漸加深。信，是一闋詞，隨著字字句句，一齣有趣的戲，活生生地在他腦海中上演：

打著一把油紙傘的劉過，手中提著一斗酒，還有一隻豬蹄膀，冒著風雪，在江邊喚渡；他是準備去探訪好友辛稼軒的，想起將與稼軒相聚談笑，飲酒賞雪的快樂，不禁臉上露出了微笑。

擺渡的艄翁，把渡船搖向江邊，靠了岸，伸出一隻槳，讓客人上了船，才用竹篙，把船撐離江邊。岸邊忽然又來了三個客人：一位白髮老叟，一位仙風道骨的文士，另一位風神高曠，瀟灑豁達的中年人，那中年人喊：

「喂！回來！」

艄翁看看船上還空，還可以多載幾個人，如言又攏了岸，那三人卻不上船，只向著劉過喊：

「劉兄，下船來吧！」

劉過糊裡糊塗的下了船，順手拋給艄翁船資，說：

「我不走了，你去吧！」

轉身面對這三位，依稀相識，又不知何處見過的朋友，揖手問道：

「請問三位高姓大名？」

那白髮老叟，笑指著另兩位，介紹：

「這位是梅妻鶴子的和靖先生；那位是大江東去的東坡學士，老朽嘛，人稱香山居士。」

劉過驚喜交集；怎料到素來仰慕的高士，竟然同時出現在他面前！他幾乎無暇去想：這三位高士，都早作古了。欣欣然向前見禮：

「久慕三位前輩，正恨無緣識荊，今日得以一瞻風儀，幸如之何！但不知有何見教？」

那三位也回了禮，東坡說：

「別拘俗禮。我們三人連袂踏雪遊湖，偶然邂逅，曾聆士子吟你的詞作，頗為不俗。既有緣會於風雪之中，便請同遊，如何？」

「固所願也，願附驥尾。」

白居易笑咪咪地問：

「往何處去？」

「蘇堤第四橋！我早叫人在那兒把酒餚預備好了。」

蘇東坡搶先說。白居易笑著表示同意，林和靖未置可否，一行人說說笑笑，來到第四橋，果然，幾個僮僕，早已在橋邊準備好了酒餚，見到他們，燙酒的燙酒，燒茶的燒茶。蘇東坡興致高昂，指點著山色湖光讚歎：

「我咏西湖，只讚道晴方好，雨亦奇，這雪中西湖，更是幽絕、清絕，恰似西子臨妝照影，比之晴、雨，更見神韻了！」

劉過欣然點頭稱「是」，回頭看看白、林二位，早掉過頭去，喝起酒來了，根本沒有理會他們在說些什麼、看些什麼。東坡長笑一聲：

「林老兒只愛孤山賞梅，不解山水幽趣，他們不理咱們，咱們也不理他！還是喝酒，賞雪中山水便是！」

白居易道：「還是去天竺吧，你看那景色多美！」

劉過向天竺望去，白雲悠悠，自由自在的飄盪著，忽然，雲開一隙，燦麗的陽光，直篩而下；天竺附近的靈隱寺、法鏡寺、韜光庵……這些名山古剎，莊嚴宏偉的殿堂，都沐浴在一片金碧輝煌的日影中，更氣象萬千，令人油然生崇敬之情。縈迂曲折，東西兩澗的清泉，分別自山中流瀉而下，會合成一道清澗，縈抱著靈隱。南高峰、北高峰，像一對風華絕代，霧鬟煙鬟的姊妹花，白雲上下翻騰著，遮蔽著她們的玉貌花容。

劉過長住西湖，西湖勝景，對他來說，是極熟悉的；卻也為眼前呈現的雪中景色迷醉了，連聲讚歎。

林和靖擎著酒杯，說：

「西湖淡粧濃抹雖美，終不及『疏影橫斜水清淺，暗香浮動月黃昏』，孤山雪中早梅初放，何不往孤山賞梅？」

劉過看看天色，驀然想起與稼軒的約會，婉言辭謝，道：

「幸逢三位高賢，得共遊西湖，此樂何極？怎奈已與稼軒相約，今日過訪……」

林和靖笑道：

「欲訪稼軒，何時不可？且待放晴再去。今日且湖上盤桓，先到舍下賞梅吧！」

讀著這一詞箋，稼軒對失約的改之，只有一笑而罷；畢竟，他還是比不上香山居士、和靖先生，加上東坡學士的「魔力」呀！

❀

這一闋〈沁園春〉是劉過致辛棄疾的遊戲之作，寫得十分生動有趣，詞中除了寫了一段「夢話」，描寫了西湖冬景外，也可見辛、劉二人的交誼，及彼此那份莫逆於心的知己之情。

念奴嬌

劉過

知音者少，算乾坤許大，著身何處？直待功成方肯退，何日可尋歸路？多景樓前，垂虹亭下，一枕眠秋雨。虛名相誤，十年枉費辛苦。　不是奏賦明光，獻書北闕，無驚人之語。我自匆忙天未許，贏得衣裾塵土。白壁追歡，黃金買笑，付與君為主。蓴鱸江上，浩然明日歸去！

決心走了，不再求名，不再干祿；不再一腔熱血的伏闕上書，不再滿懷激越的陳辭議論；當心已灰，意已冷，這爭名逐利的地方，就再無可念。唯一，讓自己依依的，就只有那一力支持、保舉，對自己堪稱有知遇之恩的朋友辛稼軒了。劉過負手仰天，不覺一嘆。

知己難得！古人不早就說了，人生得一知己，可以無憾，但……天地如此之大，知己如此之少，人，又何以自處呢？

如果，他有不平，豈不該更為稼軒不平？稼軒容留他，恩遇他，而稼軒本身，也是失意人哪！他幾次激憤的勸稼軒放棄「恢復之志」，抽身退隱算了，稼軒總笑笑：

「功成方是身退時。」

那……恐怕一生一世也等不到歸田之日了！因為，「功成」的標準已自難定，而就眼下主和勢力抬頭，距「恢復」二字，只是更行更遠……

在多景樓前，與正守京口的稼軒相遇之前，他一直東飄西泊的放浪江湖，和詩朋酒侶酬唱，也博得一些虛名。偶然的機緣，他邂逅了稼軒……

他還記得，那一天，稼軒在多景樓頭與朋友雅集，他，一身落拓，敝衣破帽的闖了去，沒有人正眼看他。稼軒和朋友們分韻詠雪，他聽著，哂然而笑。稼軒忽然以「難」字為韻，請他吟一聯。在座的人，都以準備看笑話的神色望著他，稼軒正色道：

「此人非凡俗之輩，各位休小看了！」

他感激之餘，吟道：

「功名有分平吳易，貧賤無交訪戴難。」

一座驚嘆，稼軒向他拱手，請教名姓，他傲然：

「龍洲道人，劉過！」

「久仰詞名！改之，久欲識荊，不料今日有幸一睹尊顏，真是欣幸。可有近作？讓京口歌喉第一的楚楚獻唱筵前，以助清歡，如何？」

「有一闋〈唐多令〉，前些日在武昌作的，大概還不致污耳。」

劉過即席就著桌上筆硯，一揮而就。辛稼軒讚道：

「好！好詞！楚楚，你可要用心唱，別辜負了龍洲道人的好詞！」

就這樣一詞訂交，他成為辛稼軒的幕客。

一晃十年！他也曾伏闕上書，也曾指陳時弊，力言恢復，結果呢？文字，是傳頌一時，功名，卻石沉大海，壯志，更是一籌莫展。回想起那段放浪江湖，醉臥垂虹橋下，聽秋雨蕭蕭，閒散悠然的日子，總不禁自問：

「如此冗冗碌碌，辛辛苦苦，所為何來？」

他不想再留連下去了；也許，是自己耐心不夠，等不到飛黃騰達之日；也許，上天的安排，就是今生與厚祿無緣。總之，在這十丈紅塵的名利場上走一遭，除了滿襟風塵之外，他一無所獲。他不願追悔，但，也不必再留連了。

不是不曾有過歡樂的日子，以黃金，以白璧，去博得青樓紅粉的傾心；追歡買笑，風流自賞，也曾把生活點綴得多采多姿。但，這虛浮的假相，又如何填補得滿他內心的空虛？如果，這是一種快樂，就把這快樂，留給稼軒吧，寂寞的英雄，有時，也需要紅巾翠袖，來揾英雄淚的。

故鄉的蓴羹鱸膾在等待遊子歸去；明天，就將是他浩然回歸江湖，走向無際煙浪的日子！

❀

這一闋〈念奴嬌〉是南宋劉過的作品。劉過以詩名著，曾為辛棄疾幕客。他曾伏闕上書，抵議時宰，力陳恢復，不報，乃放浪江湖，卒。這一闋詞，就是在他灰心之餘，決心終老湖海時，留給辛棄疾的作品。他的詞風，亦與辛相近，被後人歸於「豪放」一派。

揚州慢

姜夔

淮左名都，竹西佳處，解鞍少駐初程。過春風十里，盡薺麥青青。自胡馬窺江去後，廢池喬木，猶厭言兵。漸黃昏清角，吹寒都在空城。

杜郎俊賞，算而今，重到須驚。縱豆蔻詞工，青樓夢好，難賦深情。二十四橋仍在，波心蕩，冷月無聲。念橋邊紅藥，年年知為誰生。

「這就是揚州嗎？」

環顧著這淒涼冷落的荒城，姜夔喃喃地自問；他不能不懷疑。從小，他就聽大人說過，天下最大的福氣莫過於——

「腰纏十萬貫，騎鶴下揚州。」

年齡漸長，到讀書的時候，又念了杜牧描寫揚州的詩句：

「誰知竹西路，歌吹是揚州。」

「春風十里揚州路，捲上珠簾總不如。」

「十年一覺揚州夢，贏得青樓薄倖名。」

這些詩句，在他腦海中塑造了一個美麗神秘的城市。這個城市有著最繁華的街道，精巧玲瓏的樓閣，處處笙歌點綴著昇平，個個女孩美麗而多情。在這裡沒有煩惱憂慮，詩、酒、歌、舞是生活中的主題，每個人到了這裡，都會流連忘返、快樂無比。可是……

經過了連日的跋涉、勞頓，他終於在冬至這一天來到了這個嚮往已久，淮河岸邊的第一大城，也是旅途中的第一站——揚州。然而在這被稱之為「春風十里」的揚州路上，那裡有半點的繁華景象？觸目所及，只有野生的薺菜和燕麥，在初晴的穹蒼下肆無忌憚地氾濫著，湧起一片吞噬人心的綠浪。

進入城中，他沈重的腳步，帶著更沈重的心，走過大街，又穿過小徑，企圖尋找他腦海中那個「揚州」的倩影。「揚州」在那裡呢？他所看見的盡是金兵鐵騎南下，幾度焚掠後的殘跡！斷井頹垣，蔓草荒煙，玲瓏樓閣化成了灰燼，樓頭的紅粉佳人星散了，無人遊賞的園林、池塘，堆積著敗葉殘枝，到處是焚餘焦痕。只有經歷過繁華又在兵禍中倖存的老樹，默默佇立在冷風中搖頭嘆息；彷彿是一個歷盡人世哀傷的老人，對戰爭心有餘悸，不願再觸及過去的傷痛了。暮色悄悄地自四周向他合圍，這本該正是華燈初上，急管繁絃的熱鬧時刻，而如今，只有城樓上傳來悲涼的畫角聲，嗚嗚咽咽地迴盪在這冷冷清清的空城裡。

他不由羨慕起杜牧來了，杜牧有幸生長在昇平的歲月裡，欣賞了揚州最繁華美麗的一面，有幸不必目睹浩劫之後的殘跡。如果讓他今日重臨揚州，不管他怎樣的風流浪漫，才華橫溢，恐怕再也寫不出那些歌頌揚州的詩句了吧！他怎能不震驚，他十年才覺青樓夢的揚州，如今已變成廢墟了。

「二十四橋明月夜，玉人何處教吹簫。」多麼令人神往的詩句。二十四橋還是靜靜地跨越在水面上，當初在橋邊吹簫的玉人呢，而今何在？明月孤伶伶地掛在天上，清光淒淒冷冷地在波心浮漾，彼此無言地輝映著。橋邊的紅芍藥抽出了新芽，它不解人世的離亂憂患，每年依舊生長、盛放，孤寂地點綴著荒蕪。只是賞花的人都不在了，花開花謝，又為了誰呢？

❀

姜夔是南宋有名的大詞人，他不但能填詞，而且妙解音律，能自度新腔，這一闋〈揚州慢〉就是他的自度曲之一。寫在宋室南遷，揚州數經浩劫之後。揚州本是一個最繁華的城市，在金人鐵騎之下，幾成鬼域。姜夔目睹劫後餘灰，感慨今昔的天壤之別，就作了這闋詞，來表達他內心的悲憤。在詞中，屢用杜牧揚州詩中的句子，形成了今與昔的強烈對比，給人的感受也更加深刻沈重。尤其「廢池喬木，猶厭言兵。」短短八個字，道盡了兵禍中難以平復的創傷和無奈，那種沈默，正是無言的抗議和吶喊。試想：樹猶如此，人何以堪！正如後人所評：「猶厭言兵」四字，包括無限傷亂語，他人累千百言，亦無此韻味！

南宋詞比較重視詞藻的修飾，以這闋詞來說，詞藻就不能算不美，如：「二十四橋仍在，波心蕩，冷月無聲。」便深具空靈之美。但這闋詞的優點，並非只限於詞藻美，更在於它內涵的深刻；詞藻只是軀殼，詞的內涵才賦予了它生命。

姜夔小傳

姜夔，字堯章，號白石道人，南宋鄱陽（今江西鄱陽）人。

他自幼隨父親官遊漢陽，長居湖北。父死，各處遊歷，居無定所；湖州、杭州、長沙、揚州、合肥，處處有他的遊蹤。以布衣遊公卿間，均愛重之。其中與「尤楊范陸」齊名的詩人蕭德藻，更因愛其才，而以兄女嫁他為妻。當代名流如范成大、楊萬里、朱熹、辛棄疾、吳潛等，或推重其翰墨人品，或欽慕其音樂修養，或欣佩其文采風流，競相結交。他曾上書論雅樂，進大樂議，及琴瑟考古圖。皇帝詔付太常樂官校正；樂官嫉其才能，未能受到重用。後又進聖宋鐃歌十二章，詔免解與試禮部，又不第，以布衣卒於西湖，卒年不詳。

他不僅擅長文詞，亦能度曲，故作品音節諧婉清麗，自度曲附旁譜，成為宋代詞唱法失傳後，幸得保存的文化瑰寶。是南宋詞壇大家之一，詞集名《白石道人歌曲》。

一萼紅

姜夔

古城陰，有官梅幾許，紅萼未宜簪。池面冰膠，牆腰雪老，雲意還又沉沉。翠藤共、閒穿徑竹，漸笑語驚起臥沙禽。野老林泉，故王臺榭，呼喚登臨。

南去北來何事？蕩湘雲楚水，目極傷心。朱戶黏雞，金盤簇燕，空嘆時序侵尋。記曾共、西樓雅集，想垂楊還嫋萬絲金，待得歸鞍到時，只怕春深。

舊臘已除，新春方至，在這賀年客已稀，觀燈時未至的人日，衙門中清閒無事。任長沙通判，而客居異鄉的姜夔，和幾位同僚，相約著踏雪尋梅，同遊定王臺。

觀政堂下，有一個小池，池中自春夏之交，到仲秋，荷花荷葉，田田亭亭，倒也有一番風致。如今，卻是一片冰凝，封凍的池面，成了可以穿越的捷徑。小池的西邊，就是這古城的城垣了，牆邊，堆著有半堵牆高的積雪。牆下，一條蜿蜒小徑，小徑兩側，種著金橘、翠竹。沿著小徑向南，是一片梅林。

縱然是連日嚴寒，獨佔先春的梅花，雖未盛放，還不宜折枝清供，簪鬢添粧，卻像一粒粒花椒、黃豆，裂苞初綻，破紅露白，在朔寒中，透出了隱隱微微的春意。

「過兩日再來，便可觀了。」

踩著林下的蒼苔碎石，欣賞著枝影扶疏，同僚們的笑語，驚起了棲臥水邊的沙鷗，驚飛而去，卻又引起一陣歎賞：

「看，這些鳥兒一飛，倒有些『雲壓雁聲低』的詩意。」

「積雪未消，這雲又是沉沉低壓，只怕還要下雪。諸位要賞梅，只怕得冒雪而來了。」

說說笑笑，不覺已到了定王臺。定王臺，相傳是漢代封長沙的定王，由長安載來土石興築，以望居於長安的母親唐姬。如今，早已毀圮。昔年故王興築的樓臺，已成鄉間野老，悠遊懷古之處了。

「上去看看吧！」

同僚們招呼著。姜夔不置可否，拾級而上。

登高而望遠，站在臺上，楚山湘水，盡入眼中。低壓的雲影，映在湘波上，繾繾綣綣，難捨難分；連雲，也是依戀著自家山水的，那，人呢？

多少年了，萍蹤無定，今年南、明年北的，到底為了什麼？凝目望著這異鄉的雲影江波，他不由悲從中來。

一年容易！家家戶戶，門上貼著金雞，以驅百鬼。又用金盤盛著綵燕，以迎新春，到處洋溢著喜氣。而他，年去歲來，只是代表著「逝者如斯，不舍晝夜」的歲月逼人而已；又過了一年，又老了一年，依然飄萍如故……

記得，曾和江南的詩人名士，在新春時節，同會西樓雅集。而曾幾何時，已成故夢。如今，西樓前的那一棵楊柳，因著「江南地氣暖」，該又垂下千絲萬縷的金色柳條了。故人們，是否無恙？是否依然和昔日一樣，雅集高會，分韻裁詩？

也許，有人會想起遠遊的他，盼望著他早日歸去。

他也盼望歸去呵！怕只怕，待得歸去，江南春光，已然遲暮……

❀

這一闋〈一萼紅〉，是南宋以「妙解音律」名世的詞人姜夔的自度曲。那時他年三十一歲，任長沙通判。他本籍江西鄱陽，自幼隨父宦遊，後定居江浙。性格恬澹，氣貌深雅，一生未博科考功名，以布衣遊公卿之間，而深受愛重。工詩擅詞，並因妙解音律，能自度曲，他留有旁譜的《白石道人歌曲集》，為後世留下了珍貴無比的音樂資料。〈一萼紅〉是他任長沙通判，於新春人日，登定王臺的作品，悲思鬱結的身世感慨，透過典麗的文字，汩汩流出，往復低迴，亦如「雲意沉沉」，籠罩不去。

淡黃柳

姜　夔

空城曉角，吹入垂楊陌。馬上單衣寒惻惻，看盡鵝黃嫩綠，都是江南舊相識。　正岑寂，明朝又寒食，強攜酒，小橋宅。怕梨花落盡成秋色，燕燕飛來，問春何在？唯有池塘自碧。

天色，在一陣陣低沉嗚咽的畫角聲中，漸漸褪去了夜幕深色的輕紗。晨星，寥落。曙色，淹沒了最後一顆星子微弱的清輝；天，亮了。

畫角聲迴盪著，迴盪在這近於空寂的城市裡，迴盪在街弄巷陌夾道栽植的楊柳間。在昇平的世代中，合肥，也曾有過它的繁華風光；這夾道的楊柳，在春風駘蕩中，垂金縷，凝翠煙，為合肥城平添了多少詩意幽情。

而如今，繁華的通商大埠，成了與敵人陳兵對峙的要塞，昔日昇平歌舞，詩酒流連，早已風流雲散。剩下的，只是一城空寂……

按時令算，該是春天了。姜夔也如往年一般，換去了夾衫，穿上了單衣。騎上了馬，在得得的輕緩馬蹄聲中，想追尋一些昔年舊夢的餘跡殘痕。然而，一陣風吹來，那貼體的惻惻清寒，卻又令他對時令有了迷惘；春，真的來了嗎？

該來了呀！在這一段日子中，他眼見著垂金的細柳，綴上鵝黃的嫩芽，長成嫩綠的柔葉；這偌大的合肥城，僅餘下這一點令他感覺親切的事物了；這鵝黃、這嫩綠，正和他往年在江南春日所見的一模一樣！

分明是舊日曾識的故交呵！分明是代表著春日繁盛的生意欣欣，為什麼，人事既非，感受的就只有淒涼寒惻，無復當年情懷？

屈指細數，明日將是寒食節了。寒食，原是一春好景的巔峰呀！百草千花，姹紫嫣紅，大小花神，全打疊起精神，爭奇鬥豔。更加上仕女們，存心與花競妍，格外的刻意梳妝打扮，鬢影衣香，眩人眼目。遊春的人們，似乎傾城而出，滿街的繡轂雕鞍；滿眼的錦繡羅綺；滿耳的急管繁絃，他這樣的詞客，更是競索新詞的對象。

這才是寒食呀！而如今……

楊柳依依猶在，佳人紅粉，各自飄零，他這獨居城南的詞客，也只有強自提著一壺淡酒，寂寞地回到赤闌橋邊的小小住宅，向自己孤寂的身影，敬上一杯，聊以迎接佳日了。

百無聊賴中，他望向窗外——

梨花，前天、昨天還爛漫滿樹的梨花，正蔌蔌地飄落，一陣風，一陣花雪……

他不知道，這一樹梨花，還能禁得住幾陣風。

望著滿地柔潔的花雪，他害怕起來；這周遭，梨花是唯一的春天的標誌了，當梨花落盡，更何復有春？

當花盡，只剩了一樹的空枝，蕭瑟有如秋日，只怕為寥落的心情，更塗抹上一派蕭條秋意。簾外，傳來陣陣燕語呢喃，只見它們飛繞在屋簷前，似乎尋找著什麼。他們尋找的，該是春光吧？它們辛辛苦苦飛過高山，飛過深谷，飛向舊日築巢的畫樑，飛向它們期盼的明媚春光。

而，春，何在？眼前所見，竟是一派蕭颯秋色。

春，在那裡呢？

只有屋邊的一方小塘，漲滿了春水，片片綠萍，正在碧波上繁衍、擴散……

❀

〈淡黃柳〉是姜夔的自度曲之一，寫作的地點在合肥（安徽省），那時，由於宋、金的對峙，合肥已成軍事重鎮，無復舊日繁華，因此，雖是柳色鵝黃嫩綠的仲春，卻寫得一派淒婉蕭颯，境由心生，景由心造，信然。

長亭怨慢

姜夔

漸吹盡，枝頭香絮。是處人家，綠深門戶。遠浦縈回，暮帆零亂，向何處？閱人多矣，誰得似，長亭樹？樹若有情時，不會得，青青如許。

日暮，望高城不見，只見亂山無數。韋郎去也，怎忘得，玉環分付？第一是、早早歸來，怕紅萼，無人為主。算空有并刀，難翦離愁千縷。

又是春暮，二十四番花信風，一番又一番地更換著大自然的布景，粉白、嬌黃、嫣紅、姹紫；匆匆復匆匆，花開，花謝，落英繽紛，都化作了護花的春泥。

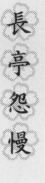

東風無力，執不住點染百紫千紅的彩筆，正待悄悄隱退。卻被那不知愁的輕盈柳絮糾纏著，為她們奏出春日最後的舞曲，舞出最後一幕的繁華。

春老，人去。走出了綠蔭沈沈的深深庭院，姜夔忍不住一步一回頭；然而，任憑著他怎樣依依戀戀，那留下太多歡笑，卻牽惹更多惆悵的小屋，還是遠了，小了，終於融入鬱鬱濃綠中，不復能夠分辨那家那戶；便能分辨，又將奈何？在這生命旅途的驛站，只容許他駐足小憩；萍水相逢的情緣，也只為已然無奈的人生，再添上幾許甜蜜又苦澀的負荷。

站在江岸上，他宛似一座雕像，凝望向那幽渺的遠方。江水，自暮山蒼茫處迤邐而來，迂曲迴折，經過了多少浦口灘頭？又復向東流去。江上帆影片片，在斜陽影裡，歸向何處？

江水，就這樣奔流著。歲月，也如江水奔流，日復一日的消逝。當他憬然悟及歲月無情時，無情的歲月，已載走了他的青春年華。他在這憬悟中蒼涼淒惻了；人生，是多麼短暫，人世變幻，又是多麼的無常；這麼多東漂西泊的日子裡，他見過的人，何止千百，然而，有那一個，是能朱顏不改，綠鬢長青的？長青的，大概只有這依依栽植在長亭邊的柳樹了，他們默默地注視著一幕幕人生悲喜劇的上演，他們無動於衷；無悲、無喜，一任日出日落，春去春來。他們是無情的；也正因為無情吧，不然，怎能看盡了人世滄桑的悲歡離合，還青青如此！

夕陽餘暉斂盡，暮色迅疾地自四方掩合；回首凝望，已望不見巍峨城樓，只有參差的朦朧山影，重重疊疊，綿延無際地融入夜幕中……

潺潺湲湲的流水，淒淒切切地在他耳邊低訴著，宛似伊人幽幽咽咽的叮嚀；他怎能忘卻那淒婉堅貞的誓言：

「我沒有別的話囑咐，第一，也是唯一的希望，是：早去早回。你跟我說過韋皋和玉簫的故事，你還記得吧？韋皋一去不回，玉簫臨死，也不肯褪下那枚訂情的玉環。一線靈根不泯，加上韋皋也終身悼念不忘，終於上蒼垂佑，以玉環續緣再生。你……莫教我亦如玉簫，望穿秋水……」

他緊緊執住那一雙微涼素手：

「我不是韋皋，你也不會薄命如玉簫，我很快就會回來，必不負此情，你放心！」

她把目光投向飛舞的落紅：

「君如東君，我似紅萼；東君一去，紅萼無人為主，便只有飄零一途，你……千萬記得，早去早回！」

……

千絲萬縷，纏纏綿綿的離愁別緒，向他牽縛縈繫；使他如一隻吐絲自繭的蠶，掙不開，也逃不離這令他無以負荷的愁思萬縷。人家都說，并州的刀剪是最鋒利的，剪裁切割無往不利。他的行囊中，就有一把并州的剪刀，可是……他幽然一嘆：

「縱然并州剪刀，剪得斷一切布帛、毛皮，這摸不到、看不見，卻又縈縛不去的萬縷離愁，只怕它也無能為力……」

❀

〈長亭怨慢〉是姜夔的一闋自度曲，據近人夏承燾氏考證，是惜別合肥情侶之作。上片就「柳」作文章，在詞前小序亦明說：「桓大司馬云：『昔年種柳，依依漢南，今看搖落，悽愴江潭。樹猶如此，情何以堪？』此語余深愛之。」在他筆下化為「閱人多矣，誰得似、長亭樹？樹若有情時，不會得、青青如許。」更見情致幽婉。後片寫情，用韋皋、玉簫故事，千叮萬囑，不過「第一是、早早歸來，怕紅萼、無人為主。」悽惻纏綿，讀之如聞伊人哽咽之聲在耳，寫情至此，即使是曾指姜夔詞中寫景，常「如霧裡看花，終隔一層」的王國維，也該同意〈長亭怨慢〉寫情「不隔」了吧！

踏莎行

姜夔

燕燕輕盈，鶯鶯嬌軟，分明又向華胥見。夜長爭得薄情知，春初早被相思染。別後書辭，別時針線，離魂暗逐郎行遠。淮南皓月冷千山，冥冥歸去無人管。

「堯章！」

嚦嚦如黃鶯輕啼一般，那既嬌嫩又柔軟的語音，又在耳邊響起，姜夔驀然回頭……

「呵！小喬！小喬！」

可不是小喬那輕盈如燕的身影，又翩然來到了眼前！緊擁住那單薄瘦弱的香肩，輕撫著那柔滑似羽的秀髮，他噙著淚喃喃：

「哦！小喬！這，不是夢吧？」

小喬沒有答話，只把臉深埋在他的胸前。

他真的不知道是不是夢，他也不願再去推究計較；就算是夢，也勝於那許許多多，獨自伴著青燈，守著更漏的漫漫長夜了！

他無法向人傾訴那一份噬腑的孤寂、噬心的離愁；這一種兩地相思的苦況，只有至情的人，在離別愛侶，又重逢無期的苦痛煎熬下，才能領略，才能了解。夜，原是一種無盡漫長的苦刑；薄情的人，根本無從相信，更遑論體會、了解。而……

「小喬！你知道嗎，我的相思痼疾，早在那年春初，和你分別的那一剎那，就染上了；無可救藥的染上了！」

在那年初春，他無可奈何的離開了合肥，離開了小喬。他留下了他的深情眷眷，帶走了一襲青衫；小喬連夜在燈下為他趕製的青衫。

就著銀燈，她一針一線細細密密的縫著，她幾乎沒說話；沒有叮嚀，沒有囑咐，她只是細細密密縫著，偶然，他看到，青色的布帛上，漩出點點深青的圓斑，又逐漸淡化褪去。

當他守著孤燈，孤燈在青袍上灑出一片光影，又有一點點深青的圓斑，在青色布帛上漩出，又褪去時，他知道她把她的叮嚀、囑咐和她的心，都縫進那細細密密的針腳中了。

她有針線，他，有紙筆，滿懷的情思愁緒，化作了一闋闋精金美玉般的新詞。可是，合肥淪陷了，這些新詞，再也無法傳遞……

「合肥淪陷了！」

這一念，驚得他心頭一震，坐起身來。

「小喬！」

他喊。那有小喬的蹤影？迴目四顧，除了窗前瀉下的一片月影，四週，只是一片闃寂。

「小喬……」

他嘆息的發出痛苦的低喚；小喬！是她心心念念也忘不了他吧。因此，化作夢魂，偷偷地追隨著他，不辭山高、路遠。

推開軒窗，一輪寒月，冷冷清清地照著淮南重重疊疊的千峰萬嶺，就在這一片清霜冷月中，小喬悄悄地來，又悄悄地歸去；沒有人知道、沒有人看見，幽渺的身影，隱沒在月光下，亂山中……

惜紅衣

姜　夔

簟枕邀涼，琴書換日，睡餘無力。細灑冰泉，并刀破甘碧。牆頭喚酒，誰問訊、城南詩客。岑寂，高樹晚蟬，說西風消息。　虹梁水陌，魚浪吹香，紅衣半狼藉。維舟試望，故國，渺天北。可惜柳邊沙外，不共美人遊歷。問甚時同賦，三十六陂秋色？

夏日，一天比一天漫長，又一天比一天炎熱了。日雖長，卻無法定下心來，做些什麼，總是慵慵倦倦，百無聊賴。總受著那涼潤舒適的簟蓆菌枕的誘惑，讓人忍不住躺下去，享受一下那清潤的涼爽。日常生活，也失了起居的常態；醒時，也只願隨意讀兩頁書，撫一陣琴，如此閒適地，度過一天，又一天。

一夢覺來，已近申時了，睡了近一個時辰的午覺，竟還是懶懶地，提不起精神來。怔忡地坐起，偌大的屋宇，竟是一個人影也不見。僮僕呢？是貪睡還是貪玩？她呢？她……

姜夔閉上眼，搖搖頭，又一次提醒自己：這是吳興，不是合肥，她已走出了他的生活……

捧起一掬清涼的水，拍拍汗珠微沁的額際，旋即細細潑灑在暑氣蒸騰的地上，換取幾分涼意。然後，取出湃在井水中的瓜果，取出快刀，剖開。碧綠的瓜，甘甜清涼的汁液，如今，竟連分享的人，也沒有了。

頓然寥落起來，那張帶著幾分清愁的美麗臉龐，又不期然地浮起。那朦朧的微笑，即使是低眉不語，也無言的流露著了解和溫柔。有她在，他的心總是熨貼的，安詳的；有她在，他從不感覺日子漫長難挨，從不知寂寞。

「寂寞！」

他寂寞地笑了，在這美麗卻陌生的城市裡，沒有人認識，沒有人知道，在城南的巷陌中，住著一個寂寞的詩客；誰來關切？誰來探問？誰來拜訪……寂寞？

「何以解憂，唯有杜康！」

站在假山上，自牆頭，叫左近的小酒館送了酒來，那清洌醇醪是足以解憂的，只是，他不知道，它治不治得了他那如影隨形，揮之不去的寂寞……

晚風中，蟬兒在高大的樹頂鳴叫：

「知了！知了！」

樹梢應答似的沙沙作響；他不知道，它們在說些什麼。只覺得，暑熱，逐漸褪去，是因太陽下山了，還是，蟬兒「知了」的，是夏日將逝，樹葉兒正向它傳達著風將轉西的最新消息？

駕著一葉小舟，他划入了紅幢翠蓋層層疊疊的藕花深處。吳興，是有「水晶宮」的美名的，幾乎有水的地方，就有荷花；就有採蓮女兒的歌聲笑語；就有畫舫蘭橈的悠然往來。詩人墨客，更留下不知多少絕唱。他想起前輩詩人陳與義〈虞美人〉中的句子：

「今年何以報君恩？一路荷華相送到青墩。」

一路荷華相送！何等盛麗，何等繁華！可是，盛麗和繁華，總也是短暫易逝的。將小舟繫在彎成一曲如虹形的橋樑邊，他無意識的用柳枝撥弄著湖水；早開，也早落的零落殘荷，無力的墜下了片片紅衣，那片片如一葉葉小紅船的蓮瓣，飄浮在水面上，薰染得湖水也散出幽幽淡香。游魚水中嬉游，水面唼喋，泛起一圈圈的輕浪，淺淺的微波，向四方擴散……

時間，在靜默中凝止，寂寞，又當頭罩下；他忍不住站起來，企首向北方遙望，那破碎的故國，在渺遠不可及的天的那一方；明知是望不到的，可是，怎抑得住嚮往？

景色是如此美麗；拂水的垂柳，飄香的荷花，平緩的沙岸，如此景色，為什麼竟沒有知心可意的她共享；沒有了她，景色再美，也拂不去他心頭那一份無言的寂寞和悽愴。

什麼時候喲！什麼時候，她能來到他身邊，與他在這荷華半殘，乍起的秋風裡，遊遍三十六陂，一一題咏這水晶宮的初秋景色！

❀

〈惜紅衣〉是姜夔的自度曲，前面繫有小序，說明度曲動機。而自詞牌名的訂定，也可知度曲的心境。

念奴嬌

姜夔

鬧紅一舸，記來時嘗與，鴛鴦為侶。三十六陂人未到，水佩風裳無數。翠葉吹涼，玉容銷酒，更灑菰蒲雨。嫣然搖動，冷香飛上詩句。日暮青蓋亭亭，情人不見，爭忍凌波去？只恐舞衣寒易落，愁入西風南浦。高柳垂陰，老魚吹浪，留我花間住。田田多少，幾回沙際歸路。

雖說也只是遊子漂泊的一個棲止處，姜夔卻深深地愛上了這個地方——武陵，湖北憲治的所在地。武陵，是個古樸的城市，有古老的城樓，有高大直聳青雲的古木，有秀韻天成的美麗湖泊，而最使他縈心的，卻是在湖泊中那無際的芙蕖。他總喜歡邀約幾個相投的朋友，泛舟湖上，依傍風姿綽約，亭亭無語的花侶，賦詩、飲酒，消磨一個幽閒的夏午。

秋天，湖水枯淺，一莖莖的荷葉，是一把把高擎出水面的綠傘，列坐在這片離地尋丈，重重疊疊的荷葉下，抬頭仰望，幾乎望不到太陽。清風微微地吹拂著，那一片深深淺淺蔽日的綠雲，也隨風自由自在的波動起伏。在莖葉疏處，有時可以望見往來遊人的畫舫經過，使他感覺樂趣無窮。

他經常有機會往來吳興；吳興，這江南的地方，比起武陵，又有不同的風貌。吳興，也有湖泊，有荷花，他每次來到吳興，也總在那荷花叢中徜徉流連，依依不忍離去，直到日暮，直到月出。月下的景物，更加清奇幽絕，那瀲灩的湖光，那迷離的月色，那滿湖的亭亭田田……置身其中，他竟不知是醒？是夢？是人間？是天上……

滿載著一舸開得爛漫的芙蓉，這原本平凡無奇的畫舸，竟變得如許典雅而美麗，宛如雲霞繚繞的仙舟，緩緩滑入荷香深處。

總記得第一次來到這兒的情景：雙雙對對的鴛鴦，在荷花荷葉的覆蓋下，相偎相並。牠們那麼安詳，那麼怡然，一點也不怕人，彷彿把人類也引為牠們的伴侶。鴛鴦成雙，人兒成對，加上數不盡田田亭亭的荷葉荷花，組成了一幅幽美絕俗的圖畫……而如今，畫舸行遍了三十六陂煙水岸，卻尋不到伊人的芳蹤，她，沒有來……

幾回環佩琤琮，他急忙凝目回望：不是她，不是她的佩玉琤琮，只是水流清吟。一隻溫柔的手牽動他的衣袂，他驚喜微笑；她畢竟來了，驀然回首，準備迎上她盈盈的眼波，迎上的卻只是拂面清風，那溫柔的手，只是不解人世滄桑的清風，在無心的追逐遊戲中，不經意的拂袂牽袖。微笑凝結了，他緩緩舉起杯，惘然地飲下杯中那混著太多苦澀的香醇，一杯，又一杯，他逐漸沈入了一片朦朧……

柔柔的搖晃，輕輕的飄浮，這輕輕柔柔的韻律，使朦朧中的他，不知此身何在；似在慈母溫柔的臂彎中，似在輕軟如絮的流雲間……一陣涼風習習，他深深吸口氣，這清涼又清芬的空氣，使他醒來，睜開眼，一柄柄巨大的碧玉團扇，正向他送著涼風；那晃動的韻律，來自微波盪漾。怡然仰面迎著涼風，不意，涼風中竟夾著細細雨絲；雨絲，輕拂如輕霧飛煙，飄灑向他，飄灑向水中卓立如翠帶般的菰蒲。那雨中的芙蓉，更加嬌美，更加清逸，也更加高潔。這澈人心脾的清絕，脈脈地拭去了他幾分醉意。他凝視著，是人面如芙蓉？是芙蓉如人面？她揚袂迴袖，她巧笑嫣然；悠揚宛似風中無聲的仙樂，輕柔有如雨中無言的細語。他鋪紙拈毫，欲捕捉她那一顰一笑間，婉約的詩情，她卻溫柔多情地，吹來一縷冷香，在紙面上寫下無字的詩句。

等待著，不敢期盼，又不甘絕望地等待著，等到雨過天青，等到日向西斜。陪伴著他等待的，是亭亭如青蓋的碧荷圓潔。

恍惚間，他也是一莖亭亭風荷，而那多情的伊人，卻飄渺如淩波而去的水仙；那片片飄浮波心的蓮瓣，可是她不忍驪別，依依徘徊留下的屐痕片片？

不，不是屐痕，是無情西風，躡著足尖，踏過碧波，來到南浦。那怯寒的波上舞者，怕西風在轉瞬間就催老了朱顏，怕舞衣紅褪之後，她們必須悄悄地自大自然的舞臺上隱退；南浦，原是註定了要載負離愁的地方，人情如此，花情如此……

斜陽向晚，遊人逐漸散去，湖上頓然寂寞了起來。舟子熟練地把畫舸泊向柳岸，高柳的柔枝低垂，裊娜地拂水牽衣，彷彿殷勤挽留欲歸的遊人，莫匆匆歸去。他依依回首，水面上泛著向四周擴散的漣漪；是波底的游魚，吹著細浪。彷彿細細叮嚀著；叮嚀遊人，珍惜這即將逝去的良辰美景，趁著群荷尚未芳華老去，且留住花間，莫急於歸去。

怎忍急於歸去？他流連在湖邊沙岸上，幾度徘徊，徘徊不去，至日落西山，至暮色迷離，迷離中，失去了群荷喧嘩，失去了人影徘徊，失去了邊岸上屐齒淩亂的歸時路徑……

❀

姜夔詞高古清虛，雖沒有稼軒的雄健壯闊，卻更能引發思古幽情，詞清句麗，猶為餘事。又喜在詞前綴小序，小序也盡極妍雅之能事，與詞可稱雙美，尤以〈念奴嬌〉一闋為最。劉融齋稱姜夔詞，如藐姑冰雪，讀〈念奴嬌〉可知這一評語並非虛泛。其原序如後：

「余客武陵，湖北憲治在焉。古城野水，喬木參天。余與二三友，日蕩舟其間，薄荷花而飲，意象幽閒，不類人境。秋水且涸，荷葉出地尋丈，因列坐其下，上不見日；清風徐來，綠雲自動，間於疏處，窺見遊人畫船，亦一樂也。揭來吳興，數得相羊荷花中，又夜泛西湖，光景奇絕，故以此句寫之。」

點絳唇

姜夔

雁燕無心，太湖西畔隨雲去。數峰清苦，商略黃昏雨。第四橋邊，擬共天隨住。今何許，憑闌懷古，殘柳參差舞。

那排列整齊的雁陣，那比翼差池的燕子，那麼悠然，那麼自得；又那麼無憂無慮，無機無心地，從這煙水茫茫的太湖西畔，飛掠過長空，追隨著悠悠白雲，沒入了蒼茫雲天深處。湖畔的山峰，那麼憂愁而陰鬱，彷彿顰蹙著蛾眉的美人；隱約地，在青紗般的雲霧間，交頭接耳地商量著，是否該醞釀一陣黃昏雨？

輕舟，在浩渺煙波中漂浮，立在船頭，看天光水色，山影雲嵐的姜夔，在臨風御虛的飄然中，遺世出塵之想，不禁油然而生；他是早就傾慕著陸龜蒙的；放舟江湖，不友俗流，乃至後來隱居松江，自號天隨子；這該出於莊子：「神動而天隨」的號，悠然表現出那份自信、磊落、不為世俗繫累縈滯的瀟灑！姜夔，自少年時代，讀天隨子的詩文，就有著一份由衷的嚮往，並隱然以今世之天隨子自比。而每當來往吳淞，經過松江，經過天隨子曾隱居，以水泉甘洌，居天下第四，而稱第四橋的甘泉橋邊，這一份嚮往，就格外的濃烈起來。

如今，他又泛舟，經過第四橋，思及天隨子的高潔曠達，恨不能營室橋邊，追隨天隨子，與天隨同住。然而，他想起一句話：「恨不與此人同時」；當年漢武帝讀司馬相如賦，曾如此憾恨。而司馬相如，畢竟不是古人，終為武帝羅致，償了夙願。他呢？他真箇有「予生也晚」，有不與天隨子同時之恨了。天隨子，有人說得道仙去，有人說已作古下世。得道也罷，作古也罷，總之，他是無福親炙典範了，因為，昔賢已遠，蹤跡渺不可尋。

荀子曾言：「玉在山而草木潤，淵生珠而崖不枯」，想天隨子當年，這第四橋邊，該是何等風光？如今呢？

倚立著闌干，他默然無語，遙翠隱沒在寒雲間。碧波千頃，在蒼茫暮色中，一片煙水漫漫；只有凋殘的柳樹，枯絲垂垂，在慘澹冬日裡，在凜冽寒風中，搖動擺盪，參差地飄著，舞著……

❀

姜夔是南宋詞壇的代表人物之一。他不僅是一位工於詞章的文學家，更是一位精通音律的音樂家；不僅倚聲填詞，更能自創新調。以一布衣，而為當世士林所推重。所作自度曲，皆自注旁譜，在宋詞唱法失傳的今日，尤為珍貴的詞樂史料。在當時，范成大認為他翰墨人品皆似晉宋雅士；朱熹愛其深於禮樂；辛棄疾更傾服其詞章造詣，由此可見姜夔人品、詞品之高。

暗香

姜　夔

舊時月色，算幾番照我，梅邊吹笛。喚起玉人，不管清寒與攀折。何遜而今漸老，都忘卻春風詞筆。但怪得竹外疏花，香冷入瑤席。江國，正寂寂。嘆寄與路遙，夜雪初積。翠尊易泣，紅萼無言耿相憶。長記曾攜手處，千樹壓西湖寒碧。又片片吹盡也，幾時見得。

寄居在石湖別業的姜夔，面對著石湖居士范成大為他準備的紙筆、酒餚，默默地自斟自飲。想著忘年交范石湖懇切的話語：

「堯章，不要辜負了你音律方面的才華，你好久沒有製新曲新詞了。」

音律方面的才華！在他少年時就被目為周清真之後第一人了，那些曲子〈淡黃柳〉、〈揚州慢〉、〈長亭怨慢〉……無不傳唱一時，轟動詞壇。而現在，彷彿少了點什麼；也許是少年時的激情吧。

一陣幽淡的清香，飄進了窗櫺，裊裊地拂上他的襟袖，他驀然從酒杯中抬起頭來：

「梅花開了！」

推開小窗，凜冽的寒意直襲而入。窗外，月光映著雪光，一片瑩潔，不遠處的猗猗綠竹間，隱隱點綴著幾點嫣紅。

「梅花開了！」

他久已沈潛的雅興，竟在一霎間覺醒。披上了外衣，袖著一管玉笛，他冒著沁骨的寒意，踏雪而出，為了訪一位故人，美麗高潔又孤寂的故人；為了折一枝梅花，月下雪中燦爛的梅花。

倚著梅花，他凝立著。持續了幾天的雪，把花蕾都凍成半透明的了，梅花卻在凍結的萼片間掙扎、開放；雖然只是那麼幾朵，那一朵朵像紅玉雕琢成的梅花，卻為整個蒼白的大地帶來了無限生機。把玉笛橫在唇邊，清越的笛音，衝破了寂寂寒夜；他冥想著，想用笛聲催開那些含苞的梅花，像喚醒沈睡中的美人。

一樣的明月，一樣的梅花，一樣的笛聲，此情此景，對他像一個似曾相識朦朧的夢境，使他一時竟分辨不出是夢是真了。他一向愛月愛梅的，在遙遠的少年時代他就喜歡在月下梅邊吹笛，喜歡那與月與梅渾然融成一體，像詩又像夢般清麗柔美的感覺。如今，朗澈的明月又像往日一樣伴照著他了，明月無恙，梅花無恙，他卻在一年年月圓月缺、梅開梅落中失落了少年的情懷。真是老了吧？那麼長久以來，沒有這樣美麗如詩，迷離如夢的心境了；那麼長久以來，他忘記了自己原有一顆鮮活跳躍的詩心，有一支能寫出繽紛詩句的彩筆了。今天，他久已枯萎的心，卻在梅花的清香，撲上酒杯的那一霎復活了。

停下玉笛，這透明如琉璃的世界，似乎更寂靜了。江南比北方暖和，春天也到得早些，所以梅花已經吐蕊；北方，恐怕大地還被大雪封凍著吧？他想著北方的友人們，心裡有種衝動：折下一枝梅花寄去，告訴他們，春天不遠了！但看看遍地積雪，他只能輕嘆一口氣，這樣遙遠的路途，這樣積雪的夜晚，又有誰能代為傳遞這代表春訊的梅花呢？

伴著梅花，這風姿嫣然的朋友，驅走了他心中原有的孤寂。孤寂，真是可怕的，所以人們總喜歡在孤寂的時候逃入醉鄉。卻不知道，醉鄉中有著更多的孤寂；那酒杯中點點滴滴的碧綠汁液，原是淚珠釀成的啊。姜夔對自己笑了，自己剛才不也這樣的逃避孤寂嗎？其實又何嘗真的孤寂呢？至少，這默默無言，在雪中吐豔的梅花，就使他感覺那樣接近，那樣心犀相通。這種心犀相通令他想起那久別的紅粉知己，那與他同樣愛梅的伊人。

怎忘得了呢？那一個蕭瑟的冬日，與她到西湖去訪梅；正值梅花盛放，千百株的梅樹，吐著千千萬萬的花朵，層層疊疊像一座雲霞堆積的山，梅山的倒影，壓在澄澈的湖面上，把寒洌的碧波，渲染成一片雲霞鋪砌的海。攜手徜徉在這梅山梅海間，身邊陪伴著知心的愛侶，流連忘返。

只可惜，這樣美的日子，總是短暫的；不多時，一陣東風，像吹散天上的雲霞一般，輕易地吹散了地上的雲霞。吹得一片片的花瓣漫天飛舞；梅花凋零，伊人也芳蹤杳然，這長駐心頭的舊夢，什麼時候能再重溫呢？他也惘然了。

一個曲調在他心中滋長，他記下了它，命名「暗香」，並配上了詞。

疏影

姜夔

苔枝綴玉，有翠禽小小，枝上同宿。客裡相逢，籬角黃昏，無言自倚修竹。昭君不慣胡沙遠，但暗憶江南江北。想佩環月夜歸來，化作此花幽獨。

猶記深宮舊事，那人正睡裡，飛近蛾綠。莫似春風，不管盈盈，早與安排金屋。還教一片隨波去，又卻怨玉龍哀曲。等恁時，重覓幽香，已入小窗橫幅。

一道翠竹編成的疏籬，蜿蜒圍繞成一座小小的院落，這是石湖別業中，最清靜幽雅的居處。

姜夔記得第一次來到石湖別業，主人范成大帶他來到這兒，曾指點著窗外的湖光山色和籬畔的翠竹寒梅說：

「這是我最喜歡的一個讀書、休憩的地方；來到這兒看湖上帆影，山中煙嵐，令人俗慮全消。若是名利中人，我決不帶他來這兒。」

主人停頓了一下：

「不過，那種人也不會喜歡這種風味了。你不同，堯章，你就住這兒吧！讀書、填詞、吹笛、度曲，也只有你這樣的人住，才能使山水生色！」

就這樣，他成了石湖別業中最受歡迎的嘉賓；只要他來到姑蘇，總要到這兒盤桓幾天。這一次，他冒雪而來，更受到主人的熱烈歡迎，殷勤款待。

負手站在窗前閒眺著，雪霽天晴的黃昏時節，放眼望去，更是碧波萬頃，千峰秀出，霞光的酡紅，把山水渲染得更加秀麗。據說，這就是當年范蠡載西子泛遊的地方，怪不得范成大退出仕宦之途後，打算終老此鄉了。

他想著，心底昇起一絲喟嘆。忽然，一隻翠鳥打斷了他的思維，它們翩翩地上下飛舞，啁啾的鳴是那樣悅耳，斑斕的翠羽，又是那樣美麗；他的目光不由追隨著牠們而上下。像是飛倦了，又像是要酬答他的欣賞，牠們飛向橫斜在小窗前的梅花枝頭，棲息了下來。

不知道這株梅花有多少年代了，勁拔的枝幹上散佈著斑駁的苔痕，顯得那樣傲岸不屈。枝頭上綴著的花朵，瑩潔如玉，又是那樣的超逸出塵。在這夜幕漸低，星月初上的寂寞黃昏，她倚著翠竹，默默地凝立著；那樣落寞、那樣幽怨，又那樣孤獨。像遇到久別重逢的故人，姜夔深深凝視著她，她那孤傲而沈默的神韻，勾起了他心湖中的漣漪，勾起了他對故鄉的思憶和羈旅的愁緒。

「畫圖省識春風面，環珮空歸月夜魂。」他吟哦著。這月下冷落的梅花，不正是豔冠漢宮，卻被畫工所誤，出塞和番的絕代佳人王昭君的寫照？她雖然在匈奴被封為閼氏，備受榮寵，怎忘得了漢宮故主；日日承受著沙漠的風霜苦寒，她又怎忘得了大江南北的山明水秀！抱恨而終的昭君，一縷芳魂，也要飛渡千山萬水，回到故國吧！這月下娉婷的梅花，就彷彿是那絕代佳人芳魂所寄託、所幻化而成的。

夜深了，他依戀地關上小窗，卻驚喜地發現，月光竟那樣多情，把那橫斜的梅枝，投影在他的紙窗上；就像水墨畫成的橫幅，鮮明而生動。伴著一窗梅影，他欣然進入夢鄉。

寒冬悄悄逝去，取代漫天雪花的，是片片飛舞的梅花，姜夔習慣地站在小窗前，心裡交織著對春天來臨的欣喜和對梅花凋落的感傷。一朵殘花，隨風飄進了小窗，撲上了他的臉頰，他用手接住了這一朵梅花，審視著，那嬌柔的五片花瓣是那麼細緻、均勻、可愛。

「可惜我不是女孩兒呵！不然，我也要學『梅花妝』了！」

他想起流傳的故事：南朝宋代的壽陽公主，在初春的時候，臥在含章殿下午歇；一朵梅花，無巧不巧地飄落在她眉心間。名花、美人相得益彰，於是「梅花妝」馬上風行了整個宮中。

「她們都認為你是多情，去點綴美人的蛾眉，誰想到你是自傷飄零，盈盈欲淚啊！以你的美麗，該像陳阿嬌一樣，築一座金屋來保護的，而不該任憑無情的春風，絲毫不解惜玉憐香地摧殘啊！」

走到園中，籬邊有一條小小的清流，潺湲地流著，他把手中托著的梅花，輕放在水面上，默念：

「去吧！」

在他的凝注中，梅花隨著流水起起伏伏地飄出了他的視線。他取出袖中的玉笛，倚著梅樹吹奏起來。上次，他曾吹著輕揚的調子，催開梅花；現在，梅花謝了，他吹的調子也跟著淒惻。他想著：梅花有知，會感謝他，還是埋怨他呢？感謝他的多情，還是埋怨他不該那麼早就催開她們？因為開放得早，凋零，也隨之提早到來。

不論如何，歲月不停的流轉著，花開、花謝是免不了的輪迴。那麼短暫的瞬間，梅開、梅落，到何處再尋覓梅花的芳蹤？也許，只能向那夜小窗上橫斜的梅影中去追憶了吧！

水調歌頭

崔與之

萬里雲間戍，立馬劍門關。亂山極目無際，直北是長安。人苦百年塗炭，鬼哭三邊鋒鏑，天道久應還。手寫留屯奏，炯炯寸心丹。　對青燈、搔白髮、漏聲殘。老來勛業未就，妨卻一身閒。梅嶺綠陰青子，蒲澗清泉白石，怪我舊盟寒。烽火平安夜，歸夢到家山。

達達的馬蹄聲，自山道的那端響起。這輕叩著山道的蹄聲，對終年戍守在劍門關的兵士們，是親切而熟悉的。像春風吹融了冬雪一般，兵士們飽受風霜的臉上，浮現了笑容：安撫使崔大人來了。劍門關，峙立在高聳入雲的山嶺間，山路崎嶇迂迴地在雲霧間穿梭，使一般人視為畏途。而安撫使崔與之，卻不辭辛勞，經常風塵僕僕地來往於這幾乎人跡絕滅的山徑上，帶給兵士們如父兄一般的撫慰，使兵士們由心底升起了溫暖。

勒住馬頭，佇立在劍門關上，展目望去，旌旗掩映在煙嵐雲霧間，時隱時現。重重疊疊的山巒，散亂地綿延著，彷彿無邊無際。他知道，越過這一片崇山峻嶺，正北方，就是自古的帝都——長安了。長安！多令人嚮往的名字。千百年來，長安代表著文物昌盛，代表著人才薈萃，代表著繁華昇平；而今日，那裡早為烽火所吞噬，只剩下遍地腥羶，狼犬橫行了。可憐無辜善良的百姓們，有的痛苦呻吟在鐵蹄下，有的顛沛流離在道路中，近百年的戰亂，人活著，民生塗炭，有如倒懸。即使是那些沙場白骨，溝壑餓殍，也會為四方的殺伐，而魂魄不安、長夜哀哭吧！

什麼時候才能回復昇平呢？什麼時候才能撫慰那些終年在驚悸饑饉中苟延殘喘的百姓們，給他們溫飽；什麼時候才能告祭沙場上，帶著刀痕劍瘢的白骨，給他們安息。蒼天！經過那麼久的戰亂，你也應該可以睜開眼了吧！

或許，蒼天真的睜開眼了……金人原本猖獗的氣勢已漸頹潰；金人的將卒，在陣前歸降的日益增多；如何安頓他們，成為一個重要的問題。對著一盞青燈，他竭思殫慮，擬定了留屯的計畫，上奏朝廷。那奏章上的一字一句所煥發的，不是墨光，而是他對國家一片丹心赤忱所凝聚的光輝。

停下筆，他搔搔頭上稀疏的白髮，抬起頭來，才發現漏聲已殘，長夜將盡；在不知不覺間，天快亮了。其實，不知不覺間流逝的，豈只是這一夜呢？他的青春年華，不也在不知不覺間逝去了？可感嘆的是，年華老去卻功未成，勛未建，更可嘆的，為了這未竟的功業，遠離故鄉，奔波勞碌，不曾有過半點清閒。

清閒！現在對他來說，幾乎是不可企及的奢侈了。他曾清閒過，在他少年時。在他的故鄉廣東；

在春天，他喜歡到梅嶺踏青，梅嶺上梅花謝了，長滿了嫩綠的葉子。葉間綴著粒粒青色的梅子，滿山的翠綠，使他留連忘返。夏天，他喜歡到蒲澗戲水，那清澈見底的清泉，和澗底纍纍圓潤晶瑩的鵝卵石，使人在盛夏溽暑中，暑氣全消。梅嶺！蒲澗！久違的朋友啊！你們是否也年年期待著我回去，責備我忘記了當年的盟約呢！他喃喃地喟嘆著。

今夜，是那樣的寧謐。趁著天沒有亮，小睡一會吧！或許，夢魂可以飛越千山萬水，回到那遙遠的故鄉，回到梅嶺，回到蒲澗吧！

❀

宋朝，在文學史上是詞的天下，大多數文人，都會填詞。有些人，詞作很多，卓然成家；也有些人，則偶一為之，以一詞傳世。崔與之，就屬於後者。對很多人來說，這個名字是很陌生的，但文章的優劣，豈能以知名度的高低來衡量？他這唯一的詞，是可以置入蘇辛詞中而無愧色的。

崔與之是廣東人，進士出身，卻文武兼資，參與軍務。歷任四川、廣東各地的安撫使，所到之處，政績卓著，深得民心，是南宋的名臣。他唯一流傳的詞——〈水調歌頭〉，是他在四川安撫使任內作的，忠君愛民之忱，溢於言外，思土懷鄉之情，更使人讀了為之低迴。

崔與之小傳　崔與之，字正子，南宋廣州（今廣東廣州）人。

他在光宗紹熙四年進士及第，歷官秘書監、權工部侍郎，出知成都府，進四川安撫使、廣東經略安撫使；理宗時，召為參知政事，拜右丞相，皆力辭不就。以觀文殿大學士致仕，封南海郡公，為文武兼資的一代名臣。嘉熙四年卒，年八十二歲，謚「清獻」。
他長於詩文，有《崔清獻公集》行世，詞則僅存兩首，忠愛之情，溢於詞表，收於《全宋詞》中。

雙雙燕

史達祖

過春社了，度簾幕中間，去年塵冷。差池欲住，試入舊巢相並。還相雕梁藻井，又軟語商量不定，飄然快拂花梢，翠尾分開紅影。

芳徑。芹泥雨潤，愛貼地爭飛，競誇輕俊。紅樓歸晚，看足柳昏花暝。應自棲香正穩，便忘了天涯芳信。愁損翠黛雙蛾，日日畫欄獨凭。

燕子，像信守諾言的春之使者，總是那麼準時的，從遙遠的南方，飛回北方的舊巢。看！才過了春分後的社日，牠們回來了！

順著熟悉的路徑，牠們飛過了千山萬水，飛過了原野叢林，飛向牠們在那座花園小紅樓中的舊巢。穿過低垂的繡簾，抖落下的是累月堆積的塵土；塵土，使得原本鮮豔奪目的繡簾，失去了光澤，顯得灰黯淒冷。

「是怎麼回事呢?是找錯了路，還是這兒沒人居住了?」

牠們搧撲著翅膀，繞著室內飛上飛下，帶著幾分疑惑與猶豫，終於下了決心似的，雙雙飛進了舊日的窩巢。

牠們偏著頭，一面打量著屋頂精工細鏤的天花板，和雕花的梁柱，一面呢呢喃喃，輕言細語地商量著：

「好像是這兒，沒有錯。」

「可是，怎麼和以前不一樣了，這麼冷冷清清的?」

「是啊!灰積得這麼厚，也沒人管。」

「你看!這雕花的屋梁!這花樣，我記得清清楚楚。」

「我也記得呀!可是以前這兒不是熱熱鬧鬧，乾乾淨淨的嗎?怎麼會變成這樣?」

「不管怎樣，這兒是我們的家，總沒有錯呀!」

「好吧!那我們就把巢清理一下，住下來吧!」

討論了半天，終於有了結論，決定住下了。牠們高高興興地飛出小樓，輕巧地掠過樹梢，穿越花叢，張開的尾羽，像一把剪刀，彷彿刻意去修剪那一叢叢繽紛的花朵，又像和花朵玩著捉迷藏的遊戲；花朵東藏西躲的，閃動著細碎的花影，烘染出一片燦爛的紅霞。

才下過一陣細濛濛的春雨，花徑間的泥土，受了雨水的滋潤，散著淡淡的和著花香的泥香；這濕濕軟軟溫潤的泥，正是修補舊巢最適合的材料呢!表演特技似的，牠們滑翔而下，貼著地面飛掠，炫耀著自己的輕盈靈巧。順便啣些泥土回去，遊戲和工作就同時兼顧了。

是玩得太高興了？是捨不得花花世界的柳嫩花嬌？還是覺得小樓太冷清了，寧可在外面留連？牠們直到太陽下山，園中的花草樹木，全被籠罩在昏暗的夜色中看不見了，才依依地飛回小樓，在沾染著花香的小巢中，棲息了下來。

梁上雙燕的呢喃細語靜止了，牠們相依相偎地進入夢鄉。牠們那麼滿足，那麼無憂無慮，似乎從沒想到，春天，是很短暫的；牠們也不知道，有些人，正等待著春天，而他們的春天，還很遙遠。

凝望著梁上雙棲的燕子，這座小紅樓的女主人幽幽地嘆息著：

「你也就像這雙燕子一樣，在滿足中忘了一切了嗎？忘了小樓中，還有人等著你的信息，還等著你回來！」

日復一日，她獨自倚在欄邊癡癡地盼望著，盼望著她的「春天」。但是，花開了，柳綠了，燕子來了，她所盼望的訊息，依舊渺然。凝望著雙棲的燕子，她美麗的雙眉，顰得更深，蹙得更緊了……。

史達祖小傳　史達祖，字邦卿，號梅溪，南宋汴（今河南開封）人。

他身世居里不可考，只知在寧宗時，韓侂冑為平章事，他曾為堂吏，為侂冑倚重；擬帖撰旨，奉行文字，都出其手。大權在握，一時無行文人競奔走門下。及韓事敗，他以附韓黥面貶死。後世人亦以此對其人品多所貶抑，連帶對其作品也評價不高，多少有些情緒化的以人廢言。

史達祖為人雖不足道，詞則極工，為南宋大家之一。尤長於詠物詞，姜夔推許他的詞奇秀清逸，如詩家之李長吉（李賀）。有詞集名《梅溪詞》行世。

八　歸

史達祖

秋江帶雨，寒沙縈水，人瞰畫閣愁獨。煙蓑散響驚詩思，還被亂鷗飛去，秀句難續。冷眼盡歸圖畫上，認隔岸、微茫雲屋。想半屬、漁市樵邨，欲暮競然竹。

須信風流未老，憑持尊酒，慰此淒涼心目。一鞭南陌，幾篙官渡，賴有歌眉舒綠。只怱怱殘照，早覺閒愁挂喬木。應難奈，故人天際，望徹淮山，相思無雁足。

江邊，一座小小的酒樓，在斜風細雨中默然矗立著。經過連日水驛山程的跋涉，這樣一座可供小憩的酒樓，對史達祖來說，也是可堪欣幸的了。

也許是他滿面風霜掩不住的儒雅氣質，使閱人多矣的店小二不敢怠慢；他一踏入店堂，就笑容可掬地迎上來：

「客官，您喝酒？樓上雅座清靜，我給您帶路。」

登上作為雅座的閣樓，店小二在窗邊給他安了座，殷勤指點：

「這兒向外望，江景最好；好些作詩作賦的客官，都愛訂這個座兒咧……您要點什麼酒菜？我給您叫去。」

他隨意點了酒菜，揮退了小二，倚著小窗凝目俯視：

江上的瀟瀟秋雨，欲收未斂地飄灑著。江水一波一波輕捲上冷寂的沙灘，細細的沙粒，隨著微波的韻律浮浮沈沈地遊移著……是旅途舟車的疲憊，還是人世滄桑的蝕磨？他蕭索而寂寞；心境，就宛似這雨絲織成千百個此起彼沒漣漪的江面；沒有波濤洶湧，卻平息不了微瀾起伏。那飄忽的愁緒，又如江上秋雲，掌握不住，揮之不去。

「這倒是景也宜詩，情也宜詩。」

他嘴角掛上一絲寥落自嘲的笑。長久以來，不就是這樣的嗎？當人失意的時候，創作的動力往往就「逼人而來」了。他慢慢沈潛到詞句中，在腦海裡推敲琢磨著……

一陣沙沙瑟瑟的碎響，打斷了他的思維。凝了一下神，才發現是幾個披著蓑衣的鄉人，正在抖動著自煙波深處帶來的雨珠。蓑衣上針葉的磨擦聲，驚破了靜謐，也攪亂了他腦海中組成的佳句。他的目光，再投向小窗外，幾隻沙鷗漫無目的地迴旋著，穿梭交織，如糾結的亂絲；就像他心底那糾結的愁緒……

群鷗漸飛漸遠，載走了他的詩情，也載走了片斷不成章的佳句；他頓如失卻了五色筆的江淹，竟無法再接續著方才所吟成的佳詞麗句，去完成這闋詞了。

悃然望著一江秋水，不知何時，雨已收，雲漸散；西方，鑲著金邊的雲隙間，透出了薄薄日光。隔岸小屋，朦朧氤氳地藏在似霧如煙的輕紗中，是山嵐？是水雲？應該還有裊裊炊煙吧。他想起「漁夫夜傍西巖宿，曉汲清湘燃楚竹」的句子；在這黃昏時節，也該是那些漁夫樵子聚居的村落，紛紛燃竹焚薪，做晚飯的時候了。

眼前景，是一幅難描難摹的圖畫；最難描摹的，不是「景色」，而是那一份平和、恬淡，藏在炊煙中，雖不必目睹，也可彷彿想見的溫馨吧。妻女炊黍，稚子迎門，當這些披蓑戴笠的漁夫樵子，回到家中，等著他們的，是噓寒問暖的絮語溫言。這些，或許只是家常生活中慣見的平凡，而自己呢……他苦澀地擎起酒杯，笑了；他知道自己多麼嚮往這份「平凡」，而不幸的是，他似乎註定了做一個被摒絕於「平凡」之外的冷眼旁觀者。

「是真名士自風流」，這種承襲自古代士人志節風骨的流風餘韻，並沒有因歲月蹉跎而銷磨，但這歷歷陳於眼前，沈沈壓在心上的淒楚，怎生排解？一天天，南陌揚鞭，蹄聲達達，踏上征途；一天天，官渡撐篙，櫓聲軋軋，滑入煙水；一天天，在不同的地方，不同的郵亭、村驛；歌樓、酒館，在不同的容貌，卻一例清歌婉轉，笑語溫存的歌妓殷勤勸飲下，強舒眉宇，聊解愁懷……「千愁一醉都忘卻」，難堪的是夜闌、人散、酒醒……

雨斂雲開，一抹斜陽自雲隙中滑下淡金的匹練，在秋江水面，綴上幾點粼粼波光；在秋山林梢，抹上幾筆淡淡暈黃。一株高大的喬木，在逐漸寒冽的瑟瑟秋風中嘆息，黯淡的落日餘暉，照著它寂寞的身影，濛濛光影，像他掛在眉宇間拂不去的愁緒……

怎麼拂得去呢？在日復一日的馬蹄、船櫓聲中，淮山遠了，故人遠了，任他怎樣凝神、極目，再也望不見遙隔天際的故人。只有秋江在眼前橫阻著，在他的凝注中，不移分毫。阻隔了夢魂，阻隔了雁字，阻隔不了的是纏綿縈繞的柔情和思憶。

舉起酒杯，一杯苦澀直沁愁腸，他分辨不出，苦澀的是酒？是淚？還是那雁斷魚沈難寄的相思……

菩薩蠻

盧祖皋

芙蓉香卸桐陰薄，水窗未雨涼先覺。何處理秋裳？月高砧杵長。

袂羅新恨悄，展轉屏山曉。長是捲簾時，翠禽相對飛。

曾幾何時，池中繁盛的芙蓉，已綠減紅消，習習荷香，亦隨之淡薄。綠陰如蓋，曾為溽暑中的人們遮陽蔽日的梧桐，也因著轉黃凋落的梧葉，而不復濃密，只剩下疏疏落落的葉片，強戀空枝。不曾經意，秋，就這樣悄悄的來了。臨著芙蓉塘的水榭軒窗，未經秋雨，也已承受了寒如水的沁人秋意。

夏日的薄薄羅衫，如今，已抵受不住秋寒，家家戶戶的婦女，也把收存多時的砧杵取出，拂拭潔淨，準備擣練裁素，為家人縫製寒衣了吧？聽！那不知何處傳來淒清單調的砧聲，像一支綿長的秋歌，在月下吟唱著，從明月初出，吟到月上高樓，猶未歇止……

「欲寄征衣君不還，不寄征衣君又寒，寄與不寄間，妾身千萬難！」

能心安理得的為家人製寒衣，也是一種幸福呵！即便秋寒如水，夜長不寐，這些婦女們，怕也是心甘情願的吧？她們有製寒衣的對象，一旦製成，立時可以為她們所關愛的人穿上禦寒。而，有些人，是連製寒衣的幸福也沒有的，像她……

她的羅衣猶自單薄，單薄得不勝淒其秋寒，而更令她不勝淒其的，卻是悄然隨著秋寒而來的舊恨新愁呵！

舊恨是離別，新愁是相思，這二者交迭而來，沉沉地壓在她的心上，並且，隨著別後歲月在晝積夜累，無止無極……

於是，一夜又一夜的，她在輾轉與反側中，數著更鼓滴漏；直到冗長得彷彿永遠沒有盡頭的夜，在雞鳴中遁去；曙光透簾而入，屏山，也在曉色中輪廓漸明。

簾幙猶自低垂，就讓別人以為她嬌慵懶起吧！她不願捲起垂簾，她怕，怕總在窗外比翼交飛的翠鳥，會嘲笑她的形隻影單，和一夜無眠的憔悴。

❀

這一闋〈菩薩蠻〉，作者是盧祖皋，他長於樂章，精於律呂，當時浙江人最愛唱他的詞作，因他的詞清麗而不失俊朗，含蓄蘊藉，極富情致。這一闋〈菩薩蠻〉寫閨情，便甚合古人淒而不傷之旨，卻幽怨入骨，情味深長。

盧祖皋小傳　盧祖皋，字申之，又字次夔，號蒲江，南宋永嘉（今浙江永嘉）人。

他於寧宗慶元五年進士及第，累官秘書省正字，校書郎、著作郎，權直學士院，卒年不詳。

他長於文詞，詞風纖雅，精於律呂，極為工致，尤長於小令，有《蒲江詞》行世。

木蘭花慢

盧祖皐

嫩寒催客棹，載酒去，載詩歸。正紅葉漫山，清泉漱石，多少心期。三生溪橋話別，悵薜蘿，猶惹翠雲衣。不似今番醉夢，帝城幾度斜暉。鴻飛。煙水瀰瀰，回首處，只君知。念吳江鷺憶，孤山鶴怨，依舊東西。高峰夢醒雲起，是瘦吟窗底憶君時。何日還尋後約，為余先寄梅枝？

日影，又向西斜欹了幾分；湖水湖風，蘊著薄薄的寒意，似乎也在催喚著柳下的客舟，快快解纜啟行。

常常在這兒登舟離去，卻一向瀟瀟灑灑，無掛無礙；他不須掛礙，他就住在臨安城裡，只要有閒，招隻小舟，他就能到西湖尋僧閒話，而如今，他即將到吳江去，這一別……盧祖皐黯然了。

他不願在這兩位方外詩友面前，露出依依的姿態來。看來，他這居士的修為，畢竟比不上這兩位高僧，平日談詩論藝，還不覺得遜色，如今，面臨別離，就真見出高下了；自己畢竟還是凡夫俗子，不免俗情，而他們，卻是方外高人，悲歡離合都勘透了。

他們到湖邊相送，一路上，薛蘿牽拂著他們的僧衣，卻不曾牽動他們澄澈如止水雙眸中的平靜。人生，原該如此吧？但，幾人能修到這境界；天女散花，不沾於衣的境界？他有些悵然，自己，仍如薜蘿，難免牽縈呵！

紅葉，焚燒著山嶺，清流，在石塊間激濺吟唱，盧祖皋凝目望著，凝神聽著，只因，不知再見是何年，何月。

他不能訂再見之期，也許，如今在三生橋上話別，也將如那三生石的故事，待來生再結前緣了。這一番，載酒而去，只望一路醉到吳江；在醉裡，在夢中，告別這京都臨安，告別這迎接過無數旭日，又送走過無數斜陽的地方，只不知呵，何日再如往昔，載著滿船詩意，重返西湖！

煙水漫漫，鴻飛冥冥，黃昏時節的西湖，氤氳在煙水迷離中，有如巨幅的山水煙景。他忍不住回首；天竺遠了，靈隱遠了，隔著輕煙薄霧，兩位方外知己，該有靈犀一點，也知道自己正凝眸遙望吧？

人生，總是這樣難以周全。記得他離吳江時，是如何憶念著那悠游沙灘，忘機的鷗鷺。如今，離開西湖，又該心心念念孤山靈鶴，和那真如閒雲野鶴般的方外知己了吧！

「思悠悠，恨悠悠，恨到歸時方始休……」

白居易如此寫著，他如今卻是如〈東山〉詩中的軍士，「我東曰歸，我心西悲」，只因，東方、西方都有難捨的眷念！

南北兩高峰，每在微雨初晴之際，掩映的雲影，飛捲升騰，光景清奇絕俗，彷彿自夢中醒來，清新之中，饒富煙雲迷離之美。昔日，他和兩位詩僧，常在嘆賞之餘，賦詩聯句，詠讚西湖美景。而今而後，當這景色在腦海浮現時，也只有獨坐窗底覓句吟詩，而沒人能擊節相和了。那時，與西湖同在腦海中盤旋不去的，該是兩位詩友靜穆清癯的容顏吧！

西湖可思可憶的景物太多了，像平湖的月影，麴院的荷香，孤山的梅萼……什麼時候，能重溫重覓？只望詩友不要忘了，在綠萼梅開的時候，折寄一枝，以慰渴慕呵！

❀

這一闋〈木蘭花慢〉，題為「別西湖兩詩僧」，依依離情和西湖煙水交融，合成一篇情致動人的詩篇。

賀新郎

盧祖皋

挽住風前柳，問鴟夷、當日扁舟，近曾來否？月落潮生無限事，零亂茶煙未久。謾留得、蓴鱸依舊。可是從來功名誤，撫荒祠，誰繼風流後？今古恨，一搔首。

江涵雁影梅花瘦。四無塵、雪飛風起，夜窗如晝。萬里乾坤清絕處，付與漁翁釣叟。恰又是、題詩時候。猛拍闌干呼鷗鷺，道他年，我亦垂綸手。飛過我，共樽酒。

三高祠，是吳江縣，垂虹橋北的一處名勝。祠中供奉著三位為人欽仰的高士：越國的范蠡、晉朝的張翰、唐朝的陸龜蒙。吳江縣尉，是一位具有深心雅致的人，在三高祠前，建了一座仿漁人草屋的茅亭，題名為「釣雪亭」，取「獨釣寒江雪」之意，為這垂虹橋畔平添了幾許詩意；尤其，在飄雪的日子裡。冰封大地，雪壓漁船，江邊的柳樹，綠葉凋盡，只剩下疏落的柳條，在風雪中抖瑟。襯上這頂上積滿白雪的茅亭，和亭邊攢三聚五，宛如紅玉雕成，雪中吐豔的瘦影梅花；恰似一幅清絕、幽絕，不染俗塵的水墨畫。

踏雪而來的盧祖皐，在這三高祠邊，流連、徘徊。遙想著當年這些高士們的節操風骨，不禁魂越神馳……。

挽住江邊漁人繫纜泊舟的柳樹，他不禁想起在輔佐越王句踐滅吳之後，飄然引去，化名為鴟夷子皮，泛舟五湖的范蠡來了。駕著一葉扁舟，縱情於山水中的鴟夷子皮，這吳江垂虹橋畔，應該也是他常來常往，逍遙徜徉的地方吧！他自煙水蒼茫處來，在此繫纜、泊舟，攬清風，邀明月……如能追陪著這樣的前賢，遊歷山水，嘯傲煙霞，也不虛此生了。

想著，想著，他不禁開口詢問這一株沈默的柳樹：

「你知道鴟夷子皮吧？他最近可有消息？他那一葉扁舟，近日可曾來過？」

柳樹無言地搖頭。盧祖皐不禁啞然，自太虛幻遊中回到現實；鴟夷，已是千餘年前的古人了，這其間，經過了多少次月出月落，潮去潮來；又經過了多少分合治亂，改朝換代。在一剎那濃縮時光的神魂飛越中，他彷彿回到遙遠的世代；那可與鴟夷同舟泛遊的世代。然而，驀地驚覺回首，釣雪亭中方才煮雪烹茗的零亂茶煙，猶自依依裊裊，漸淡、漸薄地飄散。

總是參透了、看破了在這紛紛擾擾的俗世中，功名、利祿都是虛幻易碎的泡沫，不值得依戀、追求吧，在人們爭相競逐於仕宦途中，鉤心鬥角的時候，他們卻放棄了唾手可得的利祿，遠離了誤人的功名。對他們來說，富貴榮華真如過眼雲煙般的虛無，甚至，還不如真正山前水面的雲煙，堪供吟嘯吧！

慨然撫著三高祠古老陳舊的神案，祠中的塑像，也因年長日久而斑剝了。他不禁嘆息：誰說功名不誤人呢？這些高士，生前逃名隱逸，身後，仍逃不過盛名之累；如不是為盛名所累，又那有後世多事者建祠奉祀呢？歲月流轉，為這些早已作古的高士，添上了幾許傳奇的色彩；雨露侵蝕，三高祠的牆上長了霉苔，泥塑的塑像，也剝落了表面的彩繪，露出了泥胎。千百年的歲月，改變了太多的人、事、物，不變的是什麼呢？也許只有當年那張季鷹見秋風吹起而思念的蓴羹鱸膾，滋味鮮美如舊，每在秋風起時，就勾起遊子思鄉情緒吧！然而，這是張季鷹之所以為高士的根由嗎？可嘆的是：多數的人，只記得蓴羹鱸膾之美，而忘了張季鷹淡泊高潔的風標和情操！

「唉！後繼何人？」

那種「寂寞身後事」的悲哀，兜上了盧祖皋的心頭。這樣的悲憫胸襟，這樣的淡泊心志；這樣的灑落風神，這樣的擇善固執。入世則竭誠殫智，出世則漱泉枕石；他們的心境是那樣磊落坦蕩，仰俯無愧，了無塵滓。然則，這樣的襟抱，後繼何人？他也只有無奈的搔搔短髮，付與一聲長嘆了。

江面上的煙嵐，與低亞的煙雲交織成一片紗幔；覆著江水，掩著江天。盤旋的雁陣，用淡墨在紗幔上添加了幾筆朦朧的雁影。

風呼嘯著，雪飛舞著。皚皚白雪，把大地妝點得這樣純潔明淨，沒有一點塵濁。晶瑩的雪光映照著紙窗，雖然是晚上，卻有如白晝一般清清亮亮。一樹寒梅，清姿瘦影，挺拔嶙峋地卓立在風雪中。冰雪覆蓋著她斑駁遒勁的枝幹，卻封凍不了她的玉蕊瓊花；那點點嫣紅，就臨風衝雪，燦然吐放。

面對著這清絕、幽絕，無形的造化之手，大氣磅礴地繪製出的琉璃世界，他震懾而感動；多麼潔淨、美麗！然而，天公精心的鉅製，也就像三高祠中的高士們一樣，在這俗世中，有著知音難覓的憾恨吧？這樣絕塵絕俗的萬里乾坤，有多少人能夠擁有呢？只有撒網的漁夫罷了，只有垂綸的釣叟罷了；只有他們擁有了這個世界，且融入了畫幅，成為寒江雪景中的一部分。

有梅、有雪、有酒，所欠缺的，就是詩了吧。低壓的雲天，彷彿就是山水畫上留下題詩的空白，等著他題上詩句。他的心情混雜著許多難言的情緒，最強烈的，就是寂寞了！那種孤標傲世，為世所遺的寂寞，就如這一江無人賞的雪景，就如這一祠無人繼的高士……

幾隻不畏寒冷的鷗鷺，散落在江上低飛，在江面浮游，悠然自得。他們是漁翁釣叟忘機的友伴，彼此之間，那麼和諧，那麼安詳，那麼融和無間。

盧祖皋豔羨地望著那鷗鷺、那漁翁釣叟出神了……

一隻低飛盤旋的沙鷗，掠過窗前，他猛然驚覺：世界何曾寂寞？高士何曾後繼無人？這清寂的世界上，還有這些漁翁釣叟，這世界上還有他——高士氣節風骨的繼承者！

「捨我其誰？」

他微笑了，舒暢了，不禁奮力拍著欄干，招喚著那些盤旋的水鳥：

「鷗鷺！來吧！來陪我乾一杯。別怕呵！不久後，我也是垂綸的釣叟，與你們共忘機的友人！」

❀

盧祖皋在後人的評價中，多推崇他的小令，認為纖雅可人，而長調，則失於枯寂。但這一闋〈賀新郎〉可稱例外，雖寫清寂之境，卻不偏枯，意境甚高，有瀟遠之致。

浪淘沙

周文璞

還了酒家錢，便好安眠，大槐宮裡著貂蟬。行到江南知是夢，雪壓漁船。盤礴古梅邊，也是前緣，鵝黃雪白又醒然。一事最奇君聽取，明日新年！

乾了杯中的餘瀝，搖搖晃晃地走到櫃檯前，瞇著眼招呼掌櫃：

「掌櫃的，你給我結算一下這些日子欠的酒錢，今兒一起給了吧！」

掌櫃笑了；對這位幾乎算老朋友的老顧客調侃著：

「急什麼？我不怕你這欠錢的逃了，你還怕我這債主兒跑了，找不到地方還債不成？」

「生平不欠債，只欠酒家錢。你這會兒大方，一轉眼，又派夥計催討去了，吵得人不得安寧。大年下的，把這點賬還清了，睡也睡得安穩些，你就結算吧！」

在一陣算盤珠子劈拍之後，他無債一身輕地走出了這小小的賣酒人家。

向著回家的路上走著，走著……一列服飾鮮明的儀仗隊伍在道旁跪接，為首的一人，捧著玉帶紫蟒，金璫烏紗，口稱：

「奉大王之命，恭迎周先生過宮飲宴。」

他心中有些迷糊，又彷彿理所當然。片刻功夫，玉帶紫袍，已經穿著在他身上了。旁邊另一侍從，早已牽來一匹雕鞍玉勒的駿馬，躬身一禮：

「請周先生上馬。」

「去那兒?」

他不禁問，卻遠遠看見一座美侖美奐的宮院，上面懸匾額「大槐宮」。

「大槐宮，這名字挺熟的。」

一念未了，只見兩班文武大臣迎了出來，一個前導的小太監，朗聲宣道：

「大王有旨，左丞右相恭迎周先生入宮。」

走在行列中間，緩步升階，上了丹墀，舉目只見正前方繡金錯綵的寶座上，坐著一位戴冕旒、著龍衣，滿臉威儀的帝王。兩班文武一齊下跪，他正準備如儀行禮，那大王先開口了：

「周先生請免禮。早聞周先生經世之才，今日得見，實朕之幸，也是我槐安國之幸。尚望周先生不棄，輔弼寡人，以王天下。」

立刻命人為周先生更冠戴，換上了金翅貂尾，封為太傅，為帝王師。

輔政以來，風調雨順，國泰民安，君臣百姓樂享太平，他也不免躊躇滿志，頗為自得。忽然，邊境傳來警訊：

「大荊國強兵壓境！」

殿上君臣晏安已久，聞訊驚慌失措，正慌亂間，警報迭至：

「荊兵連下數城。」

槐安王無計，派人議和，結果卻是：

「使臣被扣，敵兵逼近京師。」

欲戰無力，欲和不能，廷議結果，遷都江南。帝后蒙塵，文武倉惶，百姓流離；迢迢千里，才到江南，忽然又聽到馬嘶人喊，追兵又至……

「怎麼辦，怎麼辦？」

他驚惶又著急，一瞬間，已被敵兵團團圍住，敵將一聲大喝：

「綑了！」

繩索向他綑來，他掙扎著，吶喊著，耳邊盡是殺伐之聲，刀光劍影，寒氣逼人。

「不！不！」

他掙扎著，驀然強光刺眼；睜眼一看，哪有蒙難君臣，哪有驕兵悍將。那殺伐之聲，只是北風怒號的呼嘯；那刀光劍影，只是紙窗外搖晃的枯枝；榮華富貴，只是他在小小漁舟船艙內的南柯一夢。夢醒來，夢幻如消失的泡影，剩下的只是白雪覆蓋著漁舟的冷寂；而他不由深自慶幸，他只是一個醉臥船艙中的老人，而不是金翅烏紗，貂裘紫蟒的高官重臣。這一葉小小漁舟對他來說，至少是真真實實的存在。沒有名利的紛爭，沒有世塵的擾攘，雪壓的漁船，是一幅絕俗絕美的圖畫，他怡然微笑，安謐而又滿足。

一陣陣的清香習習而來，他深深吸了一口氣，自船艙中探出頭來；原來是一株老梅，枝幹斑駁，布滿蒼苔，虬曲騰挪，奇兀崢嶸，古意盎然。徜徉梅邊，這天地之間，似乎只剩下他一個人，心中充塞的是前無古人，後無來者的盤礴之氣。他不覺得孤獨，他有這一樹梅花為友；他也不覺得寒冷，這一樹梅花吐的不僅是清香，也是陽和之氣。點點梅蕊，彷彿是一簇簇的火焰，焚化冰雪，催喚春風……四野俱寂，除了他，沒有人發覺這春神透露的消息。梅佔春先，他得春先，這冥冥的緣會，是否又是另一場不自覺的夢？人生，本來是一場春夢，夢，不也是另一時空中的人生？槐宮中閱歷的悲歡離合，如人生而是夢；古梅邊靜止的圓融觀照，如夢而是人生；但，怎又知道，這不是另一場夢中的片段？以為是夢，也許並不是夢，以為是醒，也許未必是醒；又何必認真追究呢？

他兀立梅邊，沉默一如山石，似天地間孕育的唯一生命，是造化中僅存的碩果。無喜、無悲，只靜靜凝視著那簇簇如火焰的梅蕊，燃燒、燃燒。消融了冰雪，染黃了垂柳，薰綠了芳草……轉眼，東風吹過，漫天柳絮，學作雪花飛……。

他怡然仰面，欲吹柳絮，觸及的，卻是一片冰冷；飛舞的，仍是六出的雪花。這一片雪花，喚醒了他的冥思；這冥思，卻又是另一個夢境。

遠處，傳來孩童的喧鬧。他信步走去，家家戶戶透出暖烘烘的喜氣，桃符新換，春意欲融。他猛然憬悟，哈哈大笑，引得路人駐足詢問：

「您笑什麼？」

「我才發現一件最奇妙的事。」

「什麼事?」

他認真地向追問的路人宣佈:

「聽著!明天就是新年!」

❀

周文璞,字晉仙,有好幾個號:方泉、野齋、山楹。自這些號中,可以知道這是一位嚮往自然,淡泊不慕名利的逸士智者。由他傳世的這闋〈浪淘沙〉來看:他也的確文如其名:文如璞玉,不事雕琢;人如其號,清澈如泉,樸實任真如山野逸者。讀他的詞,很自然地叫人想起南宋以寫自然名世的詞人朱敦儒來。

這闋詞,沒有理則可循,也沒有辭藻的雕鏤,一派天機,蘊蓄著超脫世俗的智慧。整闋詞時空交迭,虛實轉換,空靈而活潑;由「安眠」引出「大槐宮裡著貂蟬」的夢境;由「知是夢」回到「雪壓漁船」的現實;由「盤礴古梅邊」的放曠,到「也是前緣」的了悟;由「鵝黃雪白」的冥想,到「醒然」的清明。虛實、真幻快速地變換跳接,乍一看來,有雜亂無章,使人摸不著頭腦之感。細加品味,卻是透視人生,悲天憫人的襟抱,點破了「人生如夢」的迷津。但他的透澈,並不是消極、逃避、頹廢的,而是積極、進取的,一片天真,無限喜悅,更充滿了生機和天趣:「明日新年」!是何等淺白又有力,並且滿懷希望的揭示!

周文璞小傳　周文璞，字晉仙，號方泉，又號野齋、山楹，陽穀（今山東陽穀）人。他生平不詳，只知曾做過溧陽縣丞，以別號及詞風看，當為高蹈之士。有《方泉先生詩集》行世，詞僅兩首，收錄於《全宋詞》中。

訴衷情

方千里

一鉤新月淡於霜，楊柳漸分行。征塵厭堆襟袂，雞唱促晨裝。
淮水闊，楚山長，暗悲傷。重陽天氣，盃酒黃花，還寄他鄉。

晚霞，由燦亮的金紅，轉成了晦暗的灰紫，向晚的天幕，也由湛藍，逐漸加深。落日餘暉，尚未斂盡，長庚星，已自光影中掙扎而出，亮度漸增，在西天佔據了醒目的一席。傲然地閃耀著它的星芒。

是初三，還是初四？一鉤蛾眉般的新月，羞怯而沈默地倚在樹梢頭，那含斂的光影，淺淺地勾出一個朦朧的輪廓，在這白露為霜的秋晚，那一抹蒼白，比秋霜還清，還淡。

一匹瘦馬，出現在蒼茫暮色中，馬上載的，是風塵滿衣，倦容滿面的中年文士。

在馬蹄得得中，馬上的文士——方千里眺著不遠處的一縷炊煙，似自語，又是對馬兒說：

「天快黑了，加緊幾步，準備宿店吧！」

在蕭瑟的西風中，他穿過夾道栽植的楊柳；這一條路，他不是第一回走，他望著只剩疏疏柳條，舞弄西風的楊柳，惘然地想起當日……

當日，正是春夏之交，楊柳葉密蔭濃，枝葉交錯，連成了一片綠屏風，他感覺，是穿過了一片密密紮紮的柳林。直到今天，秋深葉落他才知道，原不是林，只是分行栽植於道路兩旁而已。

穿過在薄暮中，宛似剪影的夾道楊柳，那一個小小客棧，就在眼前了。

他跨下瘦馬，小二上前招呼：

「客官，可是住店？」

他點點頭，隨小二走進一間房間，他環視一眼，簡陋原在意中，倒還乾淨，點點頭，小二殷勤問：

「您先洗把臉，是出去吃，還是點了送進來？」

他分派了，加上一句：

「明天，一早把馬餵了，我天亮就走。」

「是！是！」

小二退下了，不多時，送上了洗臉水，他痛痛快快洗了一把臉，澄清的水，頓然黃濁。搖搖頭，他苦笑：

「這樣飄泊的日子，還要到幾時呢！」

拍拍衣襟袖口上的浮灰；這件衣衫，層層堆積的征塵，怕不有幾分厚了，他早已厭倦了這樣晚來投宿，黎明起程的生活，可是……

他嘆口氣，踱到窗前。窗欄上，竟端端正正擱著一盆金燦燦的黃菊花！

可不是菊花開的時候了，九月，原是持螯賞菊的季節。他抬起頭，那一鉤淡月尚懸在天際；當這一鉤新月，成上弦的時候，就該是重陽了。

時日，未至重陽，天氣，早已是重陽了。橘綠橙黃，楓紅蘆白。淮水，在暮色中，蒼茫遼闊地伸展，青山，連綿無際地橫亙，疊水重山，重山疊水，待得何年、何月，才能渡盡、越盡，而歸向日夜懸想的家園？

「客官，酒菜來了。」

他沒有回頭；自屋中桌上發出的聲響，他知道小二正在安放杯箸。

久久，他回頭，端起一杯酒，又走回窗前。

有酒，有菊花，有醉人的重陽天氣。

一切都那麼美好，但……

「為什麼呵！這一身飄泊如寄，總在異鄉？」

這一闋詞，寫秋日旅思，把那一份無奈的惆悵，用白描的筆法寫出，質樸自然而生動。

❀

方千里小傳　方千里，南宋三衢（今浙江衢縣）人。

他生平不詳，只知曾官舒州簽判，以慕周邦彥，而盡和《清真詞》；詞集亦名《和清真詞》。

沁園春

嚴參

竹焉美哉！愛竹者誰？君子歟！向佳山水處，築宮一畝。好風煙裡，種玉千餘。朝引輕霏，夕延涼月，此外塵埃一點無。須知道，有樂其樂者，吾愛吾廬。　竹之清也何如？應料得詩人清也乎。況滿庭秀色，對拈彩筆；半窗涼影，伴讀殘書。休說龍吟，莫言鳳嘯，且道高標誰勝渠。君試看，正繞坡雲氣，似渭川圖。

在老友吳明仲引導下，參觀了吳明仲新置的別業之後，嚴參笑指著那一片種滿了竹子的山坡，向吳明仲道：

「別的，我不羨慕，唯獨這一片竹坡，我是羨煞妒煞！實在太美了。」

吳明仲笑著說：

「要不是看中這一片竹坡，我也不會在這兒置產業。你知道，我是愛竹成痴的人，而更難得的是，不僅這一片竹坡清幽可人，此間山水，亦自佳麗，在這兒築幾楹軒館，我這一生，也可無憾了。」

當真是可以無憾了！嚴參完全能了解吳明仲的心境，只因，他也是愛竹人呵！

梅蘭竹菊，稱「四君子」，也唯有淡泊清剛的君子，才會油然生戚戚之情，引為知己吧？也因此，吳明仲選擇了這千株青玉凝碧煙的竹坡之下，為吳氏別業，不僅打算自己終老是鄉，且為子孫留下了無言的垂訓；以竹為典範，立身行事，自然可以無過了。

清晨，竹叢為他牽引來滿天的雲霞片片，美好的一天，由此展開。黃昏，竹坡上篩下清涼的月影珊珊，帶給他一個寧謐清幽的夜晚。竹風如帚，掃去了世俗的煙塵，還他以無限清明澄澈，不是嗎？竹本身就是具有最高遠清幽標格的植物，在竹日夜薰染之下的詩人，又焉得不清曠高潔呢？擁有如此可愛，屬於自己的天地，樂亦在其中矣，人生至此，復有何求、何憾！

而且，從此之後，再也不愁沒有詩思了；滿耳的清音，盈眸的綠意，是無盡的靈感泉源。擁有了這些，自然佳句琳琅，錦繡紛陳，一如擁有五色彩筆一般。而靜夜中，對半窗竹影，伴一盞孤燈，展卷讀書，又何來漫漫長夜，難以排遣之嘆？

昔人，曾用龍吟鳳噦來形容竹的清音，其實，又何必道龍言鳳？龍、鳳、雖然尊貴，畢竟太落俗套了，又何曾能象徵出竹那無可比擬的高風亮節呢？

山谷中，騰起了煙嵐；像一條輕紗織的雲帶，悠然環繞著竹坡，頓然呈現出一派氤氳；煙捲雲飛間，景色更清幽如仙境了。

他不期然想起了王維的輞川別業，輞川圖上的「竹里館」，他曾嚮往的世界，如今，正展現在他的眼前呢！

這一闋〈沁園春〉是南宋嚴參的作品，嚴參詞風別具一格，喜用虛字，讀來朗朗上口，明快流暢，當也是心胸豁達，且清曠高潔，不失赤子之心的人物。這一闋詞，小題為「題吳明仲竹坡」，顯然是為愛竹，且居有竹的朋友作的，全篇以「竹」為主題，竟使竹的清幽之氣，躍然紙上。

嚴參小傳 嚴參，字少魯，號三休居士。南宋邵武（今福建邵武）人。他生平不詳，詞風超逸，《全宋詞》中僅收錄兩首。

沁園春

嚴　參

曰歸去來，歸去來兮，吾將安歸？但有東籬菊，有西園桂；有南溪月，有北山薇。蜂則有房，魚則有穴，蟻有樓臺獸有依。吾應有、雲中舊隱，竹裡柴扉。　人間征路熹微，看處處丹楓白露晞。況寒原衰草，牛羊來下；淡煙秋水，鱸鱖初肥。自笑平生，頽然骨相，只合持竿坐釣磯。都休也，對西風無語，落日斜暉。

總在孤獨寂寞時，想起了鄉親父老；總在寥落失意時，想起故土家園；如今，在逆旅中倦了，在世途上累了，飽嘗了人情冷暖，遍歷了坎坷風霜，那一縷縷強抑心底的鄉愁，爆發成呼喚吶喊：「歸去呀！不如歸去！」

歸去！歸去！歸向那裡？

嚴參微笑著，閉目冥想，一幅「家」的畫軸，在腦海中展現；沒有瓊樓玉宇，不要池榭亭臺，他有的，只是：東邊的疏籬下，種一叢澄黃的菊花，在清霜中吐蕊；那西邊的小園中，栽幾株馥郁的桂樹，在秋風裡弄影。屋前，一條小溪潺湲流過，當明月懸空時，那柔柔的波紋上，浮漾著一片流金般的月影；有如一匹黑底織著金色碎花的錦緞，與冷月清光，相互輝映。屋後，一座小小的山丘，長著林木，長著茂草，也長著那不食周粟的賢者，賴以維生的野薇。

天生萬物，都為他們安排了居住的地方，不是嗎？小小的昆蟲，蜂兒，會為自己營築一個個蜂房，採花、釀蜜，安適的居住。水中悠游的魚兒，在水底的石塊罅隙中，有他們居住的處所。最能幹的，該是螞蟻了吧，他們的住處，一層又一層，宛似堆疊的樓臺。連山林中的鳥獸，也有他們各自棲息的窩巢洞穴。何況，身為萬物之靈的人呢？

他當然也有的，有那一座隱藏在白雲深處的老屋，柴扉之外，是幽篁修竹……

是歸去的時候了！迎著初升的曉日，在晨光熹微中，踏上征途吧。路旁的楓葉，酡紅如醉，草葉上的露水，正在陽光的撫慰下，逐漸蒸發。人間美景無限，一程又一程的在眼前展開；那在汲汲中失落的，在營營中遠離的，在一念的解悟中，又復拾回，又復清明；它們原本一直存在，只是，因為靈智的灰黯，功利的蒙蔽，而使他「視而不見」。如今，他欣然看著轉黃的草原上，那成群的牛羊，正悠然徜徉；想著故鄉，那煙波江上，澄碧如秋空的秋水中，鱸魚、鱖魚，都剛是肥美的時候，那曾令張季鷹思念的美味，又何曾不在西風起時，引動著他的鄉思？

人該自知呀！他自顧著清癯的瘦影微笑：

「看你，這樣的骨格、面相，也不似富貴中人哪，卻在仕途的塵勞裡，翻騰了半生！你實在該有自知之明，既無貴相，何必干祿？不如認命，做一個坐在釣魚磯上垂釣的釣翁吧！」

過去的，揮一揮袖，都讓他過去吧。今後，他只願獨坐在釣磯上，任秋風吹拂著衣袂，無言的送紅日西下，沐餘暉滿身……

❀

這一闋〈沁園春〉題為「自適」，詞意隱括陶淵明〈歸去來辭〉，或也是灰心於仕途之士。唯結句「都休也，對西風無語，落日斜暉。」不免失之於消極無奈，在境界上，就遜色了。

疏簾淡月

張輯

梧桐雨細，漸滴作秋聲，被風驚碎。潤逼衣篝，線裊蕙鑪沈水。悠悠歲月天涯醉，一分秋、一分憔悴。紫簫吟斷，素牋恨切，夜寒鴻起。

又何苦，淒涼客裡，負草堂春綠，竹溪空翠。落葉西風，吹老幾番塵世。從前諳盡江湖味，聽商歌、歸興千里。露侵宿酒，疏簾淡月，照人無寐。

瀟瀟秋雨，敲打著井邊黃葉凋零的梧桐；西風漸緊，風聲、雨聲、夾著落葉的嘆息聲，合織成一片令人無所逃遁的秋歌，時疏時密的在耳邊窸窣細語。香鑪中，沉水香無力的升起如線的輕煙裊裊，舒卷如雲，淡薄如絲。這樣的天氣，這樣的微煙，怎怪得搭在衣篝上的衣衫，總是濕潤潤的，無法薰乾。

無聊賴的自斟自飲，張輯有些薄薄的醉意了。醉？多少年來，他就靠著酒，靠著醉，來煎熬過流浪天涯的漫長歲月！只是……

「又是秋天！」

他沉咽的自語。每年，一到秋天，那他刻意埋在心底的鄉愁，就再也壓抑不住了；縱使，他不肯面對，不肯承認，又怎遮掩那與秋俱來，刻畫在鏡中容顏上的憔悴？

他拈起一管紫簫，放到唇邊，希望藉著悠揚簫聲，驅散凝聚在耳邊如泣如訴的秋聲，但……幾曲之後，他廢然放下簫管；他發現，秋聲，不僅盈耳，更自盈心；他的簫聲，敵得過秋風、秋雨，卻敵不過那來自心底的嘆息。他即使把紫簫吹斷，也驅不去那來自心底的苦雨淒風。

「寫一封家書吧！」

他對自己說。展箋濡墨……墨，乾凝了，素箋仍一片素白，一個字也沒寫。他這才了解，原來文字能表達的，是那麼有限！當萬恨千愁排山倒海而來，根本沒有任何文字能表達得出，載負得起。墨乾了；淚，也乾了。窗外，一陣撲簌，幾聲哀鴻悲鳴；在這淒淒寒夜，是什麼，驚起了它們？使它們無以安心棲息？

又是什麼，使自己無以安棲？就這樣，一年年，嚐盡旅況淒涼？到底所為何來呢？有什麼，值得自己離鄉背井，辜負了那春日裡綠意滿眸的草堂，那夾岸翠竹森森的清澗小溪。春草年年生新綠，翠竹，必也年年塗染著滿山空翠，然則，主人不見了，又有何人賞，誰家惜？

人，就在一年年的秋風中，像曾經翠綠，而今轉黃的落葉一般老去。回首前塵，他不由唏噓；少年子弟江湖老呵！曾幾何時，他由一個不知世事的少年，變成歷盡滄桑的老人，嘗盡了江湖風波險惡。

他累了，倦了，每當代表商氣的秋聲在耳邊響起，就不禁生歸鄉之情；奈何，故鄉仍遙隔在千里之外？

是什麼時候，雨止風息？秋日的露氣，侵襲著宿醉未消的他。淡淡的月光，自疏疏湘簾透入，照著一夜無眠，思鄉情切的遊子……

❀

這一闋〈疏簾淡月〉（按：即「桂枝香」）是取詞中佳句為篇名的例子。作者張輯，他的詞，喜以篇末語為新名，如此詞，即標「疏簾淡月」，小題說明：「寓桂枝香，秋思」。寫遊子思鄉之情，淒楚沉咽，足以移人。

張輯小傳　張輯，字宗瑞，號東澤，南宋鄱陽（今江西鄱陽）人。他生平不詳，只知曾學詩於姜夔。詞作甚多，而喜摘詞中句，為舊調加新名；如所選之〈疏簾淡月〉實為〈桂枝香〉。有《欸乃集》行世。

賀新郎

劉克莊

深院榴花吐。畫簾開，練衣紈扇，午風清暑。兒女紛紛誇結束，新樣釵符艾虎。早已有游人觀渡，老大逢場慵作戲，任陌頭年少爭旗鼓。溪雨急，浪花舞。

靈均標致高如許。憶生平，既紉蘭佩，更懷椒醑。誰信騷魂千載後，波底垂涎角黍？又說是蛟饞龍怒，把似而今醒到了，料當年醉死差無苦。聊一笑，弔千古。

看到院子裡的石榴樹，吐出了火舌般燦爛紅豔的花朵，就讓人意識到：端午節快要到了。天氣一天天的熱起來，家家戶戶的男男女女，都換上了薄薄的衣衫，輕揮著冷落已久的扇子，以驅除暑氣。到中午，更紛紛捲起遮避太陽的簾子，好讓微風吹入室內，給燠熱的中午，帶來些許清涼。

迎接這個節日來臨，年輕的孩子們，早為了服飾費盡心思籌畫了；誰甘心落在別人之後呢？在這個爭奇鬥妍的機會裡。走在路上，不論是遊人釵頭掛的五彩篆符，還是人家門前用艾草編的老虎，都是那樣新奇、別致、精巧，使人看得眼花撩亂，像進入了賽美的會場一樣。溪邊，早擁擠著無數爭看龍舟競渡的遊人；在原野上，少年們也進行各種技藝的競賽；助陣的鼓聲咚咚地響著，是那麼亢奮、激昂，五彩的旗幟，在空中翻飛、飄揚。夏季午後急驟的陣雨，也澆不熄人們心頭的熱焰，雨水掛在少年郎神采飛揚的臉上；雨花夾著龍舟邊雙雙木槳急翻掀起的浪花，飛舞在溪流上。

人聲、鼓聲；身影、旗影，在劉克莊的耳邊眼前繚繞、迴旋。他遠遠眺望著，卻提不起參與的興致。那種亢奮、那種激昂，畢竟是屬於年輕人的；年事漸長，他早已失去了那一份在如戲人生中競逐的熱中。而只願在僻靜的一角，用冷靜、淡然、悲憫的目光，注視著大千世界，注視著那些興高采烈的少年們。在他們身上，彷彿有著他自己昔日的影子，而今日，熱鬧、喧嘩，卻使他有著無端的倦怠，使他覺得壓迫和窒息，而急於逃避了。

漫步向郊外走去。把歡樂讓給他們吧！把世界讓給他們吧！歡樂的世界，本是屬於他們的；屬於賽船的，屬於競技的；屬於插著釵符，掛著艾虎的；屬於鼓著掌、叫著好的。

「只不屬於我和你，屈大夫。」

遠離了塵囂，他才覺得和端午節所紀念的大詩人，忠貞愛國的屈原真正接近了，契合了。默誦著〈離騷〉，屈原孤獨傲岸的身影，彷彿站在他的眼前。那佩帶著芳香蘭草，高潔的靈魂，那麼虔敬的向神祇奉獻著馨香的祭品，申訴著自己的忠誠；就為了忠誠，他一再受到小人的誣讒，飽受心靈的折磨，終於悲憤憂傷地自沉於汨羅江。而像這樣一個人，世俗的人們，是怎樣紀念他的？

劉克莊記得他小時候，對於端午節要包粽子、賽龍舟，十分不解。在他問「為什麼」的時候，家中的大人為他說了故事：

「因為偉大的屈原投江死了，人們為了使他在水中不致於飢餓，所以把米飯投到水裡給他吃。後來他託夢告訴人們，投下的米飯，他一點也吃不到，因為水中的水族都搶光了。若要給他，就要用竹葉子把米飯包裹起來，用五彩的繩子繫住，水族看到這個多角的竹葉包，以為是怪物，就不敢吃了。所以人們就用竹葉包成有許多尖角的粽子，投在水中給他。後來，他又託夢，說粽子是收到了，但水底有許多凶惡又貪饞的龍和蛟，常會欺負他，搶他的食物。這些龍和蛟，最怕擊鼓的聲音，如果人們能在水面巡邏、擊鼓，就可以幫他趕走惡龍和饞蛟了。所以在他投水的那一天，就是端午節，又在水面賽龍舟，在舟上擊鼓，好替他趕走龍和蛟呀！」

他幼時曾深信不疑，但讀過〈離騷〉後，卻為人們的無知，和屈原受的屈辱痛心。多荒誕的事！那個風標高潔、寧死不屈的人物，竟被世俗歪曲成一個既貪吃又膽小、猥瑣的可憐蟲了。

「你若早像現在這樣『清醒』地屈服於現實，當時也可以和別人一樣醉生夢死，也就不會痛苦了。」他有著啼笑皆非的感覺。但是這種俗尚，他知道，不是自己能夠扭轉的，一如當日屈原對於國事的有心無力。

能怎樣呢？也許，只能付之一笑罷了，但誰又能了解他這一笑中，包含的千古悲涼呢！

他「笑」著，寫下這闋〈賀新郎〉。

劉克莊小傳　劉克莊，字潛夫，號後村，南宋莆田（今福建莆田）人。他出身世家，受業於當代大儒真德秀。以蔭仕，為樞密院編修官。理宗時，賜同進士出身，除秘書少監，累官至權工部尚書，出知建寧府，以煥章閣學士致仕。卒年八十三歲，謚「文定」。他少負才名，晚稱宗匠，詞風相類於辛棄疾、陸游，也屬「豪放」一派，而失於淺露，故乏大家氣象。詞集名《後村別調》，又名《後村長短句》。

滿江紅

劉克莊

金甲琱戈，記當日、轅門初立。磨盾鼻，一揮千紙，龍蛇猶濕。鐵馬曉嘶營壁冷，樓船夜度風濤急。有誰憐、猿臂故將軍，無功級。平戎策，從軍什。零落盡，慵收拾。把茶經香傳，時時溫習。生怕客談榆塞事，且教兒誦花間集。嘆臣之壯也不如人，今何及！

夜雨，瀟瀟地飄灑著，簷前的鐵馬，在風中搖晃，傳來陣陣叮叮噹噹的聲響。不期然地，劉克莊在風雨淒其的寒夜中，憶起了往事……

年輕時，也曾豪氣干雲，入幕隨軍，遠赴邊關，披金甲、執琱戈，威風凜凜站立在轅門外，執行任務。奉命草檄時，就著盾牌上的盾鈕磨墨，執筆疾書，千紙萬言，也倚馬可待，一揮而就。寫罷了最後一張紙，第一張紙上，筆走龍蛇的字字句句，墨瀋猶未乾。

在那段日子裡，他了解了一向只在書史詩詞中讀到的軍旅生活。清曉，朔寒透入營壁，睡意猶自朦朧，戰馬的長嘶，卻催夢醒。在軍情緊急之際，任憑河上濤湧風急，也必得連夜渡河，趕赴邊關。他不是未曾乘過船，那悠然飄浮在湖上，伴著絃管絲竹，低吟淺唱的畫舫，本是他生活中常有的點綴。然則，擊櫓渡江的戰艦樓船，卻給他完全不同的另一種感受：在浪濤風波中，他領受的是悲壯，是激烈，是以身許國的矢志無悔！

偏安的局面，在主和的聲浪中，大勢抵定；倡言恢復，在庸君懦臣眼中，是不識時務。他在低籠的政治壓力中，了解了當年有猿臂將軍之稱的李廣，半生戎馬，卻不能封侯的不平；「數奇」，人們如此惋惜，真正的原因，卻是他不肯隨波逐流，趨奉人主新貴呵！

他絞盡腦汁，撰寫的破敵之策；嘔心瀝血，寫出的從軍之詩，在他了解，這一切都不可能喚醒苟且偷安、醉生夢死的廟廊君臣後，他不再顧惜珍藏，一任它們散佚零落：既無人重視採納，這些文字，又有什麼價值呢？

他放棄了掙扎，放棄了努力；與其吃力不討好，徒然灰心，還不如不聞不問，逍遙自適。他不再讀兵書、習陣法；那些，就任它們束之高閣吧。他放在手邊，時時翻閱的書，是安排生活中的閒情逸致必讀的茶經、香傳。

當有客人來的時候，他不再以談政局、邊關為樂；甚至，他怕客人談到邊塞，談到戰爭。「此夕只宜談風月」，成為他阻止來客談及軍事的口頭禪。

他也不再鼓勵子弟習武，要讀書，就讀《花間集》吧，溫飛卿、韋端己，畫屏金鷓鴣，絃上黃鶯語……

他老了，他再也沒有心力去承受打擊和傷痛了，連在少壯之時，都不曾出人頭地呵！更遑論如今？又能奈何？

❀

這一闋〈滿江紅〉的作者，是劉克莊，他一心忠愛，總以南宋偏安為恨。詞風走辛稼軒、陸游一派。這一闋詞，頗見本色，也代表了許多南宋愛國志士的心聲，那份無奈的沉痛，令人讀之感慨良深。

青玉案

張棨

西風亂葉溪橋樹，秋在黃花羞澀處。滿袖塵埃推不去；馬蹄濃露，
雞聲淡月，寂歷荒村路。　身名多被儒冠誤，十載重來漫如許。
且盡清尊公莫舞，六朝舊事，一江流水，萬感天涯暮。

達達的馬蹄聲，單調地在耳邊迴盪著。達達，達達，響過荒涼的山村，響過寂寞的鄉野。串連成一首沒有旋律，只有節奏，單調而冗長的樂章。路途坎坷而漫長，昨日、今日、明日，是無休止的反覆，不知這樂章的終點在幾時、何處、那方。

夜來，投宿在不知名的山村，不知名的旅舍中休息；清晨，雞聲未歇，淡月猶懸之際，踏著濃露的馬蹄，又奏出銜接著昨日的達達……初升的太陽，自東方露出了頭，照亮了山，照亮了水，照不亮的，是旅人布滿風霜、疲憊的臉。初起的秋風，自西方伸出了手，拂落了花，拂落了葉，拂不落的是遊子襟袖上灰黯的征塵。

路轉峰迴，路邊，一座小橋架在涓涓清溪上，橋的那邊，是一座依山而築的莊院。橋邊栽植的樹

木，已褪盡濃綠，轉為深深淺淺的紅、黃、褐、橙、金，在明豔中，透著蒼涼。一陣西風吹來，樹葉搖盪、掙扎，離枝飄舞、飛墜；地上、橋上、水上，堆積著、遊走著、漂流著。唯有莊院門邊的幾畦菊花，擎著金澄澄的花蕾，像羞澀的少女，欲開還斂、欲語還休地，含蘊著無限秋意，在冷露清霜中，猶自生氣盎然。

這莊院，是騎在馬上的張桀所熟悉的。主人姓陳，人頗不俗，也許是看破了世情，厭棄了紅塵，而自築山居，隱逸於此。張桀曾在此做過客，只是那時少年得意，「學而優則仕」的觀念，根植盤據著他的心，並未久留，就辭別了主人，匆匆而去。主人送至門口，他道謝再三，主人淡然一笑，那睿智淡泊的臉上，流過一絲悲憫，說聲：

「珍重！」

便緩緩掩上了門，把那時心高氣傲、年輕的張桀留在門外了。春風得意中的張桀，離去之後，他沒有再想過這位隱於山中的陳氏主人，也沒有想過會再到那莊院去；滿心中想的，只是功名利祿，飛黃騰達。

他的確也曾青雲直上，躊躇滿志，顧盼自得過。那些前呼後擁，賓客逢迎，車水馬龍的日子，使他昏噩，使他忘形，甚至認為作為一個讀書人的終極目的，就在於此。然而，他畢竟是個讀書人，畢竟還是有著讀書人的氣節、風骨，有著讀書人的良知、執著，與憂世憂民的襟抱，終於披龍鱗、忤權勢，自青雲路上跌落了下來。

天威莫測，人心莫測，他嘗受了冷落、失敗的痛苦。昔日簇擁在他周圍的賓朋，棄他如敝屣，轉而逢迎著新的王公親貴；取代昔日車水馬龍的景象的，是門可羅雀的寒傖……他望著橋邊那木葉凋零的樹，望著那漫天旋舞，滿地堆積的葉，忽然在感慨中覺醒：這就是宦途炎涼的寫照了！在夏日，濃綠成蔭，枝繁葉茂，豈不就是青雲路上的繁華景象？一到金風肅殺、草木凋零時，樹葉也飄搖、飛墜，離樹而去；樹情、人情，何其相似。他曾有的憤懣不平，漸趨平息；有什麼可憤懣不平的呢？目前趾高氣昂的袞袞諸公，也不過是盛夏的一樹濃綠。

他叩開了莊門，主人以同樣平和的態度接待了他；當年，既不曾因他的得意而著意逢迎，今日，也不曾因他的失意而稍有怠慢；這使曾經歷了雲泥之判，感受了冷暖之別的他，不僅是感動，更有著欲泫的感激。

主人把他安置在當年曾住的房間中，童僕送上了酒菜，悄然退下。一樣簡樸的擺設，卻引起他心中無比的激盪：十年了，一晃竟已十年了！而讓他棲遑的是，此時回首，這十年的日子，竟如同空白。原來以為可自炫自傲的，原來以為充實豐盈的，原來以為永恆的、重要的；在時間的領域中，竟只是水面的漣漪，夜空的流星，沒留下半點餘波，半點餘痕。十年，他一生中能有幾個十年？又有那一個十年比得上這正值年富力強的十年？他忽然感覺，彷彿在這個簡樸雅潔的房間中睡了一覺，如今，好似大夢初覺，十年的經歷，不過黃粱一夢……

然則，這一夢，卻付了太大的代價，他慨然吟著杜甫的句子：

「儒冠多誤身！」

是儒冠誤了他？是他誤了儒冠？他沒有找答案；那已是多餘的了。他為自己斟了一杯酒，窗外，西風正緊，黃葉漫天飛舞，那麼悠然自得地不知末路將至。他想起那些氣燄淩人的在位權貴們，那飛揚跋扈的神氣，不正如狂舞在西風中的黃葉？他悲憫地笑了，飲下了杯中的酒，就在這一杯酒中，他也透徹了世情。他未曾想過，西風落葉中，竟蘊蓄著如此多的人生哲理。他忽然憶起十年前主人送他出門時那悲憫的笑；他曾有過片時的納悶：對那時一心嚮往朱紫的他，窩居於窮鄉僻壤的人，才是被悲憫的對象。自己，美好的前程正在面前展開，榮華富貴正在前途相待，有何可悲？有何可憫？

如今，他忽然醒悟了，失笑於當日幼稚的自負，淺薄的自滿；自己實在也只是隨風而飄向天空，卻自以為「高」的黃葉；主人才是根植於地，在西風凜冽中挺立，初綻的菊花！生得紮實，活得正直，連死，也風骨嶙峋。

人，原是多麼的卑微渺小！可笑的是，就有那麼多人自許為偉大，而不知道真正的偉大，絕不是形於外的，而是蘊於中。燦爛、絢麗，往往都只是短暫的，樸厚、平實，才如涓涓細流，源遠流長。自己的得失榮辱，在宇宙間算什麼呢？還不如瀚海中一滴水，戈壁中一粒沙。歷史在興亡中變遷，社會在生死中替換，時間，有如長江水，不斷地沖刷著。流過古代，流過現在，流向未來……

不是嗎？吳、晉何在？宋、齊何在？梁、陳何在？歷史上，建都於江南的六朝，那一時的鼎盛、繁華，曾在當代煥發出令人炫目的萬丈光華。如今呢？火燒連環船的東吳君臣何在？輕歌後庭花的陳宮妃嬪何在？在時間的洪流中，那些人物，那些事蹟，只如洶湧江水中的一朵浪花，終會流逝、破滅，終會漸漸為人淡忘。頂多，留下一個教訓，一段史實，偶而不經意地在後世人口中提起，述說著那對他們而言，已是古老而遙遠的「故事」。

暮色，自四面向他掩合。他默然佇立，回首前塵，萬感交集；望向天涯，路正漫漫；在寂靜中，惟一的喧嘩，只是那一樹凋零的葉；那蕭蕭瑟瑟的風；那狂放於浪花飛濺中的王公新貴；那嗚咽於江水奔流中的六朝舊夢……他飲盡了杯中餘瀝，濡墨執管，寫出了心中的積愫。

❀

張榘，南宋人，在淳祐、寶祐年間，做過不大不小的官。他的詞，流傳至今的，尚有二、三十闋，但多屬酬唱之作。應酬文字，尤其頌聖、祝壽之類，多半談不上內涵、風骨，格調自然不高。通常只能看作者的技巧，因此，這類作品，極少流傳，除非有「意在言外」的「弦外之音」，或技巧的登峰造極，才能引起注意，乃至流傳。張榘的這類文字太多，也都尋常，不能列入名家。唯有這一闋〈青玉案〉，感慨蒼涼，不讓名家手筆，可說是張榘作品中的翹楚。

張榘小傳　張榘，字方叔，號芸窗，南宋潤州（今江蘇丹徒）人。

他生平不詳，只知理宗淳祐間，曾為句容令；寶祐間，官江東制置使參議，機宜文字。能詩，有詩集並樂府，詞集名《芸窗詞稿》。

賀新郎

宋自遜

喚起東坡老，問雪堂，幾番興廢，斜陽衰草。一月有錢三十塊，何苦抽身不早？又底用、北門擒藻。儋耳蠻煙添老色，和陶詩，翻被淵明惱。到底是，忘言好。

周郎英發人間少，謾依然，烏鵲南飛，山高月小。歲月堂堂留不住，此世何時是了？算不滿、英雄一笑。我有豐淮千斗酒，把新愁舊恨都傾倒。三弄笛，楚天曉。

來到黃州，來到東坡雪堂。那北宋大儒蘇東坡自力營築，以遮風蔽雨的雪堂，經過了這麼多年的風吹日曬，早已成了供人憑弔的廢屋，殘破敝陋。誰能相信，這兒曾為天下士林所矚目，這兒曾創作出那麼多傳頌天下的詩文、詞賦？想到它也曾因著其中住的人物，而為人熟知、欽慕？而如今，多少歲月時光過去了，它也在殘破中更形黯淡，只默然的佇立在斜陽裡、衰草中，看著世代興衰、起落。

想起蘇東坡這一生的風波起伏，使人怎不慨然？文章、道德，治世之才、忠悃之忱、愛民之心，都兼集於一身了，然而，卻半生偃蹇，為了忠君，為了愛民，而受汙衊、受羅織，東流西放，不得安居，更遑論一展長才！

在黃州，在黃泥坂上，築東坡雪堂，真正躬耕田畝，自食其力。一個月，只有四千五百錢度日。他把錢分成三十塊，掛在梁上，每天，用叉子挑下一塊使用……

這樣勞苦清貧的日子，換了任何人，也該學乖了，學會自保了吧？可是，蘇東坡究竟是智慧過人，還是愚不可及呢？他不肯抽身，不肯卻步，不肯鉗口，依然忠耿的以天下蒼生為己任，想用言語、文辭，為蒼生請命。去披龍鱗、忤權貴，把自己孤注一擲；以至於，臨老還被貶謫到孤懸海外的蠻荒之地儋耳去。

在儋耳，那蠻荒苦境，也沒有摧折他的意志，和曠達淡泊的性情修養。而且，自陶淵明的詩中，了悟了自然的天機，把淵明詩，一一唱和，怡然自得。

他在儋耳老去，他盡和陶詩，陶淵明怕也不領情吧？只因，因著他的推許、鼓吹，使得陶詩在淵明身後，聲譽雀起，這又豈是歸園守拙的陶淵明所期望的？

如此看來，蘇東坡一生就害在話太多了吧？新法有缺失，他要說；百姓有疾苦，他要說；批評時政，指摘奸佞，怎怨得朝廷恨他恨得咬牙切齒？他總在「批評」、「訕謗」，而不肯「歌功」、「頌德」。

他最羨慕的，是少年雄姿英發的周郎，然而，周郎火燒赤壁，終也沒能挽回九年後東吳降曹的命運！而曹操橫槊賦詩：「月明星稀，烏鵲南飛，繞樹三帀，何枝可棲？山不厭高，海不厭深，周公吐哺，天下歸心。」的壯志，終究還是在東吳的土地上，成為事實。

曾幾何時，周郎過去了，曹操過去了，連遊於赤壁之下，寫〈赤壁賦〉的蘇東坡，也過去了；只留下了瑰瑋的〈赤壁賦〉，讓後人在讀到他文中「桂棹兮蘭槳，擊空明兮泝流光。」讀到「山高月小，水落石出。」的時候，空自浩嘆而已。

歲月，就是這樣不容情的推移著；在轉瞬之間，自己也該被催得老去、凋零了吧？真正的英雄豪傑，對催人的歲月，大概只會不甚措意的付之瀟灑一笑吧？歲月，會催老他們的形貌軀體，卻催不老他們永世留傳的功業、文章、道德、品格；他們是經得起歲月鍛冶的。

人生，自古至今，有多少遺憾滄桑呵！這又豈是自己背負得起的？幸喜，尚有美酒千斗，可供澆愁，可圖一醉，就讓這些豐淮美酒，把心中的塊壘澆化吧！

宋自遜就在殘敝的雪堂中，席地擺下酒肴：

「東坡先生，起來，乾一杯……」

何處傳來桓伊三弄的笛音？他模糊地睜開醉眼，驚覺，東窗已白……

❀

宋自遜小傳　宋自遜，字謙父，號壺山，南宋金華（今浙江金華）人。他生平不詳，只知兄弟六人，均從父學。所著樂府，名《漁樵笛譜》，失傳。《全宋詞》中收錄詞七首而已。

水調歌頭

劉清夫

殘臘捲愁去，春至莫閒愁。榮枯會有成說，無處著機謀。身世石中敲火，富貴草頭垂露，何用苦貪求？三尺布衣劍，千載赤松遊。憶親朋，方丱角，總白頭。羊腸世路巇險，莫莫且休休。選甚范侯高爵，遮莫陶公鉅產，爭似五湖舟。萬事付蝸角，止坎謾乘流。

又送走了一個殘冬，又迎來了一季新春。舊愁，都該隨舊年而去，新春，可別帶來什麼新愁！

「新愁？」

一念至此，劉清夫不禁莞爾；那些閒愁胡悶，也都是屬於年輕人的情懷吧？人到中年，世情早該勘破了，又怎肯作繭自縛，為閒愁所困！

人生在世，得幾寒暑，何苦營營，把自己困在得失榮辱中自苦呢？看，天地萬物，剝極必復，否極泰來，都有一定的法則；像月的盈虧，像潮的起落；像草木的榮枯，像四季的更迭，這一切都循著自然法則運行著。又那有容人用心計、逞機謀的餘地？人的一點聰明機巧，放在造化之前，實在是微渺得不值一笑呀，卻偏有那許多不自量力的人，費盡心機去算計，去營求，去掠奪爭逐。

掠奪到了，爭逐得了，又待如何？人的一生，在永恆中，不過如打火石敲擊中迸出的一粒火星，瞬息即沒。榮華富貴，也不過如草尖零露一般，凝聚的結果，也只是歸向草萊；當生命到達了終點，榮華富貴，對他又具有什麼意義和價值呢？生既不曾帶來，死亦不能帶去；那掠奪爭逐，身勞心瘁，又所為何來？

那，何如做一個坦蕩磊落，以三尺之劍，懾服天下雄主，以流芳百世的布衣之士。或追隨赤松子雲遊修道，棄塵絕俗的方外之人！

每每回憶起童年往事，和那些曾在人生旅途上同行的伴侶，至親好友。曾幾何時，一個個梳著羊角辮的童子，都在歲月流轉中白了頭！自己又何嘗不是這樣呢？走過了人生那坎坷崎嶇、險象環生的羊腸小道，嘗遍了炎涼冷暖，變化無常的人世滄桑，還有什麼看不破、看不淡的？

不是嗎？當年范睢以「遠交近攻」之策獻秦昭王，而拜相封侯，爵祿還不高嗎？范蠡助句踐復國之後，隱於陶山，以陶朱公名世，家產鉅萬，財富還不厚嗎？只是，名為韁，利為鎖，為韁勒鎖困，何如駕一葉扁舟，遨遊五湖四海，來得逍遙自得？

如果，放大了眼界，就會發現，世界也不過是一個蝸牛角，萬事萬物，更微不足道；那，人會更淡泊而安於天命吧？如漢朝賈誼所云：「乘流則逝，遇坎則止」，也許，竟是翕合天心，順乎自然的上策呢？

這闋〈水調歌頭〉以流利的節奏，寫出人過中年，在歷經人世滄桑後，掙扎出的一種了悟心境；自此，看山又是山了。這一種心境，是中國讀書人到某一階段之後，自然萌生的。雖難免有些無可奈何，卻也是豁然開朗的人生新境，具有老莊的道家哲學意味，在擾擾俗世中讀之，也不失一味清涼劑呢。

❀

劉清夫小傳　劉清夫，字靜甫，南宋建陽（今福建建陽）人。他生平不詳，《全宋詞》中收錄詞僅五首。

滿江紅

吳潛

柳帶榆錢，又還過、清明時節。天一笑，滿園羅綺，滿城簫笛。花樹得晴紅欲染，遠山過雨青如滴。問江南池館有誰來？江南客。

烏衣巷，今猶昔，烏衣事，今難覓；但年年燕子，晚煙斜日。抖擻一春塵土債，悲涼萬古英雄跡。且芳尊隨分趁芳時，休虛擲。

連日陰雨，在這寒食、清明聯翩菈止的暮春時節，青天終於展開了笑顏。柳絲，曳著長長的衣帶，迎風招展；榆莢，搖著圓圓的青錢，向人炫耀。久雨初晴的喜悅，洋溢成一片無法抗拒的召喚，久蟄在室內的人們，紛紛湧了出來；湧向街市，湧向名園。於是，街上儘是此起彼落的笙簫嘹亮，園中儘是名媛仕女的鬢影衣香。

是隨俗，還是……吳潛也來到了這建康城南的烏衣園。烏衣園，是因鄰近烏衣巷而得名的。園中花木扶疏，山石嵯峨；迴廊曲徑縱橫交錯，亭臺樓閣棋布星羅，是騷人墨客雅集，閨秀名媛遊賞的勝地。尤其在這雨初晴、春將暮，良辰易逝，美景難留的時刻，誰不願把握春光，及時行樂呢？

看！那枝頭的紅花，在陽光的照耀之下，彷彿是用硃汁新染就的，燦爛而亮麗。那橫亙在遠處的一脈青山，經過連日雨水的沖刷，更是葱蘢蓊鬱得蒼翠欲滴。

看著眼前的繁華美景，熙攘人群；聽著耳邊的人聲笑語，絃管笙歌，他急欲逃避，更想大聲喝問；問那些裹著羅綺，競奢誇富的；問那些聽著笙簧，心醉神迷的：這裡是江南呀！江南，誠然美好，是你們的家嗎？是你們的鄉嗎？他想一一盤問，盤問留連在池館、林園的遊春者：你的家在那兒？你的鄉在何方？或者你們和我一樣，只是江南的過客。

曳著沈重的腳步，他逃離了那一片人潮聲浪壅塞的名園，走到為人遺忘的古蹟：烏衣巷。烏衣巷！依舊當年，也許敝舊了，殘破了，總還有遺跡可尋。而那些丰神俊朗的，吐屬典雅的，風流倜儻的，顯赫一時的王謝子弟呢？而今安在？

他驀然想起了唐朝劉禹錫的〈金陵懷古〉：

朱雀橋邊野草花，烏衣巷口夕陽斜；

舊時王謝堂前燕，飛入尋常百姓家。

不知人事更迭，不知年代改換，對塵世滄桑無動於衷，對世情冷暖漠不關心的，只是這年年前來築巢營壘；在斜陽影裡，暮色煙中，往來穿梭，銜泥覓食的燕子吧！牠們飛過晉、南北朝，飛過隋、唐，飛過五代、北宋……牠們不知感傷，不會憑弔，只一年年、一代代的飛去、飛來……

一片畫樑上燕巢的殘壘落下，掀起一陣撲撲灰塵，地面上多了幾片碎裂的燕泥土塊。但他知道，他不必擔心，燕子很快就會築成一座堅固的新巢；舊壘破損，新巢築成，燕子是不會為失去的惋惜的，牠只會更抖擻精神，去重建新的家園。

人，比燕子還不如嗎？因循、苟安，甚至麻痺了嗎？異族兵陳江北，一如當年淝水戰前的苻堅大軍；然而，那時還有謝安，還有王導，還有力圖恢復的王謝子弟；他們雖然已隨時間泯沒，他們拒苻堅、破敵兵的英雄事蹟，卻仍隨著淝水之戰那一頁歷史而萬古流芳。而如今呢？到那兒去找這樣的英雄志士，為歷史寫新頁，為百姓整家園。

他的心境沈重而悲涼，踽踽走在這古人步履曾走過的陳跡中。清明過了，大好春光也就過了，他也想瀟灑地輕拂衣袂，拂落一身春愁，迎接新來的夏意；然而，抖不去的是眾醉獨醒的寂寞，和撫今追昔的慨嘆。

遠處笙歌隱約，笑語依稀，彷彿引誘著，勸導著：趁著芳春猶駐，何不隨和點，輕鬆點呢？芳尊正滿斟著綠醑，等著你與春同醉；不要虛耗了青春，不要辜負了良辰……

是誰虛耗青春、辜負良辰呢？是他嗎？還是……他欲哭無淚，欲笑無聲。眼前暮色漸濃，只有燕子，仍自穿梭，交飛在薄暮夕陽中……

❀

吳潛，號履齋，南宋人，是一位狀元出身的名臣。曾在理宗朝當過宰相，政績頗著，負天下重望。後來被奸佞賈似道排擠，貶至循州，終而卒於貶所。南宋之積弱不振，皇帝的親小人、遠賢臣，昏憒不明，實為原因之一。

吳潛除了治事之才外，亦長於詞賦，雖非大家，亦有可觀。如〈滿江紅〉中所流露出對當時人因循苟安、粉飾昇平的憤懣；對烏衣斜日，人事滄桑的蒼涼；對燕子無知，英雄無覓的感慨。尤其後片的悲涼和前片熱鬧的強烈對比，更使此詞具有震撼人心的力量，是此詞特出之處。

吳潛小傳　吳潛，字毅夫，號履齋，南宋寧國（今安徽寧國）人。

他在寧宗嘉定十年，舉進士第一；即所謂「狀元」。淳祐十一年，參知政事，拜右丞相，負天下重望。而為賈似道陷害，貶循州，景定三年，卒於貶所。他長於詞，詞作甚多，詞集名《履齋詩餘》。

湘春夜月

黃孝邁

近清明，翠禽枝上消魂；可惜一片清歌，都付與黃昏。欲共柳花低訴；怕柳花輕薄，不解傷春。念楚鄉旅宿，柔情別緒，誰與溫存？

空尊夜泣，青山不語，殘照當門。翠玉樓前，惟是有、一陂湘水，搖蕩湘雲。天長夢短，問甚時、重見桃根？者次第，算人間沒箇，并刀翦斷，心上愁痕。

又將近清明時節。連枝頭上的翠羽斑斕的春鳥，也知道春光將逝，春日無多了嗎？為什麼清越婉轉的歌聲中，也流露出了幾分黯然消魂的淒惻？

牠想訴說些什麼呢？又能向誰傾訴？牠的身邊，只有在風中比競輕盈，漫天飛舞的柳花。恐怕，柳花只顧著飛舞，只圖著目前短暫乘風的歡悅，沒有心情傾聽這切切的低訴，也不會了解這歌聲中含蘊的傷春愁緒吧！它怎能了解呢？它原是最輕薄無根的，怎知道什麼叫珍惜，什麼叫感傷？

紅日無言地西斜，天際的雲霞如錦繡般的繽紛。又是一個美麗又短暫得叫人悽惶的寂寞黃昏。那一片淒楚的清歌，無奈地溶入了薄暮，由清越高亢而低微、幽咽，終至無聲；彷彿隨著黃昏，漸行、漸遠……

這樣的暮春，這樣的黃昏；這淩亂如暮春的柳絮，飄渺如黃昏的淡煙，無以名之的悽惻和無奈，不僅感染了枝上春禽，也感染了佇立暮色中的黃孝邁。這幽微的、飄忽的愁緒，使他依稀地感覺著一份似曾相識的朦朧，像一個隔著一層層如淡煙般紗幔的舊夢；久久鎖閉，深藏在他心底的舊夢。他情怯有如近鄉遊子，踟躕於這層層紗幔前，不願離去，不敢揭開。心底的溫柔，瀰漫、擴散，他的雙眼迷濛了，心頭的倩影卻逐漸清晰；那層層的紗幔，被回憶的手，一一揭起……

那是多少年前的事了？他已數不清；一個垂老的人，總是無法為回憶中濃縮的歲月計年的。他只記得，那時，他還年輕。在飄泊於異鄉的旅次中，邂逅了那一對楚地佳麗姊妹花。姊姊溫柔靈秀，教人傾慕，妹妹巧慧玲瓏，惹人憐愛。是三生石上，夙緣註定嗎？她們竟對這位落魄的才子特垂青眼，而成為他的紅粉知己。芸窗伴讀，紅袖添香，她們的溫言笑語，驅走了他眉宇間憤世嫉俗的激越，撫平了他心頭上懷才不遇的懊喪。他不再介意人情冷暖、世態炎涼，那對他已不是值得縈心的事了。這一份「識英雄於末路」的知遇，使他感動，更使他感激；對這一雙紅粉知己，所給予他的溫暖和友情，他惟有勵志奮發，以期不負。

就為了不負，他離開了那個地方，遠赴京師遊學。臨別依依，也是在這樣一個令人腸斷的春暮黃昏。

柔情一寸，化作別緒萬縷，他強自斂抑，接受著她們的餞別，領受她們在強顏歡笑之餘的細語溫存……

臨別，他要求她們為他歌一曲相送，姊姊拿起了琵琶，低問：

「唱什麼曲子呢？」

望著這一對姊妹花，他未及思索，衝口而出：

「唱〈桃葉歌〉吧！」

姊姊幽幽一歎，尚未開口，妹妹已搶白了：

「姊姊是桃葉，我是桃根，卻問誰是王郎？」

他方自悔失言，無以解譬；〈桃葉歌〉，是王獻之送別愛妾桃葉的曲子，豈不唐突？姊姊用婉轉清歌為他解了圍：

「桃葉復桃葉，渡江不用檝，但渡無所苦，我自迎接汝。」

餘音未了，妹妹搶過了琵琶：

「不對，姊姊未嘗渡江，渡江的是『王郎』！」

說畢，也彈了起來，唱：

「王郎復王郎，渡江不用檝，但渡無所苦，何日重見汝？」

「何日重見汝？」

幾曾料得，就此一別，永無再見之期？雖然彼此並未言明，但「桃葉」、「王郎」，未嘗不是芳心默許的暗示。只怨他時運不濟，命中註定流浪漂泊。功名未成，室家無望，自覺愧對佳人，無顏相見。一再的蹉跎；不但人不歸，連音問也斷絕了。數年之後，他才有機會重遊舊地，早已人事全非。多方打探這一對姊妹花的下落，卻人言人殊：有人說，已擇人而嫁；有人說，姊姊夭亡，妹妹勘破紅塵，披緇入道；也有人說，漂泊不知所終……只有一句話，是眾口一詞的，妹妹曾含淚泣訴「王郎薄倖！」

王郎薄倖！多麼淒怨悲憤的控訴！他覺得冤曲，卻無以辯白；他能辯白什麼？縱然他未曾負情，那一對姊妹花卻確實因他而艱苦備嘗！他回來了，但當年陪伴在身邊，添香磨墨，笑語溫存的伊人呢？他哽咽低喚：

「桃葉！桃根！」

回答他的，只是窗外西風淒厲的呼嘯……

「桃葉！桃根！」

又是多少年過去了，他把這一段情恨深埋心底，他沒有忘，只是不願再提起。天底下，只有一個人，是他願意剖訴此情的；然而，他苦笑著凝視適才飲盡餘瀝的空杯，一滴淚，滑落杯中……

一年年，青山無言地屹立；一日日，夕陽沈默地西沈，它們沒有情，也沒有恨；就因為無情無恨，才能這樣冷靜、悲憫地旁觀著世人的悲歡離合吧？

春風，輕倩地滑過樹梢，他朦朧地感覺著歌聲飄渺：

「王郎復王郎……何日重見汝！」

他凝神諦聽，悵然驚覺，那不是歌聲，不是風聲，是他心底縈繞往日情景的餘音裊裊。他張口欲和，歌不成聲，那字字句句，卻噬嚙著他的心腑：

「桃根復桃根……何日重見汝！」

是路途遙遠？是長天遼闊？是你恨意太深？是我福緣太淺？為什麼二十年來，不但音信全無，甚至連一夢也吝於施捨？

他嘆息著，默默走出他華美的小樓，凝視著陂隄環抱的潺湲湘水。天上飄浮著柔雲，柔雲在湘水的微波中弄影。水面上有雲影浮漾，但他知道，雲自飛，水自流，水中的雲影，就像他心中的倩影一樣，永遠只是一個難圓的夢。

湘水，負載著雲影流著。他是湘水；雲影，是他心上的愁痕；他知道，他將用一生的歲月來負載。因為，這世上找不到一種剪刀，鋒利得可以剪斷湘水；無情湘水尚不可剪斷，那無窮無盡、無止無休的愁痕情絲呢？……

黃孝邁，宋人，字德文，號雪舟；這是他留下的全部資料，其他均不可考。《全宋詞》中收錄他的詞四闋，尤以〈湘春夜月〉一闋，曠古絕今，應是他的自度曲。配合他其他作品臆度，他心中深藏著一段情恨，致抱終天之悔。如〈水龍吟〉「二十年好夢，不曾圓合，而今老，都休矣。」「誰共題詩秉燭，兩厭厭，天涯別袂。柔腸一寸，七分是恨，三分是淚。」以之對照這闋〈湘春夜月〉「天長夢短，問甚時，重見桃根。」更覺其中有人，呼之欲出。劉後村跋雪舟樂章：「其清麗，叔原、方回不能加其綿密，駸駸秦郎〈秦少游〉「和天也瘦」之作。」並不算推崇過分呢！

已。

黃孝邁小傳　黃孝邁，字德文，號雪舟，餘不詳。《全宋詞》中所收錄他的詞作，完整的僅兩首而

霜天曉角

蕭泰來

千霜萬雪，受盡寒磨折。賴是生來瘦硬，渾不怕、角吹徹。

情絕，影也別；知心惟有月。原沒春風情性，如何共、海棠說。

風霜雨雪，地凍天寒，大自然正嚴酷地考驗著萬物生靈。千山木落，萬徑影寂，鳥飛絕，人蹤滅，大地在白皓皓的霜雪下沈睡，世界是一片死般的沈寂。

北風夾著霜雪呼嘯，一聲聲，像歡呼著：

「勝利了！勝利了！」

是勝利了，它們征服了植物；植物凋殘。它們征服了動物；動物絕跡。它們甚至征服了萬物之靈的人類，人類全裹著重裘，倚著爐火，把窗門鎖閉得嚴絲合縫，不敢無事在外逗留。

它們真勝利了嗎？那幾點瑩如紅玉的梅花，竟無畏於酷烈的嚴寒，在霜中雪中幽幽亭亭地嫣然展放！並且吐出了縷縷清沁人脾的香氣，一陣，又一陣……

冬神吹起畫角，狂恣地驅策著冰霜風雪，直逼而來，那赫赫聲勢，直如萬馬千軍的奔騰呼嘯。

想盡了一切欺淩的方法，用盡了一切磨折的手段；風倦了，再無力逞威。嚴霜厲雪，把大地全封凍住了，卻封凍不住那不畏寒、不怕冷，受盡了霜雪的百煉千磨，仍喜盈盈、笑吟吟，嫣然展放的梅花！

梅花！何以在萬物都屈服於霜雪嚴寒之際，你卻一任霜欺，一任雪挫，仍吐蕊綻放呢？你那絕俗的姿容，何以偏選在這荒涼冷寂的季節展現呢？是因為你一身瘦硬的傲骨，不肯屈服於霜雪欺凌，愈是歲寒，愈是堅忍吧！是因為你清麗絕俗的冰姿，只許你同調的高人隱士作伴，而不肯在凡夫俗子面前展現吧！

畫角又嗚咽地在黃昏的暮色中迴盪；一任畫角吹寒，梅花，幾曾把這惻惻清寒放在心上？落日，在畫角催送中，無言西下，那怕吹斷了畫角呵！傲骨的梅花依然吐蕊。

道是無情呵！誰了解你那一份堅貞、高潔而節烈的深情；寧守著一生寂寞，也不願俯就塵俗的癡絕深情！也就是這份深情，已超出語言所能詮釋的限度了吧？你乃把自己付與無邊的緘默；默然守著這份深情，凝諦無言。只有那一輪皎潔高懸的明月，是唯一的知心，只有她，為你在雪地鋪成的皓白紙張上，鉤勒出疏影橫斜，清絕奇絕的畫圖。

寂寞嗎？你。你可以選擇薰風和煦的暖春，可以選擇繁華熱鬧的城鎮，你可以選擇蜂為媒，蝶為使，和春醒初醒的海棠作伴侶，你可以……

可是，你什麼都不願選擇，你只願作一樹梅花；生長在霜雪的寒冬，生長在山坳水涯，竹籬茅舍間，不許蜂蝶纏繞，也不要海棠伴侶；她是屬於溫香醉暖的春風的，你卻是與駘蕩春風絕緣；不要溫香，不甘醉暖地被溫室供養，一身傲骨……唉！這一種堅執的風骨，這一種凜然的志節，這一種淡泊的情操，這一種……怎麼跟海棠說呢？

❀

這一闋詠梅的小令，短短數行，寫出了梅花高潔的標格，作者隱隱有自寓之意，可以想見其人風骨。

蕭泰來小傳　蕭泰來，字則陽，號小山，南宋臨江（今江西臨江）人。他於理宗紹定二年進士及第，寶祐元年自起居郎出守隆興府，理宗朝曾為御史。著有《小山集》，詞僅存兩首於《全宋詞》中。

唐多令

吳文英

何處合成愁？離人心上秋。縱芭蕉、不雨也颼颼。都道晚涼天氣好，有明月，怕登樓。

年事夢中休，花空煙水流。燕辭歸、客尚淹留。垂柳不縈裙帶住，漫長是，繫行舟。

吳文英一直不知道「愁」字為什麼要這樣寫？他一生中，寫過無數次的「愁」字了，往往，在寫的時候，並沒有去想這個問題；只是那麼順理成章，又不經意地，寫一個秋，秋下再寫一個心；從他認得這個字，就是這樣寫的，又何必追根究柢呢？

而今天，他忽然了解了：「愁」是秋、心兩個字合成的；是那沈沈重重壓在離人心上，推不開，拂不去，濃冽淒寒的秋意。

剪手獨立小窗前，窗外那幾棵芭蕉，闊而長的葉片，四面分披著；那潤澤如綠色綢緞的葉片，聽任著風的剪裁、雨的敲打。最令他愛賞的，卻是當中那如綠脂凝成，羞怯未展，捲成巨型蠟炬般的新葉。

曾經多少次，就在這窗前，他攜著愛姬燕娘的手，傾聽著秋雨。何必殘荷？在芭蕉葉上的雨聲，疏若零珠，急似灑豆，一片淅淅瀝瀝，時徐時疾，疏落有致的交錯著，織成了大自然美麗的樂章……拂入窗中的雨絲，也沁濕了他的衣衫，燕娘常笑他：

「秋雨颼颼，衣衫都淋濕了，仔細著涼；你那麼愛聽芭蕉秋雨，來生就變成一棵芭蕉吧！」

他總笑答：

「若有來生，我變芭蕉，你變秋雨，看那時是否還有個人痴得像我一樣，愛聽那颼颼秋雨打芭蕉！」

秋雨，何嘗颼颼？有燕娘在側，縱使芭蕉葉上一夜秋雨，他也未曾有颼颼之感。如今……他輕撫著貼體生寒的衣衫，苦笑了；芭蕉葉上，並沒有秋雨淒寒，他卻感覺著颼颼寒意，那寒意，原不關芭蕉，不關秋雨……

豈但沒有秋雨？窗外初升的明月，正炫耀地篩下一片清輝，在所有向她臣服的萬物表面，恩許地灑上薄薄銀光。難言的惆悵卻梗在胸間隱隱作痛……

居停主人，走過窗前，殷勤寒喧：

「吳官人，到底是初秋啦，瞧，今天晚上多涼快！」

他強自拋開心上的愁緒，應聲：

「是呀。」

「天氣也好，一絲雲都沒有。月色好極了。吳官人，你是詞人，何不登樓去賞賞月，說不定，又有佳作！」

他的小書僮也在一邊湊興：

「是呀，官人，天氣又涼快，月色又好，上樓賞賞月、散散心，不好嚒？」

他苦笑，託辭倦了，婉謝了他們的好意。踱回房中。

「唉！燕娘！若是你在，雨也好、月也好，總是清趣無窮。少了你……燕娘，明月誠美，可奈我怕團圓明月，笑我孤棲呀！」

明月照窗，已自難忍，那堪登樓？

真是「人生如夢」吧，驀然回首，多少歲月，多少人事，就在這夢的長河中消逝了，再也追不回來。春去了，花落了，漫步江邊，再也看不到群芳爭艷的爛縵春景，只有煙水遼闊，不舍晝夜地流著，流著。江畔秋柳，早失去了春日那輕盈裊娜的風姿。一雙燕子，剪剪掠過柳線空垂的樹梢，是歸向南方地暖處的舊巢嗎？何以匆匆如此？

其實，若容他歸去，他必然也不肯羈留，匆匆而去的，然而……

「燕娘走了，燕子走了，我幾時才能離開這客居的地方，不再漂泊，不再流浪？」

他也想回去的呵，他多麼盼望，一葉輕舟，載著他，順風、順水地回鄉去！

在風中輕拂的柳絲，縈繫著江畔輕舟，他忍不住滿心淒怨：

「柳絲呀！你為什麼這樣不解事呢？你應該牽縈的，是燕娘呵！你該牽住她的裙帶不讓她走。為什麼你不留住她，卻一個勁兒的牽縈我，羈絆我，那樣緊緊地繫住能載我回家的行舟，不讓我回去呢！」

❀

這一闋〈唐多令〉的作者，是吳文英，字君特，號夢窗，南宋人。南宋的詞風，自姜夔之後，多重詞藻之美，常失於雕琢，文字精美絕倫，而在內容上，反不如北宋的豐贍淵深。夢窗詞素有「七寶樓臺」之稱，而被譏為「拆下不成片段」，這可說是南宋詞的通病，不僅吳文英而已。詞人對琢字鍊句，過分重視，往往只見滿紙雕繪，反而失去了天然的神韻。〈唐多令〉是吳文英詞中，少數比較白話的一首，極有名，而各家品評，出入極大。這是憶念他一位愛姬的作品，感情深摯，前兩句，多少有些賣弄文才，好處在上下兩片的結句，頗見深情。

吳文英小傳　吳文英，字君特，號夢窗，晚號覺翁，南宋四明（今浙江鄞縣）人。他工於文詞，而一生未入仕途，多依人作幕，故事蹟多無考；後人只能就其詞作，推演平生，而無確證。只知曾與吳潛等交遊，與周密交情尤篤，合稱「二窗」（周密號草窗）。其詞儼然南宋大家，人以為深得北宋周邦彥妙諦，唯用事用典晦澀，不易了解。同時代詞人張炎便稱其詞：「如七寶樓臺，眩人眼目，拆碎下來，不成片段。」，以鍛鍊工夫取勝，人比之詩中李商隱。詞集名《夢窗詞》。

高陽臺

吳文英

修竹凝妝，垂楊駐馬，憑闌淺畫成圖。山色誰題？樓前有雁斜書。東風緊送斜陽下，弄舊寒，晚酒醒餘。自消凝，能幾花前，頓老相如。　傷春不在高樓上，在燈前欹枕，雨外熏鑪。怕艤游船，臨流可奈清臞。飛紅若到西湖底，攪翠瀾，總是愁魚。莫重來，吹盡香緜，淚滿平蕪。

斜倚在豐樂樓邊的欄干旁，吳文英默然閒眺著。樓前，那十幾竿筠粉未褪的新竹，已高與樓齊。竹梢微彎，像新妝方罷的少婦，矜持地含羞帶怯，微俯著螓首，倚風無語。湖畔的幾株楊柳，經過一季春，垂垂柳枝，綴滿了如眉柳葉，篩下一片濃陰。柳陰下，栓著幾匹馬，正悠閒地嚼食著地上的青草。

「上有天堂，下有蘇杭」，杭州的西湖，不啻是天堂中的瑤池閬苑了，不是嗎？展現在他眼前的湖光山色，在薄薄暮煙中，恰似一幅淡墨山水。彷彿為了彌補這大自然畫幅，無人題款的遺憾，向北回飛的春雁，斜掠過樓前，在那留白的長空上，留下了題識行行。

暮色更深了，東風漸緊，像急著把斜陽吹落，卻也吹散了樓頭佇立的吳文英的酒意；自殘醉中醒來的他，不自覺的攏緊衣襟，竟覺這夾衣如許單薄，有些抵受不住翦翦晚風帶來的惻惻寒意。是風寒，還是人老衰邁呢？春寒未必勝於昔年啊！而是他這詞名宛似昔年司馬相如的才子，在一年年的花謝花開中，垂垂老去……

不是嗎？又是花落時節，又是日暮黃昏，又是殘春將盡！又豈必憑高望西湖的姹紫嫣紅凋零，才能體會春暮的感傷？當他對著一盞孤燈，焚上一鑪氤氳沉香，擁衾倚枕，聽窗外雨聲淅瀝的時候，他心中感傷更甚；雨，不僅催落了枝頭殘紅，也催去了他的青春歲月；那點點滴滴，原來竟是歲月流逝的聲音。

西湖！他的舊遊之地，他卻再也沒有泛舟的逸致閒情；是怎樣的情怯呀，他怕，當畫船泊岸時，他無可避免的會看到水中映照的容顏，已蒼老清瘦，無復當年的少年英發……

他是人呵！他更是人類中，具有最敏銳纖弱心弦的詞人！當繁花如錦的西湖，一夕間，亂紅飛墜，他怎禁受得起那一份憐花飄泊，自傷老大的悽惻？只怕，這些繽紛花瓣，若飛向西湖，沉入水底，在碧藍湖水中，漩起漣漪的時候，連那水底的游魚，也忍不住發愁，不知對這成千上萬的落紅殘英，何以慰藉吧？

不該重遊西湖的！不該在無復少年情懷的今日，把自己安插到西湖的暮春中，讓傷春的愁緒，折磨著蒼老的心境！

又是一陣東風吹起，漫天飄起了柔白如雪的柳絮；呵！不是柳絮，是他拋灑不盡的淚珠，在東風緊峭中，灑遍了春花落盡，綠蕪滿眼的郊野平原！

❀

這一闋〈高陽臺〉前綴小題：「豐樂樓分韻得『如』字」，顯然是文會雅集中限韻即席之作。即席之作，常因限時、限題、限韻，而易流於炫奇耀才，雕繪滿紙，卻乏深刻的內涵。但吳文英這一闋詞，卻不在此例，寫得沉鬱幽邃，不必附會當時國事，只就人世滄桑的傷逝著眼，也是一篇佳構，而且，一掃「獺祭」堆砌典故之譏，雖不盡白描，卻不失清新，無怪乎各家選詞，少有漏列此詞的，正是「英雄所見」，有口皆碑之作！

風入松

吳文英

聽風聽雨過清明，愁草瘞花銘。樓前綠暗分攜路，一絲柳、一寸柔情。料峭春寒中酒，交加曉夢啼鶯。　西園日日掃林亭，依舊賞新晴。黃蜂頻撲鞦韆索，有當時、纖手香凝。惆悵雙鴛不到，幽階一夜苔生。

清明時節雨紛紛，路上行人欲斷魂……

可不是嗎？在清明節的時候，總是這樣一霎兒風、一霎兒雨的。在這暮春時節，聽著這風聲雨聲，總是平添心頭幾分蕭索；像一面密密的網，當頭罩下，使人無法閃躲，無法逃避，壓得人心裡沈沈的——這一陣無端風雨，掃盡了枝頭的紫姹紅嫣，宣告了屬於花的季節的結束；滿地凋零的落花，從此瘞玉埋香，化為泥塵了。這風聲雨聲，豈不正是落花的葬禮中，吹奏的哀歌？

默然凝立在小樓窗前聽風聽雨的吳文英，在這樣一個淒風冷雨交相逼來的日子裡，有著不知何以安排自己的寥落和寂寞。往年，不是這樣的；往年的清明節也是這樣多風多雨嗎？他不記得了；他只覺得往年的清明節，沒有這麼淒冷；或許是因為往年有她如春陽般的笑靨，把風雨摒擋在窗外了。她的笑靨，把屋裡映得暖融融地，把心頭熨得平貼貼地……

現在呢？他低低嘆了一口氣，踱到書房；桌上安放著筆墨紙硯，他在硯中注了水，慢慢地磨著墨。他想寫些什麼，又不知道想寫的是什麼；寫窗外的風雨？寫凋零的落花？寫風雨中落花的葬禮？唉！就寫這個吧，執起筆管，濡了墨，寫下了題目：〈瘞花銘〉。

〈瘞花銘〉，看到這三個字，他不知自己該啞然失笑還是黯然長嘆；怎麼變得這樣多愁善感了？他原不是這樣多愁善感的。對著這樣一個題目，準備起草，苦苦思索，卻不知該寫些什麼。〈瘞花銘〉，他想埋葬的，真的是落花嗎？他想埋葬的是那一段刻骨銘心的相思呀！就是這種了然於心、卻又逃避而不願承認的矛盾，才使得他如此感傷，如此苦思卻書不成篇。

樓前的楊柳，縱情恣意地生長著；細長的柳絲，濃密的柳葉，織成一片濃得化不開的綠；綠的幽暗，綠的深沈。柳蔭下，是一條幽僻的小路；就在這條綠沈沈的小路上，與她初識。怎料到，又在這綠沈沈的小路上，與她分離。直至今日，想起那臨別執手無語，淚眼相對的剎那，還令他黯然魂銷。古人，總是在分離的時候，折柳相贈，表示依戀之意。他也想用柳枝來表達自己的情意，但這千絲萬縷，叫他從何折起？千絲萬縷，也還有窮盡，自己的寸寸柔情，卻是無窮無盡的；縱使把這千絲萬縷的柳枝折盡，又豈能表達出自己的情意，豈能綰住她欲止還移無奈的步履。

她走了，帶走了他的春陽，這春天就特別的寒冷；於是，他一天又一天的沉溺在酒杯中。酒是能驅寒的，卻驅不走他來自心底的寒意。醉鄉，總是與夢鄉為鄰的；在迷離中，恍惚她又來到眼前。一顰一笑，宛如平日，他歡欣地迎向前去，正待傾訴情衷，耳畔響起了嚦嚦鶯啼；睜開眼，半窗紅日逼入眼瞼……她的亭亭倩影，不過是莊周夢中的蝴蝶；留下的是美麗的感傷，欲待重尋，春夢已了無痕跡。

彷彿身不由己，他忍不住天天都要到這座落在西園林木間的小亭子裡盤桓一陣子。拂拭一下桌椅上的灰塵，清掃一下周圍的落葉。就在這小亭子中，他們曾共同消磨過多少清晨，多少黃昏，並肩欣賞過多少次雨後初晴的景致。

她最喜愛雨過天青時的景色了；太陽從雲隙間篩下的陽光，穿過密層層的枝罅葉隙，化成一道道淡淡柔柔的光影，投射在煙濛濛的林間，林間的樹影，便呈現出夢境般的縹緲；投射在碧茸茸的草上，草上的雨珠，便散發出珍珠般的暈彩。雨水，滋潤了土地，滋潤了草木，滋潤了花蕾。這時，周圍受到潤澤的泥土、花草，便同時散發出自己的清香來回報。這混合著泥香、花香、草香的清新氣息，涼涼地沁入心脾，使人也不由神清氣爽。

天上的雲，推推捲捲地薄了散了，裂出一抹柔麗的藍；天邊上，更掛出了一彎七彩的虹橋……他們常為這景色迷醉，並立在階上凝望，直到晚霞滿天，還依依不忍離去。

有時，她靜極思動，攀上秋千架，悠悠地盪著。她小小的手，緊握著兩邊的繩索，盪著、笑著，園中便洋溢著那如銀鈴般的笑聲；在迴盪的笑聲中，她的秀髮、衣帶，隨著微風輕揚，飄逸如仙。

掛在林中的秋千架，依舊隨風搖晃著；秋千上少了她飄揚的衣袂，歡悅的笑聲，便彷彿失去了生機，那麼孤零零、空蕩蕩地垂掛著。一隻黃蜂自林中飛來，嗡嗡地繞著秋千上下盤旋，牠也是來尋找故人的吧？牠飛上飛下，一次又一次地撲著架上的繩索，留連不去。為什麼？哦！牠一定聞慣了她身上特有的馨香，如今，她雖然走了，她當時握著繩索的纖手，却把她那特有的馨香，留在繩上了；就是這凝聚不散的馨香，令這黃蜂留連不去。

留連不去的，又豈止是黃蜂呢？她走了，風雨後的新晴一如往昔，他也總存著一分癡想：或許，有一天，她會再回到這兒來欣賞那雨後新晴的景色，她會自光彩中，自虹橋上，翩然來到他身邊，與他共賞她心愛的美景。想到這一點，他怎能不日日來到這小亭中等她，怎能不日日拂拭清掃這林亭，讓她來時，覺得一切如舊。可是……

一天天過去了，他不曾盼到她輕盈的腳步；當他沈湎在惆悵中時，青苔卻在夜色的掩護下，悄悄地爬上了亭階……

南鄉子

潘　牣

生怕倚闌干，閣下溪聲閣外山。惟有舊時山共水，依然，暮雨朝雲去不還。　應是躡飛鸞，月下時時整佩環。月又漸低霜又下，更闌，折得梅花獨自看。

又回到這兒了！又回到這個他朝思暮想的地方。閣樓外的青山，依然重重疊疊，連綿無際；閣樓下的溪水，依然潺潺湲湲，吟唱著輕快的曲調，東流向去。

這隱隱的青山，潺潺的溪水，曾多少次，在他的夢魂中出現，如今，他回來了，可是……

望著那樓前欄干；那他曾經最喜歡倚立著，遠眺青山，俯聽流水的欄干，如今，他已不敢去倚立，去撫摩；不敢去眺望那青山，聆聽那流水。只因青山、流水，都成了他心靈的創痛；只因，不改的，惟有青山、流水，而人事，今已全非。

當年，這閣樓上，從不曾闃寂如此；總迴盪著她銀鈴般的笑語，遏雲的清歌；總飄灑著滿室幽馥的衣香，翩翩的舞影！

當年，喜愛憑欄閒眺的他，從不曾孤影隨形，而總有她輕盈的身影相伴；讓天上明月，為他們在地面塗寫上儷影雙雙。

而，如今……他抬起頭，望向青山，那青山懷抱中的雲朵，已然出岫，不知飄向了何處！適才飄灑的黃昏雨，似乎也逐雲而去；沒有一絲的留戀，恐怕，也永遠不會再回來了……

半規月，不知何時湧出蒼冥；在月影迷濛中，他彷彿見到她乘著青鸞，自天飛降。在月光下，踩著細碎無聲的凌波微步，徘徊！徘徊；又時時，停下腳步，整理一下衣飾，幽幽嘆息，彷彿若有所思，又有所待。

是她！是她呀！

他張口欲喚，卻喊不出聲來。到掙扎著喊出她的名字，那身影，早已翩然而逝；只留下不知是夢、是真的惆悵，縈繞在他心頭，久久難釋。

一陣幽馨，使他自迷惘中驚回；天上的明月，已漸低轉，白色的冷霜，鋪滿了一地；在如銀的月色下，閃著如銀的微光。樓外，遠遠響起黎明前的雞唱。

這一夜，就這樣過去了。他默默抬起頭來，卻看見昨夜猶自含苞的梅花，已攢三聚五的，在枝頭綻放。

折下了一枝梅花，輕輕地嗅著，緩緩轉回室中。

室中，有一個膽瓶，他把折來的梅花插入瓶中，默默凝視著……獨自一個人，默默凝視著……

❀

這一闋〈南鄉子〉是潘牥的作品。潘牥的個性跌宕風流，不拘小節，詞作不多，以這一首〈南鄉子〉最為人稱賞。詞清麗，情深摯，意淡遠，的確稱得上是一首佳作！

潘牥小傳　潘牥，字庭堅，號紫巖，南宋閩（今福建）人。他於理宗朝端平二年以探花（進士第三名）及第，因其美丰儀，人稱「探花真潘郎」。歷太學正，通判潭州。為人跌宕不羈，常醉騎黃牛，口誦〈離騷〉，招搖過市。詞集名《紫巖詞》。

唐多令

陳允平

休去采芙蓉，秋江煙水空。帶斜陽、一片征鴻。欲頓閒愁無頓處，都著在、兩眉峰。　心事寄題紅，畫橋流水東。斷腸人、無奈秋濃。回首層樓歸去懶，早新月、挂梧桐。

仍依戀著夏日的繁盛，仍想望著那一望無際的田田荷葉，亭亭芙蓉。那江南采蓮女的歌聲，仍依稀在耳邊縈繞：

「涉江采芙蓉，蘭澤多芳草……」

可是……

那兒還有芙蓉可采？那兒還有歌聲迴盪？秋江上，只一片煙水空闊，蒼蒼茫茫地向天邊迤邐而去。閃閃如鱗片的金波，是斜陽弄影；不似春水的碧綠，秋水，自有另一種澄明。就像一切的混濁、塵滓，全在歲月中沈澱了，澄明得近於空無。

一行又一行的征鴻，向南方投掠；在斜陽影中，化作融入錦雲的黑點；小了，消失了。只留下幾聲清唳，一片閃著夕陽光輝的羽影，在耳邊，在心頭，久久不褪。

也想縱身向南投奔而去呵！可奈，少了那一雙翅羽，少了那一份無可更改，定時南飛的理直氣壯。鄉思像砂，一日日堆積；離愁似水，一天天匯聚，這無以消除的愁山恨海，他也想找地方安頓，可是……

天下之大，又怎找得到安頓愁山恨海的地方？直到，有一天，他發現，愁已頓上眉峰，恨已融入眼眸。

楓葉，像火一般的燃燒起來；紅如火，奈何，暖不了他在濃重秋寒中，僵冷的心。

也想把滿懷的情愫，在紅葉上題寫，把一字一淚的斷腸詩句，託付給流水。但是，那畫橋下的流水，只知道一味奔向東，何曾經過那在遙遠南方的故鄉家園？

默默地佇立著，脈脈地凝望著。暮色四合，秋風更緊，陳允平仍不想離開，不想回去。

眼前，再也見不到什麼了，只有流水的琤琮應和著秋風的嘆息，鼓動著他的衣袂，冷卻著他的血脈。

懶洋洋地，回身。他居住的小樓，黑越越地在前方矗立，一鉤新月，正悄悄掛在梧桐樹上，默默清照……

這一闋〈唐多令〉，是宋末元初時，陳允平的作品。所表現的正是一種沒有著落的棲遑之情，字句甚淺，卻有情味；「詞」的美，原不在詞藻的堆砌雕琢，和當時南宋流行的詞風不類，或已受到北曲的影響了。

陳允平小傳　陳允平，字君衡，一字衡仲，號西麓，南宋四明（今浙江鄞縣）人。他生平不詳，只知於恭帝德祐年間，曾任沿海制置司參議官，宋亡入元，曾被徵至大都。有詞集名《日湖漁唱》，又曾和周邦彥詞，集為《西麓繼周集》。

水龍吟

施 岳

翠鰲湧出滄溟，影橫棧壁迷煙墅。樓臺對起，闌干重凭，山川自古。梁苑平蕪，汴隄疏柳，幾番晴雨。看天低四遠，江空萬里。登臨處，分吳楚。

兩岸花飛絮舞，度春風，滿城簫鼓。英雄暗老，昏潮曉汐，歸帆過艣。淮水東流，塞雲北渡，夕陽西去。正淒涼望極，中原路杳，月來南浦。

是古代傳說中，那負載三山的鰲魚正吞吐著煙雲？這一座青翠的山峰，就這樣莊嚴地，自蒼茫雲海中，冉冉地湧出。環繞著山腰的雲影，橫阻了山壁上的棧道，山間的村屋野舍，也迷迷濛濛，在遊移的雲霧間忽隱、忽現。

江岸幢幢重宇層樓相對峙立，畫棟飛簷，雕樑玉砌，彼此爭奇炫麗，勾心鬥角。倚著欄干的施岳，不曾把視線落在這些亭臺樓閣上，他也承認這些建築的華美和富麗，可是，他嘆息著低吟：

「楚人一炬，可憐焦土。」

看多了歷史上的興亡，經多了烽火中的離亂，對於這些虛泛的繁華，自然就淡然了，澈悟了。多少財富、多少人力、多少時間堆砌起來的華屋，禁不起戰亂中一把火，就只剩下一片灰燼了。黍離、麥秀，前人的悲劇，在後人身上不斷重演著，一代，又一代……

闌干幾度重憑？他已無法數清。他只是忍不住一再地把目光凝向雲山，投向江水；在這多變的世代，他那麼需要一些不變的事物，來支撐他悲鬱無奈的心境。人，會離散；城，會毀滅；朝代，會更替……天下人為的事事物物，有多少能經得起時間的長流給予的無情考驗？把目光投向遠方，水橫阻著，山隔絕著，卻攔不住那飛馳的神魂，渡過江河，越過峰嶺，馳向那故國都城——汴京。

汴京，古代的大梁，是一個歷史悠久的都城。幾千年的開發經營，使它成為一個文物鼎盛、繁榮的大都邑。到了五代的梁、晉、漢、周，都在此建都。宋朝，更以此地為立國之基，成為全國政治、文教的中心。而林亭園囿之勝，更早在漢梁孝王經營兔園起，就聞名遐邇了。

他不能不懷想那些逝去的美麗春日，梁苑，綠滿平蕪；汴隄，弱柳垂金，繁花簇錦，遊人如織……曾幾何時，地覆天翻，二帝蒙塵北去，宗廟倉皇南遷。今日的汴京，早為胡虜竊據，人事亦早已全非；不改的，也許只有那梁苑中的春草，汴隄上的垂柳，依然染綠、描金，不管人世的滄桑，無知的在晴日中、在疏雨裡，年年茁長生發吧。

都說造化無情，或也因此，造化那巨匠的工程，才能久遠長存。不管人事如何變化，青山仍然脈脈屹立，江水仍然潺潺長流，四季仍然依時更迭，主宰著大自然的剝復、榮枯……

極目四顧，雲天在視野極限的邊緣，沉默地低垂著，和大地相疊成一線；大江自萬里蒼茫處展開一片空闊，浩浩湯湯地流到這自古稱為「吳頭楚尾」的吳楚交界處，不稍停息，又繼續奔流而去。在此登臨眺望，數著夜夜朝朝的潮起潮落，數著江上來來往往的帆影輕舟；就在這潮起潮落間，暗暗地催老了美人的綠鬢，消磨了英雄的壯懷。

英雄，他自信有英雄的肝膽，有英雄的壯圖；奈何，這卻不是一個允許英雄振翼沖霄的時代！聽！春江兩岸那陣陣笙簫悠揚；羯鼓紅牙，正為曼舞清歌的歌姬舞伎拍擊著輕快的節奏，為城市粉飾著昇平，渲染著繁華，在這春風吹老，花飛絮亂的暮春時節。

也許，無情、無知，真是一種幸福；目前苟安的平靖，就能使他們忘去了千里烽煙，忘卻了流離百姓，而安心沉醉在歌筵舞宴中！

「商女不知亡國恨，隔江猶唱後庭花！」

悲憤，永遠只屬於像他這樣有心無力的「英雄」吧！他無法讓自己醉生夢死，也無力去挽這百丈狂瀾……

是他自己太庸人自擾了嗎？為什麼周遭的一切，都那麼若無其事！是不是他錯了？是不是世界原來並沒有變，澎湃激盪的，只是他自己？不是嗎？淮水依舊東流，寒雲依舊北飛，那一輪斜陽，也和昨天、前天，去年、前年一樣，向西山落下。

為什麼他總放不下心裡的牽掛？放不下那淪入敵手的國土，那受著鐵蹄踐踏的中原——自古以來，列祖列宗安身立命的地方。

雲山邈漠，暮色蒼茫，他凝望著：望著那看不見的中原，望不到的汴京，心中苦楚極了，卻丟不下，說不出，只能默然凝望；望到夜色吞噬了大地，一輪明月，悄悄升起，照向南浦，照向天涯……

❀

施岳的詞，流傳的不多，由於精於音律，在音節聲韻方面，中規中矩，可為典範。而在文采上，也自清新淡雅，不務晦澀雕琢。這一闋〈水龍吟〉中所流露的故國之思，蒼涼無奈，讀了令人心頭沉重，這也可以說是他詞作的成功處。

施岳小傳　施岳，字仲山，號梅川，南宋吳縣（今江蘇蘇州）人。他生平不詳，只知精於律呂而已。

摸魚兒

劉辰翁

怎知他，春歸何處，相逢且盡尊酒。少年嫋嫋天涯恨，長結西湖煙柳。休回首；但細雨斷橋，憔悴人歸後。東風似舊，向前度桃花，劉郎能記，花復認郎否？　君且住，草草留君剪韭，前宵正恁時候。深杯欲共歌聲滑，翻濕春衫半袖。空眉皺，看白髮尊前，已似人人有。臨分把手，歎一笑論文，清狂顧曲，此會幾時又？

誰能知道，春盡之後，春歸向了何處那方？又誰能管得了呢？春歸且自任春歸吧！朋友，在各自浮沈於茫茫人海，而難得重逢的時候，還是撇開了這些無端的感傷和煩惱，且自乾杯，飲著香醇美酒，談往敘舊吧！

往事如煙哪！如今，人家看著我們這樣華髮衰顏的老翁，怎能相信我們也曾經青春年少？

「娉娉嫋嫋十三餘，荳蔻梢頭二月初……」

那「騎馬倚斜橋，滿樓紅袖招」倜儻風流的歲月呵！那任真縱情，疏狂不羈的少年心性，何曾知道什麼叫珍惜？終留下了難彌的悔恨，難解的愁結，黯然放逐了自己，浪跡天涯，四處為家。綿長的情思，總牽繫著西湖春日生發，含煙籠霧的春柳。情思的撩亂，也似那煙柳般的濃密、迷離……

不能回首，不堪回首，但，又怎能真拋開忘掉？當再臨西湖，西湖的景物依然，一樣的春光明媚，一樣的柳綠桃紅；那一株桃花，仍然開得那麼爛漫，那麼嬌美。重來的劉郎，仍然記得桃花，桃花呵！你是否還認得曾經伴著愛侶，花前攜手的劉郎；當年英俊煥發，如今風霜滿面，重臨西湖追懷往事的劉郎？

默然凝立在斷橋邊，細細的春雨，飄著，舞著。雖說「沾衣不濕杏花雨」，終也因著凝立的時間太久，而浸濕了衣衫。驀然驚覺，遊人早散了，在暮色中，那單薄憔悴的人，終於曳著寥落的身影，緩緩歸去……

呵！朋友！不要急著回去，且再住一宵。莫嫌待客簡慢，園中還有春韮可剪以待客。就讓我們像前一夜一樣，盡一夜之歡吧！記得嗎？斟滿了一深杯的酒，想滋潤一下嗓子，再唱唱舊日的歌調，不提防，卻打翻了，潑到了衣袖上；那半濕的衫袖，畢竟是因酒？還是如江州司馬的淚濕青衫袖？

何必皺眉？何必感傷？看！你我固然是白髮飄蕭，歲月，又曾饒過了誰呢？當年的同年，只怕人人也逃不過呵！還是喝酒吧！白髮重逢，更不該辜負了面前尊酒呵！

珍重今宵吧！再握別之前，再讓我們和從前一樣，歡然品評詩文，疏狂長嘯清歌，莫要辜負了這難得的歡會。像這樣的歡會呵！待得何時，才能再有？

這一闋〈摸魚兒〉作者是劉辰翁，少時曾在陸象山門下，補太學生。宋亡之後，隱居不出，可稱得上風骨凜然。這一闋詞，題曰「酒邊留同年徐雲屋」。詞中似有寄託，以其為人、風骨，感慨興亡，也有可能，只不便硬行附會。

❀

劉辰翁小傳　劉辰翁，字會孟，南宋廬陵（今江西吉安）人。

他是宋末大儒陸象山的弟子，補太學生。理宗景定三年，以廷試對策忤權相賈似道，而置丙等。以親老，請濂溪書院山長。後薦居史館，又除太學博士，均固辭不就。宋亡隱居不仕。元成宗大德元年卒，年六十六歲。他的詞風，承蘇辛一派，詞集名《須溪詞》。

花犯

周密

楚江湄，湘娥再見，無言灑清淚。淡然春意，空獨倚東風，芳思誰寄？凌波路冷秋無際，香雲隨步起。漫記得，漢宮仙掌，亭亭明月底。

冰絲寫怨更多情，騷人恨，枉賦芳蘭幽芷。春思遠，誰歎賞國香風味？相與共、歲寒伴侶，小窗淨，沈煙熏翠袂。幽夢覺、涓涓清露，一枝燈影裡。

遼闊的南天，明淨如洗，映得江水也一片澄碧。在這寧靜得近於幽寂的江畔，水仙湘娥又亭亭嬝嬝地踏著碧波，來到江畔。

倚著猶寒的東風凝立，為這蕭瑟大地，妝點出淡淡的春意。可是，她自己有多少的幽怨和孤寂，卻無人知曉；她心底的衷素情思，又有誰堪寄？於是，她只能默默無語。偶然，波面泛起了漣漪，那是她悄悄拋灑的清淚滑落。

陣陣淡香，隨著她輕盈細碎的步履飄散；淩踏著碧波，走過了那漫長得宛似永無盡頭的冷澀清秋，尋覓著那記憶深處珍藏的殘夢。

在漢宮中，曾矗立著高聳入雲的銅鑄仙人掌；掌中捧著承露盤，為那嚮往神仙的君王，承接仙露。如今呵，那位功業蓋世的君王，早已隨著消逝的歲月，成為歷史上的人物。朝代改換，宮殿頹圮，只有那擎盤的仙掌仍在風清露冷的月夜，亭亭地佇立，承貯著如淚滴的露珠……

她也托盤承貯著如露的淚珠，卻不是為了成仙成神；她早已是湘江的水仙，在這山隈水湄，延挨著永無窮盡寂寞淒清的仙家歲月。似一縷無主的幽魂，飄渺地在煙波中流浪。她的環珮珊珊，卻使人疑作泠泠七絃在纖指的撥動下吟唱。

是誰把這一腔幽怨寫入了琴絲？留傳下〈水仙操〉，一代又一代的挑動著有情人的心絃；不著痕跡，不落言詮。比起來，那自沉汨羅的騷客，也要自嘆；當初竟白費了那麼多的篇章，去歌頌著芳香的蘭花，清幽的芷若，仍得不到世人的欣賞和共鳴，而冷落了靜靜照影於水湄的水仙吧！這花中的仙后，豈不比幽芷芳蘭，更清逸，更絕塵，更宜賦宜詩！

然而，有多少人能欣賞到她的絕代風姿呢，她不與蘭芷同調，她不待春風和煦時，與百卉競秀，而寧在歲寒之際，凝眸照水；向著自己影子，傾吐幽淡渺遠的春思。無人見，無人知，更少了詩人詞客筆下的稱揚讚歎。可是，天香國色又豈必一定要憑藉著別人的歎賞，才為天香，才是國色？即使自開自落，又豈能稍減她的冷豔清芬，高致風標！

不是江皐解佩的邂逅遇合，只是偶然被那凝立在江畔，不畏寒冽，不慕繁華，黃冠素靨，淡雅恰如其名的仙葩吸引。使他不忍任她冷落於寂寂無人的空江煙浪中，而殷勤地移根，以清泉、以白石，供養在明淨小窗前的几案上。

「就讓我陪伴你度過這漫漫歲寒吧！」

周密虔心默禱著，焚起一爐清香。如縷的輕煙，飄然縈繞向亭亭不語的仙子臺前，傳述著他的心聲。她微斂著翠袖霓裳，莊容凝眸傾聽著他的禱語……

怔忡地坐起，周密疑惑著，此身何在？眼前的一切，告訴他，他正在自己讀書休憩的房間裡，可是……那鮮明的一幕幕，又浮到他眼前：

走在木葉凋零，千山失翠的秋色裡，逼人的是寒風凌厲。千頃的煙波浩渺，展向天邊，整個世界，一片空寂，沒有人聲喧嘩，也沒有空山鳥語，只有瑟瑟的江風，吹動著他的衣袖。他茫然失路，不知怎麼來到此處，也不知將要何往。

在水面的寒煙翠浪中，一位翠帶飄飄的仙子，竟淩波步虛而來，她頭上戴著鵝黃的鳳冠，不御鉛華的臉上，在端凝中帶著淡淡的幽怨、寂寥。緩步走到他面前，低首斂衽一拜，在他的驚愕中，又飄然而去。印在他腦海中的是臨去時，回眸秋波中凝聚的珠淚盈盈……

是夢？是真？他無法分辨，心中了然的是：她就是傳說中的湘娥水仙。

水仙！急急披衣而起，剔亮了銀燈，在燈影裡凝立的，是綴著細碎如珠清露的亭亭水中仙！

❀

周密小傳 周密，字公謹，號草窗，號弁陽嘯翁，又號蕭齋、四水潛夫。先世濟南人，落籍吳興（今浙江吳興）。

他於理宗淳祐末，曾為義烏令，宋亡不仕，客遊大江南北，元成宗大德二年卒，年六十七歲。

他於宋亡之後，以著述為事，所著《齊東野語》、《武林舊事》等，多記宋代掌故。又編選南宋諸家詞作為《絕妙好詞》行世。他亦長於填詞，與當代吳文英、張炎、王沂孫等，都為詞友，詞風婉約清麗，為南宋大家之一，有詞集名《蘋洲漁笛譜》。

玉京秋

周密

煙水闊，高林弄殘照，晚蜩淒切。碧砧度韻，銀床飄葉。衣濕桐陰露冷，采涼花，時賦秋雪。嘆輕別，一襟幽事，砌蛩能說。客思吟商還怯，怨歌長，瓊壺暗缺。翠扇恩疏，紅衣香褪，翻成消歇。玉骨西風，恨最恨，閒卻新涼時節。楚簫咽，誰倚西樓淡月？

日近黃昏，衡山的斜陽，還依依不捨地牽戀著山頂上的林木，盡其所能的，描繪變幻著霞光雲影，留下一片燦麗卻短暫的美景。

當餘暉漸斂，暮靄漸濃，那一派蒼茫煙水，就感覺更遼闊了；彷彿無邊無際。不見帆影，不見行人，只有不知躲在何處的寒蟬，發著淒楚長鳴，不知是為消逝的夏日奏驪歌，抑是為孤絕的遊子傳衷愫。

天色暗了，家家戶戶，點起了燈火。不多時，此起彼落，響起了擣練的砧聲。這單調的節奏，對周密是熟悉的，他在故鄉時，當梧桐的葉片轉黃，飄滿井闌邊的庭院時，家中的婦女們，在晚餐後，也忙著在青石製的砧上，捶打著生絲織的絹帛，把硬僵僵的絹帛，捶得柔軟貼體了，便架起板來，準備裁製寒衣了。

那時的砧聲，給他的感覺，總是溫暖的，擣練的人，是他的母親、姊妹，是他的妻子、婢女，她們擣練為他，裁衣為他。

砧聲，依舊是砧聲呵！但……

「長安一片月，萬戶擣衣聲。」

他喃喃唸出這兩句兒時就熟背的詩；如今，他真在長安的一片月下，聆聽萬戶擣衣之聲，砧聲那單調的節奏、音韻，卻敲得他心中隱痛，目中隱淚。

獨立在梧桐樹下，葉梢的滴露，沾濕了他的衣衫；腳下零露，又浸濕了他的鞋襪。他感覺著寒意沁人，卻又移不開腳步……

真是秋天了，河邊的蘆荻，彷彿一夜之間白了頭，一陣風吹來，就隨風飄起漫天秋雪。秋日的蘆荻，是一首詩；寫在大自然中的詩。這詩中，有他的離愁無限，而這些離愁，卻又是他不敢去碰觸的傷口。

怎唱得完異鄉為客，遊子思鄉的悲歌？尤其，又值這凋零蕭瑟的秋日。他不忍將愁思化成字句，而階下秋蛩，卻為他的愁思，譜上了冗長而低咽的清商曲，吟過一個又一個的漫長秋夜。

他不能放歌，不敢低訴，卻在不知不覺間，如昔年晉代王敦，將唾壺壺沿，擊出一個個缺口裂痕。

「老驥伏櫪，志在千里；烈士暮年，壯心不已！」

這是魏武帝的詩，在他年輕時，雖也擊節朗誦，幾曾了解了其中浮生瞬息，有心無力的蒼涼悲慨？他不了解魏武何以橫槊，不了解王敦何以擊壺，如今，他了解了，領略了，卻因，自己也步上了那對人生，對世事，有心無力的後塵……

荷花，已舞衣紅褪，香消翠減。那在夏日，為人珍愛的團扇，到這秋風起，雁南翔的季節，怕也只有「棄捐篋笥中，恩情中道絕」了……

如果，未曾繁盛；如果，未曾承恩，也許，還不會這樣強烈的感受興衰、冷暖的悲愴吧？而此時此際，又怎能不勾起他世事如煙雲過眼的喟嘆？

也曾企望淑世，也曾企望報國，然而，舉世滔滔，誰可與言？他的一片冰心，一身傲骨，既不容他趨奉，又不許他折節；於是，他也只能像一柄秋扇，閒置冷落在這新涼如洗的季節裡。

秋空中，迴盪著幽裊的簫聲，一曲已終，餘音卻凝在耳畔，久久不絕。在這低咽的簫聲中，是誰，獨自倚著西樓，在淡淡月光中，獨伴著一片幽影孤絕……

一萼紅

詹玉

泊沙河，月鉤兒挂浪，驚起兩魚梭。淺碧依痕，嫩涼生潤，山色輕染修蛾。釣船在、綠楊陰下，驀聽得、船底有吳歌。一段風情，西湖和靖，赤壁東坡。

往事水流雲去，嘆山川良是，富貴人多。老樹高低，疏星明淡，只有今古銷磨。是幾度、潮生潮落，甚人海、空只恁風波。問著江湖儘寬，誰肯漁蓑？

夕陽西沈，詹玉在沙河塘邊泊了船；今天，這就是棲止處了。

長庚星，伴著一鉤新月，貼在靛藍的天幕上。細細的青草，在晚風吹拂中搖曳。水波，輕拍著沙岸；岸邊，留下一道道淺淺痕印，想是日復一日的波浪描畫出來的。

論季節，仍是暑夏，經過煙波過濾的水風，吹在身上，卻帶著薄薄的清涼。那潤澤的清涼，吹著他的衣袂，吹著他的臉龐，一種淡淡爽適的溫柔，便這樣包圍了他。透明的，無形的，他的感受，卻那麼具體。

一雙潑剌躍起的魚，驚破了這一派寧靜；水面，漾出一大片漣漪，待漣漪漸平，他發現，那一鉤新月，正映在波心。想是那一雙魚兒，看到如鉤的新月，誤以為是人類投下的釣鉤吧，才驚得躍出了水面，逃避不迭。

噙著一絲莞爾，他怡悅地抬起頭來，暮色，更深了，對岸的山，像美人的一雙蛾眉，修長而娟秀，暮色，為它輕輕塗染上一抹螺黛，更增添了幾分朦朧之美。

是漂泊？還是逍遙呢？把船繫在揚柳樹下，坐在船頭理著釣絲的他，幾乎無法回答。他的家，原在湖北，而，今日，他坐在船頭，卻聽到船底忽地傳來了一陣陣陌生的曲調；屬於江南的吳歌！

又有什麼好認真的呢？認真的人，總是在牛角尖中失去太多擁有的事物。何不學學隱逸西湖的林和靖，或泛遊赤壁的蘇東坡呢！用一種瀟灑曠達的胸襟，留下人與時空交會剎那間的無限風情。

逝者如斯呵！林和靖仙去了，蘇東坡作古了，風流，雲散。西湖，仍是西湖；赤壁，仍是赤壁，而世界上的人眼中，西湖、赤壁，怎比得上富貴功名？

大自然沈默著；老樹，高低參差地佇立在大地上，疏星或明或暗地高掛在蒼穹中，默默地看著一個個「今」，成為過去，看著一次次月圓月缺，潮起潮落……

潮起潮落，是有定時的，是可以預測的，難以預測的是人海中的紛爭、傾軋、風險、波濤……

跳出了世外的詹玉，回頭再看看人海塵世的種種，慶幸著，也不禁疑惑。

似乎人人都不喜歡人世間的紛擾，可是，放著煙波無際的江海湖澤，肯放棄世上的一切，披上漁人的蓑衣斗笠，逍遙悠遊生活的人，又有多少呢？

❀ 這一闋「一萼紅」的作者是詹玉，他的詞流傳的不多，詞風不類南宋，頗為曠達透澈，讀之令人為之神清。

詹玉小傳 詹玉，字可大，號天游，南宋古郢（今湖北江陵）人。他生於南宋末代，由宋入元，官至翰林學士，餘不詳。詞集名《天游詞》。

高陽臺

王沂孫

殘雪庭陰，輕寒簾影，霏霏玉管春葭。小帖金泥，不知春在誰家？相思一夜窗前夢，奈箇人水隔天遮。但淒然、滿樹幽香，滿地橫斜。

江南自是離愁苦，況游驄古道，歸雁平沙。怎得銀箋，殷勤說與年華。如今處處生芳草，縱憑高，不見天涯。更消他，幾度東風，幾度飛花。

一方小小的詩箋，端端正正地躺在書桌上。這精美雅致的小箋，來自遠滯天涯的友人。箋上寫著一闋詞，這闋詞中寫著他對江南朋友們的思念，寫著遊子羈旅的倦怠和無奈，最後，他問：「問東風，先到垂楊，後到梅花？」

這小箋上的字字句句，都敲在王沂孫的心上。周密，他的老朋友寄來的這闋詞，帶給他太多的感慨；他和周密、張炎如眾所周知是文壇知己，彼此唱和。但是別人只知道他們是一群沉湎詩酒的才子，不知道他們寄情詩酒的苦悶；對於國家、對於時勢有心無力的苦悶。他們只是一群讀書人，他們無力改變時勢，但他們不能不關心，不能不痛心。他們相互以梅花期許，然而，他不期然由周密詞中末句，不敢有所期望又不肯就此灰心的問話，想到唐代天寶時，唐明皇宮中梅妃、楊妃爭寵的故事；梅妃淡雅高潔，卻敵不過楊妃的冶艷媚惑。當時如此，如今，何嘗不是如此？得寵、得勢的，總是裊娜垂楊，而不是傲骨梅花呀！

他一腔的慨嘆，無可抒發，於是依周密那闋詞的原韻，和了一闋，寫出了「梅花」的幽怨，和對友人的思念……

堆積著冰雪的庭院，冰已消，雪已融，只有在屋角牆陰，還殘餘著幾灘尚未融盡的殘雪。戶外不再寒冷得徹骨，風自簾隙中透入，也只感覺著薄薄的寒意。春天已不遠了，玉管中的葭灰，也因陽氣催動而如雪花般霏霏地飛散了。家家戶戶的門上貼著泥金小帖，準備迎接春的來到。

春天是要來了，可是，迎春的泥金小帖，卻勾起了我無限的感傷；我知道春來了，卻不知道，春究竟在何處留連，在那家盤桓。日日夜夜地思念著，在夢中，恍惚感覺著你那瘦長的身影，來到窗前。在無限歡喜中醒來，才意會到，那只是一場夢；你的身影逝去得太快，隨著夢的消逝，你又是隔著迢迢山水，漠漠雲天，遙不可及的了。

披衣走向窗前，望著你剛才停佇的地方，那有你的蹤影？只有一樹梅花，傲然挺立著，默默地吐著寒香，一輪冷月無言地俯視，在地上鉤勒著梅花虬勁的軀幹，橫斜的疏影。

望著梅花，望著滿地的橫斜疏影，心中壅塞著說不出的寂寞和淒涼；梅花是註定了冷落、淒涼的命運的，因為她的傲骨，因為她的淡泊，因為她寧折不屈的志節……

在江南，文友們聚會的時候，總是自然的，就想到遠別的你。想到你，大家就默然了；江南風景秀美，友朋相聚，還不勝離別的苦楚，相對黯然。何況你單人匹馬，載負著沉重的家國之恨，離鄉背井，在滿目蒼涼的古道上煢煢獨行。陪伴著你的，不是詩朋酒友，是那匹跨下青驄；耳邊響的，不是紅牙檀板，是單調的達達馬蹄；眼中見的，不是江南的青山綠水，草長鶯飛，是邊塞的孤城廢墟，平沙雁落。

年光就在你僕僕征塵中流逝了；「少年子弟江湖老」，歲月無情，總令人悚然心驚。我們到那兒去找寄給年光歲月的銀箋，向他訴說年華老去的悲哀，懇求他讓我們留住青春年華呢？只有自己珍重吧。珍重！朋友，在年光流逝，歲月催人的日子裡。

又是一年芳草綠；只有這無憂無慮的芳草，是年年滋長，處處延生的。它縱情恣意地生長著，江南、塞北，全然不理會人的聚散離合，喜怒哀樂；在這芳草又綠的日子裡，更增添了對你的思念。沒有登高遠眺；縱使登高，也是望不見我所想望的——遠隔在天涯的你。只是癡癡地盼望著，等待著，一次又一次，東風吹來，飛花飄去……

❀

王沂孫，字聖與，號碧山，是宋末元初時的人。那時元兵在北，虎視眈眈，而南宋君臣苟且貪安，君昏臣懦，政治腐敗，社會黑暗，人民生活在這種夾縫中，非常困苦。有識之士，對這種局面，有心而無力，更有著無比的矛盾和痛苦；眼見國勢日岌，民生凋敝，他們有根深蒂固忠君愛國的觀念，奈

「君不君」何！一腔悲憤無可發洩，便寄託在詞章中，又不便明說，只能藉詠物來隱喻，南宋詠物詞特別盛行，多源於此，宋亡之後，其音更苦。

王沂孫的作品，大多產生於這種心態下，但因他天性溫厚和平，沒有劍拔弩張的激情，而淒婉沉鬱，感人至深。

王沂孫小傳　王沂孫，字聖與，號碧山，又號中仙，又號玉笥山人，南宋會稽（今浙江紹興）人。他由宋入元，世祖至元中，曾為慶元路學正。卒於至元二十六年左右，年約五十歲。

他生於南宋末世，身受亡國痛辱，詞中多故國之感，與張炎、周密唱和，感時傷世，悱惻幽咽，人比之北宋周邦彥，南宋姜夔。詞集名《碧山樂府》，又名《花外集》。

眉嫵

王沂孫

漸新痕懸柳，淡彩穿花，依約破初暝。便有團圓意，深深拜，相逢誰在香徑？畫眉未穩，料素娥，猶帶離恨。最堪愛，一曲銀鉤小，寶簾掛秋冷。　千古盈虧休問，嘆漫磨玉斧，難補金鏡。太液池猶在，淒涼處，何人重賦清景？故山夜永，試待他，窺戶端正。看雲外山河，還老桂花舊影。

天上，已經有好幾天不見月影了；雖然，仍有繁星閃爍，卻總使人感覺天幕深沉黝暗，少了些什麼；人，在有意無意仰望夜空的時候，似乎總不期然探索著那或如玦，或如環的月亮吧？直到今天，在日落黃昏之後，她又悄悄出現了；露出一彎如新畫眉痕的月牙，含情脈脈地依在柳梢頭。

西天的霞光斂盡，暮色籠罩著大地，薄薄的柔和月光，塗染著大地，篩下了花影珊珊。雖只是掙脫暝晦的一鉤新月，卻已為人間帶來了希望無窮；她必然會日復一日的趨於端正、圓滿；月圓，已指日可期。

月圓，總給予人們無限的憧憬和期盼，多少深閨中的少女，在月圓之夕，悄悄設置了香斗，對月祝禱；又羞又怯地，希望終能與有情郎，在繁花盛放的小徑上，邂逅相逢，締結良緣。

然而，今夕，卻不是一個月輪圓整的日子；是天上的嫦娥，也為離愁別苦所困吧？彷彿意態闌珊，無心整飾。隱沒了那麼久，尚未妝扮妥當，只潦草淡掃蛾眉，那微蹙的眉尖，猶帶著淡淡幽怨，淺淺清愁……

雖然如此，新月仍令人愛賞不置，不是嗎？當我們把珠簾掛上了銀鉤，抬頭仰望明淨澄澈如水晶般的秋空，看見天上那一彎形如銀鉤的新月，正掛著如瓔珞垂垂，繁星綴成的珠簾……

月盈、月虧；月缺、月圓，自亙古以來，月，就是這樣輪迴著！無法探問緣由，也無法數清次數；當月缺的時候，任憑月中伐桂的吳剛，把他那柄玉斧磨得再鋒利，也難修補殘缺破鏡！唐宮漢闕中，都有景致佳麗清幽的太液池。在承平的歲月，皇帝常在池邊設宴，召集翰林學士，吟月賦詩。如今，太液池仍在呵！只是，如今池苑荒蕪，宮闕殘敗，又誰還有心情去歌頌吟咏呢？

長夜漫漫，淪落在異族鐵蹄下的故土呵！何時才能等到一輪明月端正圓滿的照入明窗呢？怕只怕，照見雲外萬里山河的明月，也會因難禁山河破碎而傷痛，那棵昔日枝繁葉茂的月中桂，也將在一聲嘆息中老去，消減了清輝……

❀

王沂孫身歷南宋亡國之痛，宋亡入元，雖仕元為慶元路學正，但詞中常流露故國之思。長於咏物，這一闋〈眉嫵〉就是咏「新月」的作品，我們不難自詞中讀出他對瀕臨危亡的南宋，依慕、祝禱、感慨的複雜心情。

青玉案

黃公紹

年年社日停針線，怎忍見，雙飛燕？今日江城春已半，一身猶在，
亂山深處，寂寞溪橋畔。　春衫著破誰針線？點點行行淚痕滿。
落日解鞍芳草岸，花無人戴，酒無人勸，醉也無人管。

又是社日，又是年年婦女忌作，暫停針線的日子。彷彿也是預先默契了的，年年春社，燕子就飛回了舊巢。一陣呢呢喃喃，向主人打招呼似的，卻又等不及主人表達歡迎之意，又展開雙翅，飛掠而出；看紫燕雙雙，差池比翼，剪花拂柳，銜泥築巢，總為主人家帶來無限喜悅。

可是，對黃公紹來說，這個社日是多麼不同。婦女忌作針線依舊，燕子雙雙飛來依舊；不同的是，他已不在家中，不再與他溫柔勤勞的小妻子，在難得因忌作針線，而偷得半日的閒暇中，並肩喜迎雙燕歸來。燕成雙，人成對，他偷眼看看身邊的妻子，那麼滿足恬然；偎在他身畔，一如比翼雙飛的歸燕……如今，他遠離了家，孤獨地伴著達達的馬蹄，伴著孑然的身影，走在林木幽深的亂山中；走過空寂無人的溪橋邊。

一雙燕子，呢喃著穿梭飛舞；是燕子，帶來的，卻不再是昔日的歡悅，而是深切的感傷；牠們無情的勾起了他的思憶；那江邊的小城，應是春半花正好，家中的妻子呢？在忌作針線的今日，何以遣發漫漫長日？或許，也和自己一樣，被無情雙燕，勾起了綿長的思憶……他一夾馬腹，策馬快跑；只為，逃避那他不忍見的比翼雙燕，更不忍思惟的馬上孤身，閨中孤影……

馬兒在一陣奔馳後，緩了腳步，他只覺胸前一片濕冷，低頭看去，青衫前襟，又濕了一片；男兒有淚不輕彈哪！可是，情到深處，愁到極處時，又怎忍得住那點點行行的淚；只能任它奔流，在臉上縱橫，在襟前佈滿。

日曬、雨淋、風吹，人也禁受不住，而形容憔悴，何況薄薄青衫？在僕僕征塵中，它褪色了，敝舊了，破裂了；有誰能為他穿針引線的縫補？是社日呵，是忌作針線的日子呵！為什麼在他心中縈迴不去的，卻是拈著針，引著線，在臨窗花影前，細細縫綴著這件春衫的纖柔身影？

落日，又紅又圓，向著西方山頭緩緩墜下。人疲、馬乏，在一條小河邊，他停了下來，解下馬鞍，讓馬兒在河邊休息一下，喝一點溪水。河邊，綠茸茸的芳草，像一塊無際的綠茵。不知名的小花，沒人種，沒人照顧，卻天生地養，那麼繽紛茂密地，在這一片綠茵上欣欣向榮；把這一片草地點綴的宛如織繡的地氈。

摘下一朵小花；那粉嫩的淡紅，嬌柔的花瓣，那麼美麗，那麼可愛。如果，如果他不是孤子一人，如果……他憶起那些攜手踏青的日子；故鄉，也有綠如茵的芳草地；故鄉也有織繡般的野花叢，他總是摘下一朵最美的花，插在她的鬢邊。她微仰著頭，凝視著他，梨渦淺淺，秋水溶溶，漾著柔情無限。

然後，她取出食盒中的美酒佳餚，在這如畫的錦繡人間，伴他低斟淺酌。在她殷殷勸飲中，不覺醺然欲醉。有時，他並沒有真醉，只是沉浸在她殷勤照拂中，捨不得「醒」來。每每，總要到日薄西山，他才假做醒來，攜著她的纖纖素手，在四合的暮煙中，踏上歸程。

眼前美景，與故鄉依稀相似，他手中有花、懸在鞍邊的酒囊中有酒，可是……

花，誰來戴？酒，誰來勸？酒入愁腸，醺然醉去，又有誰來殷勤照拂呀……

這一闋〈青玉案〉的作者，是黃公紹。這闋詞寫的是遊子在春社日的思家之情，寫得婉約纏綿，柔情似水，真摯感人。由春社日，婦女忌作針線這一習俗，引出「春衫著破」的感傷；又將雙飛燕和一身孤孑；江城春半和花無人戴的強烈對比，寫出深摯之情；無怪乎，堂堂男子，也不免「點點行行淚痕滿」了。

在這兒特別要說明的是，「社」為后土之神，分為春社、秋社。春社在立春後第五戊日，正是仲春春耕時，祭社祈穀；秋社在立秋後第五戊日，正是仲秋秋穫時，祭社穫禾；是典型的農業社會的祭典。民間傳說，燕子春社歸粱，秋社辭巢，因此，社日的典故，經常與燕子來去並論；燕子，也就被農家視為吉祥的使者了。

黃公紹小傳　黃公紹，字直翁，南宋邵武（福建邵武）人。他生平不詳，只知曾於度宗咸淳間進士及第，隱居樵溪，詞集名《在軒詞》。

聲聲慢

蔣捷

黃花深巷，紅葉低窗，淒涼一片秋聲。豆雨聲來，中間夾帶風聲。疏疏二十五點，麗譙門、不鎖更聲。故人遠，問誰搖玉佩？檐底鈴聲。

彩角聲吹月墮，漸連營馬動，四起笳聲。閃爍鄰燈，燈前尚有砧聲。知他訴愁到曉，碎噥噥，多少蛩聲。訴未了，把一半，分與雁聲。

在漫長的秋夜裡，蔣捷失眠了。

靜躺在床上，室內，一片黝暗，他睜著眼，絲毫沒有睡意；卻也不想起來點燈，就讓自己的目光，投向穿不透的暗夜。

人靜，夜卻並不寂靜，只是在這深夜，又有誰諦聽著自然的天籟呢？除非……

「除非，無眠……」

他的住處，在深深長巷的巷底。秋天了，巷中人家牆籬邊的黃菊，正開得爛縵。他的窗前，有一株楓樹；秋風，染著楓紅如醉，一陣風來，就簌簌地飄落幾片紅葉，落到他低矮的窗前。就在蕭蕭的落葉聲中，秋夜的各種聲音，陸續的傳入耳鼓。

是下雨了吧，雨點不小，沙沙地灑在屋頂樹梢；彷彿是誰自高天拋下了無數的豆子。雨聲中，又夾著瑟瑟的風聲，交織成一片帶著幾分悽愴的秋歌。

秋歌餘韻猶裊，疏疏落落的更鼓聲，又在耳邊響起；城門，早已深鎖，內外不通了，卻鎖不住這一夜二十五點的譙樓更鼓；悠遠，卻又明晰地，敲打出夜的節奏；那麼有規律的，一點又一點，一更又一更……

是誰邁著悄悄的步子，來到窗前？是她！哦！是她！隨著腳步，叮噹微響的玉佩聲，是那麼熟悉，那麼動聽！

他在床上坐直了身子，準備下床，衝出去開門；那叮噹聲，忽又靜止了。他在靜寂中猛省，不可能是她的！她，她遠在萬水千山之外……

叮噹之聲又起，他激盪的心田，回復平靜；細細諦聽，找到聲音的來源；原來是，秋風吹動著屋檐下的風鈴，聲聲作響。

夜，在譙鼓聲中，加快了腳步，一彎涼月，在畫角聲中西墜。城外，刁斗禁嚴的營幕間，響起了馬嘶，天未破曉，四面的胡笳聲，在夜風中淒淒地迴盪，像預報著黎明將至。

他的窗外，閃動著光影；不是曙色，是鄰室勤勞的主婦，為裁製寒衣，預做準備。就著燈光，在清砧上，一杵杵的，搗著素絲。

砧聲，清冷而寂寞的響著，驚動了牆角床下的蛩螿，唧唧噥噥的伴隨著吟唱；像是代閨中思婦低訴著無盡的哀愁與思憶……

哀愁與思憶，如何訴說得完呢？天，破曉了，哀雁低鳴著向南飛，彷彿受到了蛩螿的託付，把訴不完的那一半哀愁，寄在雁聲中，寄向遠方去……

❀

這一闋通篇叶「聲」韻的〈聲聲慢〉，是蔣捷的作品，十分合於詞牌的本意，寫盡了秋夜的各種聲籟，是一闋非常別致的作品。

蔣捷小傳　蔣捷，字勝欲，號竹山，南宋陽羨（今江蘇宜興）人。他於恭帝德祐年間進士及第，宋亡入元，遁隱不仕。成宗大德間，屢有人薦於當路，終不肯出，武宗至大三年卒，年六十五歲。

他長於倚聲，身受亡國之痛，不免黍離之感，故國之思。文詞洗鍊縝密，氣節亦高，後人譽為長短句長城。詞集名《竹山詞》。

瑞鶴仙

蔣捷

紺煙迷雁跡，漸碎鼓零鐘，街喧初息。風檠背寒壁。放冰蜍飛到，蛛絲簾隙。瓊瑰暗泣。念鄉關，霜華似織。漫將身、化鶴歸來，忘卻舊遊端的。

歡極。蓬壺蕖浸，花院梨溶，醉連春夕。柯雲罷弈，櫻桃在，夢難覓。勸清光乍可，幽窗相伴，休照紅樓夜笛。怕人間，換譜伊涼，素娥未識。

譙樓上的暮鼓，寺院裡的晚鐘，斷斷續續、隱隱約約地隨著晚風拂過街頭，溫和地提醒人們：天黑了。於是白天熱鬧繁華的街市，也沈默冷清了下來；店鋪打烊，行人歸去。青色的暮煙，自四方合聚；黃昏最後的一行雁影，淒惶地消失在迷茫的暮煙中，不知投向哪方……

點燃了一盞燈，火焰微微搖晃，把蔣捷的身影塗到蕭然四壁上，搖曳出一片幽淡的朦朧。在背風的壁角安置了燈，模糊的光影，像一個惺忪未醒的夢……

是真回到故鄉了？不是夢託蝴蝶，不是魂化歸鶴，是真正的回來了？皎潔瑩澈，幾乎看得到那隻傳說中玉蟾蜍的明月，冉冉飛上青天。透過簷角蛛網，低垂簷隙，直將一片如霜的清輝，灑向斗室。這是故鄉的明月，特別圓、特別亮的明月呵！他不禁落下了男兒不輕彈的淚。

曾多少次，在異鄉念著、夢著這故鄉的明月！念著、夢著如水的清輝，織成一片銀白的網，溫柔地覆著鄉城、街道，照著屋宇、窗牖……曾多少次，他低吟著「床前明月光，疑是地上霜」的詩句，遙想著故鄉的親人、父老、朋友……如今，真的回來了，他卻有著太多的情怯；是故鄉改變得太多，陌生了？還是親朋別離得太久，疏隔了？他回來了，卻捕捉不到那個遺落在記憶深處，少年時代的情懷、遊蹤。

那是怎樣一段懵懂無憂得可羨的歲月！盪舟在田田亭亭的芙蓉浦中，荷葉清圓，荷花裊娜，映著澄碧的湖水，使人疑身在蓬壺仙境；與詩友花間買醉，滿院的梨花似雪如雲，層層疊疊，匯聚成一片花海；重重的花影，淡淡的清香，溶溶的月色，構成一幅清幽絕俗的圖畫，已足令人流連忘返；更那堪，綠酒芳醇，紅袖殷勤。於是，一杯接一杯地飲，一日復一日地醉，那麼多的花朝月夕，就在這樣的歡悅沈酣中逝去……

回首前塵，那麼迷離惝恍，那麼接近又那麼遙遠。他感覺，自己好像傳說中的樵夫王質，偶入山中，遇見兩個童子下棋，吃了一枚童子給的乾果。待一局棋終，斧柄已腐朽了。出山後，才知道他在山中的一局棋間，人世已經過了一百年。又好像那個夢見鄰家少女給他兩枚櫻桃吃，醒來知道是夢，卻在枕邊找到兩枚果核的書生……一樣的月光，一樣的故鄉，那時的翩翩少年，如今雙鬢已灑上了星星秋霜；這中間的歲月，彷彿失落了。他分辨不出苦辣酸甜，分辨不出是真是夢，分辨不出是舊時月異今時月，還是此日人非昔日人；為什麼同一輪月，同一個人，竟會有這樣不同的心境！

不同的，又豈只是心境，他多麼希望，他真的只是作了一場夢！異族的入侵，南宋的覆亡，都只是夢中的片斷，而不是真實……而不幸的，這是悲慘的事實。昔日的清歡醉飲，才是夢——永遠追不回、尋不到的舊夢！

明月愈升愈高，照入室內的光凝聚、縮小了，卻清澈似水，燦亮如銀。他靜靜地倚窗仰望；月光用那溫柔卻冰冷的手，撫著他的臉，慰著他的心。月宮中的素娥，有如一個最知情解意的素心良友，伴著窗內寂寞蕭索的故人；未發一語，未著一字，卻彼此心照……

明月呵！你是否也意會到人世滄桑的變化太大、太快了？請聽我相勸，還是向幽窗與那些夜深無眠、孤獨寂寞的心靈為伴吧，他們會珍惜、會感激你的溫慰；因為他們和你一樣，有晶瑩澄澈，不染纖塵的靈魂。千萬莫向金屋紅樓，舞筵歌宴，粉飾昇平的地方，拋擲你一片清光。在那擾擾紅塵間，今日伊州，明日涼州，沒有原則，沒有定準，只怕熟諳霓裳羽衣曲的你——素娥仙子，也來不及領略那永遠變化，永遠更新，也永遠陌生的歌拍笛韻呀！

❀

蔣捷以一亡國遺臣，遁跡林野，麥秀黍離之悲，多寄於詞章。對於騷雅之變，尤其感觸深刻，這種感觸，表現在詞章中，流露出一份感慨蒼涼而無奈的故國之思。如〈賀新郎〉的「綵扇紅牙今都在，恨無人，解聽開元曲。」〈女冠子〉的「笑綠鬟鄰女，倚窗猶唱，夕陽西下。」及本篇的「勸清光乍可，幽窗相伴，休照紅樓夜笛。怕人間、換譜伊涼，素娥未識。」都屬之。

江城梅花引

蔣捷

白鷗問我泊孤舟，是身留？是心留？心若留時，何事鎖眉頭？風拍小簾燈暈舞，對閒影，冷清清，憶舊遊。
舊遊舊遊今在不？花外樓，柳下舟。夢也夢也夢不到，寒水空流。漠漠黃雲，濕透木綿裘。都道無人愁似我，今夜雪，有梅花，似我愁。

是近鄉情怯，還是歸心似箭呢？望著船艙外，垂垂欲雪的黃雲，聽著一陣陣呼嘯而過的朔風，蔣捷不知怎樣安頓自己一顆隨著緩緩前行的小船，而益發怔忡不寧的心。

離開故鄉宜興有多久了？如今，小船駛進了荊溪，不需多少時日，就要到宜興了。然而，天色如此黯淡，那灰灰黃黃，陰鬱低壓在艙簷的雲，也壓上了他的心頭……果然，他的憂心成了事實，一片雪花飛墜，同時，船家探頭向他苦笑：

「客官，下雪了，沒法再走了，攏岸吧？」

他無言地點頭；不點頭，又待如何？這小小的船，何以對抗自天而降的風雪？在溪畔停船下了船，他百無聊賴地悶坐船艙，望向艙外；四野蕭條而荒寒，幾戶野店村家，稀落散佈在暮色朦朧中，只見幢幢黑影間，閃現著燈火微黃。

燈火，有燈火處，就有人家；有人家處，當此飄雪的黃昏，就有樂聚天倫的溫暖；他忻羨、嚮慕，而久已無緣的溫暖……

一隻白鷗，悠然飛下，在他艙前盤旋不去，口中發著低鳴，似乎在向他發問：

「你在這荒村溪畔停船下這孤伶伶的小舟，是身不由己呢？還是心甘情願呢？」

他苦笑著凝視著這飛鳴在無邊暮色中的水鳥，喃喃自語：

「如果是心甘情願的留駐，我又為什麼展不開深鎖糾結的愁眉呢？」

風，一陣陣地拍打著低垂的小簾，劈啪作響。艙中，船家為他點起的油燈，火舌閃著紅焰，在船艙中搖曳出忽明忽暗，晃動不定的暈彩，隨著自簾隙閃入的風的韻律飛舞。他的影子，也浮貼在艙壁上，百無聊賴地晃著。

四野，寂寂；長夜，漫漫；他，除了一燈，相伴的只有自己孤伶清冷的身影……

他忽然那麼深切的體會了解了什麼叫「寂寞」，也更加懷念那些有人聲，有笑語，舊日的歡樂。往事，一幕幕閃現在他的眼前，同遊的舊侶，同遊的舊地，那麼親切又熟悉的烙印在他心頭；那花外樓頭的笙簫管絃，伴著多情佳人的清歌婉囀；那柳下舟中的詩箋筆硯，寫下文章知己的嘯傲長吟。那不知愁而強說愁的青春年少，即便有偶來的拂逆，也那麼容易便在「未妨惆悵是清狂」，率真任性的傾訴中抒發;在「與爾同銷萬古愁」,狂歌痛飲的沈醉中忘卻。

那些有詩、有夢;有歌、有酒;有笑、有淚;有紅袖殷勤、有青衫淚濕的日子呵!如今安在?舊遊的人、地、事、物,竟全然如莊周夢中的蝴蝶,一夢覺來,無影無蹤。只剩下他孑然一身,飄泊如一片水中的浮萍,風中的落葉……

人生如夢,夢也無憑,更由不得人去選擇、去複製;天下那有允許重溫的夢境?一如沒有能喚回的舊日時光。

他廢然放棄了尋回舊夢的奢望,逃避自己身影似的,離開船艙,在船頭佇立凝望……

無月無星的雪夜,是一片淒寒的荒漠;耳畔除了轉弱的風聲,只有低咽的寒水潺湲;流動著,載不去歸舟,也載不去鄉愁的空自流動著……

就這樣諦聽著嗚咽流水,他變成森冷雪夜中,佇立船頭的木雕;直到寒意無情地砭肌刺骨,他才驀然驚覺;那漠漠低壓,陰濕而寒冷的黃雲,那飄飄飛墜,輕軟而易溶的白雪,早濕透了身上敝舊的木綿裘。

千萬疊的愁緒,排山倒海地向他湧來,沒有人可分擔,沒有人可傾訴;在這寂靜嚴寒的雪夜,更有何人似他以一身孤孑,獨力支撐著紛沓而來的國仇、家恨、離情、鄉思堆疊成的愁山恨海?

沒有!沒有?一縷清清淡淡的寒香,拂上了他鼻端。他迴目四望,就著微弱的雪光,他看見了一株臨溪照影的梅花。

梅花,無言地在風雪中凝立;梅花,生長在荒村溪畔為世所遺;梅花,也如他一般以一片堅貞,品嚐著孤絕，擔負著他所擔負的千萬疊愁山恨海；風雪夜中，他和梅花，同是沈寂大地上獨醒的生靈！一縷溫暖，自他心中反沁向外，抗拒了嚴寒的侵襲；只為，他不再寂寞，他有了知己，有了可以互通靈犀、互擔憂苦的伴侶——一樹凝愁無語的梅花！

❀

蔣捷的詞風，比較近蘇辛一派，用詞淺近明快，不同於他那一時代的雕琢堆砌之風，自這闋〈江城梅花引〉就可看出。有許多版本，都把詞牌標成〈梅花引〉，實際上，〈梅花引〉的字數、格律，與〈江城梅花引〉完全不同，是不能混為一談的。比較起來，〈江城梅花引〉與〈江城子〉倒是甚為相近；正因是由〈江城子〉衍化而成，所以特別冠上「江城」二字，以示區別呢！

虞美人

蔣 捷

少年聽雨歌樓上，紅燭昏羅帳。壯年聽雨客舟中，江闊雲低斷雁叫西風。而今聽雨僧廬下，鬢已星星也。悲歡離合總無情，一任階前點滴到天明。

窗外的冷雨，時而喧嘩，時而綿密的敲打著；奏出冗長的樂章，竟自無止、無休。一聲聲敲在無眠人兒的耳中、心上。

淅淅……瀝瀝……

蔣捷，擁著孤衾，伴著孤燈，在僧廬中，品嚐著這蕭颯淒涼的況味。

總以為在兩鬢斑白之後，就「知天命」，把一切都看淡了，看透了；可以如古井無波，心如止水，不再為人世間的悲歡離合縈心了；可是……他還是做不到太上忘情，他仍逃不過紛沓、隨雨聲而來的那許多舊恨新愁的包圍，於是，他失眠了，在雨聲中。

雨聲；他這一生，有過無數聽雨的時光，從他意氣風發的少年時起！

少年英發的歲月，他那樣不知愁的把自己拋擲在溫香醉暖的舞臺歌榭，秦樓楚館；沉醉在輕顰淺笑，清歌曼舞中。他青春年少，他風流倜儻；他溫柔多情，他妙筆生花！他宛如一隻蜜蜂，一集彩蝶，翩然飛舞花叢間，身邊永遠不乏梨渦清淺，笑靨迎人的如花伴侶。

在輕吟如歌的雨聲中，燭影搖紅的深夜裡，溫柔的燭光，朦朧的塗染著低垂的羅帳，羅帳上，繡的是在荷花、荷葉的圍護下，悠遊戲水的鴛鴦……

少年時的浪漫情懷，在什麼時候成了一個悠遠飄渺的夢境？他離了家，離了鄉，離了淺斟低唱不知愁的歲月，開始萍蹤浪跡的飄泊生涯。

進入壯年，他方登進士，便逢喪亂；國，尚且不保，個人身世，更何足問？亡國遺民，他雖屢次受薦於元朝，亡國的悲痛，士人的風骨，都不允許他腆顏事敵。於是，他把自己流放了，流放到五湖四海，處處為家。

黃昏，船在江邊泊了岸。又下雨了，雨打的船篷上，沙沙作響。他蕭索無聊地由船窗向外眺望，江景，失去了晴朗時的清明，那遼闊的江水，和低壓的煙雲，銜接成一片氤氳渾沌；江天一色，全是灰沉沉的鉛，壓到船篷上，也壓到遊子悽愴的心頭。

天邊，傳來幾陣淒厲的雁聲，在西風中，很快，就被淹沒了；他知道，那是一隻失群的孤雁，在蒼茫暮色中，悲切啼叫。

雁聲，斷了，雨聲，仍淅瀝不止，這雨聲，不再是一首歌，是孤雁的哀鳴，是遊子的嗚咽……

如今，他連嗚咽也失落了，只剩下滿懷的悲涼。

一生，就這樣在雨聲喚起的不同心境中銷磨了；酸甜苦辣，悲歡離合，如今回首，又豈真能忘情？只是，又能奈何呢？逝去的，再也喚不回，而眼前這份悲涼，卻又揮之不去。

他緩緩坐起身來，倚著枕，嘆口氣；下吧！雨，繼續下吧！下過這漫漫長夜，讓這點點滴滴，敲在簷上，打在階上的雨聲，和它製造的悲涼心境，共守到天明！

❀

這闋詞，以少年、壯年、老年三種不同聽雨的心境，象徵人生不同的階段，感慨蒼涼，在蔣捷詞中，是一首名作。

綺羅香

張炎

萬里霜飛，千山木落，寒艷翻成春樹。楓冷吳江，獨客又吟愁句。正船艤、流水孤村，似花繞、斜陽歸路；甚荒溝，一片淒涼，載情不去載愁去。長安誰問倦旅？羞見衰顏借酒，飄零如許。小字金書，心事已成塵土。為回風、起舞尊前，盡化作、斷霞千縷。記陰陰、綠遍江南，夜窗聽暗雨。

秋深了。

一望無際的大地，都籠罩在蕭瑟的寒意中，飛上了一層清霜。遠遠近近，層層疊疊的山峰，木葉紛紛凋落。山空，林瘦，一片荒寒。

張炎，獨僱了一艘客舟；舟過吳江，在一座小村莊旁靠了岸。

「客官，可要上岸走走，舒活舒活筋骨？」

舟子殷勤向和衣悶臥的張炎問道。

「到姑蘇了?」

「還有好一程呢!這兒叫紅葉溝,小得不能再小的江村,滿眼紅葉倒真好看;就像春天,滿樹紅花似的。」

「哦?」

舟子平俗的描繪,引起了張炎的興趣;他說的是俗,卻不就是「霜葉紅於二月花」的意思嗎?可見,美景在所有人眼中都是美的,只是形容出來,雅俗之分而已。

走出船艙,張炎頓覺眼前一亮;他原是不耐沿路景色的蕭條肅殺,而寧願悶在艙中,和衣閒臥的。不料水繞峰迴,眼前景色,真如舟子所形容,宛似滿眼春紅爛縵!

不!不是春紅,是滿山遍野的經霜紅葉。

當年,唐朝詩人張繼,是否就在這樣楓林夾岸的景色中,淒然吟出「江楓漁火對愁眠」的詩句?畢竟,不是生意盎然的春紅爛縵了;紅葉,絕艷的顏色中,仍蘊著濃濃淒寒;美,可奈美人遲暮?

是遲暮的;一陣風來,就捲下了無數落葉飄零,落在這叫紅葉溝的江村;堆在岸上,漂在水上。沒有人在紅葉上題詩寄情;紅葉,寫滿了濃濃秋意,逐水漂流而去。

滿眼紅葉,沒有因落葉飄零而褪色,依然美得眩目;像夾道的花叢,沐在夕陽的金紫光影裡,燦亮的綻放著一生最後的美麗。然後……

然後,也像夕陽一樣吧?默默歸向生命的盡頭。

為自己斟上一鍾酒，默然佇立在船頭上；濃烈的寂寞，像一滴楓葉般艷紅的顏色，滴在宣紙上一般的暈開了。人生如寄，世事奕棋。他寄居在京都，落寞蕭條，嚴重的思鄉病，促使他買舟南歸。偶然，經過這叫紅葉溝的小江村，面對著滿眼的淒艷，不禁勾起他深深的感傷自憐。青春不再；紅顏已無復當年。如今，衰老容顏上的一抹紅潤，早不是出於自然血色，而是……

他舉起手中的酒杯：

「全仗這杯中酒呀；這與遲暮美人，藉脂粉添顏色，同樣的無奈可悲呀！」

就像這些艷紅照眼的紅葉；再如何艷似春花，畢竟仍是經霜秋葉，迸發的是生命中殘留的最後一縷生機，然後，在絕艷中，走向飄零。

就在這秋風渲染的悲愴淒艷中，他感覺自己真的老了。不僅是容貌，更是心境；他已無法再以臉龐上那為酒所染的醉紅自欺；反之，心中只有對自欺了然於心的羞愧。

頓然，功名利祿的俗念，都消褪了，不再縈繫於心。人生，本如白駒過隙呵！功名利祿，也不過是浮灰微塵；然而，人心如鏡，能不為浮灰微塵所蒙所翳的，又有多少呢？他也直到今日，才頓悟，才不復縈念於這已汲汲一生追求的塵土功名呵！

日向黃昏；秋風一陣緊似一陣，捲得紅葉漫天迴舞，映著薄暮的靛藍天色，像一絲絲、一縷縷的天際殘霞，零碎不成片段；彷彿是為擎著酒杯的他，鼓舞助興。

他沉默著，思緒卻飛向了故鄉；故鄉，也種有無數楓樹，而在記憶中的楓樹，卻不是這樣淒艷如血的。

記憶中的楓樹，在杏花春雨中，萌芽生葉，不多時，就綠遍了那江南水鄉，覆著滿地的濃陰。深夜，年輕的他，正倚窗獨坐，靜聽著那飄在葉上、灑在階前，那細細如私語的雨聲……

❀

這一闋〈綺羅香〉是南宋張炎咏紅葉的作品。秋林紅葉的燦美，不遜春花，但畢竟是強弩之末，轉眼凋零，而引起詩人自傷老大的喟嘆。其詞，亦如紅葉，淒美異常，就南宋詞來說，雕琢尚不過甚，清艷可誦。

張炎小傳　張炎，字叔夏，號玉田生，又號樂笑翁，先世成紀（甘肅天水）人，南渡後落籍臨安（浙江杭州）。

他生於南宋末世，家居未仕，入元落魄縱遊大江南北。元仁宗延祐五年卒，年七十歲。

他出身世家，為張鎡曾孫，祖、父亦以文學名家，父張樞，尤精於音律，他幼承家學，又與王沂孫、周密諸詞家唱和，卓然自成一家。眼見臨安由繁華而淪亡，身世興衰之感，格外強烈。詞風雖承南宋風氣，注重文字琢鍊，然不掩其中含蘊蒼涼激越的故國之思，人稱宋元之間的江東獨秀。著有《詞源》，是論詞的重要著作，詞集名《山中白雲詞》。

疏影

張炎

碧圓自潔，向淺洲遠渚，亭亭清絕。猶有遺簪，不展秋心，能捲幾多炎熱。鴛鴦密語同傾蓋，且莫與、浣紗人說。恐怨歌，忽斷花風，碎卻翠雲千疊。

回首當年漢舞，怕飛去，漫綰留仙裙摺。戀戀青衫，猶染枯香，還嘆鬢絲飄雪。盤心清露如鉛水，又一夜，西風吹折。喜淨看、匹練飛光，倒瀉半湖明月。

是怎樣的造化天工呢？那一支，彷彿是凌波仙子，不經意留在綠波上的翡翠髮簪，竟是一片密密包裹著一寸芳心的嫩荷葉。這一寸芳心中，究竟包捲著多少熾熱的夏日情懷？沒有人知道。只知道，她在大家不注意的時候，悄悄地舒展了；展成一片碧綠、渾圓，又纖塵不染的荷葉；在水中的洲渚旁，亭亭玉立，臨風照水；把清麗的容顏，印上了碧波。

當荷葉成長為一片覆蓋著碧波的綠雲，鴛鴦才有了棲止的處所。看它們在如蓋的荷葉下，比翼交頸，喁喁細語；它們輕悄的懇求著葉上輕風，其將它們的綿綿情話，傳述給那溪邊浣紗的女子；怕只怕引起了她的妒意，拆去了它們綠色的美麗愛巢。

然而，愛巢的暴露，也只是時間遲早而已。當秋風起，宮人手中的生綃團扇被捐棄，而唱出那淒怨的曲調時，秋風便吹落了紅衣；也吹碎了搭架成綠色屋頂的重重翠葉。

荷葉，不復光澤潤潔；秋風，在荷葉上，留下了宛似漢宮趙飛燕，欲隨風仙去，被拉住的裙裾上縐起的片片摺痕。

當芙蓉凋盡，荷葉枯萎，這水濱湖畔，遊人也散盡了。只有那多情的青衫文士，依舊徘徊在水邊；讓荷葉的枯香，薰染著他的衣袖。吟著：「留得殘荷聽雨聲」的詩句，感傷著歲月的易逝；昔日青絲，今日已染上了霜華。

秋日的濃露，仍凝聚在圓盤似的荷葉中心；如鉛水凝成的銀丸，隨著荷葉的搖曳而滾動著。直到那一夜，西風漸緊，吹折了擎葉的荷莖。

秋，真的深了；夏日放眼望去，亭亭田田，幾乎看不見水面的荷花荷葉，被秋風無情的手，收拾殆盡。讓人難以相信，這一片澄淨的秋水中，曾佈滿了紅幢、翠蓋，萬葉、千花。

不復有荷；但，又有什麼關係呢？當風清月明的晚上，這一片澄湖之上，將瀉滿淨如匹練的月光……

❀

這一闋〈疏影〉，前有小題：「詠荷葉」，張炎詠物詞中的傑作之一。清代詞家張惠言認為，這闋詞是為傷冤死的君子而作，於此說，我們沒有足夠的資料否定或肯定，姑且存疑。就「詠荷葉」而言，那堪稱是淋漓盡致了，由荷葉抽簪，到碧圓；由傾蓋護鴛鴦，到西風吹折，最後，還一湖澄明秋水以映明月；迴折婉轉，情景交融。

「疏影」、「暗香」是姜夔詠梅之作，張炎取此二調，以詠荷葉、荷花，改名為「綠意」、「紅情」，便成為同調異名的詞牌。「綠意」畢竟不像「疏影」那麼為人熟悉，因此，多數選詞者，仍沿用原名「疏影」，這也是筆者仍用「疏影」的理由。

瑤臺聚八仙

張 炎

秋月娟娟，人正遠，魚雁待拂吟箋。也知遊事，多在第二橋邊。花底鴛鴦深處睡，柳陰淡隔裡湖船，路緜緜，夢吹舊曲，如此山川。

平生幾兩謝屐，便放歌自得，直上風煙。峭壁誰家，長嘯竟落松前。十年孤劍萬里，又何似畦分抱甕泉。中山酒，且醉餐石髓，白眼青天。

月，永遠是美麗的。秋天的月，更加的晶瑩、朗澈、柔媚、可愛。她靜靜地統領著滿綴星辰的穹蒼，灑下淡淡的霜華；為大地披上一襲輕紗，為人間增添幾許詩意。

月團圓，人團聚，彷彿是天經地義的事；從來不曾想過，這原是可珍的緣會。直到遙隔在地北天南，不復能相聚；直到滿懷相思相憶之情，面對著詩箋，卻不知從何說起的時候；才驀然憬悟，當年視為尋常的日子，再也喚不回了。

曾有多少個月夜，在故鄉臨安，與三五好友，在蘇堤上徜徉，第二橋邊休憩。閒行步月，分韻賦詩，吹簫弄笛……如今，又是皓月當空，金風送爽的季節了，第二橋邊該是盛況如昔吧？當年同遊的朋友們，是否無恙呢？那湖中的雙雙鴛鴦，依舊蜷曲在荷葉荷花密密覆蓋的暗影中安睡；白堤上，綽綽約約裊娜低垂的柳條，在晚風中搖曳；裡湖中蓮舟片片，在柳影月影掩映下，像一幅幅朦朧的剪影，似幻如真。遠處，傳來隱隱的簫笛聲，輕輕柔柔，隨著荷風飄拂過來，在耳邊切切低語……

那熟悉的曲調，又縈迴在耳際；那故鄉的景色，又浮現在眼前，心中一陣驚喜：是又回來了？柳邊橋畔，或坐或站的不正是朋友們熟悉的身影？他連忙趕上前去，卻任他怎樣急趨疾行，也走不完那條綿綿無盡的路途；那熟悉的景物人物，總是那樣可望而不可及。他張口喊叫……驀然睜眼，簫聲驟斷，景物驟滅，人影驟失，山川驟改；只有一輪明月，清冷如舊。

離開故鄉，一晃竟已十年。十年來，一人一劍，走遍了名山大澤，絕域窮邊。在他年輕時，也曾為這種四海為家的生涯所迷醉，是那麼自得其樂地沉浸在山水間，獨來獨往，無牽無礙。興致高昂地把嘹亮的歌聲送入雲霄。偶然看見築在山壁間的人家，雖不知是何名何姓，也不免送上一聲長嘯；嘯聲振動著宅前的古松，屋內的高人隱士，想必也會為少年豪情，莞爾一笑吧！

十年，悄悄地在他磨平的屐齒中逝去；十年，他老了，倦了；回首看他曾自豪的萬里遊蹤，幾曾留下一屐一印呢？留下的只是臉上的風塵，髮上的秋霜。

他想起《世說新語》中阮遙集愛好收集木屐的故事；真的，人一輩子勞勞碌碌，能穿幾雙木屐呢？自己曾斤斤計較的事物，回想起來，竟不值一笑。自以為行萬里路，讀萬卷書，高人一等；今日看來，這一切還比不上挖掘隧道、汲水灌園的愚夫。愚夫雖愚，至少還有所歸屬，有所收穫，踏踏實實地生活著。而自己，離鄉背井，虛度光陰，而又一無歸屬，一無所獲。

故鄉，遙隔千里的故鄉呵！何時才能回去呢？故鄉既歸不得，還是逃入醉鄉吧。醉鄉，也就是仙鄉了：渴了，喝一醉千日的中山酒，餓了，吃五百年一開的石髓……

舉起酒杯，翻翻白眼，來吧！青天，乾！

南浦

張炎

波暖綠粼粼，燕飛來，好是蘇隄纔曉。魚沒浪痕圓，流紅去，翻笑東風難掃。荒橋斷浦，柳陰撐出扁舟小。回首池塘青欲遍，絕似夢中芳草。

和雲流出空山，甚年年淨洗，花香不了？新淥乍生時，孤村路，猶憶那回曾到。餘情渺渺，茂陵觴詠如今悄。前度劉郎歸去後，溪上碧桃多少？

大地春回，首先共鳴的，大概就是春水吧？看，冰凝雪封的江河湖澤，冰雪都溶化了；化成了如綠酒般的春水碧波，在晴暖陽和的日光下，泛起波光粼粼。

雖說是「春江水暖鴨先知」，燕子，可也是對季節極為敏感的飛鳥；春水一漲，它們便雙雙對對的飛來了；沿著蘇隄，把沉睡中的桃樹、柳樹一一喚醒。然後，桃展紅妝，柳舒翠黛，把蘇隄點綴得燦爛繽紛；像春睡方足，曉妝纔罷的佳人，風華絕代，美得讓人摒息。

一冬不知隱匿何處的魚兒，也成群結隊的出現在澄碧湖水中嬉戲；潑刺一聲，躍出水面，旋即沒入水中，只在水面上留下一圈圈向外擴散的波紋，又復不見蹤跡了。

桃花，開得快，謝得也快；片片殘紅，飛落到水中，隨著水，飄遠了。春水，彷彿故意和東風比賽收拾落花的本領，不讓東風任意掃花；片片水面上的落花，真是任東風吹拂，也飄不起、吹不散呵！她們不願在土中化作春泥，寧願隨水逐波而去，去向未知的世界。

荒涼冷落的水畔、橋邊，一聲欸乃，漁夫自柳陰下撐出了小小的漁舟。歇了一冬，漁夫早閒得不耐煩了，一見春汎綠波，趕緊備好魚網，期待著豐收。

大大小小的池塘上，浮萍和水草，以驚人的速度氾濫生長；回首一瞥間，竟不見池水，只見一片青葱；是否當年謝靈運就是夢見這樣一片青葱，而作出「池塘生春草」的詩句？

最令人喜愛的，卻是自深山中流出的清泉了；它流過幽林，流過綠野，一路薰染著花香、草香，使整條河，都帶著淡淡清馨。一年又一年，永不消褪。而且，人煙愈少，馨香愈純淨。他總忘不了，那一年，偶然路過的村落，春水載著落花，蔚成花溪……村人說，這些花，來自深山中的桃花林……他凝目望向深山，他不知道，那是不是天台；劉晨、阮肇遇到仙女的地方。總是塵緣太重了，他們尋到了仙源，又失去了它。

塵世，是這樣可眷戀的嗎？仙境，總只許一度窺探，不許重尋；劉晨歸去之後，儘管桃花依然開謝，卻再也沒有人能分享那仙人得以長生的碧桃了。

又豈僅是天台難覓了？如晉代王羲之於春日蘭亭修禊，在綠波新漲時，曲水流觴的情致，今人也只能撫〈蘭亭集序〉而興嘆了；流風餘韻，竟渺不可尋。

望著綠水春波的張炎，在遐思神遊中，竟也似化身為一片落花，逐波飄向了杳渺蒼茫……

❀

張炎，是南宋時的詞壇健將之一，直到清代，詞由沒落而中興，仍為詞壇推重；如領袖一時的朱彝尊，就全宗張炎法乳，亦步亦趨。實則就文字技巧來說，鑄詞鍊字，到張炎已登峰造極。如這一闋〈南浦〉，題為詠「春水」，自始至尾，始終不離題，卻有脈胳貫通，不僅詞藻堆砌而已。張炎因此詞而有「張春水」之名（他另因詠「孤雁」，而被時人稱「張孤雁」），又豈是偶然？

八聲甘州

張炎

記玉關踏雪事清游，寒氣脆貂裘。傍枯林古道，長河飲馬，此意悠悠。短夢依然江表，老淚灑西州。一字無題處，落葉都愁。

載取白雲歸去，問誰留楚佩，弄影中洲？折蘆花贈遠，零落一身秋。向尋常，野橋流水，待招來，不是舊沙鷗。空懷感，有斜陽處，卻怕登樓。

送走了沈堯道，一室笑語，一下沉寂了下來。張炎盼望了好久呀，才把堯道盼到了杭州。怎奈一眨眼間，就飛去了那麼多天！只有依依送走堯道；堯道，是為了怕獨居杭州的張炎寂寞，才特意前來盤桓；豈知，他走後，留給張炎的，卻是更深的寂寞……

在短短時日中，話題總繞著那一年到北方遊歷的種種轉，那蒼茫的北國雪原，慰藉了他多少對先祖故鄉的渴慕嚮往！

踏著沒踵的積雪，他走遍了北方關塞；沒有任務，沒有目的，他來，只是像一隻雁，直覺地奔赴故鄉。

生長在南方的他，在酷冷嚴寒中跋涉著。身上那以輕軟溫暖聞名的貂裘，似乎也被嚴寒凍得又硬又脆，失去了它一貫的柔軟，和保暖的功效。

「飲馬長城窟，水寒傷馬骨！」

邊塞，是一首征夫、思婦永遠醒不來的夢魘，永遠唱不完的悲歌。當他走過那生機凋盡，只剩瘦骨嶙峋，支撐著低壓的鉛色同雲的枯林間，荒涼崎嶇的古道時；當他牽著疲憊的瘦馬，到黃河邊岸飲水時；那一首悲歌，就扣上了他，縈迴不去……

自此，這個夢、這首歌，跟隨著他的足跡屐印，走遍名山大川。回到了杭州，也仍拂拭不去。每每，當他闔目睡去，就又走進了那蒼茫雪原；那枯瘦林木中，荒涼的古道；那嗚咽浩蕩的大河；那疲憊的瘦馬；那蒼白、失去熱力的太陽……但，總有無情的雞鳴，喚醒他遊遨塞外邊關的夢魂，等不及他揮淚告別他祖先的故鄉，就被催逼回了江南。

國恨、鄉愁，日日夜夜噬嚙著他的心房，不是不想抒發呵！只是，天地間，全為沉鉛般的陰鬱所籠罩著；這一片衷愫，竟是向何處題寫呢？連飄零的落葉，也嘆息著，再也經不起，也載不動一個字了。

多麼想跟隨白雲歸去！白雲，是否邂逅了湘皋解佩的水仙，也像那迷惘失魂的書生，為著那不知來歷的仙子，在水中央的沙洲上，流連、徘徊，依依弄影，不忍別去……

一夜的秋風，染白了水畔的蘆葦；蘆葦，是秋日最富詩意的植物了，也想為遠方的友人，寄去一枝蘆花。怎奈，那一折間，蘆花，化作漫天飛絮，撲向人衣；倒為他沾上了滿身拂不去的秋意。走向熟悉的鄉野；小橋依舊，流水依舊，他向他那群忘機的朋友招手，沙鷗，猶豫著，在遠處落下，再也不肯走近；這不是他的忘機友，不是……

真的只剩一身飄蕭了，故鄉，遠在千山之外，朋友走了，連鷗侶，也不知去向。斜陽，又落向西山。他心中的感觸，那麼深，那麼重，望著書齋的小樓，竟也情怯。他負載不起，怕只怕，王粲所寫的那篇〈登樓賦〉，會無情的向他逼來，壓上心頭……

❀

這一闋〈八聲甘州〉，是祖籍西秦的張炎所作。他寫這篇作品時，南宋已亡，改朝換代。懷著大宋遺民的悲愴，追憶舊日遊蹤。在辭章中，融入了無限憂思，「一字無題處，落葉都愁」！絕不是等閒個人的悲歡離合而已。

人月圓

吳激

南朝千古傷心事，猶唱後庭花；舊時王謝，堂前燕子，飛入誰家。恍然一夢，仙姿勝雪，宮鬢堆鴉。江州司馬，青衫淚濕，同是天涯。

杯觥交錯，燭影搖紅。

這是張總侍御家的宴會，一時的名流、文士，俱在邀請之列。像儼然以文壇領袖自居的宇文叔通，翰林直學士吳彥高……都參加了這次聚會。主人周旋在賓客間，酬答談笑；侍兒們執壺捧盞，殷勤勸飲，一個個花枝招展，笑靨迎人。衣香鬢影，眩人眼目，急管繁絃，更點綴出一派昇平的歡樂。

字彥高的吳激，也夾雜在眾賓客之間，周旋應對，言笑晏晏，卻驅不走心底的苦悶和無奈。他，宋朝宰相吳栻之子，奉命出使金國，不料，金國竟因慕文名而不放他南返，並授他官職，留他仕金。百般無奈，他只有接受了清貴卻不問政事的翰林直學士官銜。這是為「讀書人」所嚮慕的榮譽，可是，他總覺著有難言的屈辱……

他環視著眼前的人們，那一張張無憂的、歡樂的臉；執壺的侍兒，彩衣翩翩，有如穿梭花叢的蝴蝶；急管繁絃，絲竹並陳的女樂，奏著幽婉柔靡的曲子。他不由感慨：這是當年南朝亡國曲〈玉樹後庭花〉一類呀！而眼前這些名流權貴，卻正沈溺其中！

他的杯中，又斟上了酒，他隨意抬頭來看，一個侍兒正站在他身邊。淡雅的衣飾，掩不住她隱隱的華貴氣質。素淨的妝扮，掩不住她眉間淡淡的憂鬱；這和目前氣氛極不調和的神態，不由引起了吳激的注意。她不像別的侍兒們那樣「不識人間愁滋味」，而有著歷盡滄桑的落寞，清麗的面容，纖瘦的身軀，加上這份淡淡的幽怨和淒涼，使她益加楚楚可憐。他不覺把目光凝注在她身上。

一個客人調謔著：「怎麼？學士莫非屬意於她？」

另一個人，打量了她一下，也湊趣：

「果然是雪膚鴉鬢，麗質天生，學士的眼光，畢竟不凡。」

「不！不！」

吳激連忙搖手：

「我只是奇怪她氣度不凡，不似小戶人家出身；不知怎麼會屈身為侍兒？而且，看她眉宇間，似有重重幽恨，不禁有點好奇！只是不便動問。」

「那有什麼難的？我們問問主人就是。」

吳激來不及攔阻，那位客人已指著她，向主人詢問她的來歷了。

主人皺皺眉，說：「我也不清楚。吳學士既然想知道，何妨問問本人呢？」

把她喚到面前，說：「吳學士想知道你的身世，你不可隱瞞！要從實說來！」

那女子眼中閃過一抹驚悸，流下了兩行清淚。一時，全部賓客都停止了說笑，目光都投向了她。

吳激有點失措，有點自責；為了自己一點好奇，竟使她如此難堪。於是，用最溫和的口氣，說：

「小娘子，不要害怕，我只是見你氣質不凡，眉宇之間，又似有隱痛，才不禁生出好奇之心。我看你不似尋常民間女子，何以淪為侍兒呢？」

她哽咽了半晌，才低聲回答：

「學士垂詢，不敢相瞞，我，我本不是民間女子。」

「那，你出身宦門了？可有夫家？」

她雙目一垂，淚珠滾滾而下，久久，才說出：

「我是宣和宗姬，嫁欽慈太后姪孫為妻……」

一句話，把全場的人都震懾住了。大家原來猜測，她可能是名門閨秀，夫家也許是官宦人家。卻沒料到，她的娘家，竟是大宋皇家。「宣和」，是徽宗皇帝年號，宗室女改稱「姬」，也是徽宗時的事。那，她竟是大宋宗室女，夫家則是后家，顯貴可知。想她在宮中時，披宮妝，梳宮鬢，必然仙姿麗質，文武百官，那敢抬頭仰望！如今，竟流落在小小的總侍御家，做一個可以任人輕薄調笑的侑酒侍兒……吳激不由感慨萬千，吟出了前人的詩句：

「舊時王謝堂前燕，飛入尋常百姓家！」

在座的人們無不搖頭嘆息。吳激又問：

「那，你是怎麼到這兒的呢？」

她垂淚回答：

「二帝被擄，地覆天翻，汴京失陷，宮中的姊妹們失了庇護，頓時流離失所。我輾轉逃出，又遇到大兵，被他們俘虜，才送進府來，充當侍兒的。」

她沒有詳述，但也可想而知，一路上顛沛流離，是吃盡了苦頭了。看她強自斂抑，垂頭飲泣的樣子，更覺纖弱可憐，使得席間的侍兒，都不禁一掬同情淚；在座諸公，也不禁為之黯然，相對嘆息。

主人打破了沈重的靜默，說：

「不想竟有此事。各位何妨以此為題，一展詞才呢？」

命人準備了文房四寶，宇文叔通被請上了首席。他也不謙辭，坐下，以倨傲的態度喊：

「小吳！你也參加一個吧！」

算起來，吳激應該是前輩了；可是宇文叔通自視為文壇領袖，官職又比吳激高，所以對吳激頗為輕慢，只喊他「小吳」。他和吳激一樣，也是使金被留而仕金的。

吳激，又凝視著這位昔為宗姬，今為侍兒的女子半晌。她知道他心中真正的同情她，而不僅只是附庸風雅的感嘆；也只有對他，才敢吐露心聲。她低低的念出：

「往事已成空，還如一夢中。」

這是李後主亡國後，感懷家國之恨，所作的〈菩薩蠻〉中的兩句詞。對她來說，由宗姬到侍兒，不也如李後主由國君到幽囚一樣？前塵往事，只如一夢，而不堪回首了。所以，她才用這兩句詞，向吳激表白自己的心境。

心境悲苦的，又豈止她呢？他也是在無奈中屈節仕金，同樣是離家萬里，同樣是……他望著她，油然生起同病相憐相惜之心，不由脫口而出，是慰藉，也是感傷的句子：

「同是天涯淪落人，相逢何必曾相識！」

感傷中，淚水也滴落了衣襟。他知道她會了解；他和她的際遇，無異白居易〈琵琶行〉中被謫的江州司馬，和老大嫁作商人婦的名妓呀！

「吳學士，宇文大人已快吟成了，你快請呀！」

是主人在催促了，他又深深地看了她一眼，走向已備好筆硯，鋪好詩箋的桌前。才坐下，宇文叔通已得意洋洋地朗誦方才作好的〈念奴嬌〉了：

「宋室宗姬，陳王幼女，曾嫁欽慈族。干戈浩蕩，事隨天翻地覆……」

他沒有往下聽，沒有理會，他心中壅塞著太多太多要傾吐的感慨和積鬱；他知道，有一個人會了解。他回頭望，她低眉垂袖地凝立著，立在正奏著如〈玉樹後庭花〉般柔靡曲子的女樂前。心中一陣酸楚，他援筆直書，一揮而就。放下筆，已有人搶了過去，高聲吟出了他那血淚凝成的詞：

「南朝千古傷心事……」

❀

吳激，字彥高，是宋室重臣吳栻之子，也是名畫家米芾之婿。既得家學，又受岳家薰陶，在詩文、書畫方面都有很高的造詣，才名甚著。也因此，使金被留，終而屈節仕金。

吳激留金，對金代的詞風產生了很大的啟迪作用，與蔡松年齊名，合稱吳蔡體。但是，在「文運」上，蔡比吳幸運多了；蔡松年的詞集《明秀集》雖沒有全部保留，但猶存其半，而吳激的《東山詞》則只存數闋，〈人月圓〉是其中最為人稱道的一闋。

吳激作品的失傳，不知是否與他的「屈節」有關，但是在輯選他的作品時，的確有歸屬的困難；他的一生，時間跨越了南北宋，空間又分屬於宋、金，以致難以安排。本來應是「大家」——由吳蔡齊名並稱「吳蔡體」可知——卻因作品流傳的太少，而只能列入小家了。甚至，後世人對為什麼吳蔡並稱，也難以了解；聊聊數闋的作品，實在是無法代表一個「大家」的成就的。

在〈人月圓〉中，多少流露了他仕金的無奈和心境的悲涼；使後人對他「屈節仕金」，雖不以為然，卻也不忍深責，而不禁寄與同情了。且因此詞，而使〈人月圓〉又名〈青衫濕〉；也可知這一闋詞在後人心目中的評價了。怪不得當時自視甚高的宇文叔通，在讀了他這闋詞之後，也改容相敬，並且推崇備至呢！

吳激小傳　吳激，字彥高，建州（今福建建甌）人。

他的父親吳栻，為宋朝宰相，名書畫家米芾，是他的岳父。奉命使金，金人愛其才華文名，不肯讓他回宋，因而入仕於金；也因此，《全宋詞》中不錄他的作品，後人也把他列入金代詞人。他在金國累官至翰林待制，知深州。

他的詞集名《東山詞》，原本不傳，後人所輯，僅得數首而已。

千秋歲

蔡松年

碧軒清勝，俗物無由到。滄江半壁山傳照，几窗黃菊媚，天北重陽早。金靨小，秋光秀色明霜曉。　手撚清香笑，今古閒身少；放醉眼，看雲表。淵明千載意，松偃斜川道。誰會得？一樽喚取溪山老。

「起晉齋」，是蔡松年為自己營築的一楹小屋。在這樓閣臺榭參差錯落的府第中，坐落在花園偏僻的一角。臨江水，面西山，松圍竹繞獨立的小院落，是家下人等的「禁區」，不經允許或傳喚，是沒人敢踏入的。其實，其中也沒有什麼不足為人道的隱秘；只是幽靜軒敞，綠意襲人。沒有華麗的陳設，沒有紛沓的俗塵，一派清幽，是蔡松年避塵覓靜，和一些胸無點塵的知己，讀書、弈棋、觀畫、品茗的雅築。

「俗人、俗物，不許進入！」

這一道禁令，使這清幽的雅築，真正是「往來無白丁」，能應邀進入的人，都令人為之刮目相看了。

許多時候，是座上客也絕足的。只有蔡松年一個人靜享著那一份幽然寧謐。

獨自走進了那小小院落，幾點燦亮的金黃，吸引了他的視線，略一凝目，他欣喜的笑了：

「菊花開了！」

是北地天寒得早吧？這點綴重陽的花朵，竟然在九月未臨時，就提早開放了。

折下一枝初放的黃菊，他親自在瓶中注了清水，供在臨窗的几案上。

窗外，蒼茫的江水，映著衡山的落照，蔚成迷離氤氳的朱紫煙霞，染紅了山壁。霞光，透入軒窗，塗染在菊花的柔瓣上，為這有一身傲骨的秋花，平添了幾分嫵媚的風姿。

這早開初放的菊花，花型小巧玲瓏，像一枚燦亮的金星。

「你雖然小，卻是今年的秋光第一枝呢！」

他欣愛地玩賞著這枝挺秀傲立的菊花；菊花散出了幽淡的清香，似乎說：

「我雖然小，也一樣能倚西風，傲曉霜呵！」

他笑了，拈起菊花，輕嗅著，自語：

「對菊，豈能無酒？」

一杯，又一杯，他有了朦朧的醉意。拈著菊花，那幽淡清芬，拂入鼻管。他深深吸了一口氣，抬著醉眼，望向向晚的雲天。

雖仍處在富貴繁華的宅第中，在這一片屬於自己的淨土雅室裡，他的心靈得到了釋放；一心的悠然，一身的飄灑，靜靜領略著閒適的趣味。

這趣味，千載以來，也就只有徜徉在斜川松畔的陶淵明，能領略吧？把酒，對菊，欣欣然，把己身與大自然融合一體……

然而，寂寞之情，幽幽地自心間騰起。

陶淵明，也是寂寞的吧？只因，這一切喜悅、恬靜的境界，無人能會，也無人與共。

欲待喚菊共飲，菊，卻是默然無語，不解飲中趣。

這一杯酒，還是與流水、青山共飲吧！

怕只怕，無情西風，吹得溪山也憔悴，老去……

〈千秋歲〉是一闋秋日對菊的閒詠，寓雅人深致，令人羨慕。

❀

蔡松年小傳　蔡松年，字伯堅，號蕭閒老人。本為杭州人，長於汴京。

宋室南渡，他隨父留仕於金，在金太宗天會年間，除真定府判官，遂落籍真定（今河北正定）。海陵王完顏亮時，官至尚書右丞相，加儀同三司，封衛公。海陵王正隆四年，有意南侵，他察覺此事，試探口風，因而被完顏亮毒害。卒時五十三歲。海陵王為遮人耳目，加封吳國公，謚「文簡」，喪禮甚隆。

他秉性豪奢，喜歌舞，秉承家學，詩文俱工。尤工於詞，寓豪放於清麗，人稱兼得蘇、秦之長。與吳激齊名，稱「吳蔡體」，同為金詞的開山祖。詞集名《明秀集》。

月華清

蔡松年

樓倚明河，山蟠喬木，故國秋光如水。常記別時，月冷半山環佩。到而今，桂影尋人；端好在，竹西歌吹。如醉；望白蘋風裡，關山無際。　可惜瓊瑤千里，有年少玉人，吟嘯天外。脂粉清輝，冷射藕花冰蕊。念老去，鏡裡流年；空解道，人生適意，誰會？更微雲疏雨，空庭鶴唳。

一樣的皎皎明月；一樣的泠泠秋光。高樓依然屹立，彷彿是一道凌雲的天梯，銜接著天河中的閃閃星辰；山勢依然蜿蜒，好像是一條蟄伏的巨龍，環繞著森林中的巍巍喬木。故鄉景色如舊，不同的是，當日曾同倚高樓，同賞秋光的伊人，已不在身旁。一雙儷影，兩地乖隔。明月啊！記得與她分別的時候，你那清清冷冷的光輝，塗染著半壁山峰。她細碎的步履，夾著琤琮環佩的輕響，漸行漸遠，消失在半山月影中。凝視著那半明半暗的如佩山峰；凝視著時隱時現的如環明月，泠泠不絕的風聲，彷彿都化作她那串串環佩的琤琮。

如今，伊人芳蹤已杳。明月啊！你的慧眼，俯視著地北天南，請你代我尋找她吧！她是否在揚州那春風十里，歌舞昇平的竹西路上？她是否如我一般，在染白了蘋草的瑟瑟秋風裡，如癡如醉地凝望，凝望著那重重疊疊的千里關山，相思相憶？

這千里關山的阻隔，使得魚沉雁斷，音信難通。明月啊！請你告訴我，我那年輕美麗、白皙如玉的伊人，是否安寧恬適如昔？薄施脂粉的她，沐浴在你的清輝中，就宛如亭亭淨植，冰清玉潔臨月吐蕊初放的荷花吧！雖然千里阻隔，能共同仰望你，藉你傳達心中的情愫，受你慈憫的撫慰，也能稍解我們心中的思憶之苦了。

「人生在世，應該順適自己的心意。」有人這麼說。可是有多少人能領悟，又有多少人能達到這樣的境界呢？一年又一年悄悄地逝去；只有在鏡裡漸老的容貌、漸白的頭髮中，才能察覺歲月是那樣無情，世事，又是那樣的艱辛。「人生適意」？只能付以一聲無奈的嘆息。

即使是你，明月，也有著你的無奈和嘆息吧！是為你自己，還是為我呢？為什麼你用輕紗蒙住了臉，灑下了一滴滴的淚……

一聲鶴唳，劃破了人月之間無言的沈寂，裊裊迴響在月淡雲微雨疏的空寂庭院中……

❀

〈月華清〉的作者是蔡松年，他家學淵源，詩文俱佳。詞的風格，介於蘇東坡、秦少游之間，豪放而不失清麗。因仕金，所以不列入宋詞，為金詞的鼻祖；金代詞風，因他而興起。〈月華清〉是他的代表作之一，望月懷人，纖麗婉約，甚是可誦。

念奴嬌

蔡松年

倦遊老眼，放閒身管領，黃花三日。客子秋多茅舍外，滿眼秋嵐欲滴。澤國清霜，澄江爽氣，染出千林赤。感時懷古，酒前一笑都釋。

千古栗里高情，雄豪割據，戲馬空陳跡。醉裡誰能知許事，俯仰人間今昔。三弄胡床，九層飛觀，喚取穿雲笛。涼蟾有意，為人點破空碧。

「一年好景君須記，最是橙黃橘綠時！」

而在這一階段的好景中，最使人欣喜的，卻是有「黃花節」之稱的重九吧！

在宦海的浮沈、遷徙中，身心俱疲，老眼昏花的蔡松年，對盼望已久的重九終於來臨，有著莫名的欣喜；終於可以得到三日的清閒了，這三天，他可以什麼都拋開，只做一件事——徜徉在菊花中，讓自己也幻化為一朵傲霜的菊花！

秋意，已濃得化不開了，是不是秋神，格外眷顧他這離鄉背井的遊子呢？自他所居的茅屋，放眼望去，山間蒸騰的雲嵐，像渲染氤氳的水墨畫，潤澤得滴得出水來。千里澄江，如匹練般的爽淨。而湖澤間的秋霜，也早蘊著惻惻清寒，不容情的佈滿在轉黃的秋草上。

青山失翠，卻又轉換成一種駭目的美。秋葉，像火燄般的燃燒起來，蔚成一片霞海；那麼紅，那麼豔，那麼壯烈，又那麼淒涼——畢竟，就一片葉的生命來說，它在走向凋落……

在重九，在菊花叢中，很難不想起陶淵明；想起他不肯折腰的傲骨，栗里躬耕的淡泊。愛菊；他怎不愛菊呢？他和菊花的神韻，是那樣相似，花格、人格，就這樣輝耀千古！

宋武帝劉裕，仍為宋公的時候，割據一方，傲視諸侯。曾在重九日，設酒宴於戲馬臺，召群僚賦詩寄託秋興，也傳為一時佳話，並造成時尚，流傳後世。

而如今呢？栗里的高情逸志，戲馬臺的萬丈豪情，都隨著流水般的時光，成了歷史。陶淵明還留下了他的詩，戲馬臺，更只剩了頹圮的遺跡，再也尋不到半點當年群賢萃聚的痕跡。

風流，雲散。追撫著古往今來的人世滄桑，他一杯又一杯的傾著酒。冀圖一醉……

只有在醉中，才能把對時事的感傷，付之一笑，把懷古的愁情，沖淡，遺忘……

遠處，屹立著高聳直上雲霄的樓觀；樓觀，在暮色中，襯著靛紫的穹蒼，如一幅輪廓分明的黑色剪影；九重飛簷覆疊，傲然峙立著。

傲然的，也是孤獨的吧？他記起《世說新語》中的一個故事：

王徽之赴召上任，經過青溪，泊舟溪畔。看到一個人乘車經過。他身邊的朋友告訴他：

「那是桓野王！」

野王，是桓伊的小名，善吹笛。王徽之久仰其名，而素不相識。聽朋友說了，就派人去對桓伊說：

「聽說你善吹笛，請為我奏一曲。」

當時，桓伊早已顯貴。聽到這樣冒昧的要求，也不以為忤，當即下車。到船上，踞坐胡床，就開始吹奏，吹了三曲，下船，頭也不回就上車走了。賓主之間，一句客套話都沒有說。

《世說新語》把這一則故事，列在「任誕」一項下。是任誕，又何等率真！這一種古人的風致，求之於今日，真如緣木求魚，不可得了。

然而，他多麼希望，也有那麼一位肯為陌生的知音折節，為他吹奏三曲的桓野王！

不必相識，不必交談；只在偶然的時空交會中，脫略世俗禮法，為一位知音，把響遏行雲的清越笛聲，送上九霄！

喝下一杯新斟的酒，他寂寞的對自己笑了；追昔撫今，也只是空自感懷，徒亂人意吧！

真的，秋深了，一襲夾衣，也有些敵不過森肅的寒意。緩緩抬起頭來，天色已由靛紫轉為澄黑，半圓的弦月，不如何時，已悄悄升起，含情脈脈，劃破幽杳澄黑的天空……

摸魚兒

元好問

問人間，情是何物？直教生死相許。天南地北雙飛客，老翅幾回寒暑。歡樂趣，離別苦，是中更有癡兒女。君應有語，渺萬里層雲，千山暮景，隻影為誰去？　橫汾路，寂寞當年簫鼓。荒煙依舊平楚。招魂楚些何嗟及，山鬼自啼風雨。天也妒，未信與、鶯兒燕子俱黃土。千秋萬古，為留待騷人，狂歌痛飲，來訪雁丘處。

來到太原，元好問忍不住走向郊外汾水畔，去看一下他少年時埋雁的所在。在那兒，他曾壘石為記，題名「雁丘」。

「雁丘」無恙！他欣喜而又感傷，想起了當年的事情：那時，他才十六歲，和幾位文友同赴并州參加考試。路上，遇到一個捕雁的獵人，手中提著一面網，對著地上的一隻死雁發呆。他好奇地上前詢問，捕雁人說：

「我上午捕到一隻雁，另一隻脫網飛了。後來，我把捕到的雁殺了，那脫網的雁，在天上盤旋悲鳴，不肯離去，最後，竟自高空急撲下來，自己撞死在地上了……。」

元好問看著地上那隻殉情而死的雁，心中大為不忍，便向捕雁人把雁買了，在汾水邊掩埋，並壘石做了記號，才悵然離去。

今天，重遊舊地，當時的情景，又歷歷如在眼前，心中仍感嘆不已，於是寫下了這一闋詞……

誰能告訴我，這世界上「情」到底是什麼？它竟有這樣的魔力，教人甘心為它而生，為它而死，在所不惜。

一年，又一年，秋天，飛向天南；春天，飛回塞北。翅老了，力衰了，又有什麼關係；只要能比翼雙飛，誰管幾番春去秋來，幾回冬寒夏暑！

有多少人能參得破一個「情」字呢？相聚的快樂，離別的痛苦，永遠主宰著世界上的癡情兒女。

雁兒，你若能說話，在你投地自殉時，或許會這樣說吧：

「她被捕殺了，她不再陪伴我了，那疊疊層雲的萬里征途，重重青山的落日黃昏，有誰值得我忍受形單形隻的痛苦，向前飛去？」

他癡癡地翹首凝望著穹蒼，想像著一隻孤雁盤旋哀鳴，顧影迴遑；昨夜沙平水淺，草床蘆帳的安樂窩，今朝卻成了斷魂場。網從天降，禍從天降。牠掙扎著脫出了羅網，牠的愛侶，卻成了被捕獲的獵物。牠眼見她毛飛羽亂，仰天悲鳴；牠知道，她並不是求牠救助，而是催牠快走。可是，牠怎忍捨她而去；幾年的雙飛比翼之情，牠怎能在這種情況下捨她而去？而更悲慘的場面，緊接著呈現在牠眼前；刀光閃動，血影淋漓，一切歸於靜止；只有她無助的悲鳴，依稀迴盪著……

長天遼闊，雁群編整著隊伍，繼續前飛；對牠們來說，這是亙古以來不斷上演的悲劇。牠們不是視若無睹，也不是無動於衷，只是無能為力；只是整個群體的前途，重於個體的得失。可是對牠，她不是「群體中的一個」，她是牠唯一的、無可取代的愛侶。此去，雲山萬里，孤影單飛，牠無法想像、無法忍受那無盡的寂寞淒寒。

牠盤旋著，低喚著——那是牠斷腸的悲鳴，獨生何苦，獨生何趣，於是……

元好問感嘆地搖搖頭，「相從於地下」；他不能確定這種「殉情」是否是對的，但不能不為這種情到極處，義不獨生的悲壯感動。

汾水依舊潺湲。當年漢武帝曾在這兒汎樓船，橫中流，吹簫擊鼓。素波激揚，棹歌起落，盛極一時。而如今，又留下了什麼呢？佳會難得，轉瞬間也就風流雲散，無跡可尋。如今，這寂寞的橫汾路上，那有半點當年盛會的影子？樓船何在？簫鼓何在？不變的，只是漫漫平野，漠漠荒煙罷了。

望著潺湲流水，想著變幻的人事，他吟誦著《楚辭》中的〈招魂〉。「魂兮，歸來……」那些古老的風俗，被虔敬的先民奉行著。招魂之說可信嗎？恐怕未必吧，至少，總有一些魂魄是招不到的；否則，在淒風苦雨之際，山鬼何以啾啾？人尚如此，那，雁兒，你的魂魄，又何所依呢？

恐怕上天是妒嫉完美的，因此，你才會遭遇到這樣悲慘的命運！但是我相信，至情的你，絕不會和其他凡俗的鶯兒、燕兒，同歸於泥塵，被人遺忘的；因為你所表現的情操，是那麼使人感動。我相信，你的故事會流傳下去，千秋萬年後，聽到這故事的人，還會來尋訪雁丘，來憑弔你，來狂歌，唱出他們說不出的悲痛；來痛飲，澆平他們心中的塊壘。因為，你，是他們至情至性的同志。

❀

元好問，系出拓跋氏，是金人。那時南宋與金對峙，他出生北方，本身又有胡人血統，仕金是極自然的事。他才華早露，七歲能詩，成年後，更淹貫經傳百家之學，名動一時，詩文為金代之冠，詞也是承先啟後的巨擘。

這一闋〈摸魚兒〉，是他最有名的作品，詞中所說的「雁丘」，在太原附近，直到清朝還存在。

元好問小傳　元好問，字裕之，號遺山，金代秀容（今山西忻縣）人。

他系出拓跋魏，七歲能詩，及冠已淹通百家經傳，才名動一時。金宣宗興定五年進士及第。歷官尚書省掾，除左司都事，轉行尚書省左司員外郎。金亡不仕，致力於金史資料的收集整理。二十餘年後，南宋寶祐五年；蒙古憲宗七年卒，年六十八歲。

他詩文俱佳，於金代可稱一代之冠。他的詞，清雄閒婉兼而有之，可說是上承蔡松年，下啟劉秉忠的一代巨擘。他的詩文集名《遺山集》；其〈遺山論詩絕句三十首〉，評論對象，自三國曹植，至北宋陳無己，建立系統詩論規模。又輯金人詩詞為《中州集》，各繫作者小傳，是金代文獻的第一手資料。詞集名《遺山樂府》。

三奠子

劉秉忠

念我行藏有命，煙水無涯。嗟去雁，羨歸鴉。半生人累影，一事鬢生華。東山客，西蜀道，且還家。　壺中日月，洞裡煙霞。春不老，景長嘉。功名眉上鎖，富貴眼前花。三杯酒，一覺睡，一甌茶。

「用之則行，舍之則藏。」

手執著一卷《論語》重溫的劉秉忠，看到〈述而〉篇中這兩句話，不禁掩卷吟哦，感觸萬端。多麼簡單的兩句話！他從小就熟讀能背的呵！那時，有先生為他講解，他也自認為懂了，然則，如今回首……

他何曾真懂了什麼用與舍，行與藏呢？那時，他只是一個不知天高地厚，癡騃懵懂的孩子呵！總以為，未來的一切，都掌握在自己手中……如今，他又讀到了這兩句話，回頭看他這半生的生命軌跡，才發現，用舍、行藏，原來都是冥冥之中安排的，幾曾由他作了主？

如果，能由他依照自己的心性作主，他該置身的地方，該在煙深水闊的江海間，做一個泛舟垂釣的煙波釣叟；而不是在爭名逐利的廟廊上，做一個浮沈宦海的將相公卿吧？

真的是身不由己呵！他只有一天天，羨慕著投林歸巢的鴉陣；一年年，在南飛北返的雁影中，嗟嘆著自己沒有那一雙容他自由翱翔的翅膀。

就在雁影的南飛北返中，度過了無數的春夏秋冬。直到如今，驀然回首，他，不知不覺竟已入了「天涼好個秋」的中年。

半生，就這樣過去了；心為形役，影為身累，一事無成。他苦笑，自我解嘲：

「也許，有一事可道吧：頭髮，花白了……」

半生，就在戎馬生涯中，奔波掉了！他的家鄉，本在東邊呵！如今，卻在蜀道上奔走著。「蜀道難」，自古，就是這樣說的。真正難的，恐怕還不是路途艱險，而是，那隔著關山險阻，不知那年那月才能歸去，不能忘，又不敢想的心境。

何時，才能歸去呢？返璞歸真；他實在早已厭倦了萬丈紅塵，厭倦了人世紛擾、名利爭逐，只想淡泊無為的，像一些遊仙學道的高士；攜著那內中別有天地，別有日月的壺，以壺為家；或尋到仙山古洞，在洞中修鍊，飲露餐風，吞雲吐霧，嘯傲煙霞。

壺中、洞裡的天地，沒有寒暑，四季皆春；花不凋，葉不落，景色永遠清新美好；生活中，遠離了冗冗塵勞，只優閒暇豫地倘徉山水間，悠遊自樂……

在那時，再看看自己的前半生的種種，也會啞然失笑吧？功名、富貴，那麼多人汲汲營營的追尋、爭取。如今，他已擁有功名富貴了，卻深覺，功名，是眉間的一把鎖；多少人，為了求功名，為了保功名，終日患得患失、失去了開闊軒朗的心境，失去了悠遊與快樂。而富貴，也不過是一朵迸綻盛放，眩人眼目的花；倏忽即凋，只剩下無盡的空虛。

參悟了，看破了，對宦途，對人世，他再也無所縈念。只嚮往著，閒來喝幾鍾酒，睏了睡一陣覺，醒了沏一杯茶的淡泊生涯。

這一闋〈三奠子〉作者是劉秉忠，他是具有超卓智慧、淡泊心境的人，作品，除了悲天憫人的情懷外，並有出世悟道的傾向。這一種傾向，在這闋詞的末幾句中，可以明顯看出。

❀

劉秉忠小傳　劉秉忠，初名侃，字仲晦，號藏春散人。金代邢州（今河北邢臺）人。

他生而風骨秀異，曾為小吏，旋棄去，隱武安山中。天寧虛照禪師，度之為僧，法名子聰，以其能文，使掌書記。當時元世祖忽必烈尚在藩邸，海雲禪師被召，知他博學多能，邀他同行。既見，應對稱旨，忽必烈遂留之藩邸，隨行左右。曾從征雲南、伐宋，每以上天好生之德勸諫，活人無數。他雖居藩邸，不易僧服，亦不受官職，人稱「聰書記」。元代典章制度，多出其手。至元五年，始拜光祿大夫，位太保，參領中書省事，詔令改服賜第，並以翰林學士竇默之女妻之。他雖奉詔還俗，平居齋居蔬食，澹然不異夙昔。立朝則以天下為己任，事無巨細，知無不言，尤喜推薦賢士，元代名臣，多出於他的獎掖拔擢。至元十一年卒，年五十歲，贈太傅，謚「文貞」。

他學問淵博，尤精通易學，有《藏春詩集》行世，其中一卷為詞，又稱《藏春樂府》。也許由於曾出家，又學易，洞澈世情，詞風蕭散沖遠，不同於宋代詞家，可惜流傳不廣，詞名不著。

太常引

劉秉忠

長安三唱曉雞聲，誰不被、利名驚？攬鏡照星星，都老卻、當年後生。

山林蒼翠，江湖煙景，歸去沒人爭。休望濯塵纓，幾時得、滄浪水清？

喔！喔！喔！

破曉時分，遠近的雞聲，此起彼落。京城，就在雞聲催喚中，由沈睡而清醒。清醒之後呢，一個冗冗碌碌的日子，又行將展開。各有各的生涯，需要奔忙、競逐；不是為功名，就是為利祿，有多少人，能倖免於此，不受功名利祿侵擾驚動呢？

然而，人也不知不覺就在雞聲催喚中老了；攬鏡試照，一個個鬢生二毛，髮見星星的老人，那一個不是曾年輕過的可畏後生？

後生可畏！當年曾何等自矜自負！以天下興亡，蒼生福祉為己任。也就因為這樣吧？到老來，仍沈湎在昔日功業的舊夢中，伐善、施勞，一味狂妄自高，全然不管「長江後浪推前浪」的現實；他們，曾是後浪，他們已是前浪……

為了爭那蝸牛角上的利祿功名，到頭來，又有誰永遠保有了？人世儘管不平，大限，卻是公平的；到時候再回頭看這一生，恐怕要失悔錯過了太多；爭爭奪奪的也不過是些有形可見之物，卻失去了氣節、傲骨，失去了真性情、真平安。更因此辜負了悠遊山林，嘯傲煙霞，那一份無爭與自得。

人能負人，大自然，卻是不負人的；有情山水，只為心境澄明，無半點塵的人而設；他們才是真正不負此生的。他們不必競逐；只要一念了悟，放下名韁利鎖，便擁有了蒼翠無盡的山林，遼闊無限的煙波，天地頓然開闊。

「滄浪之水清兮，可以濯吾纓」，塵念不除，滄浪之水便無清澈之日。可是，又有多少欲濯塵纓而覓滄浪的人，知道自己緣木求魚呢？

這一闋〈太常引〉作者是元代劉秉忠。劉秉忠是一個立身於廟廊，被倚為股肱，拔識賢才，不遺餘力，典章制度，悉出其手的重臣。但，另一方面，卻淡泊謙沖，嚮往山林，視功名如糞土的高潔之士，進退行藏之間，具備了大政治家的氣度，後人比之為三國諸葛亮、明代劉基，可見推重之一般。

江月晃重山

劉秉忠

杜宇聲中去住，蝸牛角上輸贏。金甌名字儘人爭，秋鴻影，湖水鏡般明。楊柳煙凝露重，蓮花月冷風清。萬年枝穩鵲休驚，鄰家笛，夜夜故園情。

林外，又響起杜鵑聲聲催喚：

「不如歸去！不如歸去……」

自堆疊著書札奏議的書案中，劉秉忠緩緩抬起頭來，諦聽著那淒切的鵑啼，輕嘆了一口氣：

「又過了一年了！」

年年此際，思鄉之情，就伴著鵑聲，一聲聲鑽入耳鼓，刺入心腑。

「不如……歸去！」

他喃喃念著，臉上泛起了苦笑；年年思歸去，年年盼歸去，卻又一年年蹉跎著，繼續留住在這繁華夢裡，仕宦途中。

「離鄉多久了？」

他已數不清。就那麼偶然的，應海雲禪師之邀，同詣當時尚未登基的蒙古皇子忽必烈，就被賞識而留住藩邸，自此，身不由己，隨著大軍東征西伐。

「聰書記。」

法名子聰的他，竟成了忽必烈帳下倚為左右手的重要人物。為了留住他，忽必烈答應他一切要求；他也沒有為自己要求什麼，他要求的是：上天有好生之德，征戰中不免殺伐，但，殺孽能免則免，不可濫殺無辜！

忽必烈答應了；他把自己賣給了這一項承諾。

幾乎是所向無敵的，蒙古大軍滅了高麗、雲南、吐蕃、大金，然後指向南宋。每滅一國，軍中都大設慶功宴，歡飲通宵達旦。功勞簿上，總少不了他的名字。他卻鬱鬱寡歡，不肯參加慶功宴，別帳茹素吃齋，為戰役中的亡者念經超度。

歡樂喧嘩，總增加著他心中的痛苦；自古至今，為了奪一座城，爭一片地，死了多少人！這些人，甚至不知自己為什麼丟掉性命；即使活著的勝利者，又何嘗真知道自己為什麼爭，為什麼奪，又爭到什麼，奪到什麼呢？

他想起莊子說的一則寓言：

「有國於蝸之左角者，曰觸氏，有國於蝸之右角者，曰蠻氏，時相與爭地而戰。」

在人類眼中，這蝸角上的爭奪戰，無謂得近於可笑。然而，若有巨眼，自日、月、星辰俯視，人類自己為爭勝百里，決戰千里的戰爭，又何異於蝸角之爭？而人們，正為著蝸角上的輸贏，慶賀、狂歡！

定了都、建了國，典章制度，一一訂定。登了基的皇上，命他娶妻還俗，朝中文武紛紛臆測：他一定是簡在帝心的宰相人選了，一如唐玄宗用金甌覆蓋的那些備選拜相的名字。有人嫉妒，有人羨慕，有人迫不及待的向他預賀。他淡然一笑；沒有人了解，他對金甌覆名否，絲毫不縈心；任別人去爭這榮銜吧，他早已把名韁利鎖全看淡了。名、利，對他來說，只是飛過他心湖的一隻秋鴻，秋鴻有心把影子印在如鏡的波面，卻仍鴻是鴻，湖是湖；秋鴻飛過，湖水仍澄澈得如不染塵的明鏡。

湖畔的楊柳，是幾時籠上了綠楊煙？那嫩於金色軟於絲的柳條，已貼上了片片狹長如眉黛的綠葉，淺淺，深深。露重的夜晚，點點露珠顫巍巍地在纖細的葉尖凝聚，直到那纖弱的葉尖，承擔不住露水的重量，才向下滑落，在湖面敲出微弱的音符，與湖水融成一體。

湖中的青蓮，亭亭地散落在田田荷葉間，向著月光，展露她純淨的容顏。月冷如霜，為她敷上一重朦朧的淡影，在輕柔的晚風中，輕輕搖曳。

望著那淡青色的花影，他失了神；楊柳，不能沒有根；蓮花，也是一樣的；而他，在這寧謐的靜夜，如畫的景物間，他感覺他自己正在枯乾、萎縮；「此心安處是吾鄉」，而在這繁華的京城、堂皇的府邸中，他找不到心安處；他不是楊柳，不是蓮花，這兒，沒有能讓他紮根的寸泥片土。

「不如歸去！」

他低低咀嚼著，戰亂，已過去；承平，就他奠下的開國基礎，訂定的典章制度來看，該有一段平穩安定的歲月的；平民百姓，休養生息，廟廊朝廷，安如磐石，不再有戰亂，不再有流離；

「不再有無枝可棲的烏鵲。」

他想著横槊賦〈短歌行〉的曹孟德；孟德有經緯之才，卻以時命，沒有等到施行他的政治理想，就撒手而去，留下依然殘破的山河。而自己，沒有孟德的雄才大略，也沒有他的野心，卻成就了開國奠萬世基業的功勳。還有什麼牽念呢？

一縷悠揚笛聲，自鄰家別院中響起，是〈折楊柳〉，還是〈落梅花〉？訴著無盡的眷戀、依慕……

童年的種種，一一浮現，故鄉的風煙景物，像一卷漸展的畫軸，把他引入了一個似幻似真的夢境；向著故鄉，向著舊門巷奔馳，為什麼，為什麼那儼然在前的故園，永遠可望不可及？

為什麼，每每他自冥想、自歸夢中驚覺，仍置身在屋宇儼然，珍綺羅列的府邸，而不是在那舊巷老屋？

吹吧，折楊柳；吹吧，落梅花；

折不斷的，是那日日夜夜的鄉思；落不完的，是那點點滴滴的鄉淚呵！

❀

劉秉忠，字仲晦，號藏春散人，是元朝開國元勳。他少年出家，後為忽必烈羅致，隨軍征戰，每勸忽必烈以上天好生之德，活人無數。性澹泊，以拔擢賢才為己任，元代開國典章制度，多出其手。

詞中「萬年枝穩鵲休驚」一語，可見其器識風度，而「蝸牛角上輸贏」、「金甌名字儘人爭」又表現出悲憫淡泊的襟懷。後人稱其詞雄廓劉亮中有蕭散沖遠之致，於兩宋名家外，別樹一幟，的確不虛。

木蘭花慢

劉秉忠

到閒人閒處，更何必、問窮通？但遣興哦詩，洗心觀易，散步攜筇。浮雲不堪攀慕，看長空澹澹沒孤鴻。今古漁樵話裡，江山水墨圖中。

千年事業一朝空，春夢曉聞鐘。得史筆標名，雲臺畫像，多少成功？歸來富春山下，笑狂奴何事傲三公。塵事休隨夜雨，扁舟好待秋風。

人，為甚麼總是匆匆忙忙、勞勞碌碌、汲汲營營的呢？這些在匆忙、擾攘中生活的人們，終日為了功名利祿、富貴窮通而憂煩著，永遠緊張，永遠焦慮，永遠患得患失。就這樣花開花落，春去春來；他們老去、死去，甚至沒有好好的看過這美麗的世界。如果，生命如流水，他們的生命就有如奔騰的急湍，向前衝去，衝去！兩岸的美景，就在盲目的衝刺中忽略了。他們永遠沒法了解生活是可以安詳、豐美的，也永遠無法領略閒適淡泊的快樂。

到人的心境，真能領略淡泊閒適的趣味的時候，人生境遇的順逆、窮通，都變成不重要，也不值得計較的了。心，會變得那麼寬闊而沒有掛礙，人也變得那麼怡悅而灑脫。

吟哦諷誦著詩篇，人的喜怒哀樂之情，豈不都盡在其中了？世上豈獨是自己有失意，有逆境？你所經歷的坎坷，古人早就經歷過了；吟哦著前人的「心之歷程」，那種契合與共鳴，還不足消除你胸中塊壘？還不足遣發你偶生慨嘆？還不足引動你閒情雅興？

覽讀著《易經》，領悟了人生的興衰、順逆的定理，對人生自有了一番新的認識和體會；心靈也如經過一番洗滌的更新，而有了更高的境界和層次。

隨手攜著竹杖，向山林、向田野，信步閒行；青山屹立，流水潺湲；花開蝶舞，葉落蟲吟。四季的推移，使大自然四時呈現著不同的風貌，卻一例的靜謐，一例的安詳，一例的美麗。置身在大自然中，融合在大自然內，「我」不復是俗慮縈繞的「我」，「我」，是堅毅的青山，輕快的流水；我是展翅翩飛的蝶，林間低吟的蟲；我澄澈如寂無人跡的一泓湖水，純淨如掛不住一片雲翳的晴空。

「富貴於我如浮雲」，真的！那漂泊流浪，虛幻無定的浮雲，能夠攀附嗎？又值得羨慕嗎？浮雲，不過是晴空的過客，怎麼能為了浮雲而抹煞了晴空！

一隻孤鴻，拍著翅，掠過長空。使人不覺在一愓間憬悟：人，算什麼呢？對世界而言，對宇宙而言，也不過是偶然掠過萬里長空的一隻孤鴻罷了。在晴空瀹瀹的襟抱中，轉瞬即沒，留不下一絲痕跡。仰首看著孤鴻淒惶的影子消失在依舊瀹瀹的長空中，世俗的名韁利鎖，都在一剎間淡然了；古往今來的歷史更迭，人事變易，也只不過為漁夫樵子添一些茶餘飯後的閒談資料；萬里的浩蕩江流，千仞的重巖疊嶂，對天地宇宙而言，也不過是小小一幅水墨圖畫中的山水罷了。

天地間那有永恆不變的人事呢？我們口中所說的千年事業，萬世根基，終究是有盡頭的，在一旦之間，煙消雲散。這和人在春夜美麗的夢境中所經歷的繁華，在清曉鐘聲的催喚中幻滅，又有什麼差異呢？不過是時間的長短罷了；而就永恆來看，千年與一瞬，又有什麼不同呢！

固然，也有的人在風雲際會中，有了異常的成就；執掌史筆的史官，在史書上記下了他的事蹟，後世的皇帝，在雲臺上供奉著他的圖像，名垂後世。然而，有多少人能得到這分榮耀呢？這分「榮耀」在一個真正超脫於名利之外的成功者，又何曾縈心在意呢？那輔佐漢光武中興的嚴子陵，在大功告成之後，回到富春山下歸隱，對在朝的三公們，他何曾假以辭色了？漢光武只能笑他是「狂奴故態」；做一個一身傲骨的「狂奴」，不正有他可狂可傲處嗎？他才是真正超脫物外的人呢！

夜雨，有如一片密織的絲網，籠罩著這塵世；世俗的種種，也常隨著夜雨，兜罩住人心。別讓它兜罩牽絆住吧！別讓它如夜雨般，成為密織籠罩的絲網；別讓自己變成這塵網的捕獲物吧！故鄉蓴鱸正美，我只願準備一葉扁舟，等秋風拂起，乘風歸去！歸去！

滿江紅

薩都拉

六代繁華，春去也，更無消息。空悵望，山川形勝，已非疇昔。王謝堂前新燕子，烏衣巷口曾相識。聽夜深，寂寞打空城，春潮急。思往事，愁如織。懷故國，空陳跡。但荒煙衰草，亂鴉紅日。玉樹歌殘秋露冷，胭脂井壞寒蛩泣。到如今，惟有蔣山青，秦淮碧。

來到這慕名已久的石頭城，薩都拉不由心中百感交集。他，先世是西域回族人，世居雁門，自幼，喜讀詩書；在文學描繪中，他深深為漢文化的博大精深傾倒，更嚮往著那山溫水柔的洞天福地——江南。

對他的祖先而言，江南，該是比夢還虛幻、還不可及的所在吧？而如今，他竟然到了這兒，站到了他的夢土上。

金陵！六朝奠都的石頭城，在當時，該是何等的繁華熱鬧呀！人文薈萃，萬商雲集；歌不盡的昇平，舞不完的風流，而如今呢？就像春天過去了，百紫千紅，一齊凋零，再也覓不到春日繁華的影蹤。依然龍蟠，依舊虎踞，山川形勢未改，是「金陵王氣黯然收」嗎？石頭城已無復昔日風光。

走到烏衣巷；那曾經因著王謝兩家，而煊赫一時的地方，如今，只剩下無知的燕子，依然飛繞。王謝家族沒落了，燕子失去了朱簷畫棟的庇護，移向烏衣巷口的百姓家築巢；那呢喃細語中，是否也一代一代傳述著王謝的昔日的繁盛，感慨著王謝子弟今日的風流雲散？

亂鴉，噪叫著夕陽；夕陽，籠罩著蔓草荒煙。昔日繁華，於今安在？他尋繹著歷史陳跡，感嘆著興亡治亂；不勝滄桑的悲涼，沉重的壓到心頭上，有如一片密織的網，令他感覺窒息。他無眠了；靜夜中，只聽到一波波的浪潮，在這春水綠漲的季節，急切地拍向空城，又寂寞地退去。

歷史，一幕又一幕的上演著；王謝子弟退臺，陳後主、張麗華登場。他們恣意縱情聲色，沉醉在〈玉樹後庭花〉的輕歌曼舞中，享不盡富貴溫柔的旖旎風光；然後，韓擒虎兵臨城下。風流天子在沉醉於醇酒美人，左擁右抱，品賞極天下聲色之娛的〈玉樹後庭花〉時，幾曾料到藏匿胭脂井中的狼狽？

「玉樹後庭花」，花老庭空；在秋風冷露中，昔日急管繁絃，舞衫歌袖，幾曾留下半點遺響餘韻？而那口曾被陳後主用來緊急避難的胭脂井，也殘敗破落了；只有寒夜中秋蛩在井邊淒淒嗚叫，劃破無邊的幽寂。

這不是薩都拉心目中六朝金粉的石頭城了；這座城，如今已衰敗得令人不相信它曾經有過那樣光輝燦爛的時光……

世代替換，人事更迭；紅塵中，那有永恆不變的事物？不變，只屬於大自然。不是嗎？直到如今，石頭城，只有蔣山依然青葱；秦淮，依然碧綠；春水，依然激濺著浪花，嗚咽流去……

❀

這一闋〈滿江紅〉作者是元代的薩都拉。工詩，有《雁門集》，集後附詞，僅十餘闋，這闋〈滿江紅〉是傳誦最廣的壓卷之作。

薩都拉小傳　薩都拉，字天錫，號直齋，元代雁門（今山西代縣）人。他本是蒙古人，泰定帝時進士及第，除應奉翰林文字，擢御史。順帝時，辭官隱居安慶，結廬太白臺下，著述以終，卒年八十餘。

他長於詞，詞風流麗清婉，尤以宮詞，最負盛名。有《雁門集》行世。

清平樂

劉　因

雨晴簫鼓，四野歡聲舉。平昔飲山今飲雨，來就老農歌舞。

半生負郭無田，寸心萬國豐年。誰識山翁樂處？野花啼鳥欣然。

「好一場及時雨！」

真是油然作雲，沛然作雨；下足了插秧田中需要的雨水之後，滿天烏雲，又推推捲捲，裂出了明淨如洗的藍天，向四方散去了。

正擔心著春耕缺水的鄉農，在滂沱雨中，欣喜如狂的奔躍，相互慶賀。雨停了，更迫不及待，取出了家中的鑼鼓笙簫，湊成了一個小型的樂隊，歡呼著載歌載舞，酬謝上蒼。

坐在「飲山亭」中，與朋友閒來遊山飲酒的劉因，目睹著鄉農喜雨的歡慶；雖然一陣暴雨，小小茅亭，遮護不周，也給濺得一身如落湯雞一般，卻仍在淋漓之餘，怡然自得。指著酒杯，笑道：

「在飲山亭中飲雨，也別有滋味呀！」

「平日飲山，是以山色下酒，今日飲雨，除了以雨景下酒，更名副其實，連雨一塊兒飲了！」

劉因會心莞爾；指著載歌載舞的村姑老農：

「只此一番歡慶歌舞，也值得浮一大白了！請！」

他舉起酒杯，一飲而盡。

「靜修先生，看你十分關切農事，是否廣有田疇？」

一位新交冒然詢問，劉因搖頭：

「我一生以教授蒙童餬口，負郭無田。」

「那，何以……？」

「只是寸心之間，願物阜民豐。我國以農立國，年成不豐，則民生凋敝。我雖一介書生，又豈能不『象憂亦憂，象喜亦喜』，以鄉民之樂為樂！」

劉因微笑著解說。

「只是，教授蒙童，未免屈才了；以靜修先生才學，若立廟廊，不難飛黃騰達；但聞朝中屢徵，先生卻拒不就。喜雨之樂，不過片時，日處鄉野，不嫌局促？」

「你看！」

劉因指著亭外的野花閒草：

「你以為，做一朵野生的花草快樂，還是殷勤細培魏紫姚黃的牡丹快樂？牡丹矜貴，在我眼中，卻遠不及野花自開自謝的生意欣然！這兒雖無華屋，亦有衡門之下，可以棲遲；雖無笙歌管絃，卻有野鳥啁啾，亦是清音；雖無異卉名葩，亦有紅花青草，可以悅目；我，只是一個山野之人，有此，就足怡然自樂了，又何局促之有呢？」

這一闋詞，以農民喜雨的心情，寫出自己的襟懷，「寸心萬國豐年」，這正是對農民朋友、社會國家最衷誠的祝禱呢！

劉因小傳　劉因，本名駰，字夢吉，元代容城（今河北容城）人。

他出身書香世家，天資絕人，六歲能詩，七歲能文，既長學成，家居教授。慕諸葛孔明「靜以修身」之語，以此自期。平章忽不木以學行薦之於朝，徵為承德郎、右贊善大夫，使教近侍子弟。未幾，以母疾辭歸鄉里，不復出。公卿慕名相訪，則避。復徵。固辭不出，至元三十年卒，年四十五歲。元仁宗延祐中，追贈翰林學士，容城郡公，諡「文靖」。

他平生學術，遵奉儒家，詩詞則豪宕中見和平。詞僅三十餘首，別具風格，有《靜修集》行世。

風中柳

劉因

我本漁樵，不是白駒空谷；對西山，悠然自足。北窗疏竹，南窗叢菊，愛村居，數間茅屋。　風煙草履，滿意一川平綠。問前溪，今朝酒熟。幽禽歌曲，清泉琴筑。欲歸來，故人留宿！

「真是好酒！」

劉因飲下了面前的酒，笑著向他的老朋友照了照空杯，滿心歡悅。友人也微笑著，再為他斟上一杯：

「我知道你愛喝新熟的酒，所以酒一熟，就急忙派人去請；只要你願意，咱們就對飲一夜，不醉不休！」

「好！不醉不休，我今天就賴在你這兒不走了。來，借花獻佛，敬你一杯，請！」

「請！」

乾了杯中的酒，友人望著他，忽然一笑。劉因察覺了，問：

「你想到什麼事了？這麼好笑！」

「我在想，不知有多少人會羨慕我，與你對坐喝酒。」

「怎麼說？」

「皎皎白駒，在彼空谷……」

劉因也笑了；有點無奈地自嘲。接著友人的餘韻往下吟，一邊用筷子輕擊著酒壺：

「生芻一束，其人如玉，毋金玉爾音，而有遐心。」

清朗的吟聲，裊裊地在山水間迴盪。頓了一下，他淡淡地說：

「他們把我估計得太高，我哪是什麼空谷白駒，不肯出仕的賢者！我不過是一個靠打漁、採樵維生的普通人罷了。閒了，教幾個小孩讀讀書，找你這樣的老朋友喝喝酒……」

友人了解地點點頭：

「我知道你是個淡泊、不爭名利的人；也因此，他們才格外看重。真要熱中於金馬玉堂的，反而沒人領教了。天底下並不是每個人，每個讀書人，都志行高潔的。」

「志行高潔？我也不這麼想；我只是喜歡目前恬適的生活。其實，生活得快樂不快樂，和物質享受，並沒有絕對的關係。有幾間能遮風蔽雨的茅屋；北窗前，種幾竿竹，晚上，月光把竹影投在窗上，那蕭疏的竹影，蘊藏著無限的生機和雅趣，比牆上掛的水墨畫，不更富有詩意？」

友人笑著接口：

「別忘了你南窗下的菊花。」

他笑了：

「是呀！南窗下，那幾叢菊花，那才真是志行高潔，隱逸的君子。平時，默默地滋生著；那一片綠，融和在青蔬野草中，一點也不特出。但等到秋風肅殺，萬物凋零的時候，它卻衝破了冷露清霜，綻開了花朵；它沒有牡丹艷麗、沒有薔薇馥郁，但它的清新淡雅，卻不是別的花比得上的。它抱香枝頭，寧死不墜的晚節，更不是那些隨風逐水的花可比了。」

推開酒杯，他站起身來，信步走出這座築在山上的小亭子，靜眺一望無際的平野；一條綠波新漲的溪流，靜靜地流著，綠粼粼的春波，就像一杯新熟的春酒，滿滿的，幾乎自杯緣溢出。這一帶的禾稼，就自兩岸孕育滋長，綿延成無際的綠。

眼前的風煙景物，對他是熟悉的。他踏著草鞋，曾走遍了這附近每一個地方。但他不知為什麼，每當他望向田野，望向西山，他心中就充盈著無限的感動和滿足；這種感動和滿足，使得高官厚祿，都變得微不足道了。他不相信功名利祿會使他更快樂；他不相信高樓華宇比得上他的竹籬茅舍；玉液瓊漿比得上新熟的春酒；異卉奇葩比得上他窗前的修竹叢菊。那功名利祿，對他只是虛幻的泡影；眼前的這一切，才是真實的存在。樹林中，響起了啁啾婉轉的鳥啼；亭邊山泉正潺潺流瀉，彷彿一隻無形的手，撥弄著大自然的琴絃，奏出琤琮的琴音。他不由歎了一口滿足的氣：

「有什麼地方比得上自己的故鄉、家園？有什麼人比同一塊土地上生長的父老、鄉親更親？我不是要以志行高潔標榜，但我真的離不開這裡……」

日影西斜了，田野被暮煙包圍著，他仍沉思著，凝望著，友人輕輕地拍拍他的肩：

「住一夜，吃一夜酒?」

他微笑著：

「住一夜，吃一夜酒!來!我有一闋新詞了，寫出來下酒吧!」

❀

劉因，是元朝人。出生於書香世家，加上他天資穎慧過人，六歲能詩，七歲能文。及年長，雖然他自己淡泊自守，寧願鄉居教授，仍因學行超卓，而被舉薦於朝，被徵召教授近侍子弟，官右贊善大夫。做官，是違背他本意的事，因此，不久就以母親生病為由，辭官返鄉侍疾。後來朝廷再召，他也固辭不出，時人都以「空谷白駒」目之。

劉因自幼最喜諸葛孔明「靜以修身」一語，終身奉行不逾。為人恬淡和平，所作詩詞，也恰如其人，惜流傳不多。

玉漏遲

劉因

故園平似掌。人生何必，武陵溪上？三尺蓑衣，遮斷紅塵千丈。不學東山高臥，也不似、鹿門長往。君試望，遠山顰處，白雲無恙。自唱。一曲漁歌，覺無復當年，缺壺悲壯。老境羲皇，換盡平生豪爽。天設四時佳興，要留待、幽人清賞。花又放，滿意一篙春浪。

一葉小小漁舟，飄浮在新漲的綠波上。站在船尾，劉因撐著竹篙，把小船送到河心去。他的動作熟練，一如漁人；不，他本來已是漁人了，一頂箬笠，一襲蓑衣，一份無牽無礙的心境，就像這一葉小舟遠離了河岸一樣；他也遠離了人事紛擾的千丈紅塵。

展眼望去，新綠在故鄉的田園中滋長；這一片青葱秀美的綠野田疇，像手掌般，平坦地向四方伸展；他不必看見，也知道有多少鄉親父老，正在田中操作著；婦女忙於蠶桑，連垂髫小兒，也知道怎樣盡自己小小的一分力量，為父兄、母姊服小小的勞務呢！農忙時，農村是沒有閒人的。但，他們在忙碌中，在勞苦中，卻有那樣平易和悅的滿足；一個豐足秋穫的遠景，在春耕的汗滴中累積肯定；他們與世無爭，自食其力，身體筋骨的勞動，使他們更因為了解稼穡艱難，而對天地產生了虔誠敬畏之心；這種心境，把他們融入了一個淳厚真樸的世界中，成為大自然的一部分。

扶櫓眺望的劉因，在這安詳、美麗，又生機蓬勃的鄉野田園前，竟感動得不能自已了；自從晉代陶淵明塑造了一個武陵溪上的桃花源之後，桃花源成為世人夢寐中所嚮往的洞天福地。多少人那麼癡心尋覓著桃花源，卻不知道桃花源並不存在於武陵溪上，而存在於淡泊無機的心中；存在於故鄉的田野間，鄉人樸直真純的臉上！

許多人眼中，他是一個歸隱的高士，不仕的賢者。他對這些推許過甚的揄揚，付之一笑；他不願解釋，他並不想學未仕之前，隱居在會稽東山的謝安，也不想做在鹿門山採藥，足跡不履城市的龐德公；他不願以超逸自許；他只是想平平淡淡的生活，生活在自己出生、成長的土地上；只想和自己的鄉親父老一起過日出而作、日入而息，自由自在，無拘無束的日子；只想以漁以樵換取生活溫飽，以詩以書使得精神富足，如此而已。

他多麼希望別人能共享他這一份在大自然中陶鎔出來的心境！多麼想向世人指點：

「看哪！在那層疊如鬟的遠山懷抱中，悠悠的白雲，仍然安閒自得的飄浮著。我也只是一片雲；願依偎著山，依偎著樹，而不願出岫的閒雲！」

在人生道上回首，他也曾年輕過、激越過、熾熱過；他也曾軒朗豪邁，意氣風發過，效法晉代王敦，以如意擊唾壺歌魏武詩：「老驥伏櫪，志在千里，烈士暮年，壯心未已。」使壺口為缺……如今，他卻為當日行徑失笑；笑那時眼高心大，壯志凌霄的自己。多麼可愛的少年心性；那時的他，幾曾真了解「老驥伏櫪」、「烈士暮年」的心境！對那自以為知的無知，稚嫩的嚮往著悲壯的心情，當他回首時，心中揉雜的，竟是一片慈和憐愛的溫柔。

如果人生像流水，他已由瀑布、急湍，而涓涓潺潺，終於匯聚為寧靜的湖泊；映著雲影，映著天光，化為天地間的一片澄明了。

輕搖著櫓，口中輕唱起漁歌；這輕揚怡悅的曲調，竟那麼輕易地，就掩沒了當年敲缺唾壺的悲壯豪情。過去的歲月，過去的自己，都化作渺渺而去的微波，流出了視野，也流出了心田。如今他所嚮往的，早已不是一代豪傑魏武，而是歸田園居，臥北窗下，在溽暑涼風中，便自許為羲皇上人的陶令了。

造化何曾不仁？是奔走競逐於功名利祿的人，自己為了虛幻的泡影，而自為芻狗。他們只看到泡影幻滅而生怨；卻不知，造化給予人類的豐美禮物，在他盲目奔走中，忽略了，遺失了。看！春、夏、秋、冬四時的景色，是如此佳美，而又各自不同；造化把這些景色，慷慨地陳列在人類眼前，難道還不是絕大的恩惠嗎？然而，有多少人接受了，欣賞了？只有一些心中無塵滓，意中無俗念的幽人雅士吧？只有他們知道、了解上天的美意，並不負美意的徜徉悠遊，為山水生色！

又是春天！又是陌上花開、鶯歌蝶舞的美麗季節。他在櫓聲輕柔的咿呀中，有著醉意微醺的感覺；他沒有喝酒，可是，他的確醉了；醉在那一片新綠的草色煙光裡，醉在新漲的春水柔波中！

❀

劉因天性淡泊高曠，讀者由〈風中柳〉與〈玉漏遲〉二詞，當可理解況周頤跋劉因詞：「真摯語見性情，和平語見學養」，所言不虛。

多麗

張翥

晚山青，一川雲樹冥冥；正參差，煙凝紫翠，斜陽畫出南屏。館娃歸、吳臺遊鹿；銅仙去、漢苑飛螢。懷古情多，憑高望極，且將樽酒慰飄零。自湖上，愛梅仙遠，鶴夢幾時醒？空留得，六橋疏柳，孤嶼危亭。

待蘇堤，歌聲散盡，更須攜妓西冷。藕花深、雨涼翡翠，菰蒲軟、風弄蜻蜓。澄碧生秋，鬧紅駐景，採菱新唱最堪聽。見一片，水天無際，漁火兩三星；多情月，為人留照，未過前汀。

日向黃昏。淨慈寺的鐘聲，遙遙地自南屏傳來，隨著晚風，在煙浪間迴盪，裊裊不絕。獨自佇立在孤山上，憑高遠眺的張翥，極目望向南方；南屏山，偎在九曜山前，南屏的鐘聲、雷峰的塔影，是西湖黃昏的勝景。夕陽銜山，景色如畫；背著夕陽餘暉的重疊山巒，由蒼綠，轉成了紺青。湖煙、山嵐，氤氳成一幅紫翠相間的輕紗；掩映著遠近參差錯落的雲樹。

樹影，在輕紗籠罩下，暗了，淡了，也融入了輕紗的青煙紫霧中，形成一片朦朦朧朧的夕陽煙景，再難分辨。

景色，應是不殊吧？這兒，曾有白樂天、蘇東坡兩位胸羅錦繡的詩人才子，先後用一片詩心經營，為山水增添無限清景。到了南宋偏安，這兒更成為京城，一時人文薈萃，山水亦為之生色。

然而……

當年，吳王夫差為貯西施，而興築館娃宮的姑蘇，不也曾極一時之盛？吳國，雖地處南隅，卻也曾與齊、楚爭勝，吳王，更儼然一代霸主。姑蘇臺；當年越國敗後，用百姓的眼淚和血汗，為吳王築的姑蘇臺，高聳入雲；彷彿，就此奠下了萬世基業。那時，躊躇滿志的吳王，幾曾料到，十餘年後，館娃宮中的西施，會隨范蠡歸去；而姑蘇臺，荒蕪了，人跡不至，成為野鹿嬉遊的樂園。

而漢武帝，不也曾築神明臺，鑄銅仙人；銅仙摩雲，手中捧著承露盤，為妄想成仙的天子，承接雲表的「仙露」。天子未曾長生不老；朝代未曾萬世不易；當漢室衰微，銅仙移去，漢宮林苑，也只有秋夜的螢蟲，閃爍著微光，悠然來去。

西湖，也是個令人發思古幽情的地方；這孤山，曾住著以梅為妻，以鶴為子的隱逸高士——林和靖，而如今，愛梅如妻的高士，已羽化而登仙了，那他所豢養的仙禽呢？幾時自夢中覺醒，重訪昔日故園？

歲月不曾留駐；如今，白樂天去了，蘇東坡去了，林和靖去了；吳國亡了，漢朝亡了，偏安於臨安的南宋，也煙消雲散……

不改的，只有江山呵！只有六橋楊柳，依然臨風照水，依依復依依；只有孤山上的梅樹，依然鐵骨蟠曲，凌霜傲雪；只有那高士放鶴的放鶴亭，依然危立湖畔，卻再也等不到人，待不到鶴了。對此如畫江山，可奈，山不是家山，水不是鄉水；可奈，畫中人，一腔愁思難遣，對此只更增添身世飄零的傷感。

人生在世，豈不是如浮萍斷梗？漂流在不可測的時代長流中，身不由己……且盡杯中酒吧？除了酒，又何以慰愁山，慰恨海，慰不堪重憶的飄零身世……或許，真不該自尋苦惱吧！或許，也該及時行樂；把過去留在過去，未來推向未來；在熙來攘往，笙歌盈耳的蘇堤，遊人漸散後，也效法當年蘇東坡的詩酒風流；攜著能詩善歌，知情解意的歌妓，泛舟，悠然徜徉於西泠橋下；讓歌聲和著櫓聲，在山光水色間，化解心中塊壘。

微雨中，向爛縵荷花深處，尋找那因雨把暑熱驅散了，而在清涼的荷蓋之下，交頸入夢的翡翠鳥；微風裡，向搖曳如翠帶的菰蒲葉端，看乘風翩飛的蜻蜓……

翡翠雙棲，可以不問人世滄桑？蜻蜓款舞，何曾留意世情冷暖？它們單純的活著，沒有名利爭逐，沒有生活鞭策，也許是無知，卻無知得令在風塵中蒼老的心，油然生羨！

採菱的江南女兒，輕搖著小槳，載著滿船新採的菱角，唱著〈採菱曲〉，結伴歸去；那純樸動人的歌調，原是人間最美的聲籟，充盈的是一派淡泊無爭的天機。

涼風，滑過碧波；一湖澄碧的湖水，沈澱了白日蒸人的暑熱，吹襟拂袖，竟感覺著幾分秋意。若不是荷花渲染的一片繁麗景色，確證時序仍在盛夏，怕只怕，人也會墜入這明淨如水晶的空澄中，讓淒冷秋意，襲上心頭……

天光，水色，在暮色中，渾沌成一片無邊無際的明鏡；隱沒了山，隱沒了樹，隱沒了山間寺院，水畔人家。只有幾點閃爍的漁火，螢火般，在黑暗的巨網中，倏明，倏暗。

是西湖沈睡了？還是他一人獨醒？在晚風中，孤山頂上，只有他，悄然凝立……

一輪明月，緩緩升起；蘊著清光，衝破了無邊的黑暗。像知情解意的伴侶，默默地，為他畫上隨形的影子，讓影子陪伴他渡過這靜謐的西湖良夜。同時，也放緩了腳步，依戀在他左右，久久，久久……

久久，久久，他才自沈湎的思維中驚覺；月色中的西湖，更清幽了，而多情明月，為了陪伴他，依然臨照，不肯移向前汀……

❀

這一闋〈多麗〉，是元朝的詞人張翥的作品。張翥生時，已是元代，少年時，隨父居江南，受江南文風影響，詞風近於南宋；工緻細密，婉麗風流，在元代詞家中，別樹一幟，名重一時。學問淵博，請益就學者甚眾。他性情儁爽，大德不踰，小節不拘，吐屬詼諧，令人傾倒。人言：入其室中，如沐春風，可以想見其人風致。他享年八十二歲，正值元亡之年，因此詩文大多散佚不存，只留下一卷《蛻巖詞》，留傳後世。

張翥小傳　張翥，字仲舉，元代晉寧（今山西臨汾）人。

他少年時，隨父居江南，豪放不羈。年長，始折節讀書，知名一時。元順帝至正初，召為國子助教，尋退居淮東。適修遼、金、宋三國國史，復起為翰林國史院編修官。史成，累官至國子祭酒，以翰林學士承旨致仕。卒年八十二歲，其年元亦亡。

所為詩文甚多，無子，死後多佚散，幸存律詩及詞。其詞風承南宋風格，與北方二劉（劉秉忠、劉因）異曲同工。元代曲興詞衰，後人以為元詞之不亡，賴有張仲舉詞，評價如此！詞集名《蛻巖詞》。

人月圓

倪瓚

驚回一枕當年夢，漁唱起南津。畫屏雲障，池塘春草，無限消魂。舊家應在，梧桐覆井，楊柳藏門。閒身空老，孤篷聽雨，燈火江村。

一扇畫著氤氳煙雲的山水的畫屏，阻隔著內外。倚著小樓的闌干閒眺，春山亦煙浮雲掩，氤氳如畫。樓外的小池塘綠了，被春日生發的青草染綠了。

「池塘生春草。」

何等自然生動的句子！謝靈運就這樣拈出一句嘴邊的話，而成為千古詩人歎羨的名句。他沒有描繪雕琢，只因，大自然的生機，本來就是詩吧？

就因為這樣，自己才一頭栽進山水之中，把自然勝景，一一渲染成紙上煙雲！

倪瓚站在自家小樓上，在心頭鋪上一幅宣紙，構思著，如何捕捉這自「池塘生春草」引發而來的南山佳氣。纖塵不染的小樓，正是他謝絕俗客的畫室——清閟閣。

一聲聲淳樸而富韻致的漁唱，在耳旁響起；他不知聲音來自何方，清閟閣中，從未聽過這等曲調。他不覺向聲音傳來的方向尋覓，不留神，一腳踏空……

「啊——」

他在自己失聲驚喊中醒來，一時不知身在何方。凝凝神，耳邊漁唱未歇；他笑了，他不在清閟閣中了；他早已不再是居住深庭廣院，繪棟雕梁間的豪門富室。如今，他只是一個以一葉扁舟為家，悠遊湖海山川間的漁隱了。

不！他不後悔的，雖然，回思往日，心中不免悵觸無端；清閟閣、雲林堂，那充滿了書函畫卷的地方，畢竟是培育他、造就他的蜋嬛福地；他可以不眷戀那「綺羅堆裡埋神劍」的生活，不能一刀割斷他成長的生命軌跡。但，天下將亂，身外之物，徒足累身。因此，他賣掉了幾代積累的祖產，將所得散給貧交疏族，一身飄蕭，箬笠蓑衣的自紙上煙雲中，走入自然的山水湖澤。這聲聲漁唱，正來自南岸津渡邊；天色未明，早起的漁人，已燃起燈火，準備迎接另一個日子了。

夢，在漁唱中遠了，那深藏在楊柳濃蔭間，井旁栽著高大梧桐樹的舊日家園呢？應該仍在原地，只是，如今，已不屬於他了。

下雨了？是的，下雨了。雨，飄灑在水面上，敲打在船篷上。他探身向外，隔著雨絲，江邊漁村的燈火，幽柔杳遠如夢。夢？他對自己微笑，重新在船艙中躺下；一個悠閒而邁向老境的人，在雨聲中尋夢，該也是一種幸福吧？

❀

這一闋〈人月圓〉是倪瓚的作品。這一個名字，所給人的第一個反應是：元末的畫家！是的，他是一位中國美術史上佔有一席之地的「名畫家」，因此，詩名為畫名所掩，知道他同時也是一位寫得好詩的詩人的，便就很少了。除了工詩，他也能詞，詞作不多，就更不為人注意了。

元順帝至正年間，他知天下將亂，乃鬻其家產，散給貧窮的戚友，自己扁舟蓑笠，往來松江太湖間，以為漁隱。張士誠屢欲羅致，而終未達成此願。時人稱之倪迂，又稱他倪高士，以其人高潔品行，高士之名，是當之無愧的。〈人月圓〉便作於他隱跡江湖之後，當為實錄。

倪瓚小傳　倪瓚，字元鎮，號雲林居士，元代無錫（今江蘇無錫）人。

他是元代著名的書畫家，隱居不仕，畫與黃公望、吳鎮、王蒙，並稱元代四大家，因而詩名為畫名所掩，少為人知。

他家道富厚，工詩善畫，所居「清閟閣」，清幽絕塵。藏書數千卷，古鼎名琴，法書奇畫羅列，四時花木，高樹修篁，掩映其間，令人以為神仙洞府。為人有潔癖，俗客來訪，去後必命人洗滌，以去俗塵。至正初，承平無事，他忽然盡散家財於親故，扁舟引去。不久，兵禍起，富家都遭禍，唯他獨免。

元亡明興，洪武七年卒，年七十四歲。

他的畫，人稱逸品，詩文也不屑苦吟，風神散朗，格調自高，有《清閟閣集》傳世。

暗香

朱彝尊

凝珠吹黍，似早梅乍萼，新桐初乳。莫是珊瑚？零落敲殘石家樹。記得南中舊事，金齒屐，小鬟蠻女。向兩岸，樹底盈盈，摿素手，摘新雨。延佇，碧雲暮。休逗入茜裙，欲尋無處。唱歌歸去，先向綠窗飼鸚鵡。惆悵檀郎路遠，待寄與、相思猶阻。燭影下，開玉合，背人暗數。

是怎樣集鍾靈毓秀於一身呵！才凝結出這樣一粒粒鮮紅如血，晶瑩似玉，堅硬比鐵，小小的南國紅豆。

那小小晶瑩，在掌中滾動著，像一粒新凝的水珠，像一粒初熟的黍米。讓人總聯想到冬日橫斜的梅枝上，剛剛含苞，尚未開放的梅萼；或是剛裂開外衣，露出來的新結桐子。

梅花、桐子，雖然形似，又怎得如此鮮豔的顏色？這顏色，恰似最美的紅珊瑚；紅得潤澤無比。

呵！莫非它竟是當年誇奢競富的石崇，在金谷園中，用鐵如意擊碎的珊瑚所雕製而成？

「紅豆生南國，春來發幾枝，勸君多採擷，此物最相思。」

王維這首詩，是自小讀熟的。看到紅豆，心神便飛馳向了遙遠的南國……

南國，是怎樣一個具有浪漫風情的地方？那兒土生土長，嬌蠻如花的女兒們，可是如李白所說：「一雙金屐齒，兩足白如霜」，那樣散發著自然青春的氣息？不受中原禮教的束縛，她們自自然然、淳淳樸樸的生活、工作。

當紅豆成熟的時候，她們把頭髮綰成雙鬟，到栽植著紅豆的河邊摘取。

在紅豆樹下，盈盈凝佇；伸出素白的纖手，摘下才經微雨沾濕的豆子；凝結葉尖的雨滴，也隨著她們的動作，沾潤了她們健康清新的臉龐。

時光，在她們亭亭佇立，盈盈摘採中逝去；暮色，把天際的雲影染成深灰暗紫。那兜入紅裙中的紅豆，竟然像與紅裙融成一體，分不出豆紅、裙紅；乍然看去，竟彷彿所摘的紅豆，全失去了蹤影，無處尋覓。

天晚了，她們相互招呼著，踏歌歸去。到家中，點檢摘來的豆子，先向綠紗窗下，餵食架上學舌的鸚鵡。

紅豆如血，紅豆如心；這滴血的心，豈不正是難以言宣的相思淚凝成的？

想起遙隔在千山萬水之外的情郎，多情的南國女兒呵！又何堪這煎心的相思？

也想寄一粒紅豆去；讓紅豆代表她的心、她的情、她的相思、她的憶念，做無言的傾訴。但是……

那重重的山，疊疊的雲，阻斷了程途，也阻絕了她欲寄的相思。

這不為人知，無法傾訴的情愫，該當如何排解？

深夜人靜，當人們都進了夢鄉，只有一枝微弱的燭，微晃著光影。

打開那精雕細鏤的玉盒；盒中裝著一粒粒鮮紅如血、晶瑩似淚的相思子；她默默地數著、數著，

那無數的相思……。

朱彝尊小傳　朱彝尊，字錫鬯，號竹垞，清代秀水（今浙江嘉興）人。

他出身於明代官宦世家，因少逢國變，棄舉子業，肆力於古學。既長，以詩文名滿江南。家道中落，不得已，依人遠遊，足跡遍及大江南北。康熙中，被薦應博學鴻詞試，授翰林院檢討，充起居注日講官，預修明史。後乞假南歸，終老於家。康熙四十八年卒，年八十一歲。

他是清初文壇名宿，淹貫經史，著述甚豐。其集名《曝書亭集》，其中七卷為詞。詞兼豪放婉約之長，近於姜夔、張炎一派，開後世浙派風氣。又選輯唐、五代、宋、金、元詞為《詞綜》三十四卷傳世。

水龍吟

朱彝尊

當年博浪金椎，惜乎不中秦皇帝；咸陽大索，下邳亡命，全身非易。縱漢當輿，使韓成在，肯臣劉季？算論功三傑，封留萬戶，都未是、平生意。

遺廟彭城舊里，有蒼苔、斷碑橫地。千盤驛路，滿山楓葉，一灣河水。滄海人歸，圯橋石杳，古牆空閉。悵蕭蕭白髮，經過擥涕，向斜陽裡。

繞過了千迴百折的驛路，穿過滿山豔似紅霞的楓林，這一乘小轎，在一條彎曲的小河邊停下了。朱彝尊自轎簾中探出頭來，轎夫打了個千，稟道：

「小的稟朱老爺，張良廟到了。」

「就是這兒？」

眼前的滿目荒涼，朱彝尊實在不大能相信，這就是漢朝開國三傑之一，張良廟的遺址。

然而，轎夫是本地人；對這昔日彭城、今日徐州的名勝古蹟，瞭如指掌，該不會弄錯的。於是，他下了轎子，走上堆積著落葉，荒涼不辨足跡的小徑。

看來，是一座建築的遺址；只是，不知荒廢了多久了；草已沒徑，階上，也佈滿了蒼苔。幾座斷裂的石碑，橫七豎八，倒在草叢裡。依稀可辨的字跡，題著對「留侯」千古功業的讚頌。

留侯張良的功業，真是輝耀千古的。朱彝尊撫著殘碑，記起《史記》中〈留侯世家〉的記載……先世曾五世相韓的張良，在秦滅韓之後，就開始了為復國而奔走的工作。他藉往淮陽習禮的機會，東訪夷狄之長倉海君，並訪得了一個膂力超人的大力士；大力士，力能舉一百二十斤的鐵椎。於是，張良製了一個大鐵椎給他，作為狙擊秦始皇的武器。

真是可惜呀！當年在博浪沙那驚天地、泣鬼神的一擊！卻沒有擊中東遊行樂的秦始皇，只擊中了副車。功虧一簣，全盤皆輸；換來的是秦始皇震怒，大索天下，嚴加搜捕刺客。

倉皇中的張良，亡命逃到下邳；改名換姓，隱跡潛蹤，才逃過了一劫。能在這種搜捕之下，全身而退，也當真是上天特別庇佑下的奇蹟了吧！

在無可作為的百無聊賴中，他偶然走過圯上，遇到那影響了他一生，也改寫了歷史，授他以可為「王者之師」兵書的圯上老人黃石公。

如果，韓王還有後裔在；如果，項羽沒有殺了韓國的公子，恐怕，縱使天命歸劉，大漢當興，張良也不肯背棄故主，投向沛公劉邦麾下為臣吧？他雖為漢朝的立國，建下了不世的功勳，成為漢朝開國三傑之一；封為留侯，食邑萬戶。但對他來說，心中仍有著難彌的憾恨吧？他真正的志願，是為韓復國，而不是為漢開國呀！

環視著這埋沒荒煙蔓草中的遺蹟；手撫著頹圮，空自合圍的古壁；朱彝尊在撫今追昔的感慨中，老淚縱橫。如今，倉海君何在？那圯上的黃石公，也難覓蹤跡。以張良的蓋世功勳，張良廟也只落得只剩斷壁殘垣，堙沒在蔓草荒煙裡……

夕陽西斜了，照著這頹圮的廢墟，更增添了幾分蒼涼寂寞。緩緩抬起白髮蕭蕭的頭，在夕陽影中，淚光，仍在他雙眸中閃爍著……。

❀

這一闋〈水龍吟〉，題目是「謁張子房祠」；張子房祠，俗稱張良廟，在徐州府（古彭城）的留城；留城，是張良封為「留侯」時的食邑。張良，是漢朝開國三傑之一，功勳蓋世，所以後人立祠以祀。但經過千百年無情歲月的摧殘，到清初，已頹圮不堪了。這一闋詞，就寫出了張良的功業，和憑弔之情。

柳色黃

朱彝尊

岸側榆錢，牆角楝花，吹已將盡。漸添綠葉陰濃，轉覺晚來風緊。絲絲縷縷，界開密霧低煙，暗催欄藥紅尖潤；怕鳳子衣單，把柔黃都褪。休問；鈿車驄馬，縱約歸期，料應難準。最憶江南，展齒滿街聲趁。吳歌幾曲，穩坐細浪魚天，落帆笑指柴門近。任踏破苔痕，數小園新筍。

河邊的老榆樹，垂垂纍纍的懸掛著串串青錢似的豆筴。而那株守衛著牆角的楝樹，也在一夕間綴上了滿樹黃花。它們在和風中搖曳著，一片片榆夾，一瓣瓣楝花，都是春神餞別的柬帖，隨風飄送著一個訊息：春神即將在大自然的舞臺上退位……

真的，當榆錢和楝花落盡，逐漸加深的濃密綠蔭，便取代了二十四番陸續統領風騷的繁花似錦。

西斜的日色，一下昏暗了；輕拂的和風，一陣陣淒緊；竟令人感覺了幾分寒意。四野煙橫霧漫，沉沉的雲影低壓、蘊蓄著……

驀然細細的雨絲，斜織如經線，在煙霧中界出了一片清新涼潤的雨幕，欄干前，被日炙得蔫萎的紅芍藥，在酣暢的吸取了生命汁液之後，嫣然綻開了新蕾的苞葉，又復生機暢旺。令人擔心的，卻是瑟索在葉下，穿著斑斕彩衣的鳳蝶；怕她那嬌黃美麗的衣衫，不耐雨水洗滌，會褪了顏色。

雨勢由細密轉為滂沱，街上的車聲馬跡，都消失了；在這樣的雨中，再怎樣的歸心似箭，怕也只好爽約延期了吧？滿街積水泥濘，怎不令錦衣華服的青驄公子、珠襦繡襪的油壁佳人，為之卻步！在寂寥中，朱彝尊想起江南……

故鄉江南，不是這樣的；江南，是連雨，也格外溫柔的。下雨天，撐著傘，穿著木屐，便可雨中徜徉。若閒暇無事，聽茶館酒樓中賣唱的女孩兒，用吳儂軟語，唱幾支小曲，便可坐等那滿天重現魚鱗細浪般的晴雲；天地間，更增添了新浴後般的爽適清潤。

呼棹歸去；在河灣附近，落下雲帆，家門，已然在望。他指著那半掩的柴扉，殷勤邀請同行的朋友，小坐待茶。

也許，並沒有什麼足堪款客的美酒佳餚，但，一旁那佈滿蒼苔的小園，可以任由賓朋們閒步徜徉。而，新雨之後，園中的竹叢，也該爆出幾枚清甜鮮嫩的新筍，可供尋覓細數吧？

❀

這一闋〈柳色黃〉，作者是清初的朱彝尊。這一闋詞，當是他宦遊北國時的作品，題為「對雨」，在異鄉對雨的寂寥中，思憶故鄉的雨中情景，歷歷如繪。他詞風兼豪放婉約之長，別有一番清俊秀雅的風味，由這闋〈柳色黃〉中，不難體會。

水調歌頭

何采

歲月忽焉邁，荏苒竟忘天；非君記我生日，我漸不知年。我已不婚不宦，君尚獨清獨醒，易地則皆然。休作晨星歎，落落尚人間。

靜如鷗，瘦如鶴，冷如蟬。笑看退筆如帚，破硯可如田？我以蹉跎當壽，君以安閒當富，何必計虧全？我正斂棋手，君莫聳詩肩。

接到隱於山林的老朋友寄來的壽詞，何采臉上露出了笑容。

「畢竟是老朋友，把我生日記得那麼清楚。」

若非老朋友記得，恐怕自己也把過生日的事忘了吧；自退休以來，門前早絕了車塵馬跡，自己也從不注意曆日。一天天，就這樣過著，根本不知今夕何夕；又有什麼可介意的呢？不過是渴飲飢食，夏衣葛、冬衣裘；生活，就是這樣的簡單恬適，悠然自得。

如今，被老友這麼一提醒，才驚覺歲月飛逝得如此之速，在感動感激之餘，才想起，他——老朋友，自號曼翁的佘澹心，馬上也就要過七十歲生日了。

人生七十古來稀！不期然間，總角之交，如今都老了。甚至，有些已經凋零，怎怪得曼翁來信感慨老朋友如今已寥落晨星呢！

「該給曼翁回一封信。」

他想著，取出了筆硯，一邊磨墨，一邊構思。

「不，還是和他一闋詞，也為他賀個壽吧；說些什麼呢？」

自己的近況，是該告訴他的。

古人說：「人不婚宦，情欲失半」；如今，邁入老境，致仕退休，真是不婚不宦了。人生的境界，也因著不再陷溺於患得患失的情欲中吧，而有了一番風清月朗的淡泊豁達。

不再羈於塵網，他閒靜有如返璞歸真，無機的鷗鳥；不再汲汲營營，他甘心做一隻守在幽林中，遠離繁華的瘦鶴；不再憤世嫉俗，抗顏放聲，他緘默如暮秋的枝上寒蟬。經過了繁華，嘗過了冷暖，他終能安心歸於林泉，把曾經熱中的心冷卻。閒來，執起如敝帚的筆；這筆，也如致仕的他一般，幾乎被遺忘了；在破舊的硯臺上，磨墨，也讓墨磨平一己的七情六欲，以筆為犁，以紙為田……

「也算『歸耕』吧！」

在這樣的歸耕生涯中，他領悟了人世種種，原不值得那樣計較、縈懷。

也許今生一事無成；只要於心無虧，又何必責全求備呢？就算是蹉跎歲月吧；這歲月的累積，何嘗不能視為上天賜與的壽數呢？

「福、祿、壽、考，至少，也佔了其一了。」

而一生布衣，以「名士」為江南士林欽重的曼翁，這一生，一直悠遊於林泉；在滔滔濁世，做一股清泉，在沉醉沉睡的世人中，做一名醒者。這一種安閒淡泊的生活，豈不是另一種令陷於塵勞中的人羨煞的富有。

他想起少年時，與曼翁交遊的種種，他們原有那麼相似的品格與心性。只是，後來各有不同的際遇，他走向宦途，曼翁走向林泉。

「如果，我們的際遇交換，他，會是另一個省齋，我會是另一個曼翁吧？」

一定是的！交換了地位，也是易地皆然的；也因此，才不愧為知己呀！

七十歲！這一生，復有何求呢！都到了該頤養天年的時候了。

如果，人生像一局棋，這盤棋，也該到終局了。任人翻雲覆雨，只要斂手退出棋枰，又有什麼得失、勝負可縈心亂意呢？

曼翁呢？一直詩興不減；如今，也該到避一頭地，獎掖下一代人才出頭的時候了。

回顧四周，自何時起，平輩論交的人，已愈來愈少了，而子輩、孫輩，卻愈來愈多。

真正是晨星寥落了，可是，這又有什麼可嘆息的呢？人生，不就是如此嗎？何況……

「何況，這幾點寥落的晨星，畢竟還懸在將曙的天幕上，照耀人間呢！」

❀

這一闋詞，題為「祝余曼翁七十，即和杜祝原韻」。雖是酬唱之作，其中所含蘊的友情，及漸入老境的恬淡豁達，讀來甚是可喜。

何采小傳　何采，字濮源，號省齋，清代桐城（今安徽桐城）人。他於清世祖順治間進士及第，官至翰林侍讀。他工詩，著有《讓村集》、《南磵集》。詞宗辛棄疾，和辛詞，必用原韻，與原詞首句，詞集名《南磵詞》。

金縷曲

顧貞觀

季子平安否？便歸來，平生萬事，那堪回首！行路悠悠誰慰藉？母老家貧子幼。記不起從前杯酒，魑魅搏人應見慣，總輸他覆雨翻雲手。冰與雪，周旋久。

淚痕莫滴牛衣透；數天涯，依然骨肉，幾家能彀？比似紅顏多命薄，更不如今還有。只絕塞苦寒難受，廿載包胥承一諾，盼烏頭馬角終相救！置此札，兄懷袖。

我亦飄零久；十年來，深恩負盡，死生師友。宿昔齊名非忝竊，只看杜陵窮瘦。曾不減夜郎僝僽，薄命長辭知己別，問人生到此淒涼否？千萬恨，為兄剖。

兄生辛未吾丁丑；共些時，冰霜摧折，早衰蒲柳。詞賦從今須少作，留取心魂相守；但願得河清人壽，歸日急繙行戍稿，把空名料理傳身後。言不盡，觀頓首。

窗外下著紛飛的大雪，天冷得彷彿空氣都凍結了。顧貞觀這位江南才子，正旅居北京，望著大雪，不由瑟縮了一下，喃喃說著：

「好冷！」

一張口，一團白霧自口中飛出。嚴寒的天氣，和片片雪花，使他又想起了他那位不幸被牽入了考場弊案，蒙了不白之冤，被流放到寧古塔的老朋友吳漢槎；屈指算算，已經十八年了！

「我在這兒還叫冷，漢槎在那兒，怎麼過呢！」

他想著，覺得有那麼多的話，要對老朋友訴說；於是以詞代信，道出了自己的心聲。

信是這樣寫的：

朋友！分別了那麼久，你是否安然無恙呢？一晃眼，十八年了，你蒙受了那麼大的冤屈，縱使能夠回來，這些年經歷的苦難，也不知該從何處說起了吧！孤孤單單的被流放到那麼遙遠的地方去，高堂上白髮的母親、膝下稚齡的孩子，兼以家道清寒，一旦拋捨而去，不知如何維持生計……這一切牽腸掛肚的心事，有誰了解，又有誰能安慰呢？想起以前飲酒作樂的日子，已經離得好遠了；當時同飲的人，也不再記得失意的朋友了吧！這天下，就是有這麼多令人不平的事；那些戴著人的假面具，卻專門背地害人的鬼怪見多了，也就見怪不怪了。我們跟他們比，怎敵得過他們那一套變化多端，防不勝防的手段呢？因此只落得在冰天雪地裡，受著長期的折磨了。

唉！不要流淚，不要悲嘆了，還是往好處想吧！聽說尊夫人和孩子們都到了寧古塔與你團聚了，這也就不容易啊！你的才華出眾，就像一些絕世美人，往往容易招到嫉妒而命運坎坷；雖然如此，也還有比你更不幸的人呢！但在那邊疆地區，冰天雪地的，也夠你受的了。所以我鄭重地許下諾言，一定要洗刷你的冤屈救你回來。抱著當年申包胥哭秦庭的決心，那怕是等到烏鴉白頭、老馬生角這樣的奇蹟出現，我也在所不惜；這封信你就留在身邊做承諾的信物吧！

其實，比起來，我也好不到哪兒去；也是四海為家，到處流浪著。十年來，一事無成，辜負了老師、朋友們對我的知遇和期許；那些生死不渝的情誼，要我如何去報答呢？記得以前，別人常把我們二人相提並論，這可不是偶然的；如今呢？你像李白流放夜郎一樣困頓，我也像杜甫一樣窮愁潦倒。內子既與我永訣，你這位知己朋友，又無法相聚；生離、死別的滋味，我都嘗遍了。試問人生到了這種千愁萬恨的境況，淒涼不淒涼？而這些傷心事，也只有對你訴說了。

你是辛未年生的，我生在丁丑年；雖說比你小幾歲，但共同經歷了這些年的風霜、打擊，也已像秋天的水楊一樣早早衰謝了。從今天起，別再多作那些詞賦文章啦；還是打起精神相互勉勵保重，好好生活下去吧！但願有一天，天下承平，政治清明，澄清了你的冤枉；但願那一天來臨時，我們都還健在。等你回來時，好好地整理出這些年流放生活中的文稿，也可以讓它流傳於後世了。

千言萬語是說不盡的，就寫到這兒吧！貞觀敬上。

也就因為顧貞觀對朋友這份深摯的友情，感動了當時宰相的兒子納蘭容若，終於設法救回了吳漢槎。

顧貞觀小傳　顧貞觀，字華峰，號梁汾，清代無錫（今江蘇無錫）人。

他於清聖祖康熙十一年中舉人，官內閣中書，擢秘書院典籍。尚友好義，與「江左三鳳凰」之一的吳兆騫友善；吳兆騫涉考場弊案，流放寧古塔，他因賦〈金縷曲〉，感動相國納蘭明珠之子，康熙極愛重的侍衛納蘭成德，協力營救，而得生還，海內士林，無不敬慕。其人美丰儀，儁爽敦厚，因聞塞外多暴骨，而募僧斂金，收瘞無算。遊蹤所至，有去鄉賣身於塞外者，多贖還鄉，因此風義之名，傳聞遠近。

他才調清麗，雅擅詩文，諸體兼備，尤工樂府。晚年以疾歸，構「積書巖」，坐擁萬卷。臨終，自選詩一卷付門人，不滿四十篇，嚴謹如此！他的詞負一時盛名，聲傳海外，與當代朱彝尊、陳維崧並稱詞家三絕。著有《纑塘集》、《積書巖集》，詞集名《彈指詞》。

浣溪沙

納蘭成德

誰念西風獨自涼？蕭蕭黃葉閉疏窗，沈思往事立殘陽。

被酒莫驚春睡重，賭書消得潑茶香。當時只道是尋常。

西風，吹落了黃葉，吹進了窗櫺。

薄薄的衣衫，裹著秋風片片，貼上了肌膚，竟覺寒意沁人。秋天來了，往年，秋天似乎並沒有這樣地感覺著秋風凜冽；是今年特別？不，納蘭成德輕撫著身上單薄的衣衫，一陣鼻酸，眼前頓時朦朧了；往年，並不是秋風留情，而是，在秋風初起時，他早已換上了夾衫。她，親自裁剪、縫製的夾衫，總是早早就為他準備好了；不待他感覺秋風淒厲，她就不聲不響地為他換上秋衫了。他從沒為這些飲食、衣著的瑣事操過心；這份心，她為他操了，他生活上的一切，在他沒注意之前，她就全為他想到了，也做好了。

如今？他黯然低嘆；寒意，豈僅是來自秋風？豈僅是因為衣衫單薄？更來自心底的寂寞和悲涼——她去了，永遠地去了；這世界上，再也看不見她了，再也沒有人那麼經心地照料他的生活起居；

再沒有人那麼關心地顧念他的冷暖飢寒，再沒有人……

她去的是一個怎樣的世界呢？他不知道。陰陽的界限、天人的阻隔，是那樣難以跨越。原本溫馨美滿的一雙佳偶，就這樣硬生生地給拆散了；拆成了兩個孤零。他，孤影伶仃；她，孤魂無依。在這秋寒沁人的時節，她在泉下，是否也會感覺到寂寞、淒寒？

他從沒有忘懷，他只是逃避去觸及那一段往事；那與她共同生活的點點滴滴。在這秋寒迫人的日子裡，往事，卻一下襲上了心頭，不由他逃避，也不容他閃躲了。她的柔情似水，她的輕顰淺笑，她的體貼，她的溫婉……

在春寒料峭的日子裡，她會為他預備下香醇的美酒，適口的小菜，陪他淺斟低酌。她的量小，但為了助他的雅興，總勉力相陪，直到不勝酒力，沈沈睡去。那滿臉暈紅，如一枝春睡的海棠；總使他又憐又愛，不由壓低聲音，放輕腳步，怕驚醒了她的甜夢。

在漏聲迢遞的長夜裡，她愛烹上一壺清洌的好茶，兩人互相出題；猜某一句詩文，出典何處，在哪本書的哪頁哪行上，猜對了，才能喝茶。常在賭賽的調謔爭議中，把茶杯撞翻了，往往傾得一身茶汁，誰也沒喝成茶，彼此相與大笑；在繚繞的笑聲中，滿室繚繞的是茗茶幽淡的清芬。

他一下子迷離了，彷彿又回到往日往事中：她低著頭，引線縫衣，溫柔而安詳；她盈盈舉杯，殷殷勸飲，嬌靨如花；她博聞強記，清夜烹茗賭書，連中三元，不禁雀躍；碰翻了杯盞，她一邊用手拂去身上的茶水，一邊望著他笑不自抑，他看著她孩氣的歡樂，也不禁莞爾。

他嘴角的笑意未歛，淚已奪眶而出；那鮮活如在眼前的種種，都成了他壓抑在心底深沈的痛楚；

她在身邊的日子，他並沒有感覺特別的幸福；甚至，他習慣於她所給予的一切，視為自然，認為當然，從沒想到這原是可珍的；也從沒想到，這是短暫的，是會失去的。如果，他早知道，他會緊緊把握住與她共處的分分秒秒；他會珍惜她的一顰一笑；他會為她做他所能做的一切；他會告訴她，她對他多麼重要；告訴她，他對她平淡而深邃的感情——他從沒有表達過，甚至，在日復一日的平淡生活中，他早已不再感覺了；人，恆常是會忽略、會忘記自己所擁有的，直到失去，直到……。為什麼人總這樣後知後覺呢？為什麼總追尋著幻影，而忽略真實存在的幸福？他曾幸福，他不知道那是幸福；那幸福，不是熱烈的、喧嘩的，不是引人注意的。那麼平凡，那麼尋常。是的，「尋常」！他一直以為那是尋常的；是理所當然的；是過去、現在、將來都恆常如故的！

「尋常」？他嘴角牽起了苦澀的笑；他不曾料到「尋常」也會破滅，會失去；他不知道幸福本是柔弱的，易碎的，會消失的；他不知道他的「尋常」本身原是一種幸福。如果，他沒有失去，也許他永遠也不會知道，他現在知道了，他真的知道了……

他深深地沈入了思憶中，追懷著往事，追悔著當年。窗外，風更緊了，黃葉蕭蕭地旋舞、飛墜，夕陽只剩下一線餘暉。他緩緩關上了小窗，這似乎是他唯一力所能及的事了，其他呢？他又牽起了嘴角那苦澀的笑；伊人已逝，黃葉猶飛，夕陽餘暉正在他寥落的佇立中斂去、斂去……

❀

這一闋〈浣溪沙〉的作者是納蘭成德，字容若。納蘭，是滿洲姓氏。他是滿洲正黃旗人。父親納蘭明珠位高權重，顯赫一時。他本人酷愛文學，淹貫群書，在初入關的滿洲人來說，可謂難能可貴。

他雖出身權貴人家，卻沒有浮滑紈袴的習性。天性篤厚，重感情，愛才好客，尤喜結交江南文士，所交遊的朋友，都是文壇才俊。又因扈蹕清聖祖康熙出巡，見聞廣博，所以他的詞不僅是清新深摯，更有奇逸之氣，可惜年壽不永，卒時年僅三十一歲。

他重感情，卻在感情上屢受創傷，寫入詞中，自然流露著哀傷淒婉之情，或許，也因此導致他英年早逝吧！〈浣溪沙〉是他悼亡之作，「當時只道是尋常」的低迴淒惻，直令人為之掩卷。

納蘭成德　納蘭成德，字容若，避世宗嫌名，改名性德。清代滿洲正黃旗人。他出身相家；父納蘭明珠為康熙朝權相。聖祖康熙十五年進士及第，以文武兼資，選授三等侍衛，曾從康熙西登五臺，北出榆關，南抵三吳。又奉使覘梭龍諸羌，而立諸羌輸款之功。卒於康熙二十四年，年僅三十一歲，以其愛才好士，望重士林，天下文士痛悼之。

他出身貴冑，生性淡泊榮利，除書史之外，無他好。愛重文士，所交遊均一時之雋，當代江南名士均為座上客。讀顧貞觀〈金縷曲〉，而義助因牽連江南鄉試弊案的吳兆騫生入山海關一事，尤為人爭誦。

善詩，尤工於詞，晚年更篤意經史，購求宋元諸家經解，捐貲重刻，名《通志堂經解》達一千八百餘卷，嘉惠後學。詩集名《通志堂詩集》。詞，論者以為與項鴻祚、蔣春霖，鼎足三分清代兩百年詞苑。王國維云：「納蘭容若自然之眼觀物，自然之舌言情，此由初入中原，未染漢人風氣，故能真切如此，北宋以來，一人而已！」稱譽如此！詞風清麗，悽婉處，令人不忍卒讀。詞集名《飲水詞》，又名《納蘭詞》。

采桑子

納蘭成德

非關癖愛輕模樣，冷處偏佳。別有根芽，不是人間富貴花。

謝娘別後誰能惜？飄泊天涯。寒月悲笳，萬里西風瀚海沙。

「下雪了！下雪了！」

才把一座座帳幕，在這一望無際的戈壁沙漠中紮好；讓人疲馬困的將士們安頓下來。一名小校，匆匆進帳來向此行的領隊稟報。

領隊郎談搖搖頭，向奉命隨行的三等侍衛納蘭容若無可奈何的說：

「看，這才八月呀，京裡還暖和得很，菊花都還沒開呢，這兒都下雪了，再向北走，辛苦，還在後面呢！」

「唐代詩人岑參，早就寫了：『胡天八月即飛雪』，倒是一些不假！京裡住慣了，可也給慣壞了；老祖宗們那時在遼東，只怕也差不多。只是，地方好，不像這兒，寸草不生的！」

納蘭容若微笑說，郎談哈哈大笑。

「正是這話了，有田莊，有市鎮，有人家，感覺裡就好多了。我是個粗人哪，鞍馬勞頓，雨雪風霜的慣了；侍衛你，回家，是相府；入值，在大內，這一路上，可不好受喲！」

「這，我也有自知之明，只是皇命在身，少不得勉力從事。這八月天的雪，倒也難得一見；我告個退，賞一下雪，回頭再來奉陪。」

「你還是武職文人，也罷，你既愛雪，就賞雪去；我讓他們整治些下酒菜，回頭來，一塊兒喝兩杯！」

納蘭容若含笑一揖出帳。方才還黃塵漠漠的大地，就在這頃刻間染白了，片片搓綿扯絮般的雪花，還輕盈飛舞，悠悠盪盪的向下飄落。

「未若柳絮因風起。」

他想起當年謝安集子侄詠雪的故事。謝道蘊以這一句詩奪魁，而奠定了才女的令名。見到這輕盈、柔白、晶瑩剔透的初雪，才會了解這句詩是多麼美，又多麼貼切。

他愛雪，卻不關如絮的輕盈；他愛雪那異於凡花，六出的嵯峨晶瑩；愛雪那不染點塵的潔白；更愛雪是天地間唯一不生於地，而來自天，愈是寒冷，愈是千姿百樣，變幻無窮；竟沒有重出相同的「花」。

這些花，在人間，不生根，不發芽。她這樣的美，這樣的精雕細鏤，卻又這樣的清冷寂寞；有多少人，曾去細觀細賞她巧奪天工的姿容呢？她來，總伴隨著森森寒意，使人不敢親近，仔細觀賞每一朵的丰姿。頂多，只圍爐擁裘，遠遠看著她粧點出的瓊瑤大地，便道是「賞雪」了。她，成為人們附庸風雅的素材，可嘆的是，有多少人真正仔細觀賞過她絕俗的姿容？

或許，這正是她的絕俗之處；她不願隨俗媚世，不願做世人爭相交譽的姚黃魏紫，自矜身價嬌貴的牡丹。凡是可以用金錢估算價格的物事，又有何「貴」可言呢？人們眼中的富貴花，在她的眼中，只怕是不值一哂吧？她又何嘗希罕那搔首弄姿，逞妍獻媚，只要有錢，便任是凡夫俗子，也能取得佔有；盛時人爭賞，一旦萎落，便為人棄若敝屣的所謂「富貴花」？

她，不同的，她寧可貞烈自守，寧可清冷孤高；寧可輕世薄俗，只等待真正能愛、能賞、能惜的知心，那怕等待過萬世千秋，她也無怨無悔。

終於，她等到了；等到了那為她吟出「未若柳絮因風起」的謝道蘊。

謝娘已逝，千百年來，她仍等待著，等待著另一個能愛、能賞、能惜的知心。

知心何處覓？茫茫人海，悠悠歲月，她沉默而孤冷的等著……

是否，她對繁華世界中的世人失望了？所以，寧可飄泊流浪到這寸草不生的戈壁沙漠來？寧可自我放逐，在這兒，伴著西風，伴著冷月，伴著悲笳嗚咽，伴著黃沙萬里，依然等待，等待，等待……

❀

這一闋〈采桑子〉是納蘭成德的作品，題為「塞上咏雪花」，多少也有自許高潔，以雪花自喻之意；「不是人間富貴花」，正表現他不以貴冑出身自矜的風骨。

蝶戀花

納蘭成德

今古河山無定據，畫角聲中，牧馬頻來去。滿目荒涼誰可語？西風吹老丹楓樹。　幽怨從前何處訴？鐵馬金戈，青塚黃昏路。一往情深深幾許？深山夕照深秋雨。

從大同出了關，那綿亙的城牆，就在馬蹄達達中，遠遠地拋到了身後。

曾讀過前人多少「出塞」的詩篇；如今，竟當真置身於塞外了。這一片廣漠無垠的土地上，曾經有過多少爭戰？多少廝殺？漢人防守著，胡人覬覦著，拉鋸似的爭奪著主權；一代又一代，無數征夫在這兒守邊征戰；一年又一年，無數思婦在閨中痴等苦盼，「欲寄征衣君不還，不寄征衣君又寒，寄與不寄間，妾身千萬難！」多少人生離，多少人死別，又有誰真的爭到了呢？人，何曾真擁有土地？是土地擁有人呵！人，會老去、死去；朝代，會改換、更迭；長存的，只是這經歷了秦漢，經歷了隋唐，迄今，仍默然存在原地的土地！

聲聲畫角，悲壯而蒼涼的在廣漠的土地上迴響。一群群的牧馬，往來奔馳著，掀起了滾滾黃塵；

千百年來，殺伐爭奪的人，或許連自己爭奪到這塊土地，有什麼用，都不知道吧？除了這些游牧的過客，幾曾有人真正在這塊土地上生根？

豈只是人呢？這極目無邊的廣漠土地，放眼望去，只是一望無際的荒涼；一隊人馬，走入其中，像陷入了黃雲、黃山、黃土、黃沙匯聚的黃色海中的螻蟻，不由自覺渺小卑微，而對造化油生無限崇仰之心。

騎在馬上的納蘭成德，心中湧起了無限悲慨；迴目四顧，同行的人，都壓低了風帽，沈默地騎在馬上，頂著風沙前進著。他心中的思潮起伏，欲向人傾訴，卻找不到一個可以做心靈溝通的對象；即使他說了，別人是否能領會他此刻面對這一片荒漠，而升起的蒼涼悲鬱的心境？

他也沈默地前進著。路旁，一株老楓樹正在西風中嘆息；所剩無多憔悴殘敗的紅葉，淒豔得令人心悸。他在凝目一顧中，心境似乎也蒼老了，蒼老如被西風染醉又吹老的一樹丹楓。

「前面，就是青塚了！」

領路的嚮導，遙指向前方蒼茫黃沙中的一抹蒼翠。

青塚！他早聽說過，塞外一片黃沙白草，唯獨昭君墓上草色青青！昭君！那原該用金屋貯之的漢宮絕色，竟被畫工所誤，萬里投荒，嫁與不堪匹配的匈奴單于為閼氏！那一腔無以抒發的幽怨，只能寄託在如杜鵑泣血的琵琶絃音中；那墳上獨青的草色，想也是芳魂不泯的精誠所致吧！上天，賦與了她絕世姿容，竟只為了要她去完成這樣一件絕世的艱鉅：以自己的美色，去換取漢室的和平，去維護萬千黎民的生命！

一紅顏，而繫天下安危！昭君！明妃！你是該為自己悲涼身世哭，還是為自己偉大功業笑呢？青塚，面向著南方；她生前望了一世，死後仍念念難忘的方向；只因，那兒有她的國、她的家，她的君王！

她只是一個弱女子啊！這樣千鈞的重擔，無端壓下，壓碎了她的夢，也壓碎了她的心。「和親」，她勉力擔負這重責大任，勉力以自己笑靨迎人，苦淚暗吞的日復一日，去換取漢室短暫的承平歲月。

他不知道，是什麼力量讓她也許憾恨，卻無悔的承受了這讓人嗟嘆不平的命運！來到這兒，也回首望向南方時，他忽有所悟；是「情」，誤盡蒼生，也令人九死無悔的「情」！為了一縷繫往家國、繫向君王、繫念蒼生的柔情，她才辭漢宮、別帝闕，把自己的青春，送進了大漠，終而連同孤絕的寂寞，葬進了黃沙……那千古的沈哀，向何處傾訴？那些執金戈，騎鐵馬，橫掃千軍，叱咤風雲的武夫們，可曾理會得「獨留青塚向黃昏」那沈默的寂寞和蒼涼？

天上的黃雲，凝結成低垂的鉛塊；只有西天一線，篩下薄薄日影，落向千重萬疊，深邃幽森的遠山。日影無言，深山無語，卻融成一片繾綣淒艷的蒼茫；昭君呵！你讓人心碎的那份深情，可也如長逝深山懷抱中的一抹夕照，無言地、無悔地，孤注一擲地甘心自殉？

軍士們紮下了營，準備過夜。四野寂寂，只有呼嘯的凜冽秋風瑟瑟蕭蕭。守著一盞孤燈，他思維仍縈繫著那草色青青，離鄉萬里的青塚孤孑……

「下雨了！」

軍士欣喜地進來報告；雨，在塞外，是生命所繫的甘霖呀！

點點滴滴，為塞外深秋的夜晚，更增添了多少蕭瑟淒寒；直沁入心底的淒寒。才一日呵！他已不勝。昭君！你怎忍受了數十寒暑？或者，昭君，這點點滴滴的，不是雨，是你流不盡、拋不完的珠淚淋淋？

❀

這一闋〈蝶戀花〉的作者是納蘭成德，他天性的多情淳厚，在他的詞中流露無遺，如一般人寫出塞，多傾向豪壯，而他，卻寫出「一往情深深幾許，深山夕照深秋雨」，如此痴絕淒絕的句子，使人讀之，也為這份淒美深情感到淒楚得心頭隱隱作痛。或也因此，他年壽不永吧，卒年才三十一歲。

念奴嬌

厲鶚

秋光今夜，向桐江為寫，當年高躅。風露皆非人世有，自坐船頭吹竹。萬籟生山，一星在水，鶴夢疑重續。拏音遙去，西巖漁父初宿。

心憶汐社沈埋，清狂不見，使我形容獨。寂寂冷螢三四點，穿破前灣茅屋。林淨藏煙，峰危限月，帆影搖空綠。隨流飄盪，白雲還臥深谷。

一葉扁舟，飄浮在銀波上。在七里灘頭，一縷幽咽的簫聲，衝破了沈寂，在夜空中迴旋，引動四面山峰，遙相應和；似乎沈睡的萬籟，都給喚醒了，紛紛共鳴回響。

盤坐船頭的吹簫人——厲鶚，一時有著不知此身何在的感覺；微風輕拂著他的頭巾，冷露沾濕了他的鬚髮，這桐江的秋夜，似乎在特意向他描摹著一個清幽奇絕的境界；那境界似不屬於人間，只屬於高人逸士。

是屬於高人逸士的。當年，嚴子陵佐漢光武中興之後，所歸隱的西臺，就在桐江畔。嚴子陵高潔的風標，也只有這清奇曲折的桐江山水，才有幸被他選為終老的隱居之地吧！這清秋的月夜，瑩澈得宛如纖塵不染的水晶世界；彷彿用無聲的言語，向舟中過客闡述著當年嚴子陵的高風亮節。

明月，灑下銀色的巨網；包羅了天空中的星群，掩沒了星群熒熒的微光。只有那領袖群倫的大星，仍孤傲地峙立著，以分庭抗禮的姿態，在水波上投射著尊嚴的光影……

這星月、這秋色、這山水……織成一片似曾相識的迷離，使吹簫的厲鶚困惑起來；他確切地知道，這是他第一次來到桐江，不可能「曾相識」……停下吹奏的洞簫，他思索著；一篇絕妙的文章，湧向腦海，他隨口吟誦出來：

「……月出於東山之上，徘徊於斗牛之間；白露橫江，水光接天；縱一葦之所如，淩萬頃之茫然……扣舷而歌之，歌曰：『桂棹兮蘭槳，擊空明兮泝流光。渺渺兮予懷，望美人兮天一方。』」

望著手中的洞簫，他怡然而笑：

「客有吹洞簫者；倚歌而和之；其聲嗚嗚然，如怨、如慕，如泣、如訴，餘音裊裊，不絕如縷……」

是蘇東坡數百年前已為他預寫好了今日佳景，還是他接續著蘇東坡〈後赤壁賦〉：「時夜將半，四顧寂寥。適有孤鶴，橫江東來；翅如車輪，玄裳縞衣，戛然長鳴，掠予舟而西去也。須臾客去，予亦就睡……」那一個未醒的大夢？

翹首穹蒼，他幾乎企望著東坡夢中化鶴飛來的羽衣道士，也翩然蒞止；企望著一聲鶴唳劃破長空。

然而，四山空寂，杳無人聲；只有遠處傳來幾聲柔櫓，想是柳宗元當日所詠，夜傍西巖宿的漁翁，夜深歸去……

夜寂，山空。他忽然有著難以排遣的寂寞；滿目奇絕的山水；滿腔熾熱的抱負；滿懷蘊藉的詩情……竟無人共享、共擔、共賞！他喟嘆起來；浙江，原也是鍾靈毓秀之地，像漢代的嚴子陵，像元初的汐社會友……他自知無法和嚴子陵比擬；一個具有大智慧的隱者，所忍受孤獨況味，不是他所能承受的；嚴子陵的超逸高卓，也不是他能企及的。但，元初那一群宋末遺民組成，藉詩酒唱和來抒發積鬱；以「汐」流的夜間湧現，來暗喻潛藏的忠貞，清狂避世，卓犖不羈的「汐社」會友，卻使他嚮往歆慕。然而，是他們生早了，還是他生晚了？「汐社」早已風流雲散，為時間所吞沒，成為歷史的名詞。但他心目中，汐社那些人是那麼親切熟稔，那麼志同道合。他渴望著有一個屬於他的汐社，可是……他望著自己孤零隨身的影子，不禁黯然了；他沒有選擇孤獨，孤獨選擇了他……

桐江，幽深曲折。山隈水涯，點綴著幾間漁夫樵子居住的茅屋；這些茅屋，也像它們的主人一樣，遠離市廛，不染俗塵，融入了如畫的山水之中，宛如天成。他們依循著自然的法則生活，日出而作，日入而息。他們的生活單純而樸實，欣然而自得。他們的朋友，是大自然，是山林中的麋鹿，水澤上的鷗鳧。看！在這清冷冷的夜裡，幾點閃著青熒微光的螢蟲，正向茅屋飛去，穿牆入戶，尋訪它們忘機的友人。

山影中閃爍的螢火蟲，在他眼前消失了。山迴水折，大自然的舞臺在他這獨享著桐江月夜的舟中人之前，不斷變幻著布景。幽深的山林，沈默地屹立，在如銀月光中，有如一幅幅貼在銀灰的襯紙上的黑色剪影；造化那隻看不見的手，藉翦翦的清風，為山林剪下了山姿林影，那麼乾淨利落。是為了怕破壞畫面吧？林間的煙嵐，也收拾起輕縠似的面紗，躲藏到幽林深處。奇兀的山峰，向青天伸出巨靈的手，曳住明月的衣裾，纏著她玩捉迷藏……

舟子升起了片帆，清風懶懶地躺進了這為她而設的搖籃；在綠波溫柔的韻律中，沈沈睡去。凝視著臂彎中的愛兒，桐江那湖藍色的瞳子中，溶溶漾漾地，印烙著悠悠的帆影。

小舟隨波飄浮著，一片流雲隨風飄蕩著；飄過高山，飄過幽澗，歸向它所棲止的深谷。他心慕著流雲，卻無奈地在浩瀚無際的茫茫人海中飄浮；東南西北，無止無休……

這月下奇絕的清景，帶給厲鶚美感的極致，也牽動著他無名的悵惘。他以即興的方式，唱出了情景交融的新作。歌聲清越，幾乎使四山都共鳴回響。

❀

厲鶚，是清初浙江錢塘人。清康熙五十九年中舉，高宗元年參加博學鴻詞科考試，不第而歸，隱居以著述終。性嗜書，博學，對宋代文史尤其專精，有獨到的成就。詩文詞曲俱工，在後人評論中，稱他的詩幽新雋妙，詞冷峭獨絕，自成一格。

〈念奴嬌〉是他於月夜過七里灘，感於桐江夜景，不類人間，即興嘯歌的作品。對景色的描寫，清絕幽絕，合於詩中有畫之旨。「汐社沈埋」，是否有所隱喻，或只是即景生情（汐社主人謝皋羽，本為文天祥幕僚，文天祥死後，謝獨登嚴子陵垂釣的西臺，痛哭狂歌，為文天祥召魂。「汐社」為謝所領導，謝死後，亦葬於西臺附近。）不敢妄測。但因「汐社沈埋」等句，使得此詞不僅是寫景而已，更有了憂國傷時的感慨，使這闋〈念奴嬌〉讀來清奇中蘊蓄著沈鬱，增加了此詞的份量。

厲鶚小傳 厲鶚，字太鴻，清代錢塘（今浙江杭州）人

他出生孤貧，力學，博覽經史，於清聖祖康熙五十九年中舉人，試禮部不中。十餘年後，參與博學鴻詞考試，又不中，有才無命，一生功名無緣，隱居著述以終。乾隆十八年卒，年六十二歲。因無子，神主無人供奉，時人乃送至黃山谷祠中供祀。

他長於詩文詞曲，詩工五言，詞法南宋，曾與查為仁同撰周密《絕妙好詞箋》，著有《樊榭山房集》。

水調歌頭

張惠言

東風無一事，粧出萬重花。閒來閱遍花影，惟有月鉤斜。我有江南鐵笛，要倚一枝香雪，吹徹玉城霞。清影渺難即，飛絮滿天涯。

飄然去，吾與汝，泛雲槎。東皇一笑相語，芳意落誰家？難道春花開落，又是春風來去，便了卻韶華？花外春來路，芳草不曾遮。

東風，該是最閒散無事，自由逍遙的了；每天這邊逛逛，那邊走走，隨意揮灑，就點染出一個千花百草、姹紫嫣紅，爭奇鬥麗的花花世界，令人目不暇給。

人，賞花總在白天；總是走馬看花，匆匆忙忙的。若要想靜靜觀賞花的姿態之美，細細品味花的神韻之幽，那，恐怕必須讓照影明月，拔品賞花影的頭籌了。而，無疑，若以花影品評花的名次，「疏影橫斜水清淺，暗香浮動月黃昏」的梅花，是艷冠群芳的！

經常在月下徘徊賞花的張惠言，在經過仔細觀察之後，得到了這樣的結論。想到梅花，他興致勃勃取來了一枝鐵笛，想倚著一樹梅花，吹一首〈落梅花〉的曲子；直吹到夜盡天明，雲興霞蔚的清晨。但是，他有鐵笛，他有雅興，梅花，卻早已凋零，再也喚不回那暗香浮動的橫斜疏影。在笛聲中，漫天飛舞的，不是梅花香雪，是隨風飄泊的楊花柳絮。

百般的不甘哪！他邀約了年輕的朋友楊子掞：

「我們一起找東皇理論去！」

「找東皇？東皇在那兒呀？」

「在天上呀！」

「我們是凡人哪，怎能上天去？」

怎麼不能呢？當年張騫探黃河之源的時候，不是就曾乘著雲槎，直遡到牛郎織女所居的天河嗎？他冥想著，一路淩風馭氣，到達天宮，東皇也不能不含笑相迎吧？

他要問東皇：

「你到底有什麼計劃，有什麼打算呢？對人間的百草千花，你都看遍了，究竟屬意那一種？為什麼花開得好好的，又要她凋落；春風來到了人間，又把他招走；就這樣反覆不定，辜負了春光？只留下無限憾恨、惆悵，惹人感傷！」

東皇，想必也無言可對吧？那：

「你該讓春天再回來呀！你看！雖然遍地芳草，可沒有擋住春的來路呀！」

這一闋〈水調歌頭〉是清代張惠言的作品。他的詞，曠達疏俊，主寄託，與同時代人崇尚清空迥異。有「春日賦示楊生子掞」一系列〈水調歌頭〉，音韻鏗鏘，讀來如行雲流水，卻又富哲思深致。這闋〈水調歌頭〉，就是其中之一。

張惠言小傳　張惠言，字皋文，清代武進（今江蘇武進）人。

他早慧，十四歲便為童子師。敦品力學，清高宗乾隆五十二年進士及第，官翰林院編修。嘉慶七年卒，年四十二歲。

他長於辭賦，工篆書，文章出於桐城，而別立一宗，人稱陽湖派。尤工於詞，主尊體之說，專主寄託，與當時浙中名家，標榜清空有異。曾輯唐宋四十四家詞，合為一集，名《詞選》。他的詞風，沉鬱痛快，悱惻纏綿，詞集名《茗柯詞》。

水調歌頭

張惠言

百年復幾許，慷慨一何多？子當為我擊筑，我為子高歌。招手海邊鷗鳥，看我胸中雲夢，蒂芥近如何？楚越等閒耳，肝膽有風波。生平事，天付與，且婆娑。幾人塵外相視，一笑醉顏酡。看到浮雲過了，又恐堂堂歲月，一擲去如梭。勸子且秉燭，為駐好春過。

人生不滿百；就算人生百年吧，數數看，過去了多少？剩下的，又還有幾許？人生，已夠短了，偏偏教人激昂，教人感傷，教人憤懣不平的事，還來得個多，這可怎麼辦呢！來吧！朋友，別空自感慨嘆息，取出你的筑來，為我奏上一曲；一如當年高漸離在易水畔送別荊軻。也讓我為你慷慨高歌；唱出我們的笑，唱出我們的淚；唱出澎湃的激情，唱出鬱結的塊壘，聽我為你唱呵！我的朋友，一如聽伯牙鼓高山流水的鍾期。

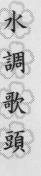

海鷗悠閒地在波濤之上，一望無垠的海天空闊中翱翔。牠不解世界的滄桑；也不管世間的冷暖；更不問世途的艱辛。牠們豈不也活得無憂無慮，自由自在？人，或許也該學學牠的瀟脫忘機吧！

「來呀，海鷗！」

站在海邊招手呼喚，把胸懷無限地擴大，化作一片雲夢大澤。

「來呀，海鷗，飛到我心中的雲夢澤間，看看其中還有多少消不了的不平，除不掉的芥蒂？」

一隻鴻雁飛過天際，越人見了，以為是鳧；楚人見了，以為是乙。這種沒有看清真象，卻各執一詞，自以為是產生的無端爭執，在人世間，豈不是太尋常了？別說兩國人、兩個人之間，易生紛爭；一個人自己跟自己，不也常善與惡、情與智、義與利……在面臨抉擇時，掙扎、衝突，風波迭起？肝膽且不易和平相處、彼此相照，人與人之間的誤會、紛爭，豈不更是等閒的事了？

一個人，一生的順逆、榮辱、窮通，都是上天給予的考驗；不但以「勞其筋骨，餓其體膚」來考驗人的志節，也以富貴、顯達來考驗人的操守。如此，生平際遇，又有什麼可耿耿於心，難以釋懷的？天下本無事，何須庸人自擾呢？朋友，且放開心懷，怡然自得地隨歌起舞，弄影婆娑吧！這世界誠然不夠美好，但終究有幾個人能擺脫塵俗，悠遊塵外呢？就算是他們，看到我們的瀟脫悠遊於塵世中，也會欣然傾杯，在他們酡紅的醉臉上，抹上欣慰的微笑吧！

天上的白雲，在我們的眼前悠然飄逝，常使我們歆羨、讚歎。有多少人能自浮雲飄逝中憬悟：我們的青春年華，歲月、生命，也並沒有停頓留駐。我們看不見，然而在我們不覺不察中，歲月飛逝如同織機上飛擲的木梭；只怕在我們眼前飄逝的，不是悠然浮雲，而是我們可珍的，喚不回的歲月呵！

朋友！不要沈湎於短暫的歡樂；不要困頓於人世的憂傷，不要讓昨日的陰雲遮住了今日燦亮的麗日；不要為明天的難題辜負了今宵皎潔的明月。把握住每一個「現在」才是最真實、最重要的。

來呵！朋友！不要慨嘆光陰易逝——在你的慨嘆中，可知光陰又逝去幾許？不如點上一支燭，學習那些深知惜時而秉燭夜遊的古人。點上一支燭，照亮黝暗的黑夜；延續匆驟的白日；留駐美好的春光！

❀

〈水調歌頭〉這一詞牌，自蘇東坡「明月幾時有」以來，大多節奏明快，詞旨也放曠灑脫，少閨閣氣。整個情調，似也不宜於雕琢堆砌，所以後人填此調，多宗豪放，而少婉約。張惠言的這一闋詞，也是洋洋灑灑，平易質樸，率真可愛。琅琅讀來，如行雲流水，酣暢淋漓。張惠言於詞倡尊體之說，專主寄託，而此詞縱不知其寄託所在，又何礙於它的疏雋引人呢？

水調歌頭

張惠言

今日非昨日，明日復何如？朅來真悔何事，不讀十年書。為問東風吹老，幾度楓江蘭徑，千里轉平蕪。寂寞斜陽外，渺渺正愁予。　千古意，君知否？只斯須。名山料理身後，也算古人愚。一夜庭前綠遍，三月雨中紅透，天地入吾廬。容易眾芳歇，莫聽子規呼。

昨天、今天、明天……在昨天，今天還是未知的未來；到了今天，昨天已是永遠難追的過去了；而明天，又在前方相待。歲月，就在這不斷推移、不斷流失的昨天、今天、明天中堆積。明日不可知，昨日不可追，人生可以掌握的，其實只有今日呵；然則，又有多少人真正試圖掌握了？以自己來說吧，不就老是在「等明天」中，把「今天」蹉跎了？明天！明天！明天又如何呢？當「明天」成為「今天」，不也蹉跎如故，而把希望寄向下一個「明天」！

不管人如何蹉跎，歲月可是不饒人的；一晃，十年了。如果，早在十年前發憤讀書，如今，不知如何飽學了，又豈會在驀然回首之際，徒然後悔嗟嘆！

「少年不努力，老大徒傷悲。」

張惠言想著，嘆口氣；這句話，大概所有的讀書人，在啟蒙時便耳熟能詳；卻有那一個少年，能真正領悟？到能有所感慨、有所領悟時，總都到了「徒傷悲」的「老大」之際。到自己領悟了，急著去警惕下一代少年，怕他們重蹈覆轍；卻也在他們狂傲、自負的臉上，看到昔日自己那不以為意，乃至不耐的神情！人，總是後知後覺的；人，總是不斷重複輪迴著前人已然經歷的錯誤的！人，總是到一切都太遲時，才悔悟昔日如何任前輩「言者諄諄」，而「聽者藐藐」如故的！

幾度花開蘭徑，幾度葉落楓江；一年年東風催放嫩蕊，又催老了殘紅；佈置出一個花團錦簇的舞臺，又無情的拆除摧毀了紫姹紅嫣，只留下一片一望無際的綠野平蕪。

斜陽，又銜山欲落，蒼茫的大地，寥廓凝寂；他落寞地把目光投向漸為夜幕吞噬的遠方，一種不知自何處來，也無以名之的愁緒，如夜幕般，形成了一片灰色的網，自四面八方，向他逼近……

辛苦料理文章，藏諸名山，以俟來者，也是古人一點癡心吧？萬世千秋，就永恆而言，也不過是一瞬之間哪！一個人，當世尋不到知己，又如何期於後世？即使後人稱賞，對寂寞一生的作者，又有什麼意義呢？

與其把自己埋在「不遇」的籠牢裡，何如拓展心境，不求見容於人、於世，而去容人、容世？看！只要把門窗打開，雨中的紅花，庭前的綠樹，不都隨著時令季節，展現丰姿；天地萬物，不都成了自家的陳設？

春，是留不住的；又何必徒自為了必然消歇的群芳，在杜鵑聲聲「不如歸去」中感傷呢？讓花自然地展放、萎落吧！當群芳落盡，自有一季濃綠的夏，送入眸中。

❀

這一闋〈水調歌頭〉，是清乾隆時代的詞人張惠言的作品，他有一系列的〈水調歌頭〉，寫他對人生的了悟，頗富哲思；這一種瀟灑，帶有道家超脫情致的風格，使他與當時以「清空」標榜的浙中詞風，大異其趣。他自己是主張作品要有主題，要有內涵的。他自己的作品，正為他的主張做了揭示。

張惠言詞作並不多，僅四十六闋而已，雖非大家，卻也在清詞中佔了一席之地。

水調歌頭

張惠言

長鑱白木柄，斸破一庭寒。三枝兩枝生綠，位置小窗前。要使花顏四面，和著草心千朵，向我十分妍。何必蘭與菊？生意總欣然。

曉來風，夜來雨，晚來煙；是他釀就春色，又斷送流年。便欲誅茆江上，只怕空林衰草，憔悴不堪憐。歌罷且更酌，與子繞花間。

在臘盡春回，寒意還未全消的時候，張惠言就荷著一支白木為柄的鑱子，走進了庭院中。選擇了適當的位置，他把鑱子插入了冷硬的土地，用力一翻，就翻鬆了一塊土壤；在他書房小窗的前面，他闢出了一方花圃。在辛苦把花圃中的土壤全翻鬆了之後，他微笑拭去汗水，埋下花種，然後，是一段等待的時光……

一枝、又一枝新生的嫩芽，悄悄地自土地中探出了頭；他更辛勤了，除草、施肥、澆水，不肯假手於人，他希望得到一分完全屬於自己的喜悅！

凝望著日益青葱的嫩枝嫩葉，憧憬著未來的美景；這塊園圃中，將有紛紅駭綠的百草千花，在他窗前爭奇鬥麗；姹紫、嫣紅、鵝黃、粉白，每一朵花，都向他呈現著麗影嬌姿，感謝他辛勤培育。

他的園中，並沒有栽培奇花異卉；也沒有名種的蘭花、菊花之屬，只是平凡的花草罷了。但，平凡，何曾妨礙了她們的美麗？她們不嬌貴，不難養，不怕雨露風霜，更呈現著一片欣欣的盎然生意。

幾陣清晨的柔風；幾絲深宵的細雨；幾縷薄暮的淡煙，這些大自然的恩賜，便醞釀出了一個醉人的春！春波漲綠，春草芊綿；春鳥婉轉，春花綻放……春色，宛似一望無際的海洋，自四面八方洶湧而來，把人淹沒在一片春的浪潮中。

而，當人正沉醉留連，在春光中忘我的時候，春又悄悄的遁去了；一去無影無蹤，不僅帶走了隨她而來的一切，也帶走了人的青春歲月，似水年華……

也曾想斬荊披棘，誅除茅草，在山隈水涯，開闢出一片躬耕歸隱的天地；卻又擔心，在空寂無人的山林中，草萊吞噬了田園，荒蕪的景象，較之花開花謝，春來春去，更令人感傷。

罷了！罷了！不如老農老圃，早是定論；既生為詩人，還是及時行樂吧！唱一曲新詞，洗盞更酌，偕同詩朋酒侶，尋詩覓句，徜徉在春光爛縵的花叢中！

❀

這一闋〈水調歌頭〉是張惠言「春日賦示楊生子掞」的五首〈水調歌頭〉之一，情致瀟灑中見曠達，堪稱佳作。

木蘭花慢

張惠言

儘飄零盡了，誰人解，當花看？正風避重簾，雨迴深幕，雲護輕幡。尋他一生伴侶，只斷紅相識夕陽間。未忍無聲墜地，將低重又飛還。　疏狂情性，算淒涼、耐得到春闌；但月地和梅，花天伴雪，合稱清寒。收將十分春恨，作一天愁影繞雲山。看取青青池畔，淚痕點點凝斑。

一陣東風，吹起了滿天一毬毬、一團團，柔絮般纖白輕盈的楊花。是楊花！眼見得再禁不起幾陣東風，楊花也就吹盡了。從梅花開始，經過了多少番花信了？每一種花，紅的、白的、黃的、紫的；單瓣的、重瓣的，花輪大的、花輪小的……當她們喧妍枝頭，總有人歎賞；當她們飄零飛墜，總有人憐惜。只有楊花呵！徒具了「花」之名，又有誰，曾把她當作一朵可歎可賞、可憐可惜的花來看過？

暮春，霎兒晴，霎兒陰；一會兒刮風，一會兒下雨。人們，都垂下了重重的簾幕，來阻隔風雨。

雲，也沉沉低壓著，密密守護著人們懸在枝頭上的五色春旛。

冷落的庭院，是這樣的沉寂；飄飛的楊花，癡心的想尋找她短暫生命旅途中的知己，卻深深的失望了，能在一日將盡的夕陽影中，與她偶然邂逅，旋即離分的，只有同樣凋零萎謝，飄泊無主的落英殘紅。

百般的心有不甘哪，怎甘心就此墜地，無聲無息的化作沾泥絮？因此，她努力掙扎著，在即將低飛墜地的時候，又藉著風力奮起，繼續覓覓、尋尋……

有著瀟灑不羈，有著疏俊不群，也有著狂放不檢；這種性格，多麼不易為人接受了解！於是，只能忍著淒涼，守著孤寂；直到群芳落盡，春殘鶯老，才登上即將落幕的春之舞臺。

生不逢辰，也不是她自願的吧？如果，她能趕得上，與佔取先春的梅花同時；月夜，與梅花同在地上描摹瘦影，下雪時，與雪花同樣紛飛滿天，那，也許人們的看法就不同了；在人們口中，她的纖白、輕柔，便足與梅花並稱，與雪花共譽了！

落梅花與折楊柳，不是笛曲中的雙絕嗎？古代的才女謝道蘊，不是曾以柳絮來咏雪花嗎？為什麼，清如梅，潔似雪的楊花，卻不遇如此，得不到詩人的眷顧讚頌！

這滿懷的委曲幽怨，除了默默吞嚥之外，又能如何呢？也只能化成滿天飛舞的愁影，遮斷了遠山，一如美人眉山上掩抑的愁雲。

楊花柳絮，終將吹盡，吹不盡的，是她含恨賫志的不平與幽怨吧？這一份幽怨，將化成點點淚痕；斑斑的匯聚在池塘裡，把池塘都染成了一池凝碧！

❀

這一闋〈木蘭花慢〉，是清代張惠言的作品。他的詞風，常於清麗之中，蘊蓄著耐人尋味的哲思，又有一份雋爽灑脫的氣質，與當時江浙一帶以「清空」為主流的詞風，大異其趣。由這首詠「楊花」的作品，也不難感覺其中的託喻成份，雖未能實指，也不可以一般浮泛的「詠物詞」視之。

臺城路

項廷紀

采香吟老蘋洲綠，疏花細垂涼穗；荇蔓分肥，蘆根比瘦，添了橫塘秋意。鉛華倦洗，怎未到飄零，自憐憔悴？小立蜻蜓，冷煙紅颭夕陽碎。

明明翠綃聚淚，短篷凝望處，離恨難寄。怨碧江蘺，愁黃浦柳，一樣飛蓬身世。沙頭岸尾。蘸幾筆胭脂，水村圖裡，倒影漚波，欲扶扶不起。

湖上的蘋草，在採蓮、採菱的歌聲，逐漸疏落時，也失去了原有的碧綠，轉為淺白。湖水，在蘋老荷枯之後，頓然開闊了，也黯淡了；失去了夏日那一份碧亂紅喧的絢美，一下，單調了起來。

就為了點綴這單調的秋色吧？蓼花，抽出了細細的花穗，默默綴上了細碎的紅色小花。

花？與那些花形美麗、花色繁富的花來比，她實在配不上稱之為「花」！她那麼細碎、微渺，若不是千百朵簇生成穗，幾乎要使人忽略她的存在了。真的，幾乎是瘦弱得可憐哪！又怎能怪得她呢？

水邊的荇蔓，分去了她太多的滋養；而蘆葦，又高又壯；比起來，她竟比蘆根粗不了多少。雖然如此，她還是迎著秋風開了！那麼怯怯地，落寞地開了。

幾乎是生來就帶著秋日的蕭颯；把秋意，點綴得更濃烈了。也是自知不具姿容之美吧，她始終低眸垂首，卻堅執著保持自己的本色；不肯借鉛華脂粉，裝扮容顏，取媚世俗。也因此吧，她從不曾有過嬌嫩燦美的青春，總讓人感覺著未老先衰的淒涼，未曾飄零，已自傷老大……

唯一能慰藉她的，只有偶然停駐在她枝上的蜻蜓吧？暮色煙中，落日暉裡，晚風，搖曳出一片欲碎的紅影；在她的沉默中，又送走了一個寂寞秋日。

江蘺，總怨著碧老；浦柳，總愁著黃衰。蓼花，豈不也和他們一樣，生來就不屬於繁華；只在這沙岸水邊，勉強佔一席立足之地，在清霜冷月中，過著為世所遺的冷淡生活；身世飄零，無人存問。何嘗不希望像菊花之逢陶淵明、蓮花之遇周敦頤，梅花之遇林和靖一樣，在茫茫人海中，邂逅相逢，遇到一個足慰平生的知己，但……

她幽幽地在西風中長嘆；不是不怨、不愁呵，她卻把淚藏到了如翠綃的葉鞘中，讓它在那兒凝聚、奔流。而只淡淡地佇立著，凝望著一葉葉自她面前划過的扁舟；沒有人，為她停駐，沒有人，為她載去那難寄的幽恨、閒愁……

在畫家眼中，她，只是在沙灘上，在隄岸邊的一簇水草。當他們要畫秋江水村的圖畫時，只消醮幾筆胭脂，隨意渲染，便畫出了一片紅蓼秋色；不必細觀，不必近覷，她本無姿無容，只是點綴秋江的一抹殘紅。

誰知道她一直等待著知己，直到，再也扶持不住，仍俯視著江波中的瘦影，把自己沉浸在水中，幽幽飲泣……

項廷紀小傳　項廷紀，原名鴻祚，字蓮生，號憶雲生，清代錢塘（今浙江杭州）人。他於清宣宗道光十二年中舉人，兩度參加進士考，均落第。歸家後，不久即病卒，年僅三十八歲。他家中富有，而性格憂鬱，工愁善病；曾有名言：「不為無益之事，何以遣有涯之生。」自稱生具「愁癖」，負才孤傲，落落寡合。三十歲後，一再遭家變，又失意功名，以致早卒。他的詞風幽艷空靈，風格近於南宋末世的張炎、王沂孫，與納蘭成德、蔣春霖，被譽為清代三大詞家。詞集名《憶雲詞》，與蔣春霖的《水雲樓詞》合稱「二雲」。

滿庭芳

蔣春霖

黃葉人家，蘆花天氣，到門秋水成湖。攜尊船過，帆小入菰蒲。誰識天涯倦客？野橋外，寒雀驚呼。還惆悵，霜前瘦影，人似柳蕭疏。　愁余。空自把，鄉心寄雁，泛宅依鳧。任相逢一笑，不是吾廬。漫託魚波萬頃，便秋風，難問蓴鱸。空江上，沈沈戍鼓，落日大旗孤。

又是秋水氾濫的季節，一到秋天，江水和海水裡應外合的助瀾推波，這座落在長江畔的海陵，便頓成澤國。遠近村落，彷彿是浮在蘆花蕩中的小島；村人來來往往，都必須用家家皆備的小船為交通工具。秋水，直漲到家門口，屋畔的老樹秋黃，屋前的蘆花翻白，小舟，行駛在蘆葦間；有些人家竟就以船為家，過起水上人家的生活了。

負手門前，望著這一片海陵特殊的秋日景象，蔣春霖微微一嘆；在海陵寄籍多少年了？一開始，真驚惶得手足無措，深恐淹沒了屋宇。當地父老告訴他，這並不是洪水氾濫，而是定期而至的秋水，年年如此。屋宇，都是先人仔細勘查度量過，水頂多及門而止，絕不會淹沒了屋宇的。多少年了？他也竟如海陵當地父老，見怪不怪了。也習慣村人攜著家釀的酒，駕著小船，穿蘆越蒲，呼他共飲，閒話時事、家常。

時事！他黯然了，這些年，兵革頻仍，看來朝廷也是左支右絀；時局一亂，又將有多少人妻離子散、家破人亡；而他……他不禁低吟：

「我亦有家歸未得，杜鵑休向耳邊啼！」

有多少人了解他心中的這一份隱痛？他的「有家歸未得」，不因兵災，不因流離，只為無顏見江東父老呵！

在他少年時代，就穎異秀發，資稟過人，被鄉親父老目為神童。尤其吟咏詞章，更連耆宿也擊節稱賞。豈知才高命蹇，長大之後卻一直沉淪下僚，無以奮飛。

有人說他個性太耿直孤介，有人說他恃才傲物，倨慢無禮。他不能自辯，這一身風骨，是他僅存的自尊。因此，他潦倒，他落魄，他流浪異鄉，他……「我亦有家歸未得」……

他累了、倦了，才在海陵安頓了下來；海陵，和故鄉江陰，是「共飲長江水」的，然而，當他走過與故鄉依稀相彷的野橋邊、流水畔，只見覓食的寒雀野鳥，聞聲回顧，見影驚飛；他不由苦笑，連禽鳥，也知他是異鄉之客，心存猜疑呵！

柳葉，在西風吹起之際，便開始凋零；經霜愈瘦，只剩下疏疏柳條，在風中搖首嘆息。是人如柳，抑是柳如人？他望著自己瘦長的身影，不由悵觸萬端。

一年年，就這樣看著秋水漲起，望著鴻雁南飛，他早已習慣了，把思鄉之情，寄託在雁影上；習慣了，像野鴨一樣，安於靠一隻小舟安身立命的生活。習慣了，在與別人的小舟相遇時，停舟閒話一回，再一揖而別；舟中無堂無室，不能待客，便是這有堂有室的「家」，又怎算自己的家呢？那只是一所房舍，安頓了身，安頓不了心的房舍……

長江，更遼闊了，碧波萬頃，浩瀚如海。只一江之隔呵！雖同飲長江水，也不是那令張翰為之棄官歸去的江南；秋風起時，蟹嫩鱸肥，令人思念不置的江南！

沉沉的戍鼓，隱隱隨風傳來。暮色隨著日薄西山而弇然四合，夕陽餘暉無力地照著；照著那江邊戍守的水軍軍營中，寂寞矗立秋風裡，隨風飛揚的旗幟。

蔣春霖小傳

蔣春霖，字鹿潭，清代江陰（今江蘇江陰）人。

他自幼穎悟，讀書十行俱下。登黃鶴樓賦詩，旁若無人，時人目為「乳虎」。及長，不得志，沉淪下僚；咸豐年間，為淮南鹽官。為人落落寡合，旋去官，浪遊江湖；於歌樓酒肆，跌宕自適，不事生產，窮愁潦倒。友人杜文瀾憐其才，時加周濟。晚年與女子黃婉君結不解緣，婉君不能食貧，他又往見杜文瀾請求接濟。正值杜文瀾公務繁冗，未能立時接見。他誤以為杜有意輕視，憤而歸舟，泊於吳江垂虹橋下，仰藥自殺。婉君聞訊，亦自殺以殉。時為同治七年，他年五十一歲。

他以高才而不得志，抑鬱激宕，託於詞章。又兼生咸同之際，國家內憂外患，風雨飄搖，詞境淒厲悲壯，雖法南宋姜、張二家，又因此而異於姜張。他一生崇拜納蘭成德與項廷紀，故詞集取二人《飲水詞》、《憶雲詞》各一字，為《水雲樓詞》。清代三大詞家，惺惺相惜如此！

西江月

文廷式

削竹閑裁菊枕，煮茶自洗椰瓢。一燈搖夢雨蕭蕭，苔院更無人到。　世翳已除眼纈，愁塵不上眉梢。布衣來往秀江橋，休問五陵年少。

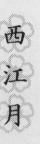

細細地削著手中的竹片，竹片由多刺的粗糙，漸漸平滑而細緻了。一下午，他就只做著這一件事；像一個小孩專注地玩著某種心愛的遊戲。不，不是遊戲，畢竟，他早已不是懵懂無知的蒙童，而是歷盡人世滄桑的中年人了。人到中年，總該透澈些，總該淡泊些，總該豁達些，總該……於是，憤懣、不平，全隱藏到他無喜無悲的面容下了。他細細地劈削著那些竹片；那些扎人的竹絲，割手的竹刺，紛紛自他手中的竹片上灑落，灑得滿地。手中的竹片，在竹絲、竹刺削去後，卻光滑了，細緻了……

他忽然感覺自己也是一片竹，造化手中的竹；那些竹絲、竹刺，就如自己少年氣盛時代的鋒芒。那時的他是激烈的，尖銳的，不妥協的。就因為他太扎人、太割手了嗎？造化開始在他身上劈、削……於是，他得罪了權貴，失去了友朋，跌落了青雲；於是，他細細地，靜靜地，無悲無喜地劈、削著一片片的竹，為了裁製一個菊花枕；他記起他幼時，母親總是在秋天，採集菊花，曬乾了，縫在布囊裡，做枕頭用；母親曾告訴他，以菊花為枕，可以清心明目去邪穢。小小年紀的他，何曾懂什麼清心明目？只是喜愛那菊花枕中散透出來的清香，頭枕在上面，那細細清香就自鼻中直透心腑，他常不自覺的把臉靠向菊枕，在那淡淡馨香牽引下，朦朧墜入夢鄉，夢著在菊花叢中奔跑、遊蕩……

菊花的清香，仍在鼻端飄浮，他卻早已失卻了孩提時代的天真、拙稚和悠遊。不知為什麼，他在遭遇了重重的挫折和打擊之後，這樣強烈的想念起母親所製的菊花枕來，也憶起母親那慈煦溫柔的話語：

「菊花枕是可以清心明目去邪穢的。」

母親一定祝禱著自己的愛兒，一生心清目明，邪穢不侵吧！然而，母親！您怎會料到，您的愛兒正因「心清目明」，知其不可而為，致忤權貴，而跌落青雲，放浪江湖！母親！您怎知「心清目明」和「邪穢不侵」間，竟有著這樣不能相容的矛盾！

放下手中的竹片，他輕咽下已浮上唇邊的嘆息，感覺到有些口渴，目光滑向案邊的茶壺；想起那壺是空的；今天，他還沒有為自己烹茶呢！在未退出仕途前，他也烹過茶，在文會雅集中，作為風雅的點綴。精緻的茶具；極品的茶葉；特選的清泉；一切預備的工作，早由僮僕安排好了；然後，他為佳客煮茶，以為詩意的餘興……如今，沒有了僮僕，沒有了那些精雅講究的茶具、茶葉、泉水，沒有了座中佳客。有的，只是因少人行，而布滿青苔的院落；一盞在四壁搖出夢般模糊暈彩的孤燈，照著默默洗著一隻椰殼做的舀水瓢的他。他洗淨了瓢，為自己煮茶，茶煙無聲地上騰裊繞，窗外，雨瀟瀟地下著，密織的雨簾，包圍著清醒的他，和他破碎的夢。

夢中的他，是春風得意，裘馬輕肥的五陵少年，光緒十六年，高中進士，一甲第二名，才名動公卿，爭相結納。在他乞假歸省，路過天津時，權傾一時的李鴻章也大加禮遇，贈他豐厚的程儀，那一番風光，在宦海、士林間傳為美談，都說李鴻章慧眼識人，有意栽培他為後繼者。

他深深地嘆息，心中交織著矛盾和痛楚；在那把酒交讙的時候，何嘗料到數年之後，竟會因政治立場的衝突，而水火不容，反目成仇呢！

假滿回京，由於翁同龢的力薦，加上他的女弟子，當時已入宮的珍妃，一再向皇帝誇讚他的才華，而得到皇帝特別的恩遇：翰詹大考第一，一下由翰林院編修，升為侍讀學士。在他，固然是平步青雲，意氣風發，卻也因此種下了禍根。

甲午，日本侵略朝鮮，他悲憤於以李鴻章為首的主和派的畏葸懦弱，挾倭自重，於是專摺彈劾李鴻章。他知道李鴻章深受慈禧太后寵眷，此舉徒自結怨，無異以卵擊石；李鴻章當年對他的一番恩遇，也使他心頭思緒糾結如亂絲。私情、公義，在他心中激烈的交戰；他獨對寒燈，一夜未眠，直到破曉，他以臨大節的沈痛，寫下了奏章……

又一次，他震動了宦海士林，有人責備他忘恩負義，有人稱揚他大義無私……他疲倦地把自己關在書房裡，別人怎麼臆測猜想，對他已不重要了；重要的是：他知道自己做了什麼，知道自己為什麼做；在面臨國家榮辱的時候，個人的生死、得失，能算什麼？他孤注一擲地，把自己化成一座警鐘，渴望敲醒那些昏庸又剛愎；懦弱又貪吝；自大又卑屈；只知逢迎取媚慈禧太后的武將文臣。

甲午戰敗，一方面因慈禧挪用了海軍軍費大修頤和園，一方面是清廷官兵軍紀敗壞；貪生怕死，根本全無鬥志，不堪一戰。李鴻章喪師辱國之餘，把戰敗的責任，嫁禍主戰的清流，並藉機公報私仇，揣摩慈禧與光緒冰炭不容，最恨「帝黨」的心理，準備彈劾他為「帝黨」，煽起慈禧正無處發洩惱羞成怒的一團恨火，而置之於絕地。

他的朋友盛昱，聽到這個消息，力勸他避開鋒頭，不要無謂犧牲。於是，他立即以修築先人塋墓為名，乞假回籍。不久，果然被劾革職，他因已不在京，而逃過一劫……

繁華夢醒，醒得那麼迫促，那麼無奈；他一向心懷大志，冀望淩雲沖霄，有所作為的！一旦就這麼仕途斷絕，教他怎能甘心！然而，不甘心又能怎樣？頂多在詩詞中寄託，即使如此，還怕文字賈禍；那些同情他，卻有心無力的朋友，也只能賦贈些「春柳」、「惜春」為他惋嘆。藉著那些彼此會意的晦澀詞章，稍稍抒解一些國仇家恨交沓的鬱結。

就在這麼無可奈何的情況下，他終於也看破了：宦海風雲本來詭譎莫測，人生道路本來坎坷崎嶇；紅塵那容人獨醒？屈子懷沙，陶令歸田，也不過因為在夢寐朦朧中偏要醒！在混淆污濁中偏要清！他早該學會對世事視若無睹，以求明哲保身的！

不管是真的澈悟，還是強自寬解吧，他總算是掃去了眼中兜滿的世間雲翳，眉頭也不再為怨霧愁塵侵染。一襲布衣，遮蔽了一身孑然；一念潛沈，取代了一懷激越。放浪江湖，隱居茅茨……他淡淡地對自己一笑；或許，這就是自己的終極了吧，像手中的這一杯茶：茶由熱而冷，煙由濃而淡；往事，也如茶煙一般，漸冷、漸淡，終而歸於寂滅了。可不是嗎？當他以榜眼及第，大有「天下何人不識君」

之概時，當他翰詹第一，擢升翰林院侍讀學士時，何嘗料及會有蕭然一襲布衣，過秀江橋而無人識；蝸居於苔院茅簷而無人問的日子？

問？早已不堪再問了，只因那五陵年少的壯志雄心，在清宵夜雨中，在冷淡茶煙裡早已褪色，模糊、消逝……。

❀

文廷式，是清末人，字芸閣，號道希。未第時已才名甚著，光緒十六年，以「榜眼」及第之後，更聲譽噪起，一時公卿權貴爭相結納；李鴻章禮遇之餘，並有意培植他以繼己志，可見期許之殷切。這一方面固然是李鴻章藉此示好清流，另一方面亦可知文廷式確有才具，李鴻章才不惜折節。甲午，朝鮮東學黨作亂，朝鮮向清廷乞援，而日本亦藉口入侵朝鮮，中日發生衝突，當時清廷已積弱不振，主戰、主和兩派各執一詞，文廷式專摺彈劾李鴻章懦弱畏葸，有意挾倭自重。二人自此反目成仇，導致日後李鴻章挾怨報復，彈劾文廷式為「帝黨」而革職，終於放浪江湖，鬱鬱而歿的結果。

清代詞人，多祖南宋，刻意求工，效玉田、夢窗者多，唯文廷式，詞宗辛、劉，於時尚之外，別樹清健之幟，自成一格。失職之後，憤怨不平，又見國事日亟，百憂如搗，發為詞章，其音甚苦。此詞雖強作豁達語，豈真能及「世翳已除眼纈，愁塵不上眉梢」的境界？也正因如此，更見此詞濃烈的蒼涼意味，油然而生「人生多無奈」之情。

文廷式小傳　文廷式，字芸閣，號道希，清代萍鄉（今山西萍鄉）人。

他於清德宗光緒十六年，以第二名榜眼進士及第，授翰林院編修，進翰林侍讀學士。他在珍妃未入宮前，曾教珍妃讀書；及第後，極力支持光緒改革，被視為帝黨。故捲入慈禧太后與光緒皇帝的政爭中，被劾革職出京，放浪江湖間，光緒三十年卒，年四十九歲。

他生於內憂外患交侵的晚清，又處於政爭中，悲慨蒼涼之情難掩，發之為詞，風格近於辛棄疾、劉過，而與當時競宗周邦彥、吳文英的風氣有異，詞集名《雲起軒詞》。

蝶戀花

文廷式

九十韶光如夢裡，寸寸關河，寸寸銷魂地。落日野田黃蝶起，古槐叢荻搖深翠。　惆悵玉簫催別意，蕙些蘭騷，未是傷心事。重疊淚痕緘錦字，人生只有情難死！

曾以為春天來了，就此停駐人間；曾以為大地更新的氣象，不是短暫，而是長遠。

可是，梅花謝了，桃花謝了；梨花謝了，連荼蘼也謝了，那姹紫，那嫣紅；那嬌黃，那粉白，那一片錦繡的繁華大地；如今想來，竟如一場令人不敢肯定是否曾經存在過的夢，九十天，春季，它，是否曾經有過？

大地河山，每一寸的土地，都尋覓著春的蹤影，然則他們傷心了，失望了，他們彼此詢問，又彼此答覆：

「春天，曾來過嗎？」

「不知道！」

「有任何春天的蹤影嗎？」

「沒有。」

沒有春，沒有花；沒有可採的花粉，可吸的花蜜，在落日餘暉中，田野間翅羽單薄的黃蝴蝶，紛紛飛起；似乎想藉著微力弱息，遠離此地，另覓枝棲。而矗立在大地上，目睹滄桑興廢的老槐樹，和叢叢野生青蒿，也在狂暴的夜風中嘆息，搖曳出一片淒綠蒼茫的寒影。

何處低咽的簫聲，吹奏著斷續的驪歌悲愴？聽在失意遷客騷人耳中，更是肝腸寸斷的摧傷，令人不忍卒聽，又何由逃避？

榜眼及第！曾是何等榮耀的踏上仕途。本以為，仕途是達成兼善天下理想的途徑。然則，文廷式失望了，昏憒衰邁，以垂簾遙控傀儡皇帝的太后，只知割地賠款來饜足侵略者。只求粉飾太平的洋務大臣，不願聽忠諫，只希望他做一個吟風弄月、歌功頌德的詞臣！

便是詞臣，他也只能做屈原，做宋玉，不能做司馬相如，更不能做沈佺期、宋之問！

吟著滋蘭九畹，樹蕙百畝，到頭來只落得「哀眾芳之蕪穢」的〈離騷〉，心中哀傷迴折，何減當年屈宋？〈離騷〉可哀，仍以傷時與傷一己不遇為主題；而沉沉壓在他心頭的，又豈僅一己的沉浮？他不怕貶謫，不怕流徙；他負荷得了那些。但，若擔負在心頭的，是國家的存亡，是蒼生的禍福呢？

也想藉著紙筆，一傾積愫，但……

久久，久久，箋紙上仍是空白；不，不僅是空白，上面交疊著點滴縱橫的淚，他發現，文字，原來所能表達的，也是那麼有限。而他心頭負荷的，已超過了文字表達的極限。

沒有文字，至少，還有眼淚吧？他默然把疊疊重重淚水濡濕的錦箋，密密封緘。

這淚水會傳達一個訊息：他還有淚，他的心猶未灰，情仍未死……

❀

清末，滿清政府腐敗，在慈禧昏庸、李鴻章軟弱之下，列強瓜分蠶食中國，不平等條約的恥辱，更激起有識之士的悲憤。文廷式曾受知於李鴻章，此際，基於義憤，也不顧蚍蜉力微，欲撼大樹，彈劾李鴻章畏葸，有挾洋自重之嫌。李鴻章大怒，欲加陷害。幸而消息走漏，文廷式以返鄉修祖先墳墓之名乞假，以避鋒鏑。不久，仍以「帝黨」被劾，永不任用，他抑鬱放浪江湖間，不數年而卒。

在任何一個國家，知識份子都是社會中堅，青年學生更是民族希望。如果知識份子，會因忠言直諫而受猜忌，乃至迫害，便足證那一政府的愚蠢無能和腐敗，才出此下策，以杜天下悠悠之口。當年，清廷便因此而覆亡。

鷓鴣天

鄭文焯

樹隱湖光望轉明，巖深晚桂尚飄馨。十年秋鬢輸山綠，依舊看山夢裡行。
煙澹宕，月空冥，下崦濛雨上崦晴。眠雲無地青芝老，虛被漁樵識姓名。

手中一根藜杖，腳下一雙芒鞋，一身無掛礙的灑脫飄逸，鄭文焯又來到了鄧尉山中。

自從中舉，授內閣中書，辭官不就，買舟南下，寄籍蘇州之後，二十幾年來，來來回回的，也不知把這鄧尉山踩踏了多少趟了。早春賞梅，晚秋賞桂；夏日避暑，冬日踏雪；他這位原籍山東的北方人，竟就為了一座鄧尉山，而有終老江南之志！

鄧尉山，以「香雪海」的梅花聞名遐邇。他雖也愛梅，卻更愛在深秋時節，到孤懸湖中，尋常人足跡不至的青芝島去賞遲開的晚桂。

繞過一片幽林，眼前風景就豁然開朗了；太湖那水天一色的湖光，整個映入了眼瞼；幾片銀帆，點綴在浩渺煙波上，映著日光閃爍的湖水，襯著迤邐湖邊的青山幽林；那修真養性的神仙洞府，又何能逾此？

青芝島，就沉靜的座落在鄧尉山畔的太湖中。除了幾戶以漁樵為生的人家，就沒有多少人知道這個地方。他也是偶然發現，一遊之後，便深深愛上了它。

島的面積不大，卻自有丘壑，峭壁奇峰，具體而微；深巖秀林，不一而足。最可喜巖中老桂，似乎得上天鍾毓之奇，一到深秋，馥郁彌漫的桂香，竟是足跡遍大江南北的他未聞未見的。而自島上眺鄧尉山，更如仙山幻境。

「在青芝島置一座草堂，為終老之地！」

就成了他一生的夢想。

然而，夢與現實間，總是有距離的。他即便能餐霞飲露，怎奈家小的生計；古人便有林泉之想，也得有田可供歸耕後的生活所需。因此，他的「白首臥松雲」之志，始終也沒能實現。

十年了，十年，足使一個綠鬢的青年，生出星星華髮。可是，他仍執著著他的夢；總忍不住一而再的走入這青山不改的鄧尉山，再航向青芝島，回首眺青山。

「你為什麼這樣留連青芝島呢？」

當別人好奇的問時，他總笑答：

「為了看鄧尉山呀！」

山，是永遠看不厭的；夢，是永遠作不完的。他不能忘懷那山中悠然飄飛，與世無爭的煙嵐；不能忘記那清瑩無翳，光寒似水的明月；更不能忘懷那變幻無窮的氣候；也許，山下正飄著迷濛細雨，山上，卻是麗日晴和。

也許，這一生，眠雲青芝的夢，是永遠無法實現了。但，只要踏上青芝島，遙望鄧尉山，他就心曠神怡。

「喂，這不是鄭老爺嗎？你老要回鄧尉西崦去吧？加緊兩步，小三子他爹的船，還泊在岸邊呢！」

一位背著柴薪的樵夫，迎面而來，笑嘻嘻的向他招呼。來往的次數多了，青芝島上的樵夫、漁父，也把他當成了鄉鄰；雖然，他們真不了解這位文名滿江南的鄭老爺，為什麼總在青芝島留連忘返。

他向樵夫含笑招呼了一聲，凝目望向夕陽影中，雲蒸霞蔚，宛如閬苑瑤池的鄧尉山，依依踏上歸路。

❀

這一闋〈鷓鴣天〉的作者是晚清的詞人鄭文焯。他先世是山東人，籍隸漢軍正白旗。善長詩、詞，並擅於繪畫。光緒元年中舉，授內閣中書，他卻因喜愛江南山水文物，未就任官職，而旅居蘇州。這闋詞，是他遊鄧尉山的作品，他極愛鄧尉景色，尤愛鄧尉山附近的青芝島，有終老青芝的願望，終究未能達成。

鄭文焯小傳　鄭文焯，字俊臣，一字小坡，號叔問，又號大鶴山人，清代漢軍正白旗。他家學淵源，詩文書畫俱佳。於清德宗光緒元年中舉人，屢參加進士會試不中；因他的父親曾任巡撫，廕授內閣中書，未就任。以慕江南山水，而定居蘇州，為江蘇巡撫幕客。入民國之後，行醫賣畫為生，卒於民國七年，年六十三歲。

他出身豪門，而性情耿介；屢試不第，益加力學，於金石、書畫、音樂、醫術，無所不精。因精於音律，詞律茂密謹嚴，詞風清俊雄健，在晚清詞家中，首屈一指。更將柳永、周邦彥、姜夔、吳文英諸家詞，一一校定，嘉惠學者。有《大鶴山房全集》行世，詞集名《樵風樂府》。

鷓鴣天

鄭文焯

水竹依稀濠上園，蒼煙五畝絕塵喧。半床落葉書連屋，一雨漂花船到門。　寒事早，戀清尊，貍奴長伴夜氈溫。老來睡味甜於蜜，爛嚼梅花是夢痕。

終於，有了屬於自己的「五畝之宅」了！環視著園邊竹籬，門前流水，鄭文焯欣然撚鬚微笑；記得《世說新語》中記載著一則故事：晉代司馬昱進入華林園，對左右說：

「人的會心處，不必向遠處求；看，這林木森森流水潺潺，就能使人油然而生隱逸之想，山林之樂了。覺得飛鳥、走獸、游魚，都忘卻了類別差異，把人當它們的朋友，來親近人呢！」

如今，他真正感受了這種幽趣；他的家園，不是莊子、惠子共遊的濠上，但，他環視著水圍竹繞的庭園，心中有無限溫暖滿足；對他而言，這就是他的濠上了。

猗猗綠竹，圍出了一片隔絕了世俗塵埃的天地；那濃密如蒼煙的竹影，濾淨了車喧馬嘶的塵囂，在微風吹拂下，細細吟著清音幽韻，伴著他，消磨一個個閒適的清晨與黃昏。

秋天，秋風為庭院中的木葉，換上了黃的、紅的、金的、褐的衣衫。這些各色各樣，繽紛的木葉，乘著風，就吹進了他軒敞的窗，落得滿床；彷彿，想和他滿屋的架上書談藝論文。

春天，春雨催落了枝頭上的花朵；那落英殘紅，便自小溪的上游，隨波逐水，漂到他的門前。更令他欣喜的是，他的朋友們，也乘著小船，搖過落花滿溪的美麗小溪，到他的門前停泊，與他盤桓竟日。然後，在春雨淅瀝中，盡歡而散。

今年，冷天似乎來得特別早；才在深秋，卻已有了冬天的侵人寒意。天冷，也好，他可以理直氣壯的，多為自己溫幾壺酒，飲酒驅寒。

幾杯暖暖的酒下了肚，就感覺暖和得多了；在薄薄的醉意中，才倒到床上，他那已通人性的貓，也縱身跳到他的床角，「喵！喵！」叫了幾聲，蜷曲著身子，陪伴著他。這隻貓，就像他的老友一樣，解除了他多少岑寂呵！

窗外，寒意雖重，蓋著毛氈的他，卻是既舒適，又溫暖。很快的，睡意就溫柔地爬上他的眼瞼……

沈酣一夢，覺來，已日上三竿；這一覺的香甜，對老人來說，賽過花中蜜。

花中蜜？他真覺得餘香滿口；昨夜，他夢中又回到少年時，重拾了少年的情懷和雅興；在梅花林中，烹雪煮茶，更以梅花為品茗的細點，在口中細細咀嚼，細細品味呢！這樣一宵好夢，將為他牽引來另一個美麗的日子！他確信！

❀

這一闋〈鷓鴣天〉作者是鄭文焯，清末人，屬漢軍正白旗。他本是北方人，後來因喜愛江南煙水，而終老於江南。這一闋詞，就是他五十歲時，在吳縣孝義坊購地五畝，建築新居，新居落成，滿心歡喜的心情下作的。他的新居，東邊有一高岡，是吳王闔閭故宮遺址。岡下有溪水縈抱，他在園邊種竹為籬，流水繞籬而下，可釣、可游。所以詞中「蒼煙五畝」「一雨漂花」等句，都是寫實。他又在園中栽植了許多花木，使他的家，頗具林園之勝。

詞的下片，寫出一種怡然自得的老年情味；這種恬適、淡泊、寧謐而閒雅的生活和心境，怎不令現代人忻羨呢！

蝶戀花

王國維

窗外綠陰添幾許？賸有朱櫻，尚繫殘紅住。老盡鶯雛無一語，飛來銜得櫻桃去。　坐看畫梁雙燕乳，燕語呢喃，似惜人遲暮。自是思量渠不與，人間總被思量誤。

綠肥，紅瘦。當一番番花信風，吹開，又吹落了枝上的姹紫嫣紅，造化手中的彩筆，似乎開始偏愛綠的色調；一筆又一筆把大自然渲染成一個濃綠的世界。只有窗外那棵櫻桃樹，結的粒粒朱紅的櫻桃，點綴著單調的綠色的天地；留下一些些春天的影子，繫住了最後一絲春日餘緒的殘紅。

在日麗風和的初春時，新生的雛鶯，初試輕啼；那嚦嚦清音，婉轉悠揚，珠圓玉潤，讚頌著這美麗的世界，溫暖的人間。常引動窗中勤讀的人，不禁抛書擲筆，走向窗前，尋覓那藏在密葉繁花中，穿著黃色羽衣的歌手。曾幾何時，鶯聲漸老，終至沈寂；是不是它們也覺察到春光已逝，而不願再理那笙簧般的清韻？

羽光閃動，竟是一隻黃鶯飛來，啣去了僅餘點綴著萬綠的紅色櫻桃；這使窗內的王國維感傷了起來；何以當時讚頌春光的歌手，如今，在春殘花落，僅餘一線春紅之際，卻不再惜春，更摧折如此？白晝，一天比一天長了，長得難排難遣。獨自坐在門邊，王國維百無聊賴地看著畫梁上雙燕，啣泥、築巢、哺有幼雛，辛辛勤勤，忙忙碌碌。牠們不時穿梭往來，又不時差池飛舞，呢呢喃喃；牠們在說些什麼呢？似乎是責備，又像是憐惜著人類，不知愛惜光陰，不知努力；轉眼就蹉跎了青春，年華老去，一事無成。這樣既不工作，又不生產地，消耗著漫漫長晝，卻又怨歲月無情……

而人呢？可羨的，該是畫梁雙燕的不知世事，和無慮無愁吧！牠們是只管著今時、今刻，而不必瞻前顧後的。牠們不必擔負歷史巨流的興替；牠們不必憂慮民族國家的榮辱；牠們不必為天下蒼生的禍福擔心；牠們不必為子孫萬代的命運負責。牠們不知異族入侵的恥辱；牠們不知兵禍連結的慘痛；牠們更不必管人生際遇的恔憏慘傷……

是呵！燕子！你們可知你們的幸運？你們不必思量，也就沒有痛苦，而人類呵，正是被這痛苦之源：不能拋卻、不能卸下的心頭重擔「思量」，壓得不勝負荷，而誤盡了春光哩！

❀

這一闋〈蝶戀花〉的作者，是清末民初的學者王國維。王國維於文史、哲學，都有超敻精到的見解，治學甚勤，著作亦豐，於「詞」學，更以《人間詞話》一書，建立了新的評論風格，而贏得當代及後世愛好詞的學者的推崇讚譽。他自己除精研學理外，亦工填製，詞集初名《人間詞甲乙稿》，後更名《苕華詞》，或許以此寄託生逢曠古未曾有的混亂時代，難以言宣的苦悶吧！也由於他這種悲觀憂鬱的天性，而導致自沈於昆明湖的結果。由此讀到「人間總被思量誤」或對其中蘊蓄的無奈和矛盾，無以自解的感慨，有較深的體會。

王國維小傳　王國維，字靜安，一字伯隅，號觀堂，海寧（今浙江海寧）人。

他生而穎異，少年時代，就以文章在鄉里間享盛名。因不喜作八股文，無法中舉。因此入羅振玉等所立的東文學社讀書，後又隨羅振玉東渡日本留學。光緒三十年，羅振玉主持江蘇師範，聘為教授，乃致力於文學研究。辛亥革命，清亡，隨羅振玉再往日本。返國後，遜帝溥儀以欽慕其學行，賞食五品俸，並賜紫禁城騎馬，命檢昭陽殿書籍，並鑑定古物。溥儀被逐出宮，他受聘為清華研究院教授，感時傷世，抑鬱寡歡；於民國十六年，自沉於頤和園的昆明湖，年五十一歲。溥儀特下哀詔，並賜諡「忠慤」。

他喜好文學與哲學，尤其對詞與戲曲，有精深的研究，對甲骨文字的研究亦多貢獻。論詞的《人間詞話》，為喜好詞者最推崇的詞論。所作詞，清婉悽惻，並含蘊悲天憫人的哲思，詞集名《人間詞》。

蝶戀花

王國維

昨夜夢中多少恨，細馬香車，兩兩行相近。對面似憐人瘦損，眾中不惜搴簾問。　陌上輕雷聽隱轔，夢裡難從，覺後那堪訊。蠟淚窗前堆一寸，人間只有相思分。

騎著一匹瘦馬，王國維情懷寥落地跨在馬上，漫無目的信馬而行。

街市上，商店林立，行人往來，繁華熱鬧，而這一切，似乎都離他好遠、好遠。他，不屬於他們；不論是人，還是心。置身於這樣一個錦繡匝地，笙簫沸天的地方，他顯得那樣格格不入。

「冠蓋滿京華，斯人獨憔悴！」這兩句詩，就彷彿是為他寫的；憂國憂時，無力匡救；離鄉萬里，落魄京師；他心中鬱積的塊壘如鉛，沈重得他負荷不起。

更甚者，唯一能解他眉上愁痕的紅顏知己，也「侯門一入深似海」……

一輛裝飾華美的車，緩緩地，自街市的另一方行來，慢慢走近了他。他猛然驚覺，才想避讓，車卻停了下來，既不讓路，也不前進，與他默然相峙。他正不解，只見一隻纖白的玉手，輕輕掀開了車廂的帷簾，柔和悅耳而熟悉的語聲，傳了出來：

「靜安，你……好嗎？」

他猛然一震，簾中，那在陰影中，清澄的眸光，是那樣滿盈著關切；那眸光，那臉龐，是他永遠繫念難忘的呵！他吶吶，不知所措：

「還好……」

車中人沈默了一下；這沈默中，蘊蓄著多少百折千迴的柔情呵？然後，她幽幽嘆息了一聲：

「你……瘦多了……要多保重……」

也是因為憐惜他的憔悴消瘦吧？她不惜在眾目睽睽之下，停車問候。

他陷入了痴迷和昏亂中，待他逐漸回復了神智，香車，早已遠去；只聽到街上車聲轔轔，漸漸消失了，彷彿是隱隱遠去的雷聲……

在迷惘中，馬兒忽然顛躓了一下，他一驚，卻在這一驚中醒了過來，原來……那只是南柯一夢……

在夢裡，他陷在神魂顛倒，意亂情迷中，也只能聽著隱隱車聲消失，而無法跟從，不敢追隨。何況，如今夢醒了，回復了神智，對她，那怕只是對面，問一聲「你，好嗎？」也是不可能的了。

多麼美麗，又多麼虛幻的一場夢！夢醒，卻只留給他更多的迷惘，和數不盡的愁恨。

此情誰訴，此恨誰解呢？他的目光，茫然地落到窗前殘燭上；燭邊的蠟淚，堆積盈寸，彷彿無言地訴說著對他無盡的同情。

人生在世，誰能逃得出恢恢情網呢？人間，本身就是情絲縈縛的繭；一絲絲，一縷縷，全是纏纏綿綿的相思意……

❀

這一闋〈蝶戀花〉，作者是以《人間詞話》聞名於世的王國維。他是晚清時代的人，清光緒三年生，早年醉心詞曲，晚年專心經史，於古文字學的研究，更有獨到的心得，可稱是一代鴻儒。

他早年沈迷叔本華的悲觀哲學，持悲觀主義，詩詞中，常流露人世間的痛苦、掙扎，欲超難越的無可奈何，理智和感情的糾結，學術的冷靜，和創作的感性，在他身上形成一種難解的矛盾。清朝亡後，國內政局的混亂，加上個人際遇的坎坷，恩怨的衝突，使他終於不堪其苦，而於民國十六年，自沈於北平萬壽山昆明湖，年僅五十一歲。

附錄

雨痕軒吟草詩

七絕

惜春

蜀魄悲吟泣綠枝，人間枉自費新詞。柔條萬縷縈難住，別淚拋成亂絮飛。

其二

岸草初芳被綠衣，陽春三月雨霏微。幽閨無計憐花瘦，窗下閒吟漱玉詞。

陽明即景

掩映疏籬繞謝家，虹橋春水映明霞。閒攀垂柳敲新韻，倦倚青楓羨掃花。

庭間老桂初花，摘試新茗，賦此寄蘊華

脈脈金風弄晚晴，庭間桂老尚含馨。廣寒若解惜天物，摘共新泉試苦茗。

其二

催花寒雨妒花風，長夜愁聽四壁蛩。零落休悲秋夢遠，且從吟盞問遺蹤。

其三

半盞清茗代酒觴，舉杯聊共勸斜陽。誰言斗室無長物？亦有書香與墨香。

其四

古人風致已緣慳，點檢詩囊愧琬琰。千載白雲猶一瞬，幽臺不見亦愴然。

閒愁

隱隱眉峰暗恨凝，松風竹韻動微吟。珠簾隔破玲瓏月，教送幽馨到桂陰。

詠荷

脈脈深情背夕陽，沈雲同夢寄瀟湘。藕絲雙綰惜花侶，不許相思不斷腸。

其二

脈脈輕愁背夕陽，舞衣零落露凝霜。西風吹老芸窗夢，不許相思不斷腸。

春日即事

欲賦新詞句未工，東君著意上梧桐。夢回頓覺情如水，閒倚斜欄數落紅。

其二

柳暗花嬌又一年，湘簾斜捲篆爐煙。日長嬾理花間課，卻笑蛺蝶抱影眠。

其三

綠滿江南春草長，日晴風軟入書窗。柳枝何事拂詩稿？不信東君解斷腸。

秋思

雲鎖遙峰掩翠微，月搖竹影叩荊扉。霜楓吹落餘霞豔，老圃秋花待冷催。

讀經

飛絮輕塵舞夕陽，修竹簾影共書香。蛾眉嬾倩青螺染，卻喜緇衣學道妝。

習詩

初識新詞意自牽，嫩鴉小字費芸箋。閒抛雁柱停針繡，敲韻不惜碎玉鈿。

有問

權傲人間勢冠天，東君底事不展顏？榆錢拾取千千萬，曾買春光駐玉田？

寄淑賢

誰道天涯若比鄰，霧迷寒渡月迷津。幽情欲寄無由說，翦與眉邊一片雲。

與琦華、玉霞諸友夜遊北濱

鷗波低訴語朦朧，裁錦雲裳斂夕紅。漁火如星天似海，還疑人在太虛中。

其二

霞影波光擁翠微，爭看萬蝠繞雲飛。誰憐寂寞秋潮冷，月月年年去復回。

其三

浪捲霞披錦繡堆，天邊漁火似星垂。浮生能幾閒中趣，兜得潮聲踏月歸。

春曉

睡起依稀曉夢縈，欲添螺黛借山青。捲簾待放青山入，無賴雲煙故意橫。

雨夜讀詩

萬縷絲牽萬縷愁，蕭蕭寒雨幾時休？閒敲清韻消長夜，倦擁溫衾好臥遊。

重訪李氏故居

怕向城南認舊家，門牆非故日初斜。無情最是朝顏紫，歲歲春來自發花。

自警

擾攘浮生五味兼，癡無煩惱慧登仙。不癡不慧如吾輩，修到梅花心始閒。

詠西施

映水紅渠似舊家，當筵歌舞背咨嗟。鄰娃休羨吳王寵，著錦何曾勝浣紗？

詠明君

無計驅胡愧廟廊，民安邊靖仗紅妝。依依自是親恩重，灑淚何曾向漢皇？

和友人韻

坡仙兩宋號文龍，不茸詩猶樂府風。堪羨狂奴興漢室，浩歌歸處水連空。

其二

人間何處不藏龍，敢僭謝家詠絮風？借得天香盈翠袖，梅花標格自清空。

暮春

翦翦輕寒細柳斜，交飛燕子入誰家？無端春水因風縐，吹送青萍伴落花。

詠菊

獨抱寒芳向晚秋，誰從落落識溫柔？夢魂暗逐詩魂遠，浩渺煙波一葉舟。

其二

朝餐冷露暮餐霞，占斷蛾眉憶舊家。遙問南山無恙否？東籬誰更采黃花。

其三

九曲欄干九曲腸，深閨薄袖擁殘妝。惺惺無計憐花瘦，消得西風一夜涼。

其四

不負癯仙舊姓名，白雲深處有深盟。貞心誓抱枝頭老，守到根枯骨尚馨。

其五

欲掬秋光月上遲，霜微露冷夢參差。惜花忘倦料頭坐，次第閒吟漱玉詞。

其六

籬篩冷月月糢糊，骨自嶙峋影自孤。遍歷繁華諸世界，歸思猶繞舊時廬。

其七

自守荊扉不厭貧，幾曾著意媚東君？閒來最愛秋山暮，煙斷寒林水絡雲。

其八

一翦霜紅隔澹煙，依稀別夢已經年。君宜典麗儂清瘦，各倚西風紺碧天。

其九

肯與群芳競繡工，幾番花信換春紅。辛勤栽就淩霜豔，方識陶家處士風。

哭蘊華

歲如流水月如梭，傲骨激懷兩蝕磨。只道秋心涸似井，如何今日淚偏多？

其二

晝夜神迷夢復驚，不堪深痛羨無情。裝歡強笑因親在，向壁吞聲淚暗零。

其三

曾笑蒼天忒不平，性狷偏許鬢雲輕。蒼天若使垂憐甚，忍教靈前哭奠卿！

其四

為賦新詞與病鄰，溫言軟語慰輕顰。而今眉上愁痕重，爭向黃泉喚返魂。

其五

湘靈曲罷掩笙簧，曾倚妝臺伴卸妝。舊影依稀如夢寐，可堪重憶鎖麟囊。

其六

風吹暗葉雨鳴窗，寒夢難成夜未央。獨向燈前追往事，一番回首一回腸。

七　律

哀思——敬悼寶爸抱忱先生

雅謔偏宜慰老懷，昔時樂事此時哀。依稀笑影隨煙滅，彷彿音容逐夢來。
哽咽清歌酬賞識，零星遺帙待安排。傷心何處埋忠骨？夜雨潛滋佛院苔。

其二

回首前塵涕泣多，天心難測奈天何？漢聲重振中華頌，笑語頻聞安樂窩。
曲寄孤忠伸義憤，薪傳餘火忘沈疴。全功未竟成長恨，遺篋猶存愛國歌。

其三

雙星底事隔天涯？垂老桓伊未有家。日暮孤吟寂度曲，夜長誰與細烹茶？
黃泉路遠空營奠，白首盟寒枉怨嗟。殘燭風前清淚盡，銀河猶自望浮槎。

其四

斑衣膝下豈空言？最小由來寵愛偏。描譜指寒親燠手，閒行步軟笑扶肩。
論詩問業書窗下，侍藥煎茶病榻前。無力回天悲永逝，心喪月月復年年。

雨痕軒吟草　詞

閒夢遠

梧葉冷，新月恰如眉。影碎湘波波瀲灩，雲飛楚夢夢依稀，煙水兩淒迷。

又

初弦月，指日待團圞。柳帶飄煙白露冷，蟣珠凝恨翠衾寒，魂夢繞關山。

又　遙寄愛梅

天北憶，最憶少年時。鋪紙共君描瘦影，添香伴我理冰絲，逝者竟如斯。

其二

天北憶，最憶少年遊。攜手上元嘲放火，並肩七夕笑牽牛，回首黯凝眸。

又　寄嘉南諸友

嘉南憶，最憶畫欄憑。魚戲微波春水綠，雁橫夕照暮煙青，誰與話平生？

其二

嘉南憶，最憶秉燭遊。半盞清茗消永夜，一懷幽素幾凝眸，多少女兒愁。

又 寄立仁畢業諸生

嘉南憶，最憶鳳凰花。六月驪歌初動日，垂垂一樹似紅霞，催送向天涯。

又

春去也，吹老綠蛾痕。鏡裡朱顏非夙昔，山外斜陽近黃昏，此際最銷魂。

又

春去也，相識別離時。半幅花箋酬雅意，數行小令寫清思，何日共評詞？

又 有寄

閒夢遠，回首恨侵尋。立盡殘陽歸信杳，澆愁酒淡只頻斟，薄暮暗遙岑。

其二

閒夢遠，悔自誤情深。驚覺已遲空悵望，分飛勞燕竟商參，別後幾秋砧？

其三

閒夢遠，秋晚復輕陰。凜冽西風凋碧樹，已涼天氣怯羅衾，無語自沈吟。

其四

閒夢遠，心事付瑤琴。裂帛一聲腸欲斷，金徽何處問知音？塵鎖到如今。

其五

閒夢遠，賓主共微醺。人自盈盈君自笑，爭知淺笑是深顰，遙翠隱寒雲。

其六

閒夢遠，風雨晚來休。淡月輕雲時掩映，嬋娟千里各登樓，擬笑復凝愁。

念念心隨征雁遠，

其七

閒夢遠，永夜漏遲遲。影貼琅玕風貼袖，斷鴻零雁兩參差，眉上一絲絲。

其八

閒夢遠，林下草萋萋。每為愁深翻自笑，總因情切轉低迷，遙問夜何其？

其九

閒夢遠，心緒亂如絲。夙業夙因空問卜，無晴無雨耐尋思，獨語共秋知。

其十

閒夢遠，淺水漾寒沙。莫學芭蕉愁不展，莫隨風絮向天涯，莫瘦似黃花。

十六字令

癡，獨倚梧桐待雁時。人無語，蛾月只顰眉。

又

逢，乍見還疑是夢中。疏簾外，別院落花風。

臨江仙

庭院深深深幾許，綠窗煙鎖雲屏。幽閨無緒畫欄憑，樓前風淡淡，簾外雨霝霝。

夜闌欲睡還驚。秋聲愁裡不堪聽，長憐霜影瘦，不識曉山青。

又

師大詞課

數盡歸期歸信斷，幾番葉墜梧桐。梨花幽夢總成空，窗前雲淡淡，簾外月溶溶。　欲裁蘭箋傳錦字，路遙魚雁難通。哀箏一曲恨重重，瀟湘腸斷夜，應有落花風。

又　憶舊遊

蘭橈花間去住，暮蟬楊柳清風。當年一笑倚芙蓉，酒凝荷葉碧，波映舞衣紅。　方寸自營丘壑，靈臺時度疏鐘。晚涼誰與共從容？舊懷隨逝水，新月掛簾櫳。

南歌子　寄愛梅

清鏡螺痕淺，芸窗笑語疏。燈前重展舊時書，可奈紅箋小字已糢糊。　秋露溼金井，春風滿綠除。停雲若問有情無，遙指娟娟冷月映蓬壺。

如夢令

山外斜陽欲暮，簾捲落霞煙樹。無語對昏黃，惆悵此情難訴。凝佇，凝佇，小立微茫深處。

又　寄秀亞姨

人滯天涯羈旅，別後相思無據。挼碎兩眉愁，散作連宵夜雨。春去，春去，簾外落花幾許。

鵲踏枝

庭院深深深幾許，夢短難憑，猶滯天涯旅。試把春心託杜宇，教伊休負叮嚀語。　南浦流雲飛暮雨，獨上高樓，遙送征帆去。極目楚天無意緒，誰家歌徹黃金縷？

又

雲捲明河縠影縐，月隱星疏，魂倚西風瘦。欲破新愁頻喚酒，覺來爭奈愁依舊。　須信霜娥終不偶，長羨青燈，莫問無和有。立盡残更憑盡漏，寒香空惹雙羅袖。

又　春遊梅山

剗地東風催臘晚，乍解冰膠，雲裊晴光淺。初綻瓊英猶半斂，疏枝影落清溪澗。　淡月微霜添粉面，欲語還顰，幽夢寒香遠。寫入琴絲吟徹遍，空山曲罷誰曾見。

又　秋閨病中

一夜西風移斗柄，才展春愁，又困秋來病。半擁寒衾猶自醒，藥煙微裊茶煙冷。　閒捲珠簾邀玉鏡，無語凝眸，銀漢星耿耿。深院無人禽亦靜，橫斜滿地疏枝影。

又　送立仁畢業諸生

杜宇聲催春欲暮，諱道依依，已是依依處。綰斷柔條留不住，鳳凰枝上紅如許。　慢引桐絲輕似訴，怕向陽關，忍賦陽關句。望盡天涯雲遮路，残霞影裡猶凝佇。

又　中秋晴轉陰

萬里銀潢波瀲瀲，乍湧冰輪，瞬息清輝掩。須是豐隆嗔絕豔，青霄故弄風濤險。　一縷荷香香拂檻，攜手花前，頓覺涼生靨。怪道吳剛何昧闇，不揮玉斧斫雲塹。

鵲橋仙　寄愛梅

蘆塘雁遠，芸窗蛩亂，樓外三更初度。姮娥斂影步雲階，應恐被塵緣輕誤。　疏簾未捲，銀釭猶伴，遙憶花前低語。拋書掩卷曼吟哦，譜就了新詞寄與。

菩薩蠻

薄情正是多情處，有情還被無情誤。寒夜泣西風，畫樓煙雨中。
獨酌人易醉，倦擁霜衾睡。夢裡不知愁，潺潺溪水流。

又 秋閨

誰家長夜笙歌動？無端驚破芸窗夢。簾外月將殘，羅衾怯曉寒。
碧空澄似雪，星影自明滅。夢影兩難憑，秋閨無那情。

又 立仁校園遠眺

漁汀雁落平沙遠，雲天雨過青如翦。一夜盡白頭，可憐無數秋。
小窗風景異，漸覺寒侵臂。獨立欲回腸。歸鴉噪夕陽。

又 寄秀亞姨

春波影鑑人如玉，蛾眉嬾共山爭綠。袖薄藕衫單，輕風拂嫩寒。
燕歸尋舊壘，細雨溼苔翠。深巷小樓空，杜鵑寂寞紅。

又 奉和瀚章伯題贈〈梅花引〉韻

繡餘閒理窗前課，吟哦詠歎珠凝唾。敲韻步清音，高誼銘素心。
璞因磨益粹，絕豔非凡例。願得日更新，慰安白髮人。

又

殘寒未褪和衣擁，蕭蕭雨共春愁重。簾外落花深，苔痕新綠侵。
天低疑日暮，黯黯雲隨步。獨對一燈熒，漏長逐夢輕。

浪淘沙

冷雨夜敲窗，獨立迴廊。小欄干北蔦蘿牆，心字已成沾泥絮，一任風狂。　往事只堪傷，又過重陽。
沈思前事倍淒涼，欲索花箋裁新句，枯了詩腸。

又

清露溼嬋娟，幽恨年年。心期才許又遷延，惆悵此情從誰訴？獨抱愁眠。　催墨勻蘭箋，欲寄重緘。
好風傳語月中仙，別來只憑伊慰我，莫放團圓。

又

展箋淚難收，細語綢繆。多情曾倩繫歸舟，寸心猶似當庭月，雲弄輕柔。　盼斷雁橫秋，幾度回眸。
青山無語水悠悠，閒踏落花尋舊夢，夢也凝愁。

又

雲影斂清輝，獨立因誰？前夜團圈今半規，下弦爭似初弦好，別樣蛾眉。　心字已成灰，蠟淚猶垂。
回首西風百事非，欲訊年來無恙否？試問江梅。

又

送畢業生有感，時任教立仁

綠鬢換霜華，往事堪嗟。硃汁白筆度生涯，辛苦誰憐清影瘦？冷月西斜。　何處問蒹葭？征路猶遐。
辭根移作上林花，怕倚重樓凝望斷，千里雲遮。

又

細雨織成秋，恰上心頭。重重簾幕鎖層樓，聲斷鳳簫雲水冷，數盡更籌。　舊事等閒休，舊夢難酬。

梅花尺素付湘流，寄語倚欄人瘦也，兀自凝眸。

又　與迦陵、啟媛、菁華諸友夜遊陽明

簾捲暮山青，落日烘晴。華岡影歛晚霞明，望極海天銜一線，漁火星星。　攜手畫欄憑，笑語盈盈。忘機豈必羨鷗盟，自有素交如菊淡，幸慰平生。

其二

皓月冷千山，似璧如環。峰明林暗晚鐘殘，淒緊霜風撲凍袖，惻惻清寒。　弄影舞翩翩，天淡雲閒。一生能幾共團圞？記取夢痕留異日，細數重翻。

其三

喜乘少年頭，秉燭清遊。寒風翦翦與悠悠，攜手陽明山道上，長嘯輕謳。　夜寂韻偏幽，月冷雲浮。一城燈火似星柔，俯視大千塵夢遠，莫莫休休。

其四

萬壑沐朝陽，滿地殘霜。空山曲徑任徜徉，回首塵寰雲似海，塔影如檣。　笑傲自傳觴，珍重流光。縱歌莫負少年狂，落葉為茵石作枕，沉醉何妨？

其五

疏影挹清芬，獨報先春。冰姿傲骨兩無倫，肯共夭桃爭媚世？不染纖塵。　綠醑奠芳魂，細語愁痕。傷心誰與伴晨昏？和靖登仙白石老，知己何人？

其六

曉色秀孤峰，霧冷煙濃。凋殘亂葉殞西風，老圃秋容金黯淡，一翦霜紅。　回首舊遊蹤，寂寞簾櫳。微波渺渺歲匆匆，欲寄此情唯夢翼，夢與誰同？

其七

湍瀉若奔雷，雪捲雲堆。苔痕似洗雨霏微，誰翦冰簾迎日掛？玉濺虹飛。　寒翠溼人衣，曲徑縈迴。杜鵑新綻映山溪，泉冷水滑清磬影，欲去依依。

采桑子　夢寶爸抱忱先生

乍逢忘卻靈山遠，喜也盈盈，淚也盈盈。笑展慈顏喚小名。　覺來知夢還疑夢，語也分明，貌也分明。可奈金雞曉報晴。

減字木蘭花

重題幽素，須信今生終不負。香印成灰，新月無端擬舊眉。　秋笳淒斷，歸來只恐青鬢換。點檢啼痕，寄與羅浮夢裡人。

又

相思欲寄，誰解秋心無限意。小立迴腸，費盡蘭箋第幾行。　伊人何處，願化輕雲逐月度。露冷霜寒，未必魂隨一夢還。

又　為淑賢賦

秋心獨抱，籬畔寒花如寫照。信手低眉，多少相思指上飛。　拚卻沈醉，一晌凝情終不悔。覺後依然，月冷霜清玉漏殘。

又　遙寄秀亞姨

前年春早，滿地苔衣閒不掃。昨歲春穠，小苑花枝映壁紅。　離情蕭索，簾影空垂春寂寞。夢窄愁寬，一樣春風格外寒。

又　寄淑賢

清輝似水，此夜幽人應不寐。瘦影紗窗，依舊黃花婉娩香。　重斟綠酒，遙問別來無恙否?莫怨難全，兩地嬋娟一樣圓。

虞美人　寄嘉南諸友

梧桐凋盡風前影，漏斷茶煙冷。幾回曾效少年遊，最憶深宵翦燭醉西樓。　浮生瞬息催寒暑，況隔山無數。而今事事費思量，卻笑當時只道是尋常。

又

尊前無計話離別，緩緩吳歌咽。幾回暗卜問重逢，數到歲除臘盡又東風。　江南自是春妍暖，陌上花開滿。天涯何事滯人歸，未收餘寒三月雪猶飛。

又　答友人問

東君慣作無情計，幾度殘紅瘞。杜鵑不解勸人歸，啼瘦一窗明月影徘徊。　依約花下重攜手，夢冷凝思久。休從鸞鏡問眉彎，須是青山低亞暮雲寒。

清平樂　寄愛梅

別來歲半，何事鴻鱗斷。瘦煞西風天不管，暗許流年輕換。　黃昏立盡殘霞，憑欄最憶梅花。今夜夢中須見，明朝又是天涯。

又　秋花

雨寒風驟，誰問秋來瘦。依戀殘枝黯回首，半幅霜綃沁透。　玉骨化作香泥，幽情分付鵑啼。待得明春三月，護惜綠萼紅衣。

又　秋閨

日長人倦，寂寞深庭院。肯為敲詩惜玉鈿，可奈情懷漸減。　黃昏倚遍梧桐，閒雲暗鎖眉峰。拚得一生憔悴，能禁幾度秋風？

又　樓頭荒臺喜見紅菊

臺荒蕪漸，誰識凌霜豔？綠冷紅稀金一點，晚節餘芳未減。　倚雲笑傲西風，何人珍重秋叢？今世不逢陶令，自開獨謝樓東。

其二

露濃霜勁，依舊輕粧靚。無計自憐羞顧影，冷伴月斜蛩病。　惜花移種芳園，殷勤細灑冰泉。祝取明年今日，秋紅影爍清軒。

又

小樓深院，聊賴拋金線。豈是悲秋人易倦？九曲欄干倚遍。　黃昏數盡歸鴻，夜闌何處霜鐘？信得故人無恙，蠟燈今夜偏紅。

又　為雪林姨壽，雪林姨名梅，以字行

長青不老，赤子心常保。巨筆擎天么魔掃，曾令鬚眉拜倒。　歲寒雪映簾櫳，陽回林秀千峰。祝取梅花無恙，年年管領春風。

長相思　師大詞課

風蕭蕭，雨蕭蕭，倦倚西風影自邀。秋砧何處敲？　花寂寥，月寂寥，暗數更籌第幾宵？情深似夢遙。

遐方怨

拋鈿柱，翦冰絲，回首前塵，一種淒涼只自知。欲裁尺素已無辭，亂紅零落早，雁來遲。

點絳唇

玉炷煙沈，夢殘香冷情猶倦。綠雲慵綰，試問春深淺。　紫陌簪花，燕語鶯聲囀。舒嬌眼，柳絲如線，巧畫宮眉倩。

又　感納蘭容若「一往情深深幾許」之句，賦此寄情

一往情深，情深誰解深如許。倚欄無語，滿院飛輕絮。　疊疊青山，橫斷天涯路。斜陽暮，落霞孤鶩，沒入雲生處。

其二

一種愁深，愁深不道深如許。落花無主，渺渺隨波去。　簾捲西風，聊賴秋情緒。人何處？瑣窗寒雨，獨伴殘燈語。

又　為梅芳賦

倦倚瓊樓，斷魂一縷何由住？白雲深處，可許人歸去？　未展蛾眉，已教東風妒。愁無數，欲題幽素，還恐青鸞誤。

眼兒媚

蕭疏竹影叩軒窗，相對剔銀釭。纖雲舒捲，紅牙敲韻，翠袖添香。　吹簫鳳引秦娥去，孰與話更長？幾回月冷，幾番花褪，幾度迴腸。

南鄉子　詠菊

長夜漏迢迢，一片霜砧何處敲？樓外西風簾外雨，蕭蕭，小立迴廊弄玉簫。　心事付秋潮，花骨宜香冷未凋。肯擬飛紅隨逝水，飄飄，抱影纖柯任動搖。

又　寄親美

細雨暗侵塵，小立樓前最憶君。一曲霖鈴如在耳，重溫，曲罷青衫有淚痕。　何日慰思尊？倦倚西風任曉昏。歸雁聲寒驚客夢，愁聞，堪羨季鷹是解人。

又　寄嘉南諸友

何處泣寒螿？瑟瑟金風釀桂香。紙短猶餘情未已，迴腸，待得書成待雁行。　燈火任輝煌，魂夢還牽第二鄉。最憶嘉南三五夜，秋光，冷月清霜滿畫廊。

又　夜夢亡友蘊華

竹韻動秋窗，倦擁寒衾夜未央。笑貌依稀如夙識，端詳，重剔銀釭照海棠。　纖影舊容光，不語娉婷淡淡妝。欲喚驚鴻隨夢渺，茫茫，月自如霜漏自長。

憶秦娥

暮雨歇，流雲掩映芸窗月。芸窗月，年年此際，共人愁絕。　廣寒桂影飄香屑，照顏如玉花如雪。花如雪，心期又誤，芳尊空設。

浣溪沙

欲語驚回夢已闌，更從何處問蓬山？遠岫愁畫兩眉彎。　裁就錦箋描彩鳳，吟成金縷覓青鸞，小樓獨立怯微寒。

又

篆字心香細細燒，霓裳一曲倍寂寥，孤燈冷雨共長宵。　偶索殘箋尋舊夢，常憐落絮綰柔條，遣情無奈倩酒澆。

又

何日重擎舊酒卮，依稀別語亂如絲，覺來細數漏遲遲。　豈是杯深人易醉？總因愁重夢難支，昏燈一豆伴多時。

又　與琦華、玉霞、怡之、秋菊諸友夜遊碧潭

丹荔猶餘口脂香，長橋虹影臥波光，閒遊花下笑傳觴。　欲喚好風消溽暑，喜迎疏雨潤詩腸，端陽過也盼重陽。

又　別玉華

乍見翻疑殘夢迷，臨岐執手更依依，行人去處暮雲低。　幾度征鴻傳錦字，何時歸燕覓春泥？小樓

盡日畫簾垂。

又

古徑垂蔭鎖薜蘿，山橫眉黛水橫波，深閨病骨奈春何？　灼灼桃花開韋曲，依依楊柳舞鳴珂，遙聞湖上采蓮歌。

鷓鴣天

秋圃霜花冷未凋，書窗盡日鎖寂寥。煙寒篆字心香燼，聲斷桐絲雁柱拋。　吟漱玉，讀離騷，西風黃葉兩蕭蕭。詩魂若解相思苦，萬里休辭歸夢遙。

又　遙寄秀亞姨

綠染春池細柳垂，別來幾度月盈虧。長天鶴唳空回首，小苑蝶飛暗歛眉。　花滿陌，錦如堆，路遙魂夢兩依違。凝情不怨人歸緩，怪道東風次第吹。

又　寄秀亞姨

遠客歸來便忘詩，悔將并翦斷愁思。當時遙念春寒重，此際空邀月影遲。　勞惠問，愧相知，展箋重賦鷓鴣詞。試和殘漏敲新韻，寄與南樓一字師。

生查子　寄嘉南諸友

盡歡須及時，更漏催如箭。才慶喜團圓，又餞離亭宴。　重裁梧葉箋，欲寄南飛雁。莫道不思量，已自思量遍。

木蘭花

黃花羞怯驚秋早，半醉山翁隨處倒。藉茵枕石且閒眠，葉自凋零風自掃。　傾囊休笑青蚨少，但問此心安便好。奢誇金谷待何如？百歲人生誰不老！

青玉案

疏窗雨過清如洗，水涵碧，溶溶地。粉褪蝶衣飛不起，拂眉煙軟，縈心香獮，總是傷春意。　綠添新釉紅飄砌，蛛網重簷滴珠碎。著意憐花無好計，雲收翳斂，月明千里，應照人無寐。

攤破浣溪沙　答友人問

半室書香繞碧紗，肯隨俗韻競奢華？喜傍芸窗勤讀寫，自添茶。　梟繞薯藤青薜荔，浮飄茉莉小蓮花。月夜閒來何所事？數鳴蛙。

又

一字如冰逼夢寒，愁痕鎮日鎖眉彎。欲卜還疑龜筮誤，問無端。　雲重長迷青鳥訊，波深時誤鯉魚函。蓮漏聲催蓮炬冷，兩茫然。

又　詠菊

獨抱寒芳向晚秋，誰從落落識溫柔。瘦蕾冷擎三徑露，可堪酬？　一片疏籬容待月，幾彎曲水許盟鷗。莫負癯仙真姓字，自清幽。

漁家傲

蘆曳白頭山蹙黛，晴波瀲灩晴灘外。小槳輕舟聲欸乃，秋何在？尋秋鷺道秋如海。　日暮煙橫雲靉靆，浮生瞬息駒光快。更鼓暗催青鬢改，真無奈，雞鳴曉日迎窗待。

捲晴嵐，收暮雨，處處關情，處處牽離緒。暗杵飛聲聲絮絮，作弄輕寒，作弄秋如許。倚花賓，邀月侶，對影成三，對影終無據。綠醑重斟誰共語？歷歷星辰，歷歷橫天宇。

蘇幕遮

紅豆，紅豆，暗卜月圓人壽。三更語靜星微，千里魂馳夢歸。歸夢，歸夢，今夜露寒霜重。

調笑令

明月，明月，湖上清輝如雪。松風客館衾寒，蘭露深閨漏殘。殘漏，殘漏，人與黃花俱瘦。

又

日麗風輕雲淡佇，霜葉凋秋樹。閒掃碧苔痕，小立清陰，凝諦聽泉語。寒香一縷來何處？欲去重尋顧。向寂寞空山，笑展紅綃，便引春歸路。

醉花陰　春遊陽明

一張機，歸期欲問復遲疑。柳絲無力縈征轡，山遙路遠，輕寒輕暖，珍重自添衣。
兩張機，幾回驚起怨鶯啼。相思如繭空縈繫，清尊月下，深宵夢裡，欲喚影依稀。
三張機，霞堆錦簇燕銜泥。東風陌上薰人醉，重門深巷，杏花春雨，寂寞繡簾低。
四張機，行人何日卜歸期？天涯望斷愁無際，多情卻羨，輕塵弱絮，脈脈撲郎衣。
五張機，薔薇謝也柳花飛。迴文織就憑誰寄？殘紅簾外，朱顏鏡裡，花信到荼蘼。
六張機，輕寒惻惻雨霏霏。殘燈孤影空相對，落花心事，釀詩情味，敲韻卻貽誰？

九張機　擬春思

七張機，杜鵑猶自勸人歸。入簾樹色陰陰碧，綠濃枝上，紅稀葉底，香骨化春泥。
八張機，曉風催翦夢參差。懨懨無計消長日，閒拋繡線，慵調箏柱，聊賴弄妝遲。
九張機，人非情摯不成癡。吳綾研損愁誰識？殘霞斂盡，斜欄獨倚，惆悵晚芳時。

九張機　擬秋思

一張機，一年一度一佳期。別來諳盡相思意，今宵今夕，雙星雙影，應笑人孤棲。
兩張機，芙蓉羞怯展紅衣。澄波映日秋涵碧，荷風閣外，采香徑曲，幽咽暮蟬嘶。
三張機，西風淩亂綠雲低。斜欄當日曾雙倚，相思難盡，憐蠶心苦，欲織藕絲衣。
四張機，聊將幽恨寄冰絲。微吟誰識絃中意，心香一寸，回腸九曲，爇盡不成灰。
五張機，登樓豈為賦新詞。黃花初綻楓林醉，寒蘆宿雁，枯荷聽雨，何處不秋思。
六張機，姮娥憔悴鎮低眉。風牽羅袖雲迴袂，霓裳曲歇，孤鸞鏡掩，桂影斂清輝。
七張機，金風吹老傲霜枝。捲簾欲問心中事，幽情獨抱，香枯無悔，畢竟為誰癡？
八張機，月明千里憶年時。倩君傳語無多字，春山雲鎖，秋波影斂，帶緩為相思。
九張機，秋情寥落滅才思。半窗月映人無寐，緇塵未染，餘香猶在，摺損舊時衣。

金縷曲　為依蓮賦

腸斷君知否？伴芸窗，淒其冷雨，點滴寒漏。最憶翦燭深夜語，暗祝鸞儔鳳耦。幾曾料、花殘人瘦。薄命如煙應抱恨，夢方成苦被風吹透，思往事，淚盈袖。　年年柳陌青依舊，倚危欄，雲凝雁遠，寸心誰剖。千古愁根緣慧業，況添詩鄰病友。須不似、春蠶秋藕。傷翠顰紅今無緒，恐多情折盡凡間壽，君鑒取，未輕負。

又　寄秀亞姨

捲地東風軟，記前春，驀然邂逅，綠苔庭院。小傍霏霏微雨立，依約顰輕笑淺。伴滿室、畫圖吟卷。潔比梅花貞似鐵，把詩情吩咐端溪硯，名早慕，識荊晚。　千秋事業平生願，最縈懷，天涯兒女，魂牽一線。獨坐北窗裁麗句，誰識幽思難遣。望故國、鄉愁如翦。愛上層樓人未老，到而今頓悟長安遠，聊度曲，謝青眼。

又　題琦君姨《長溝流月去無聲》

枕上殘更數，夜沈沈，漏長夢短，總成淒楚。凌亂茶煙寒碧裊，抵似秋蓮倍苦。怕尋問、情歸何處。鏡影催人青鬢改，拚今生一任芳華誤，終不悔，維君故。　十年烽火關山阻，憶當時，春風絳帳，驀然相遇。攜手暗香疏影裡，翦雪烹茗裁句。弄玉笛、憑猜眉語。莫教長溝流月去，守心魂留月花間住，凝望斷，天涯暮。

又　代寄

迢遞殘更數，憶當年，間關負笈，天涯羈旅。獨在他鄉為異客，誰識胡笳聲苦。勞慰藉、溫言笑語。節凜秋霜兼儒雅，慕高華暗把芳心許，緣與業，交相誤。　紅顏薄命無今古，幾曾料，蛾眉謠諑，飆風狂絮。拚卻珠沈須不悔，可奈誤君清譽。向金谷、愁聽杜宇。飄渺魂孤殘夢冷，望故園千里迷歸路，寒月冷，黯凝佇。

其二

曳影愁如醉，記前宵，依依夢裡，黯然相對。仰俯何曾虧士德，不羨盤飧兼味。況道是、人言可畏。垂老黔婁原有婦，感深誼總負卿卿淚，謝擲果，還湘佩。　十年舊事東流水，最堪傷，魂銷金谷，亂紅飛墜。獨倚危樓悲凋落，此際淒涼誰會？看鏡裡、容癯顏悴。秋圃霜寒歸暮景，祝他生無復癡情累，斜月冷，照無寐。

水龍吟

天涯草色初薰，荷塘乍點萍池綠。裁雲幡裊，垂金柳弱，翦波迅羽。微吐朱櫻，猶馨丹桂，願春長駐。奈繁華夢短，易得零落，才照眼，驚遲暮。　怕向城南巷陌，待重尋，伊人何處。紅樓深扃，湘簾斜捲，飄殘風絮。水遠山遙，魚沈雁斷，誰傳心素？問韶光可許，歸來時節，青鬢如故？

解連環

楚天春暮，又東風乍捲，落紅無數。漸晝長、倦倚斜欄，正晴日映波，翠峰如簇。夕照汀洲，更多少悠遊鷗鷺。縱登臨眺遠，煙樹連綿，鄉關何處？　分攜頓成間阻，問霜鴻舊約，幾曾輕負？待甚時、洗褪眉痕，浣萬里塵心，一襟幽素。夙慧前生，總須得、返真歸璞。伴芸窗，吟箋賦筆，玉箏鈿柱。

鳳凰臺上憶吹簫

月弄箏寒，梅吹笛怨，無端蹙損眉痕。向井梧庭院，獨語黃昏。細數更長漏短，換多少、恨葉愁根。憑欄久，迴眸望斷，一縷孤雲。　重門。低斟綠醑，任簾影寂寂，冷落芳尊。恐玉環清瘦，難綰離魂。誰解顰深笑淺，又誰管舊夢前塵。凝思處，衾邊枕畔，淚雨紛紛。

又　中秋夜雨，寄嘉南諸友

碧海濤翻，凌波步怯，姮娥淚影雙懸。任翠簾高捲，倚遍欄干。拜月心香虛設，多少恨、暗鎖眉彎。當時約，年年此際，共賞嬋娟。　盟寒。故人千里，蓬島斂清輝，風妒雲纏。更思鄉無計，轉怨關山。惆悵南天遼闊，歸魂倩夢翼星帆。秋窗外，梧桐夜雨，夢也應難。

暗香　詠梅

入簾山色，漸蘸青染黛，疏林聞笛。柳眼曼舒，還倚東風待攀折。瓊蕊霜枝在否？休閒卻、吟箋詞筆。試翦取，幽影寒香，吹夢上瑤席。　南國，問岑寂。嘆鶴老逋歸，徑荒苔積。鮫綃掩泣，新漬殘痕皆思憶。惆悵斜陽欲暮，凝望斷、雲彤煙碧。又粒粒生葉底，倩誰覓得？

滿庭芳　春閨

簾捲寒輕，雲翻晴嫩，雨餘綠暗紅溼。遠山凝黛，清曉畫眉時。紫燕生生軟語，和新韻譜入琴絲。沈香裊，重門靜鎖，還憶共評詞。　依依，攜手處，苔痕印淺，柳影煙霏。記憑欄待月，玉笛斜吹。可奈年華似水，思往事，無限低迴。春歸也，聲聲杜宇，啼怨過荼蘼。

高陽臺　詠梅

微雨初收，輕煙乍歛，籬篩月影淒其。指冷簧寒，玉笙吹徹樓西。才妝數點孤山雪，御東風，飛上寒枝。展霜綃，偶覷塵寰，偶下瑤池。　蟠根曲榦崢嶸態，寫三分傲骨，一種冰姿。才遜變仙，可堪重賦新詞。綠窗殘夢添迷惘，怕覺來、已是春遲。悵無言，誰慰愁深，誰解情癡？

又　遊曾文水庫

飛鷺貼波，銀帆盪影，層巒疊巘涵青。水袂風裳，綠薰芷岸蘭汀。當年潮汐餘痕在，判榮枯、一線分明。倚舷聽，殘雨聲疏，柔櫓聲輕。　長天浩渺雲收處，問誰遺楚佩，重訪湘靈。魚浪輕圓，空山泉語泠泠。炊煙裊裊斜陽裡，泛五湖、笑傲平生。慕閒情，朝友微曦，暮釣寒星。

玉蝴蝶　秋思

玉砌蛩催砧杵，金風乍起，梧葉驚秋。露浥東籬，暗香遙度簾鉤。疏煙淡，苔深曲徑，斜月冷，夢遠羅浮。惜清幽，但云骨傲，誰解情柔？　曾遊。幾回重憶，霜前待雁，雨外盟鷗。緩歌長嘯，浪翻輕槳過蘭洲。暮沈沈、寒山影歛，波渺渺、綠水痕收。黯凝眸，紅樓此夕，獨倚燈篝。

花犯　詠菊

倚欄干，風牽羅袖，娉婷弄纖影。亂蛩初靜，小立傲清霜，極目蒼冥。寒香婉娩盈荒徑，雲鬟空自整。算只有、團圞明月，依然澄似鏡。　挑成錦字語還休，斯人遠，此際幽情誰省。終不羨、蛾眉巧畫宮妝靚，秋容淡，伴儂獨醒。歸去也，軟紅塵夢冷。相偕隱，書窗閒綴，孤燈長夜詠。

湘春夜月　詠梅

早霜天，嫩寒催返冰魂。小立獨歛霓裳，無語伴黃昏。肯羨玉環穠豔，便淡妝齊楚，總佔先春。向碧池月底，橫斜照影，誰解柔溫。　朝迎曉日，清吹畫角，深掩重門。謫旅如萍，曾幾度、亂山回首，鄉夢煙雲。多情惹恨，悔昔時誤種愁根。念舊約，怕瑤臺路遠，青鸞信斷，顰損眉痕。

鳳簫吟　仲夏雨後

雨初收，千峰競秀，午涼風淡雲閒。長虹橫逕翠，晴川霞染，鶴唳遙天。琤琮泉語細，似湘靈、暗理冰絃。新浴罷，垂楊倦舞，斂影孤眠。田田。朱幢翠蓋，魚驚浪，碧亂紅喧。小欄干倚遍，栩然成蝶夢，笑隱花間。舊懷空逝水，重回首，幾度華年。楚甸晚，青煙羃處，冷月娟娟。

長亭怨慢

乍驚覺，霜濃秋樹，時序匆匆，一番寒暑。木葉凋零，蒹葭慘淡，雁橫浦。忍歌新調，才譜就，成遺曲。未識斷絃徵，終須愧、中郎誼女。凄楚。便重尋巷陌，應只淚零如雨。雲飛鶴逝，縱翹首，總空凝佇。思往事，笑影依稀，問緣會，他生難卜。怕夢也無憑，萬斛離愁爭訴。

沁園春　寄琦華

雁叫西風，散雪蘆飛，詩瘦菊殘。念芸窗當日，山齋昨歲，盈盈膝下，戲綵衣斑。吹火烹茗，移燈描譜，敲韻何辭纖指寒。稱雙璧，愛丰神落落，秀骨珊珊。低鬟，笑勸加餐，每洗手庖廚親製丸。恁迴眸軟語，軒眉嬌訛，一嗔一喜，總慰慈顏。師弟恩深，螟蛉義重，忍跨驂鸞去不還？遙天暮，但餘霞斂盡，新月初彎。

水調歌頭　有寄

幾許縈心事，兩處一般同。知君蒂芥耿耿，聊為剖情衷。見起長風蘋末，惟恐濤驚浪駭，故爾為先容。夢散湘江冷，回首問青峰。雲依月，月弄影，影重重。春殘花落，怕逐流水去匆匆。翳日煙塵待拭，明鏡正冠須鑒，碧血化萇弘。斂衽還深謝，傳語倩征鴻。

又

寄秀亞姨

御氣奔如電，萬里乘長風。離鄉消息初至，滄海已西東。題遍秋山紅葉，折取晴灘杜若，欲寄問何從？欣喜偕嬌女，去意恁匆匆。

水迢迢，雲漫漫，路重重。遙天拭碧，幾回凝佇望歸鴻。閒卻吟箋笑語，冷落綠陰深巷，寂寞小樓空。今夜須相憶，明月舊簾櫳。

滄海叢刊書目（一）

國學類

中國學術思想史論叢（一）～（八）	錢　　穆　著
現代中國學術論衡	錢　　穆　著
兩漢經學今古文平議	錢　　穆　著
宋代理學三書隨劄	錢　　穆　著
論語體認	姚式川　著
論語新注	陳冠學　著
西漢經學源流	王葆玹　著
文字聲韻論叢	陳新雄　著
入聲字箋論	陳慧劍　著
楚辭綜論	徐志嘯　著

哲學類

國父道德言論類輯	陳立夫　著
文化哲學講錄（一）～（六）	鄔昆如　著
哲學與思想	王曉波　著
內心悅樂之源泉	吳經熊　著
知識・理性與生命	孫寶琛　著
語言哲學	劉福增　著
哲學演講錄	吳　　怡　著
日本近代哲學思想史	江日新　譯
比較哲學與文化（一）（二）	吳　　森　著
從西方哲學到禪佛教——哲學與宗教一集	傅偉勳　著
批判的繼承與創造的發展——哲學與宗教二集	傅偉勳　著
「文化中國」與中國文化——哲學與宗教三集	傅偉勳　著
從創造的詮釋學到大乘佛學——哲學與宗教四集	傅偉勳　著
佛教思想的現代探索——哲學與宗教五集	傅偉勳　著

中國哲學與懷德海　東海大學哲學研究所主編
人生十論　錢穆著
湖上閒思錄　錢穆著
晚學盲言（上）（下）　錢穆著
愛的哲學　蘇昌美著
邁向未來的哲學思考　項退結著
逍遙的莊子　吳怡著
莊子新注（內篇）　陳冠學著
莊子的生命哲學　葉海煙著
墨家的哲學方法　鍾友聯著
韓非子析論　謝雲飛著
韓非子的哲學　王邦雄著
法家哲學　姚蒸民著
中國法家哲學　王讚源著
二程學管見　張永儁著
王陽明
——中國十六世紀的唯心主義哲學家　張君勱著、江日新譯
王船山人性史哲學之研究　林安梧著
西洋百位哲學家　鄔昆如著
西洋哲學十二講　鄔昆如著
希臘哲學趣談　鄔昆如著
中世哲學趣談　鄔昆如著
近代哲學趣談　鄔昆如著
現代哲學趣談　鄔昆如著
思辯錄
——思光近作集　勞思光著
中國十九世紀思想史（上）、（下）　韋政通著
存有·意識與實踐
——熊十力體用哲學之詮釋與重建　林安梧著
先秦諸子論叢　唐端正著
先秦諸子論叢（續編）　唐端正著
周易與儒道墨　張立文著
孔學漫談　余家菊著
中國近代新學的展開　張立文著
哲學與思想
——胡秋原選集第二卷　胡秋原著

從哲學的觀點看	關子尹 著
中國死亡智慧	鄭曉江 著
後設倫理學之基本問題	黃慧英 著
道德之關懷	黃慧英 著
異時空裡的知識追逐——科學史與科學哲學論文集	傅大為 著

宗教類

天人之際	李杏邨 著
佛學研究	周中一 著
佛學思想新論	楊惠南 著
現代佛學原理	鄭金德 著
絕對與圓融——佛教思想論集	霍韜晦 著
佛學研究指南	關世謙 譯
當代學人談佛教	楊惠南編著
從傳統到現代——佛教倫理與現代社會	傅偉勳主編
簡明佛學概論	于凌波 著
修多羅頌歌	陳慧劍譯註
禪 話	周中一 著
佛家哲理通析	陳沛然 著
唯識三論今詮	于凌波 著

應用科學類

壽而康講座	胡佩鏘 著

社會科學類

中國古代游藝史——樂舞百戲與社會生活之研究	李建民 著
憲法論叢	鄭彥棻 著
憲法論集	林紀東 著
國家論	薩孟武 譯
中國歷代政治得失	錢穆 著
先秦政治思想史	梁啟超原著、賈馥茗標點
當代中國與民主	周陽山 著

我見我思	洪文湘 著
釣魚政治學	鄭赤琰 著
政治與文化	吳俊才 著
中華國協與俠客清流	陶百川 著
世界局勢與中國文化	錢穆 著
海峽兩岸社會之比較	蔡文輝 著
印度文化十八篇	糜文開 著
美國社會與美國華僑	蔡文輝 著
日本社會的結構	福武直原著、王世雄 譯
文化與教育	錢穆 著
開放社會的教育	葉學志 著
大眾傳播的挑戰	石永貴 著
傳播研究補白	彭家發 著
「時代」的經驗	汪琪、彭家發 著
新聞與我	楚崧秋 著
書法心理學	高尚仁 著
書法與認知	高尚仁、管慶慧 著
清代科舉	劉兆璸 著
排外與中國政治	廖光生 著
中國文化路向問題的新檢討	勞思光 著
立足臺灣，關懷大陸	韋政通 著
開放的多元社會	楊國樞 著
現代與多元——跨學科的思考	周英雄主編
臺灣人口與社會發展	李文朗 著
財經文存	王作榮 著
財經時論	楊道淮 著
經營力的時代	青龍豐作著、白龍芽 譯
宗教與社會	宋光宇 著

史地類

古史地理論叢	錢穆 著
歷史與文化論叢	錢穆 著
中國史學發微	錢穆 著
中國歷史研究法	錢穆 著
中國歷史精神	錢穆 著

中華郵政史	張　翊 著
憂患與史學	杜維運 著
與西方史家論中國史學	杜維運 著
清代史學與史家	杜維運 著
中西古代史學比較	杜維運 著
歷史與人物	吳相湘 著
歷史人物與文化危機	余英時 著
共產國際與中國革命	郭恒鈺 著
共產世界的變遷——四個共黨政權的比較	吳玉山 著
俄共中國革命祕檔（一九二〇～一九二五）	郭恒鈺 著
抗日戰史論集	劉鳳翰 著
盧溝橋事變	李雲漢 著
歷史講演集	張玉法 著
老臺灣	陳冠學 著
臺灣史與臺灣人	王曉波 著
黃　帝	錢　穆 著
孔子傳	錢　穆 著
宋儒風範	董金裕 著
弘一大師新譜	林子青 著
精忠岳飛傳	李　安 著
鄭彥棻傳	馮成榮 著
張公難先之生平	李飛鵬 著
唐玄奘三藏傳史彙編	釋光中 編
一顆永不隕落的巨星	釋光中 著
新亞遺鐸	錢　穆 著
困勉強狷八十年	陶百川 著
困強回憶又十年	陶百川 著
我的創造・倡建與服務	陳立夫 著
我生之旅	方　治 著
逝者如斯	李孝定 著

語文類

文學與音律	謝雲飛 著
中國文字學	潘重規 著
中國聲韻學	潘重規、陳紹棠 著

魏晉南北朝韻部之演變	周祖謨 著
詩經研讀指導	裴普賢 著
莊子及其文學	黃錦鋐 著
管子述評	湯孝純 著
離騷九歌九章淺釋	繆天華 著
陶淵明評論	李辰冬 著
鍾嶸詩歌美學	羅立乾 著
杜甫作品繫年	李辰冬 著
唐宋詩詞選——詩選之部	巴壺天 編
唐宋詩詞選——詞選之部	巴壺天 編
清真詞研究	王支洪 著
苕華詞與人間詞話述評	王宗樂 著
優游詞曲天地	王熙元 著
月華清	樸月 著
梅花引	樸月 著
元曲六大家	應裕康、王忠林 著
四說論叢	羅盤 著
紅樓夢的文學價值	羅德湛 著
紅樓夢與中華文化	周汝昌 著
紅樓夢研究	王關仕 著
紅樓血淚史	潘重規 著
微觀紅樓夢	王關仕 著
中國文學論叢	錢穆 著
牛李黨爭與唐代文學	傅錫壬 著
迦陵談詩二集	葉嘉瑩 著
西洋兒童文學史	葉詠琍 著
一九八四	George Orwell原著、劉紹銘 譯
文學原理	趙滋蕃 著
文學新論	李辰冬 著
文學圖繪	周慶華 著
分析文學	陳啟佑 著
學林尋幽——見南山居論學集	黃慶萱 著
中西文學關係研究	王潤華 著